光文社文庫

彼女について知ることのすべて

新装版

佐藤正午

JN031298

光　文　社

目次

彼女について知ることのすべて

第一章　冬

1

その夜わたしは人を殺しに車を走らせていた。

一九八四年、ロサンゼルスでオリンピックが開催された夏の話だ。雨の少ない乾いた夏で、八月に入ると早くも水涸れの心配が持ち上がり、節水を呼びかける水道局の広報車を見かけぬ日はなかった。

あらかじめ女と取り決めていた時刻は十時。交差点で信号を待ったとき、ダッシュボードの時計は九時を示していた。考え直す時間はまだ残っている。あるいはそのつもりで早くから街を走り回っていたのかもしれない。約束は十時。わたしはギアをローに入れた。

次の瞬間、視線の先で、青いランプが夜の色に溶けた。息を呑《の》むよりほかなかった。とつぜん暗闇《くらやみ》が街を襲い、ありとあらゆるものが黒く塗りこめられた。信号だけではなく街灯やビルの照明までが一斉に光を失ってしまったのだ。それが県下全域を巻き込んでの停電の瞬間だとは知るよしもなかった。我に返ったわたしは続けざまの急ブレーキとクラクションを耳にした。ヘッドライトの届かぬ深い闇のどこかで車どうしのぶつかる音が聞こえた。遠く近く衝突音は谺《こだま》のように止まなかった。わたしは思った、これから起こる事の、不吉な前触れだろうか。チェンジレバーに添えた手がエンジンの振動のせいではなく震えているのがわかった。

そしてそれから正確に二時間後、送電が再開され街が普段通りの姿を取り戻したとき、誰《だれ》かが車の窓をたたいた。わたしが振り向くまでたたき続けた。

すべては終っていた。事件はすでにわたし抜きで起こってしまっていたのだ。

わたしは女との約束を守れなかった。事件の真相についてはくわしく知らないし、また知る資格もない。当時の記憶をたどっていまわたしが語れるのは、次のような些細《ささい》な事柄ばかりである。たとえば事件当夜、行き帰りにたびたびカーラジオから流れていたのはチェッカーズというバンドの曲だった。あるいは翌朝、電話のコールが鳴り響く直前に、卵焼きをはさんだだけのサンドイッチを食べていたこと。

食パンは古くてぱさぱさだった。インスタントコーヒーは砂糖を入れないのに何故《なぜ》か甘ったるい味がした。テレビは女子の陸上競技を映していた。メアリ・デッカーがゾーラ・

バッドと接触して転倒するまでの同じ映像が何度も何度も映し出された。わたしは上半身裸でトランクスだけを身につけていた。居間から台所に通じる戸も、庭に面した窓も開け放してあった。熊蟬《くまぜみ》がしきりに鳴いていた。激しい耳鳴りと錯覚するほどに鳴き続けていた。隣に住むアメリカ人の女の子が母親を呼ぶ声がした。母親の答える声は聞こえない。わたしは汗をかいていた。一晩まともに寝ていないので身体《からだ》がだるかった。シャワーを浴びたかった。歯を磨いて冷たいシャワーを浴びよう、そう思った。食器を台所にさげるために立ち上がりかけた。電話が鳴ったのはそのときだった。

確かにどれもこれも些細な事柄ばかりだ。事件の核心からはほど遠く、記憶する値打ちさえもないと思う。にもかかわらず、わたしはそれらの一つ一つを決して忘れたことがない。もっと肝心な、かけがえのない記憶、女の笑う顔や、髪の匂いや、折り畳んだハンカチで顔をあおぐ癖や、そんなものと一緒にあの朝の、干からびた食パンの歯触りを忘れない。二人の長距離ランナーの脚が絡《から》み合ったストップモーションや、マミーと叫んだ女の子の甲高《かんだか》い声や、電話が鳴るまえ一瞬イメージしたシャワーの飛沫《しぶき》をいまだに鮮明に憶《おぼ》えている。

事件の後、わたしは物語を一から組み立て直そうと努めてきた。彼女との出会いから、あるいは出会う以前から始めて、集めた記憶を時間通りに並べては、飽きずに並べ替えることを続けてきた。その途中で少しずつわかった。記憶は無数の泡のようなものだ。記憶のそばには必ず幾つもの記憶が、時間的なずれさえ含んだ記憶の群れがひしめいている。肝心な記憶のまわりを些細な事柄の記憶が取り囲み、いつか混じり合ってどこが中心なのかもわからなくなる。人は憶えていたいことだけを憶えているわけにはいかない。

事件が起こる前の年の冬、わたしは問題を二つ抱えていた。

一つは虫歯（左上の親不知《おやしらず》）、もう一つは結婚である。

虫歯の方は手のほどこしようがなかった。わたしの歯痛はすでに職場でも有名で、当座しのぎに痛み止めを塗っては渋い顔をするのが同僚たちの笑いの種だった。親不知は抜くしかない。見かねた事務職員がそう言って歯医者を紹介してくれた。抜歯にかけては市内でも一番の腕という話で、いますぐにもと勧められたが、もうじき冬休みに入るからその間にと答えてお茶を濁していた。

一方、結婚については逆に打つべき手はほとんど打っていた。残ったのは単に言葉の問題に過ぎなかった。わたしの独《ひと》り合点でなければの話だが、何ならクリスマスの朝までにはすべて片がついていたと言ってもかまわない。

結婚という言葉を使わなくとも、彼女がわたしと一緒になることを望んでいるのはわかっていた。一度でも関係ができた以上、結婚を考えるのが自然のなりゆきだろう。たとえ一度きりでも。彼女がそう考えているのはよくわかっていたし、わたしもまた同じ思いだった。同じ思いで一夜を過ごしたからである。結婚を頭に浮かべたのはあるいは男のわたしの方が先だったかもしれない。そういう男だと見極めた上で、彼女はわたしと寝たのかもしれない。

堅実な女だった。『アリとキリギリス』という童話があるが、人をときどきキリギリスのような気分にさせる女だった。職場ではもちろん私生活でもはめをはずすということがなかった。着る物も普段から地味で、入学式や卒業式といった特別な日にはたいていチャコールグレイのスーツで現れる。金銭に細かいというほどでもないが、計算に強く、仲間うちで飲み食いするときは誰かが言いだす前に勘定をきれいに割ってみせた。

何よりも彼女が嫌っていたのは男の気まぐれである。その点では実に徹底していた。そばに寄る男たちを、まるで猫が人の顔色を読むようにじっと視《み》つめる癖があり、気に入らぬと頭から軽蔑《けいべつ》しきった表情になった。彼女は世の中の男という男を、気分屋の男たちすべてを軽蔑していた。そしてわたしは彼らの代表としての扱いを受けた。よほど日頃の言動に信が置けぬということだったのだろう、たとえば不意の誘いを露骨に迷惑がるので、最初のうちは食事にしても映画にしても必ず事前に約束を取り付けなければならなかった。

待合せの喫茶店などで人目を気にしながらわたしが下品な冗談をとばすと、聞こえぬふりをして話を逸《そ》らすかひたすらむっつり黙り込んだ。彼女が黙り込むといつも、いまのいままでそんなつもりもなかったのに、発作的にこの女を抱きたいという興奮に悩まされた。初めて部屋に上げてもらった夜は霰《あられ》が降った。バス停から五六分歩いてきただけで、ふたりとも凍えそうだった。おまけにわたしは急にぶり返した虫歯の疼《うず》きを堪《こら》えなければならなかった。

彼女の部屋は1DKで、台所の様子はごく普通だったが、六畳間の方にはテレビが見当たらなかった。机と、二つの本棚と、小さな整理箪笥《だんす》が壁に寄せて据えてあった。それから中央に冷えきった筒型のストーブ。他に眼をひく家具や装飾品の類はない。机の上にソニーの卓上ラジオが置いてあったが、彼女がスイッチを入れるとクリスマスイブだというのに組閣のニュースを読むNHKのアナウンサーの声が流れた。

気が急《せ》いていたので部屋が暖まるまで待てそうになかった。ところが彼女は立て続けに用事を思いついては男の勢いに水をさした。ストーブに薬缶《やかん》をかけるとか、炎の大きさを調節するとか、台所との仕切りの戸をきちんと閉めるとかそういったことだ。しまいに、まるで世間知らずの弟に噛《か》んで含めるように（実際むこうが一つ年上だったのだが）、チャコールグレイのスーツが皺《しわ》になるのを用心してみせ、着替えるため台所に閉じこもった。

わたしはバス停からずっと彼女の手を握ったままだった。おそらく右手は汗ばみ、左手はかじかんでいたと思う。ラジオによるとあさって特別国会が召集された後に中曽根《なかそね》首相は組閣に着手する模様だった。

その夜のわたしは完全にしらふである。その夜にかぎらず彼女の前では常にしらふだった。ちょうど飲酒の習慣をきっぱり改めていた時期で、アルコールに頼るわけにはいかなかった。やがて待ちかねた時が訪れると、終始、わたしは本棚に飾ってある地球儀を眺めて気を逸らした。部屋の灯《あか》りは消えていたから、いったい地球上のどの国に視線を向けているのか明確ではなかったし、そんなことで効果が上がるのかどうかも覚束《おぼつか》なかった。が、ストーブの炎の色にうっすら映えて、女の手が掛布団の端を握りしめているのはわかった。ほんの一瞬だが力いっぱいという表情の手つきだった。その一瞬の、たった一齣《ひとこま》を眼に焼き付けたあと、わたしは布団の外に転がり出ていた。

「妊娠したらどうするの」

と女の囁《ささや》き声が言った。

わたしを突きとばした手は額に置かれ、そっと汗をおさえるような恰好《かっこう》だった。また虫歯が疼いた。わたしは黙って左の頬をさすりながら机まで歩き、椅子《いす》にかけてあった上着の内ポケットを探った。そのときラジオからは低い音量でバイオリンの音色が流れていた。

バッハのシャコンヌだった。わたしにクラシックの趣味はないのだが、コンドームの袋を破っているとと布団の中から彼女がそう教えたのだ。

そして翌朝、晴れ上がったクリスマスの朝、われわれは結婚という言葉を使わぬまま、すでに結婚を決めていた。彼女がわたしを将来の夫として見ているのは疑いようがなかった。自分がわたしにどう見られているかを彼女が承知しているのも疑いようがなかった。

われわれは結婚するだろう。第一に、ふたりともいまや将来を見定める年齢にさしかかっている。しかも第二に、われわれの所属する県の教育委員会は小学校教員の勤務地を市内、郡部、離島の三つの区域に分け、少なくとも三年間（長ければ倍の六年間）を離島に勤務しなければならない決りを設けている。それも二十代での赴任が慣例である。彼女にもわたしにもいずれ近い将来、辞令が下りるのはまちがいない。

とどのつまりはそういうことだった。娯楽といえば魚釣りしかない小さな島へ渡る前に、児童数が五十人にも充たない分校の先生として長い年月を暮す前に、われわれがともに堅実に将来を決めにかかったのは当然といえば当然だったのである。

地味で堅実な将来へ眼を向けること、それだけが男と女の関係のすべてだとわたしは思っていた。わたしはいつになくその朝の気分を信頼できた。自分の将来は、自分ひとりの手でずっと先まで決められる。半年まえ禁酒を誓い、意図した通り乱れた生活を立て直したように、未来も、頭に描いたものをそっくりそのままの姿で手に入れることができる。そんな漠然とした予感に捕らえられていた。きっとわたしはこの女と結婚するだろう。

彼女は朝食に卵とベーコンを焼いてくれた。それにトーストとコーヒーと半分ずつの林《りん》檎《ご》を、われわれは台所のテーブルで寡黙にたいらげた。わたしのすわった位置から六畳間の窓が視界に入った。日差しは届いていなかったが、そこに下がった白いレースのカーテンが外にあふれた光を湛《たた》えていた。筆先に似た形の樹木の模様が、一本残らず新雪を頂いているように輝いて見えた。

ラジオはその朝もクラシックを流していた。彼女はわたしの方にテレビ欄を向けて朝日新聞を読み、わたしは二杯目のコーヒーを啜《すす》っていた。われわれはほとんど何も喋《しゃべ》らなかった。朝刊を四つに折り畳みながら、ふいに思い出したように、読む？　と彼女が訊《たず》ねたけれど、むろんニュースならゆうべラジオで聞いていたのでいまさら読む必要はなかった。

2

年が明けて三日目のことだ。

午後からわたしは駅前のターミナルビルへ出向いた。用件は別にあったのだが、その日はちょうど彼女が帰省先から戻る日にあたっていて、運が良ければ会えるかもしれぬという期待はあった。運が良ければ。

建物の中はおもに空港へ向う人々で混雑していた。到着するバスから降りて来る客はまばらだった。発車時刻を待つ客と彼らの荷物とで待合所の椅子は埋めつくされ、一階と二階に設けられた喫茶室にも空席はなかった。わたしは二階まで吹き抜きになった待合所の片隅に立ち、壁にもたれて長い間バスの出入りを眺めていた。その間に時田直美《ときたなおみ》という名の児童の家へ二度電話をかけた。

三時過ぎに、まず児童の乗ったバスが到着し、それから数分の間隔をおいて彼女のバスが着いた。もう一人の女を伴って彼女がバスを降りて来たとき、わたしは時田直美の手を握って三度目の電話をかけている最中だった。

笠松《かさまつ》先生だよ、と時田直美が先に見つけてわたしの手を振りほどいた。公衆電話の受話

器を置いてから振り向くと、受持ちの児童の前にしゃがみこんだ女がわたしを見上げて、いきなり、

「またやったのね」

と眉《まゆ》をひそめた。

それが新しい年に初めて見る彼女の顔だった。不機嫌のもとはむろん時田直美にあったのだが、わたしがそこにいること自体もいくらかは気に障ったのかもしれない。出迎えは無用だと年末に見送ったとき話はついていたからだ。帰省といっても彼女の実家のある町は、ターミナルからバスで二時間程度の距離なのである。

わたしは無言でうなずいてみせ、追いついたという感じで彼女の脇に立った見知らぬ女に眼をやった。挨拶《あいさつ》をかわす暇もなく、先に相手が微笑《ほほえ》みを浮かべたので、わたしも釣られて口もとをゆるめた。

「ごめんなさい笠松先生」

と時田直美が決り文句を呟《つぶや》き、いつものようにうつむいて担任の女教師とは眼を合わせない。彼女のほうは苦り切った表情で叩《たた》きたいのをどうにか堪えているようだった。その場で実際に彼女が時田の頬を平手で叩いたとしても、別に驚くほどのことではなかったのだが。

時田さん、と抑えた口調で彼女が何か言いかけた。それを遮《さえぎ》るように腰をかがめた見知らぬ女が陽気な声をあげた。

「可愛《かわい》いね、きみ、お人形さんみたいだね。三千代《みちよ》さんの受持ちの子？」

赤いダッフルコートにナップサックを背負った直美が、上眼づかいに笑いながらわたしに身体を擦《す》り寄せ、後じさりした。笠松先生と呼ばれ、三千代さんとも呼ばれた女は迷惑そうに脇を見返っただけで何も答えない。わたしが言った。

「事情はあとで。とにかく車で送ろう」

「車？」笠松三千代が聞き咎《とが》めた。

「うん、すぐそこの駐車場に置いてきた」

直美がわたしの真後ろにまわり、ジャンパーの裾を引っ張った。

「よかったら一緒に送りましょうか」

女は思案顔になった。初対面で気兼ねをしているのかと思ったがそうではなくて、知り合いが迎えに来ることになっていると言う。しかしその知り合いの姿が見えない。とにかく連絡を取ってみると言い残し、数台並んでいるうちのいちばん奥の公衆電話まで歩いていった。

「どうしてあんなこと言うの」

立ち上がった笠松三千代が低い声で不満を洩《も》らした。

「一緒に送りましょうかなんて、余計なお世話じゃない」

「親切で言ったんだ。友達だろ？」

「友達なんかじゃないわよ」

「誰なんだ？」

笠松三千代は口を噤《つぐ》んだ。直美が聞耳を立てていた。わたしはジャンパーの裾をつかませたまま自動販売機まで歩き、缶入りのオレンジジュースを買い与えた。そこへ電話を終えたばかりの女が歩み寄り、さきほどと同じように微笑みを浮かべて、連絡がつかないのでご一緒させてくださいと頼んだ。

車の中で、女は旅行鞄《かばん》のポケットからアーモンドチョコレートを取り出して直美を喜ばせた。その様子をルームミラーで覗《のぞ》いていると、眼の合った女がわたしにも一つ勧めた。

「このひと虫歯なの」

と笠松三千代が答えた。

一言きりのあまりにも無愛想な返事だったので、つい魔がさしたのだと思う。

「だいじょうぶ、痛くない方で食べるから」

信号待ちの最中である。先生、ほら、と直美が後ろから声をかけた。何げなく顔を向けると、すぐ眼の前にチョコレートをつまんだ指先があり、咄嗟《とっさ》に口にくわえるまでそれが女の指だとは気がつかなかった。

少し遠回りしてはじめに女を降ろし、時田直美の家へ車を走らせた。女が降りてしまうと誰も口をきかなくなった。時田直美が母親と二人で住むマンションは大通りから一本引っ込んだだけの道路際に建っている。入口をふさいで宅配便のトラックが止っていたので、かなり手前でブレーキを踏んだ。停車しても誰も口をきこうとしなかった。右手に小さな公園が見えたが遊んでいる子供はいなかった。左手に並んだ建物のせいで陽も射していない。

わたしはまず外へ飛び出した直美を呼び止め、次に助手席に向い、どうする、と訊ねた。どうするって何を、と笠松三千代が答えたのでまた黙り込んだ。

「何を話せっていうの、あの母親と。毎回毎回おなじことの繰り返しで疲れるだけよ。会っても無駄よ」

早口でそう言ってから彼女は付け加えた。

「それに母親からの電話を受けたのはあなたでしょ?」

時田直美の担任はきみだ、とわたしは口の中で呟いた。彼女は両手で顔を洗うような仕草をして隙間《すきま》から短く息を吐いた。それが終るとドアの窓を下げて、時田さん、と大きめの声で外へ呼びかけた。もっと近くに来なさい。片手にナップサックをぶらさげ、空いた手で薬局の前に出ている置物の象の耳をいじっていた児童が、はい、と答えてうつむいたままドアのそばに立った。

「黙ってひとりで他所《よそ》へ行くのはいけないことだってわかってるわね」

「はい」

「二学期が終るときにも先生がおなじこと言ったの憶えてるでしょ。お母さんに心配かけませんて誓ったわよね」

「はい」

「ほんとに憶えてる？」

「はい」

「じゃあ誓ったことは守りなさい。二度とひとりでバスに乗ったりしないの。いい？　こんどこそほんとにほんとよ。お母さんにもそう言って謝るのよ」

「はい」

うんざりしたような表情で三千代はちらりとわたしを振り返った。

「もういいわ、行きなさい。始業式は七日だからね。それからお母さんには、先生たちは下で……」

それからお母さんには、というところですでに直美は踵《くびす》を返していた。駆けていく後姿がトラックの陰に消えると、三千代は窓を閉めながらまた早口で言った。

「いいかげん頭にくる、母娘《おやこ》で人を馬鹿にして。はい、はいって返事だけで一ぺんだって言うことを聞いたためしがないんだから」

上まで行ってこいよ、とわたしは言った。三千代は聞かなかった。

「娘が娘なら母親も母親、何かあるとすぐあなたに電話をかけてきて。担任を担任だとも思ってない」

「今日はきみに連絡がつかなかったからな」

「今日のことだけを言ってるんじゃないわ。二学期の学年遠足のときだって、それから」

「もうよそう、正月からこんな話」

「あなたは甘いのよ、あの母娘に好かれているから、贔屓目《ひいきめ》で見てるのよ」

きみの決り文句だ、という台詞《せりふ》を呑みこんでわたしは眼をそらした。あたりは役所や学校が集まった区域なので、人通りはほとんどなかった。宅配便の運転手がマンションから出てきてトラックに乗り込んだ。

「チョコレートなんか貰《もら》って食べるからよ」

とすぐに三千代が言った。わたしは頬を押さえていた左手をハンドルに戻した。

「あんな女、送ってやることなかったのよ」

「なりゆきだ。友達だと思ったんだ」

「友達なんかじゃないのに」

「バスで隣り合わせたのかい」

「まさか、隣になんかすわるもんですか」

「さっきから訳がわからないんだ」

「むこうで乗るまえに挨拶しただけ」

それ以上の説明はなかった。三千代は黙って前方を視つめている。トラックがマンションの前を離れ、先の角を曲って消えた。今夜は泊るつもりで来た、とわたしは言ってみた。即座に断られるかと思ったが返事はなかった。

「あれもちゃんと持ってきてる、箱ごと」

「この車はいいの？　家の人が使うんじゃないの？」

「いいんだ」

「車で来ることなんかないのに。駐車場代がもったいない」

「一晩止めても千五百円だよ。うちからきみのところまでタクシーで往復すると二千円以上かかる」

しばらく待ったが反応がないので念を押した。

「バスだと乗換えが面倒だし」

「昔から嫌いだったのよ。そばにいられるだけで苛々《いらいら》する」

「誰、トオサワさん？」

三千代がスカートの裾をつまんですわり直した。

「どういう字を書くんだ？」

「虫が好かないっていうでしょ。もう顔を思い出すのもいや」

「看護婦には見えなかったな」

「鳥肌が立ちそう。むこうだってわかってるくせに、わざと親しそうにふるまうの」

「同級生？」

「中学の後輩。あんな子に三千代さんなんて呼ばれるおぼえはないのよ。会うたびに人を小馬鹿にしたような眼で見て。あの愛想笑い、腹の中は見えすいてる。時田の母親と同じ人種よ」

「またその話か」

「気づかなかった？　気づいたでしょ。娘のほうにもちょっと似てるじゃない」

「顔が？」

「媚《こ》びたように笑うとこ。あれでよく看護婦が勤まると思う。だいたい、まともな看護婦なら、正月に三日も四日も休みは取れないと思うの。まともならね」

「これから夜勤だって言ってた」

「恰好つけたのよ、あなたがいたから」

でもちゃんと寮の前で降りたじゃないか、とわたしは思っただけで口にはしなかった。

「あんなお化粧で夜勤ができるのかしら」

「落とすさ」

「きっと時間がかかるわよ。香水までつけて、まるで水商売みたい」

わたしは車を出し、マンションの玄関前につけた。ハンドブレーキを引いてから片目をつむり渋面をつくった。

「そんなに痛いの？」

と三千代が言った。痛みは消えていた。水商売がどうしたって？　とわたしは訊ねた。

「何よ」

「いまそう言っただろう」

「何のこと」

「時田の母親のことだ。前から疑ってるんじゃないのか」

「変なこと言わないでよ」

三千代がドアを開けて車を降りかけた。

「いまのうちにはっきりさせよう。疑ってるんだろう。あの母娘のことになるときみはいつも突っ掛かった言い方をする」

「そうかしら」

「僕がそんな軽率なことをする男だと思うか、児童の母親と」

片足を地面につけたまま、三千代がわたしを振り向いて言った。

「児童の母親の店で酔っ払うのは軽率じゃないの？」

三年も前の話だった。いまの小学校に赴任したての頃、歓迎会の流れで連れて行かれたのだ。それからしばらく通いつめた。

「やっぱり疑ってたのか」

「疑われるようなことをする方が悪いのよ」

「噂《うわさ》だけで実際は何もなかったんだ」とわたしは言った。場数を踏んだ猫が人の顔色を確かめるように三千代がわたしを視つめた。

「あたしに嘘はつかないでね」

「ああ」

「本当ね」

「僕が嘘をついたことがあるか？」

返事はなかった。三千代が外へ出てドアを閉め、わたしが助手席に移動して窓を下げた。

「この半年、酒を一滴でも飲んだか。タバコだってきみが嫌がるからやめてる。だいたい虫歯になったのもそのせいだ。酒もタバコもやめて口が寂しいから、好きでもないのに甘い物を食べはじめた。おかげで体重が5キロも増えた」

そう言いながら弾みでダッシュボードの灰皿を引き出してみせた。三千代は窓枠に手をかけ、腰をかがめて空の灰皿とわたしを交互に眺めた。

「何がおかしい」

「上へ行って挨拶だけしてくるから待ってて」

「最初から送って行けばよかったんだ」

素直にうなずいた女の顔を見ると気はおさまった。わたしに対する軽蔑の表情はちらりとも浮かんでいなかったと思う。あとで買物をしよう、とわたしは女の背中に声をかけた。明日の朝食に林檎を買って行こう。

するとと彼女は立ち止って答えた。林檎なら後ろの座席の紙袋に入っている。林檎だけでなく、今夜のために御節《おせち》料理の余り物と、味噌汁の具にするつもりで大根まで実家から提げてきた。御飯の心配もいらない。アパートに帰れば米の買い置きがじゅうぶんある。そういうことだった。わたしはマンションに入っていく三千代を見送り、ダッシュボードの灰皿を元へ戻して待った。そういうことなら、あとは食パンと卵とベーコンを買うだけでいい。

3

新学期に入ってまもなく、トオサワ看護婦からの電話は職員室にかかってきた。

わたしはその電話を給食のあとの昼休みに受けた。用件は一つで、わたしの虫歯の治療が終ったかどうかの確認だった。終っていないのなら、いつでも都合のいい時に予約を取ってあげますとトオサワ看護婦は言った。

受持ちのある教員はわたしを除いてまだ誰も教室から戻っていなかった。電話を取り次いだ教頭に、最初からわたしを名指しでかかってきたのかと訊ねるのは気が引けた。そのうちに同僚たちが姿を現しはじめた。笠松三千代は隣の席だから、話そうと思えば小声でも話せたのだが、わたしはそうしなかった。放課後、二人きりになる機会があったけれど、結局は切り出せなかった。

その日の放課後、わたしは職員室の窓際に立ってぐずぐず迷っていた。窓からは校庭が見渡せたが、すでに下校時刻を過ぎているので子供たちの姿はなかった。サッカーの試合用に引かれた白線が消えかかっているのと、ところどころに彼らの足跡が鱗《うろこ》の模様のように残っているのが目立つだけだ。

校舎の建っている土地と校庭との間には落差がある。落差のぶん地面を掘り下げたかたちなので、校庭は水の涸れた湖の底のように見えなくもない。その楕円《だえん》形の湖のほとりを一巡り、樟《くすのき》や銀杏《いちょう》や桜といった樹木が囲んでいる。それらの中に群を抜いて背の高い木が一本あって、名前がわからなかった。

たぶん二十メートルを越えているだろう。職員室は二階にあるのだが、他と違いその木だけは見下ろす感じにならない。葉を落としつくした枝は左右対称に鋭い角度で上へ伸びていて、しかも梢《こずえ》のほうは極端に短くなっているので、全体のシルエットはちょうど錐《きり》の尖端《せんたん》を拡大したようである。メタセコイア、という名前を同僚の誰かに聞いたおぼえがあるが確かではなかった。確かではないけれど、という口ぶりでその誰かも教えてくれたような気がする。

木の名前などその気になれば簡単に調べられる。

わたしは窓際に立つたびにそう思った。職員室の本棚に揃《そろ》えてある百科事典にあたれば済むことだ。もしメタセコイアという項目で見つからなければ、受持ちの教室には植物図鑑も置いてあるし、それは小学生向きの簡略物だが、図書室へ行けばもっと大きな図鑑で確かめることもできるだろう。いますぐにでも。しかしいつもそう思うだけだった。そのときも、いつものように窓越しに名前のわからぬ木と向い合ったまま動かなかった。わたしはすでに別のことを考えていたのだ。

前の日の午後、事務職員に薦《すす》められた歯医者で親不知を抜いた。その帰り道、自宅の近所で久しぶりに会った男からトオサワ看護婦の噂を聞かされたばかりだった。だから昼休みにかかった電話は、昨日の今日というわけだ。坂道の途中で車の中から呼び止められたのはまだ三時前だった。年次休暇の願いを提出してあるので学校に戻る必要はない。しかし、そういった事情を相手に説明するのは骨が折れた。だいいち口の中に脱脂綿が詰っていて、まともに喋れる状態ではなかった。わたしはただ左の頬を指さし、顔をしかめてみせた。

「歯を抜いたんだな」

と運転席の男が言った。

「いい年して虫歯か」

「痛そうね」

と後ろの座席から男の妻が言った。右側の助手席にくくりつけた専用椅子の上では赤ん坊が眠っている。うちに寄ってきたのか、とわたしは訊ねた。

「何だ？」

と夫の方が訊《き》き返し、あとから妻が答えた。

「ええ、お母様に挨拶だけ」

「土地を見に来たんだ」と夫が言った。「いっぺん自分の眼で見ないとな、やっぱり、いくら親父さんの保証付でも、大金かけて自分たちが一生住む家を建てるんだし」

それで、とわたしが言った。

「それで？ 気に入った、広さもじゅうぶんだ、おまえんちより見晴しがいいかもな。親父さんが京王閣の遠征から戻ったら、すぐにでも話を進めてもらう。さっきもお袋さんに頼んできた。たぶん決りだよ、地主が競輪ファンだって話だ」

わたしはまた黙ってうなずいた。

「今朝の新聞読んだか」と夫が上機嫌な声で続けた。「あとでお袋さんに見せてもらえ、俺《おれ》の名前が見出しで載ってる。きのう別府《べっぷ》で優勝して帰ってきたばかりなんだ。近ごろはペダルこぐにも気合入るわけよ、ガキのため、女房のため、おまけにこんだ家のためだろ？ こいつはこいつで早めに二人めが欲しいなんて言ってるしさ」

あなた、とそのとき妻がたしなめた。そしてこう言った。それより、ほら、あの看護婦さんの話を。

「ああそうだ、その話があった」と夫が言った。「何て名前だっけ」

「トオサワでしょ」と妻が教えた。

「うん、トオサワだ。よう色男、おまえ美人の看護婦に人気があるんだってな」

わたしは眉をひそめた。

「情けない顔だ」と夫が言った。

「痛いのよ」と妻が言った。

何の話をしているのかわからない、とわたしは声に出した。

「何だと?」と夫が訊き返した。

「ちゃんと説明してあげなさいよ」と妻が言った。

「トオサワって看護婦の知り合いがいるだろ」と夫が説明した。「彼女はおまえみたいに無口で背の高い男が好きなんだ。競輪選手は口数が多くて汗くさいからお断りだって、そう言ってるそうだ。おい、作家の名前、何とかっていったな」

「サン＝テグジュペリ」と妻が教えた。

「うん、サン＝テグジュペリ」と夫が繰り返した。

わたしはふたたび眉をひそめた。坂道を上ってきたタクシーが短くクラクションを鳴らした。ハンドルを切りながら夫がにやりと笑った。車はゆるやかに数メートル下り、タクシーとすれ違った。何の話をしてるんだ、と追いついてわたしは訊ねた。

「話にならねえな」と夫が首を振った。「はっきり喋れよ」

「無理言っちゃだめよ」と妻が注意した。「歯を抜いたばかりなんだから」

サン＝テグジュペリ、とわたしは言ってみた。

「作家の名前だよ」と夫が溜息《ためいき》をついた。

「愛読書なのよ」と妻が笑い声で言った。

トオサワ？　とわたしが訊いた。

「非番のときは寮のそばの喫茶店に行けば会える。いっぺん覗いてみろ、色男。ライフルとかマシンガンとか、そういった名前の店だ。どっちだった？」

「ショットガンよ」

「ショットガンだ」

という声を残して車は下りはじめた。わたしは追わなかった。笑顔のまま振り返って妻が軽く御辞儀をしてみせた。カーブを曲りきる前に夫が一度クラクションを鳴らした。

背後で笠松三千代の咳払《せきばら》いが聞こえた。校庭から小走りに石段を上ってくる作業服姿の男が眼に入った。昼休みにトオサワ看護婦からかかった電話の件を切り出すべきかどうかわたしは迷っていた。石段を上りつめた所にポールが三本立っている。あの管理員が校旗を降ろしてしまうまでに決めなければ、とわたしは思った。

管理員の手が紫の校旗に触れる前に、笠松三千代は椅子を引いて立ち上がった。職員室の中央に据えてあるガスストーブへ歩み寄ってスイッチを切り、また戻って来たが椅子には腰かけなかった。

「読んでみて」

と三千代は机の脇に立ち、学級日誌の頁を人差指で押さえた。

これが現実だとわたしは自分に言い聞かせた。知らない間に、知らない場所で、トオサワという女とわたしとの仲が噂にのぼっている。起こり得ないことだ。看護婦、サン＝テグジュペリ、ショットガン。それらの間には、まるで夢の中の出来事のように、追いついてゆけない飛躍がある。日直の児童の名を確かめてからわたしは読んだ。

「ゆーつ、と書いてあるのは憂鬱《ゆううつ》のことか」

「そんなとこじゃなくて、あたしも学校を休みたいって書いてあるの、ここ」

「ああ」

「変だと思わない？」

「何が」

「わかるでしょ？」

「身体測定がゆーつだから学校を休みたいと思うのは少しも変じゃない」

表紙を叩きつけるように三千代が学級日誌を閉じた。そのまま無言で机の上の本立に戻すのを見て、わたしは認めた。

「わかったよ。変だ、確かにあのおとなしくて優等生の木下《きのした》がこんなことを書くのは変だ」

「その通りよ」

「木下の母親はＰＴＡにはあまり熱心なほうじゃなかったな」

「ええ。見ててごらんなさい、土曜日にきっと時田直美は学校を休むから」

またその話だ。三千代は帰り仕度を始めた。わたしは窓に向き直った。少しのうちに陽が翳《かげ》り、校庭の周囲を巡る樹々の輪郭が濃くなった。

「身体測定の件では女子に同情的だったじゃないか」

「それとこれとは別問題よ。職員会議でさんざん話し合ったし、ＰＴＡだって納得ずくなんだから。だいいち、職員会議のとき一言も意見を出さずに黙ってたのは誰なの？」

「ぼくに文句があるのか。きみが怒ってるのは教頭に対してだと思ってた」

「あの人にいくら怒っても無駄じゃないの。ごもっともです、ごもっともですって校長の考えをなぞるしかないんだし。あたしが言ってるのはね」

わたしは振り向いて答えた。

「時田直美のことだろ？　あさっては学校を休むなと電話をかければいい」

「いやよ。時田の母親はね、内科検診でさえ女の子を裸にするのは校医の幼女趣味にすぎないって、そういうことを言う人なのよ。胸囲だって着衣のまま測れるって。一学期の身体測定のときにもう、御意見はじゅうぶんうかがいましたから、電話で。あたしあの母親に怒鳴られるのは懲り懲り」

一瞬、頭上で微かな音をたてて白い光が点滅し、すぐに部屋全体が蛍光灯に照し出された。入口脇の壁のスイッチに手をかけている小柄な男のほうへ、わたしは眼を向けた。

「暗くないですか」

と校内の見回りを終えて戻って来た教頭は訊ねたが、こちらの返事は待たなかった。きびきびした足取りで自分の机に近づき、鞄と車の鍵《かぎ》をつかむと顔を上げぬまま言った。

「校長はもう帰られました。校内に残っているのはおふたりさんだけですから、戸締り、火の始末、お願いします。ストーブとそれからタバコ。ああ、タバコは余計か、確か禁煙してるんだったね」

背広の上から青いジャンパーを着込んだ教頭は入って来たときと同じ足取りで、われわれとは一度も眼を合わせずに職員室を出て行った。開いたままの戸口をしばらく見守ってから三千代が呟いた。

「おふたりさんなんて、嫌な言い方」

「電話はぼくがかけよう」

「……時田の家へ？」

「木下のことは別に心配ない。クラスの女子の気分を代表して書いてみたんだろう。本気で休むつもりなのは時田だけだ」

「あたしもそう思う」

「じゃあこの問題は片づいた」

「聞かれたかしら、さっきの話」

「たぶんね。それより、いっぺんうちに来ないか。父のいるときに」

「いつ？」

「近いうちに。日曜がいい」

「そうね」

と言って三千代はうつむき、ショルダーバッグの中に筆箱をおさめてファスナーを閉めた。わたしはもういちど窓へ眼をやった。彼女にあの木の名前を訊ねてみようと思ったのだが、すでに夕闇が迫っていて見分けがつかなかった。

4

五年生の身体測定のあった土曜日、わたしの受持ちの女子児童が七人、学校を休んだ。もともと一学年の児童数が男女合わせて約七十名（二クラス）ずつの小規模な学校なのだが、それでなくてもクラスに七人の欠席者は多すぎた。わたしが想像した以上に、女の子たちは上半身裸になっての身体測定に反発を感じていたのかもしれない。

三千代のクラスには時田直美を含めて欠席した児童はいなかった。放課後、教頭と教務主任とをまじえて話し合ったあげく、二手に分かれて家庭訪問に走ることになった。わたしは教頭の車に同乗して四人の児童の家をまわった。そのうちの一つが共働きの家庭で、母親の勤めるスーパーマーケットまで出向いて面会を求めなければならなかった。

話はそれほど複雑ではない、というのが教頭の出した結論だった。

欠席した児童の母親のなかに、身体測定に関する強硬な意見の持主は見受けられなかったからである。つまり、職員会議の決定に反対して娘を休ませた母親は一人もいなかった。さいわい四人の児童もわたしに対して頑《かたく》な態度は見せなかった。保健室での身体測定には担任が必ず立ち会うことになっていて、それが（特に男性の担任の場合）女子の嫌がる原因の一つになるのだ。しかしわたしは彼女たちがたとえば胸囲を測るときに、窓の外を眺めるくらいの融通はきかせるつもりでいたし、その辺のことは四人ともわかってくれているようだった。

途中で連絡を取り合ってみると三千代たちがまわった方でも様子は同じである。おそらく、隣のクラスの女子が土曜日に休むという噂が事実よりもよほど大きく伝わって、七人は動揺したのだろう。それより他に考えられない。彼女たちが揃って特別の隠し事をしている気配は感じなかった。結局、二時間たらずで決着はついた。今日できなかった身体測定は月曜日の昼休みに保健室に集めて、他の児童たちと同様の方式でおこなう。教頭の結論に首を振る母親はいなかったし、また十歳の子供に反論できるはずもなかった。

スーパーマーケットの駐車場での最後の話し合いが終ると、教頭はそのまま車で帰宅すると言った。川べりのせいかあたりは風が強く、どうやっても火の点《つ》かぬタバコに教頭は苛立っていた。問題はひとまず解決したが土曜日の午後をつぶされて機嫌のいいはずもない。駐車場で一度、公衆電話の前で一度、わたしは迷惑を詫《わ》びた。相手は黙ってうなずくだけで、去り際にこちらの都合さえ訊いてくれなかった。しかしかえってその方がよかったのだ。もしそのとき教頭が面倒を厭《いと》わず車で送ろうと言い出していれば、わたしは断れなかったかもしれない。

教頭と別れたあとわたしはもういちど職員室へ電話を入れ、三千代と少し喋った。今後のことさえ考えなければ、教頭の言う通り話はそれほど複雑ではない。三千代はそんなことを言った。きっとわたしを慰めるつもりだったのだろう。月曜日の打合わせを済ませて腕時計を見ると三時だった。今日はもう学校へは戻らないとわたしは告げた。父が旅から帰るのは来週になるということも付け加えた。電話ボックスを出るとしばらく堤防の前に立って川を眺めた。水面が白く騒ぐほど風は強くしかも冷たかった。わたしは鞄を脇に抱え、時間をかけてコートのボタンを止めた。そして川沿いに2キロほどの道程を、トオサワ看護婦の待つ喫茶店へ向って歩きはじめた。

もちろん、その日のその時刻に彼女が行きつけの店にいるのかどうか、わたしは知らなかった。そのときわかっていたのはただ、コンクリートの堤防に沿って2キロ歩き続ければ、彼女の勤め先である総合病院にたどりつくということだけだ。堤防が途切れる橋のたもとで左へ折れると病院の建物が見えるはずだった。そのそばに、三階建ての看護婦寮はある。

十日前、彼女を送り届けて時田直美の家へ車を走らせた同じ道を、わたしは逆の方角に歩いていった。あらかじめ考えるべきことは何も浮かばなかった。だいいち、強風にさらされて歩く2キロの道程は、ゆっくりものを考えるには適していない。空模様さえ怪しくなっていた。後方からタクシーが追い抜いてゆくたびに、もう一台、とわたしは思わないではなかった。文字どおり寒さにふるえながら。もう一台通ればそれを捕まえ、橋を右折して自宅へ帰ろう。冷たい雨が落ちてこないうちに。しかし偶然には容赦がなかった。わたしが立ち止るたびに、すべてのタクシーは眼の前を橋とは反対の学校の方向へ走り去る。また思い直して身体を前倒しに歩き続けるしかなかった。そんなことを繰り返すうちに潮が強く匂った。橋を越えると河口が近いのである。

疑問は一つあった。あのとき、寮まで送るあいだに、わたしは歯の治療のことでトオサワ看護婦に何かを頼んだのだろうか。そのせいで彼女はわざわざ学校へ電話をかけてきたのだろうか。そうだとすれば、電話は三千代にではなく最初からわたしを名指しでかかってきたことになる。わたしはその点にずっとこだわり続けていた。

橋の手前で左へ横断歩道を渡った。渡りながら、偶然に賭《か》けようと思った。スーパーマーケットで働く母親と会うのが最後になったのは、偶然ではなく学校からの距離がいちばん遠かったからに過ぎない。しかし、そのスーパーマーケットが総合病院から遠くない場所にあったのは立派な偶然だろう。もし2キロ歩くことを遠くないと主張できるならの話だが。

病院の前を通り過ぎて、わたしはなおも思った。むきになってこだわるほどのことではない。トオサワという名字はどう書くのか。それと同じ程度の疑問だ。どうしても解かなければならぬ謎《なぞ》というわけではない。たぶん、もう一つだけ偶然が重なれば、非番の看護婦はいつもの喫茶店で愛読書を開いているだろう。初めて会ったときのように微笑みを浮かべて、わたしの疑問に答を出してくれるだろう。あるいは、もし偶然が、これ以上の偶然が起こり得ないとすれば、そのときは。すでにわたしの眼は店の看板を捕らえていた。

そのときはココアでも飲んで暖まるだけだ。

色といい形といい一粒のアーモンドを拡大したように見える木製の看板が軒先に鎖で吊《つ》られ、横書に黒くSHOTGUNと記してあった。通りに面した窓際の席に女が一人すわっているのが眼に入った。店の扉の窓は磨硝子《すりガラス》で、その上からやはりアルファベットの店名が被《かぶ》せてあり中の様子は窺《うかが》えない。ノブをつかんで手前に引くと鐘が鳴り響いた。入ってすぐ左手がカウンター席だった。女が一人ですわっているのは右の奥だ。そちらの方へ、カウンターの内側から男が訊ねるような視線を投げるのがわかった。

わたしは扉を背に佇《たたず》んだまま右を向いた。観葉植物の陰で、女はテーブルに本を開いていて、ちょうど眼を上げるところだった。トオサワ看護婦に違いなかった。気の強さとか、誇りとかいった言葉を思わせる額の広さ。相手がこちらを認めるより先にわたしは頭を下げてみせた。その印象と不釣合に人懐《ひとなつ》こい眼もと。偶然の勝ちだ。彼女は開いた本の上に片手を載せ、店内の暖房で汗をかいたのか折り畳んだハンカチで顎《あご》の下のあたりをあおいでいた手を止めて束《つか》の間《ま》わたしを視つめた。それから微笑んだ。サン＝テグジュペリ、とわたしは思った。

5

彼女の向いの席に腰をおろすとじきに雨が落ちはじめた。わたしはそう記憶している。注文したコーヒーが届くころには、激しさを増した白い雨脚が風の音とともに歩道に斜めに打ちつけていた。やがて窓の外の景色は水滴で滲《にじ》んで見分けがつかなくなった。遠くの空で雷が鳴った瞬間、大げさに身をすくめた女は、一足違いで濡れずにすんだわたしのことを、幸運な人、と言った。

しかし実のところそれは確かではない。雨が降りだした時間についてさえいまとなっては曖昧《あいまい》である。というのも、後に彼女が初めてふたりきりで会った雨の日のことを（嵐に閉じ込められた日、という表現を当人は好んだのだが）何度となく思い出し語ったせいで、そのたびにわたしは記憶を少しずつ訂正しているからだ。確かに、その日われわれがテーブルをはさんで向い合っているあいだ雨は降り続いていた。それは疑いのないところだ。だがその雨はどれほど激しかったのだろうか。果たして嵐と呼べるほどのものだったのだろうか。ここでのわたしは、後に彼女の物語った出来事をなぞっているに過ぎないのかもしれない。

彼女の思い出の中のわたしはいつも震えていた。これはおそらくその通りだったろう。なにしろ身体じゅうが冷えきっていたのだ。コーヒーカップの把手《とって》をつまむ指先までがひどく震え、それを見られるのがいやで二口めをためらったのを憶えている。雨音はいきなり強くなった。突風が起こり、雨粒を窓ガラスに叩きつけて通りすぎた。そして雷鳴。大げさに身をすくめてみせたあとで、女は微笑みを浮かべて言った。

「幸運な人ね。ほんの一足違いでずぶぬれになるところよ。もしかしたらいまの雷に当たってたかもしれない」

わたしは返事に困って眼をそらした。しかし水滴で滲んだ窓の外の景色はすでに見分けがつかない。居心地が悪かったのは店内の床が板張りになっていて、湿った埃《ほこり》とワックスの匂いが学校の教室を連想させたせいと、もう一つ、相手の芝居がかった台詞のせいだろう。ずっと後になっても、ふたりでいるとき彼女は常にそういう物の言い方をしたのだが、わたしは最後までなじめなかった。

「今朝から嵐になると思ってたわ」

と笑いを含んだ女の声が言い、わたしは眼を戻してうなずいてみせた。彼女は素肌のうえに丸首のセーターをゆったりと着こなしていた。髪をうしろで束ねているので細い頸《くび》が目立った。寒さに震えるべきなのは、コートを着たままのわたしではなくむしろ彼女のほうだったと思う。

「それから、その椅子にあなたがすわるのもわかってた。でもそれは今日じゃなくて」

コートを脱ぎかけた手を止めてわたしは言った。

「今日ここへ来るつもりはなかった」

「ええ。今日じゃないとあたしも思ってたの」

いつ、という言葉をわたしは呑み込んだ。コートはたたまずに隣の椅子に置いた。親指を内側に折りこんだせいかやけに細長く思える女の手が、テーブルの上に開いた色刷りの頁を押さえているのを見て、わたしは自分の気まぐれを悔やみはじめていた。綴《と》じ合わせの溝にボールペンが載っている。女が口調を改めて言った。

「学校へ電話をかけて御迷惑だったでしょう」

「迷惑なんて、そんなことは思わない。たぶんもう一日早ければ……」

「もう治ったんですね」

「抜いたんです、左上の親不知を」

「親不知？」

「生えだしたときはなんともなかったんだけど、気づいたら虫歯になってた。たぶんチョコレートを食べ過ぎたせいで」

女は笑いながら椅子の背にもたれかかると、尖《とが》った顎の先のあたりを折り畳んだハンカチで小刻みにあおいだ。

「あたしのチョコレートまで食べたせい？」

そして女のやけに細長く見えるもう一方の手の指先が、雑誌の――サン＝テグジュペリではなくて――占いの頁を叩いて見せた。

「欲しいものを手に入れるためにはそれなりの代償も覚悟して、とここに書いてあるわ。こんど右が虫歯になったら、あたしの病院で治してあげます」

「ありがとう。でもそれは僕の星座じゃない、きみは占いを信じるの？」

女はゆっくりかぶりを振った。

「ただ開いてただけ。星占いはね、だめなの。信じられない。だってもともとあたしには運命線がないんだから。誰かにあたしの未来が見えるなんてことはあり得ないの」

話しながら女は窓側へ寄り、人差指を使って水蒸気で曇った窓ガラスの上にてのひらの形を描いた。そして真ん中に縦の線を一本入れると、これが運命線、と言った。

「あたしのてのひらにはこの線がないわけ。ほんとうに、右手にも左手にもない。手相を見た人が驚いたくらいなの。ほら……」

女が身を起こしわたしのほうへ両手を伸ばした。セーターの袖は肘《ひじ》のちかくまでまくれている。わたしは前かがみになった。湿った埃とワックスの匂いの中に微かに甘い香料がまじった。そう感じただけで、女のてのひらに刻まれた皺を見分けることはできなかった。

「あたしほど幸運な人間はいないってその人はほめてくれた。きっと思い通りに未来が開ける、そう言ってた。運命線が出ていないのは、あたしの未来が誰かに決められていない証拠だから。誰かというのは、たとえば運命の神様に」

ふたたび椅子の背にもたれて女が笑い声になった。わたしは自分のてのひらを眺めるのをやめて眼を上げた。

「だから、あたしにはあたしの未来が決められるの。ほんのすこし先の未来だけど、思った通りのことが実際に起こったりするの。信じます？」

その質問には答えなかった。身体の震えはすでにおさまっていた。わたしはてのひらで包みこむようにカップを持ち、冷めたコーヒーを飲んだ。

「今日ここへ来るつもりはなかったんだ」

「でも、いつかは来てくれたでしょう?」

「いつ」とわたしは訊ねた。「いつ僕はここへ来ることになってた?」

女は首をかしげ、テーブルの端に載っている飲み残しの紅茶茶碗に眼をやって答えた。

「来週の土曜日?」

「来週の土曜日。どうして」

「ただそうなればいいと思っただけ」

「よくわからない。僕たちは十日前にたった一度会っただけだし、だいいち」

わたしが言い終らぬうちに女は横を向いて窓に顔を寄せた。女の唇が開き、一息でてのひらの絵がぼやけた。

「僕はきみの名前も知らない。トオサワという名字がどう書くのかも知らない」

女の人差指がガラスの上を動いた。しばらく待ってみたが、描かれたのは子供じみた落書でしかなかった。一筆書の矢印のようにも見えるし相合傘にも見える。もう一度ふっと息を吹きかけてから、女はわたしに向き直った。

「ねえ、あなたのてのひらには運命線が出てるでしょう?」

わたしは認めた。

「右にも、左にも」

「さっきまであたし、その椅子にあなたがすわっているところを想像してた、ほんとうに。そうしたら、いきなり」

「僕がこの店に入ってきた」

「ええ」

「信じられない」

女がまた笑った。声をあげずに、初めて会ったときとそっくり同じ笑顔をつくってみせた。釣りこまれて笑うのを堪えるためにわたしは頬に力をこめ片眼を瞬《しばた》かせた。

「じゃあ僕がこの店に入ってきたのも、一足違いで雨に降られなかったのも、きみが思ってくれたおかげになる」

「そうかもしれない」

「違う、今日ここへ来たのは偶然なんだ」

「あたしがここにいることも知らなかったの?」

「それは、聞いてたけど、でも」

「杉浦《すぎうら》さんにでしょう？　競輪選手の」

そのときすでに手が動いていた。わたしは女の華奢《きやしや》な手の動きを見守った。ボールペンをはさんだまま雑誌が閉じられ、脇の椅子におろされた。テーブルの上に一枚の葉書が残った。女の手がそれを押さえ、わたしのほうへ辷《すべ》らせた。読んでみて、と女が言った。

わたしは言われるままに読んだ。読むべきではなかったかもしれない。そんな思いが頭の隅を掠《かす》めた。葉書はわたしに宛《あ》てて書かれたものだった。読み終ると胸騒ぎをおぼえた。出口の見つからぬ迷路の中に入りこんだような気分があとに残った。いまのわたしにはよくわかる。そのとき、わたしはできれば自分の気持を否定したかったのだ。偶然に賭けてここまで来たことは失敗だったと、そう思いたがっていたのである。しかし美しい女文字で書かれた葉書はそこにあった。そしてわたしはそれを読んだ。最後の一行まで読み終えた瞬間に、わたしは悟っていた。眼の前の女との恋はすでに始まっている。

鵜川勉《うかわつとむ》様

先日は学校にまで電話をかけて御迷惑ではなかったでしょうか。反省しています。いろいろ考えていたのに、話すつもりのことを何も話せなくて車で送っていただいた御礼さえ忘れていましたね。

鵜川さんのことは以前からお友達の杉浦さんや石井《いしい》さんに聞いて知っています。車で送っていただいたときに気づいて私が思っていた通りの人だとわかってほんとは言い出したくてうずうずしてたんです（まさか虫歯までは想像できなかったけれど）。

いま寮のそばの喫茶店でこれを書いています。来週の土曜日にこのお店のマスターや病院の人たちで作っているアメリカンフットボールのチームの試合があります。よろしかったら一緒に応援にいきませんか？　お店の名前はショットガンといいます。昼間、時間が空いたときはたいていここにいます。御連絡を首をながくして待っていますから。

一月十四日　遠沢めい

6

七人の女子の身体測定は予定通り、月曜日の昼休みにおこなわれた。教頭がスケジュールを立て、しかも三千代が手伝ってくれたのでわたしの仕事は少なかった。四校時めが終るとただちに彼女たちを一階の保健室へ連れていき、あとは窓際に立って外を眺めていただけだ。二十分ほどで片がついた。問題は何一つ持ち上がらなかった。身体測定をうけた七人はもちろん、教室に残った子供たちも平静だった。保健室での後始末に手間取ってわたしが給食にありつけなかったことを除けば、普段と変らぬ一週間の始まりといってよかった。

火曜日の夜、遠征から帰った父と久しぶりに顔を合わせた。

われわれ父子はいつものように台所の食卓について、口数少なく、別々の献立の夕食をとった。それは母が後妻としてうちにやって来る前からの習慣だった。献立が違うのは単に好き嫌いのためではない。何事においても、運動選手とそうではない人間とを区別して考えるのが父の方針で、すでに中学に入る頃からわたしは後者と見なされていたのである。おかげで前の母と同様に二番めの母も長年にわたって二種類の料理を作り分けなければならなかった。独身時代の彼女は、当時、父がレース中に骨折して手術をうけた病院で栄養士として働いていた。わたしの最初の母が家を出てまもない時期だ。細かいいきさつは知らないが、おそらく、父が後妻を迎えた第一の理由は彼女の控え目な性格とともにその料理の腕前だったに違いない。つまり新しい母は、運動選手向きの資格をじゅうぶんに備えていたわけである。そのことは高校生になりたてのわたしにも感じ取れた。

水曜日、木曜日と家族三人での寡黙な食卓が続き、金曜日の午後、帰宅すると父の姿が見えなかった。土曜日から三日間地元で開催されるレースに、追加配分の選手として急の出走が決ったそうである。わたしは母から聞いた話を翌朝そのまま三千代に伝えた。日曜日の予定がまた一週間のびたわけだが、そのことについては三千代は何も文句は言わなかった。

土曜日の時間割を無事にこなし、普段と変らぬ一週間が終った。わたしはそう思った。職員室の椅子にすわってそう思いながら、週末は実家に帰ってすごすという三千代の話を聞いていた。彼女には六つ年の離れた兄がいて、同じく小学校の教員をしている。その兄のところに年末に三番目の子供が生まれたばかりなのだが、上の二人は男の子でこんどが初めての姪《めい》っ子ということもあり、赤ん坊の顔を見るのが楽しみだというようなことを彼女は話した。

まだ十二時をまわったばかりで、アメリカンフットボールの試合開始は一時のはずだった。三千代をターミナルまで送っていく余裕があるだろうか。そこへ事務員の女の子が現れ、校長がわたしを呼んでいると告げた。

われわれは帰り仕度をすませると階段を降りた。校長室は一階の正面玄関の脇にある。途中でわたしは三千代に訊ねた。身体測定の件に関して、校長が不満を洩らしたという話は聞かされていない。少なくともわたしには伝わっていない。月曜と火曜の二日間、校長は会議で学校を留守にしていたが、その後も、つまり出張から戻った後も、職員会議の席で変った様子はなかった。今回の問題に対しての、あるいはわたしに対しての含んだ発言というようなものも一切なかったと思う。その点を確かめてみたのだが三千代は答えられなかった。わたしは玄関で彼女と別れ、校長室の扉をノックした。

返事が聞こえたような気がしたので中へ入ったが、校長は椅子に深くもたれかかり眼をつむっていた。机は部屋の奥の窓際に据えてあった。わたしは来客用のソファのそばに立ち、しばらく待つことにした。

逆光のせいで居眠りしている校長の顔は影になっていた。わたしの立つ位置からは、玄関前に植えてある蘇鉄《そてつ》の葉が邪魔をして校庭を見渡すことができない。廊下を数人の足音が通り過ぎ、同僚の誰かの笑い声とともに遠ざかった。そのあとに沈黙が来て校舎全体がしんと静まりかえった。

ドアの上の鴨居《かもい》には、論語から引いた八つの漢字が額縁《がくぶち》に入れて掛けてあった。學而不厭、誨人不倦。職員会議での校長の決り文句だったから、わたしはそらで読み下すことができた。学びて厭わず、人を誨《おし》えて倦《う》まず。ドアをはさんで両側の壁にも黒い額縁が配列してあり、左右合わせて十二人、歴代校長の顔写真が部屋の中央を見据えていた。笑った顔も、女の顔もない。十二人とも怒りを堪えたような表情の男たちだ。一ダースの出世した男たちの顔写真。誰かまた一人、階段を降りてくるスリッパの音が聞こえた。鞄とコートをソファの上に置いたとき、やっと校長は眼を開いた。

「失礼」

と声を上げて校長は片手に持ったままの雑誌でソファを指し示した。

「かけてください。こうやっていると背中に陽が当たって気持がいいもので、ついうとうとしてしまう」

鞄の横に腰をおろし、不機嫌な顔つきの六人を見上げていると、あくびまじりの声が何事か訊ねた。独り言《ひとりごと》とも取れる抑揚だったが、わたしは左端ののっぺりした顔の写真から窓際へ眼を移した。校長が繰り返した。

「シニアサービスという名のタバコがあるのかな」

「はい？」

「シニアサービス。鍵はヨーロッパのタバコなんだが、どうしてもそういう文字になる」

「クロスワードですか」

「そう、ゴロワーズでは文字数が足らんし、考えているうちに眠くなった」

机の上に雑誌が投げ出すように置かれた。

「わたしの解き方がまちがってるのかもしれない。禁煙は続いてる？」

「なんとか」

「それはよかった」

椅子にすわったまま校長は一つ伸びをした。立ち上がるとこんどは両手を腰に当て、首をぐるりと回してから言った。

「先週の土曜は御苦労だったようだね」

「申し訳ありません」

「教頭さんがぼやいてます、あれで腰を冷して持病の神経痛がぶりかえしたって」

ノックの音がして扉が開き、魔法瓶を抱えた事務員が入ってきた。

「彼、今日から泊りがけで温泉につかりに行くそうです」

と校長はわたしに笑顔を向け、それから事務員に声をかけた。

「ありがとう、そこに置いて下さい」

入口近くの書類棚の上に魔法瓶が置かれた。事務員が退がり、校長がわたしの前を通って書類棚に歩み寄った。そこには、魔法瓶の他に、盆の上に伏せられたコーヒーカップとネスカフェの瓶が載っている。わたしはソファの上ですわり直して訊ねた。

「欠席した子供の身体測定は月曜に済ませたんですが、そのことでまだ何か」

「いや、別にありません」

と校長は振り向かずに答えた。

「後を引くような事件ではないと報告をうけています。教頭に言わせれば、結局、残された難題は腰痛だけだという話です」

ほんの少し間があって、咳払いが聞こえた。笑うべきだったのかもしれない。

「来てもらったのはその話ではないんだが」と校長がこちらを見て言った。「鵜川先生、今日は急ぎの用でもありますか」

「いいえ」

「よかったらコーヒーを一杯つきあって下さい」

すでにカップは二つ用意されていた。わたしは黙って湯の注がれる音に耳をすました。まもなくインスタントコーヒーが出来上がり、校長が二つのカップをテーブルまで運び、向い側に腰をおろした。受皿の縁に角砂糖が二個、添えてあったが、わたしは手を触れなかった。

左手に受皿を、右手にカップを持ち、一口すする前に校長が訊ねた。

「ミルクを入れたほうがよかった?」

「これでけっこうです」

「砂糖を取るか、ミルクを取るか、どちらかを選べと迫られてね」甘いはずのコーヒーを一口すすると苦い顔つきになった。「このさき一キロ太れば寿命が一年縮まるそうだ。棺《かん》桶《おけ》を担ぐほうの身になれなどと、むごいことを言う」

「医者がそんなことを？」

「娘だよ」

と校長はソファに深く沈み込み、せりだした腹の上で両手を組み合わせた。

「下の娘が内科の病院へ嫁いでいるもので、しょっちゅう電話をかけてきては旦那《だんな》の受け売りで脅しをかける。医者よりたちが悪い」

相手の顔がにこりともしないので、笑うべきかどうかまた迷った。楽にして、と校長が言った。それほど時間を取らせる話ではないから。わたしは以前、校長とふたりきりで酒を飲んだときのことを思い出した。わたしの仕出かした不始末のせいで、たぶん校長は新任の教員を諫《いさ》めるつもりでそういう席を設けたと思うのだが、肝心の話題には一言も触れず、そのときもやはりこちらが応対に困るような身内の話を表情ひとつ変えずに喋った。妻に死なれて以来、ずっと独り暮しを続けている。だから朝晩の食事は自分でつくる。面倒は面倒だが、口うるさい妻がしじゅう脇にいるよりはましだ。他人は男やもめの不便さに同情してくれるが、強がりではなく自分はこの年でやっと手に入れた静かな生活に満足している。

「鵜川先生は確か、この小学校に赴任して三年目でしたね」

と校長が切り出した。わたしはカップを皿に戻してから答えた。

「今年の春でまる三年になります」

「すると笠松先生のほうが一年先輩になるわけだ」と校長が言った。「彼女が赴任したのはわたしと同じ年だった」

「ええ」

「鵜川先生が三年目、笠松先生が四年目、そういうことですね」

わたしはうなずいてみせた。

「去年の秋の意向調査では、鵜川先生は離島への転任を希望しましたか」

「確か、そうしたと思います」

「そう」

と呟いて校長は何度もうなずき返した。

「まあ意向調査といっても、若い先生がたにとって離島への赴任は義務づけられているわけだから、あれは形式的なものです」

「はい」

「それでね、ここからは内密の話なんだが。どうやら、鵜川先生の転任希望は今年は見送りになったらしい」

そこで大きく身じろぎして、校長は背広の前を掻《か》き合わせた。

「少し寒くないですか。さっきストーブを消してしまったから」

「いいえ、僕は別に。今年は見送りというと」

「つまり、このままいけば、もう一年この学校に勤めてもらうことになります」

「このままいけば」

「そうです。実は教育委員会の人事班に大学の後輩がいるもので、出張のついでに探りを入れてみました。こういうことはルール違反にはちがいないが、しかし教職員の人事に関しては特殊事情という言葉もあるわけで」

「お話の意図がよくわからないんですが」

「わかりませんか」

と校長が怪訝《けげん》そうにわたしを見て言った。

「どうも、まわりくどい話し方はよくないね。率直に言いましょう。笠松先生の転任が内定しています」

わたしは返事に詰った。校長が身を乗り出し、音をたててコーヒーをすすりながらわたしの顔色を読んだ。

「そうですか」とわたしは答えた。

「おわかりですね」

と言って校長は腰を浮かした。

「やっぱりちょっと冷える。失礼してむこうへ移らせてもらうよ」

特殊事情、と校長が言ったときに察しがつかないではなかった。しかしその言葉が校長の口から出ること自体、わたしには不意打ちだった。いま思えば実にうかつな話だが、三千代とわたしとの関係を、当人たち以外に知る人間がいるとはその瞬間まで思いもかけなかったのである。

「転任が内定している場合、取り消しはまず不可能です」

窓際の椅子に戻って校長が口を開いた。

「ただし逆の場合に、特殊事情に該当する理由があれば、いまからでも転任の申し立てができます、つまり鵜川先生の場合、笠松先生との」

「しばらく時間をいただけますか」

とわたしは頼んだ。椅子をきしませてから校長が訊き返した。

「どれくらい？」

「ここで考えて、一人で決められる話ではありませんし」

「うん、それはそうだ。ふたりでよく話し合って決めるべき問題です、これは」

わたしはただ黙って頭を下げた。

「そうして下さい」と校長が言った。「大事なときですからね。じゅうぶん話し合うに越したことはない」

日差しは机の端まで届き、肘掛けに両腕を載せた校長は薄く眼をつむっていた。普段は灰色がかった髪が、綿を被ったように光って見えた。眼をつむったまま校長が続けた。

「ともに言うべくしてこれを言わざれば、人を失う、と孔子の言葉にもあります。話し合うべきときに話し合わなければ、相手に逃げられてしまう」

「はい」

コートと鞄を手にわたしは立ち上がった。

「お父さんはあいかわらず自転車に乗っておられる？」と校長が訊ねた。

「幾つになられますか」

「今年でちょうど五十に」

「そう。五十といえば、おそらく、選手としてはそろそろ辛《つら》い年齢だろうね」

答を迷っているうちに校長が言った。

「わたしにとっても来年は引退の年になります。できれば、両先生とは最後の一年をともに過ごしたかったのですが、まあこればかりは仕方がない、残念ではあるけれども」

それから校長はもういちど椅子をきしませると、いままでとは打って変って事務的な口調で、

「異動の公式な発表は三月の二十日です」

と告げた。

「遅くとも一カ月前には返事を聞かせて下さい」

7

日曜の朝、自宅へ電話が二本かかってきた。一本目は時田直美の母親からで、ゆうべ仕事から帰ったら、また娘が家出をしていたという内容のものである。行先はいつもと同じで父親のところだから、騒ぎ立てるほどのことでもない。ついいましがた、直美をバスに乗せたとむこうからも連絡があった。ただ、自分はどうしてもはずせない予定があって迎えには行けないので、申し訳ないが今回も代りを頼めないだろうか。

二本目は出がけにかかった。相手は遠沢めいである。何よりも先に、わたしはフットボールの試合に行けなかったことを謝った。だが彼女はその話に耳を傾ける様子もなく、もし電話にわたしの母が出たら何と言おうか、それればかり考えて胸がドキドキしていた、と

そんなことを喋る。ふたりで会ったときに比べると女の声は遠慮がちに聞こえ、逆にわたしの声は普段よりも大きかった。病院からかけているのかと訊ねると、今日は夜勤だしおまけにショットガンも休みなので、夕方まで寮にいるしかないと笑い声が答えた。失敗を犯したのはそのすぐあとだった。これから会えないかと彼女が言い出し、わたしはろくに考えもせずに、ちょうどいい、いま出かけるところだからと答えてしまったのである。

ターミナルの二階の喫茶室に入ると早くもわたしは後悔していた。窓際のテーブルが空いていたので、そこから一階の待合所のほぼ全体を見渡すことができた。到着したバスを降りた客は仕切りの硝子の扉を押して待合所へ流れ込み、喫茶室のほうへ向って進んだあと右と左の出口へ別れる。その流れの中に、家出した児童と、実家から戻るはずの担任の女教師と、わたしは二つの顔を探さなければならなかった。もし時田直美を先に見つけてターミナルを出ることができればそれがいちばんで、二番目にいいのは笠松三千代を先に見つけ、気づかれぬままやりすごすことだ。三番目からあとの可能性は避けたかった。運が良ければどちらかを先に見つけられるだろう。遠沢めいを待ちながらわたしはそう思った。運が良ければ。

三十分ほど遅れて遠沢めいは喫茶室に現れた。わたしは児童の家出の件について手短に話した。むろん彼女は時田直美のことを憶えていた。あの赤いダッフルコートの女の子ね。

そう言ってうなずいたのだが、彼女じしんもその日は同じ種類の濃紺のコートを身につけていて、最初に会ったときよりも、二度目に会ったときよりも幾つか若く見えたように思う。事情を知ると、窓の外をしきりに気にしながら彼女はこう言った。

「下へ降りて待ったほうがよくない？」

「もう少しここで様子を見よう」とわたしは答え、「途中で道草を食ってるかもしれないし。その紅茶を飲み終るまでは」と付け加えた。

するとと彼女がレモンティーのカップを持ち上げ一気に飲んだ。わたしは眼をつむりたくなった。

「父親がバスに乗せたという連絡は入ってるんだ。でもそのまままっすぐ帰って来るとは限らない。気が向けば途中下車して、デパートの中を歩き回ったり、アイスクリームを買って食べたり、十歳の子供が平気でそういうことをやる。それで補導されたこともある。おとなしくバスに乗っててくれればいいんだけど、なにしろ、家出だから」

「もし乗ったままだとそのバスは何時に着くの？」

「十五分置きだから、次はあと五分で」

「やっぱり下へ降りましょう」

しかし五分後に着いたバスにも、その十五分後に着いたバスにも時田直美は乗っていない。われわれは待合所の壁際に据えられた椅子に並んで腰をおろし、もう一つ次を待つことになった。

発車と到着を知らせるアナウンスが何度も繰り返され、バスに乗り込む人々の長い列と、バスを降りて来る大勢の人々とで待合所は混み合いはじめた。わたしの左隣には遠沢めいが、右隣には膝《ひざ》の上に紙袋を置いた老人がすわっていた。紙袋の中身は蒸しパンで、老人はそれを両手で小さくちぎっては口の中に入れ、時間をかけて黙々と嚙み続けた。その隣では中年の女性が眉をひそめ、スカートのごみをつまんでいる。十五分経つとわれわれは腰をあげ、発着ブースと待合所を仕切るドアのそばまで歩いて直美の姿を探した。またしても空振りだった。

再び壁際の椅子に戻ると、老人は依然として蒸しパンを嚙んでいた。その隣の席は中年の女性から自衛隊の制服を着た青年に入れ替っている。妙なことになった。わたしは冷や汗がでるほど緊張もしていたし、一方で、徐々にこみあげる笑いを押さえることもできなかった。日曜の午後、夜勤の看護婦とふたりで家出した子供を待ちかまえ、しかもその子供の担任に、自分が結婚を約束したはずの女に出くわさないかとびくびくしている。この有様はいったい何だ。

「ねえ」と遠沢めいの手がわたしの腕に触れたので、振り向くと、彼女の眼は人込みのなかの一点を見据えていた。

「何？」

「あの子が着いたら、三人で港へ行かない？」

もういちど彼女の視線をたどってみて、納得がいった。掲示板に貼《は》られたポスターの文字が、発車を待つ人々の列の間から見え隠れに読み取れる――港への直行便、シャトルバス運行。わたしはまた笑いたくなった。

「船を見て喜ぶような子供じゃないよ。あの子は普通の小学生とは少し違う」

「でも、こないだはチョコレートを喜んで食べてたわ」

「チョコレートは例外」とわたしは強引に言った。「船はきっと喜ばないと思う。それに外はまだ寒いから風邪を引かれても困る」

「レストランの中からだって見えるのに」

「レストラン」わたしは笑い出した。「家出した御褒美《ごほうび》に港のレストランへ連れていくのかい」

「母親に叱《しか》られる？」

「母親は叱らないよ。娘の家出には慣れっこだし、もうはんぶん匙《さじ》を投げてる。きょうもここはぼくに任せて着物の展示会に出掛けたくらいだから」

「その代り鵜川先生がうんと叱るのね」

「いや、ぼくじゃない」

笠松先生が、と言いかけて口を噤んだのは自分の冷酷さに嫌気がさしたからではなかった。ただ、現れてほしくない人物の噂はしないほうがいいと思ったのだ。わたしはあたりを素早く見回し、言い直した。

「叱るのは、ぼくは苦手なんだ」

「三千代さんね」と彼女が言った。「だったら、三千代さんには黙ってればいいでしょう?」

隣の老人が音をたてて紙袋をまるめた。それから腰を上げると、待合所の人込みには一《いち》瞥《べつ》もくれず壁に沿って出口のほうへ歩いて行った。空いた椅子の上に自衛隊の青年が旅行鞄を置いた。

「きみはちっとも怒ってないんだな」とわたしは話を変えた。「フットボールの約束を破ったこと、電話でも叱られるかと思ったのに」

「フットボールなんてどうでもいいの」

「どうでもいい」

「だってルールも知らないんだもの。あなたは知ってる?」

「知らない」

「ね？　知らないどうしで見たってつまらないでしょう？　それにグラウンドで応援するのは寒いし、選手の人たちって近寄ると汗くさくて嫌い」

マイクロフォンを通した女の声が吹き抜きの待合所に響いた。まもなく三つのブースにバスが到着する。案内を聞き終ると、彼女の唇の脇に小さな傷のようなえくぼが浮かんだ。

「フットボールは会うための口実だったからいいの。きのうは待ちぼうけでも、きょうこうやって二人で会えたからもういいの」

「二人で港へ行こう」とわたしは言った。

「三人で」

と彼女が立ち上がりながら答えた。

「本人が行きたがったらいいでしょう？　三千代さんには内緒。あの子きっと今度のバスに乗ってるわよ。そんな気がする」

そして次のバスが着き、赤いダッフルコートに身をつつんだ子供は真っ先にステップを駆け降りて来た。わたしは苦笑いで迎えただけでほとんど喋らなかった。子供の身体に触って笑いかけ、眼の前にしゃがんで、魔法の呪文《じゅもん》を唱えたのは遠沢めいである。彼女は予感し、望み通りのものを手に入れる。時田直美は眼を輝かしてわたしを見上げた。

「お船を見に行くの？」

「寒いぞ」とわたしが注意し、「レストランでチョコレートパフェを食べよう」と遠沢めいが気を引いてみせた。

「チョコレートパフェ？」と直美。

「でも笠松先生には内緒よ」

遠沢めいが晴れやかな笑い顔をわたしに向けた。そのとき、もう一台のバスが入って来るのが見えた。わたしの視線を遠沢めいが追った。バスが停車し、停車したバスのドアが開き、開いたドアから最初の客が降り立った。

「さあ、行こう」とわたしは思わず言った。

「お船を見に？」と直美が繰り返した。

「駐車場に先生の車を止めてある」

「鵜川先生の車に乗って、三人でお船を見に行こうね」

色違いの揃いのコートを着た二人が手をつなぎ、先に歩き始めた。振り返らぬほうがいい、とわたしは二人の後ろを歩きながら思った。もし、あのバスに笠松三千代が乗っていたとしても、いまならまだ気づかぬふりができる。だがもし、あのバスに笠松三千代が乗っていたとしたら、われわれ三人の姿に気づかぬはずはないだろう。紺色のコートが赤いコートに訊ねている。

「むこうへ行って楽しかった？」

「うん」

「どんなことをしたの？」

「地下鉄に乗って、それから」

「お父さんと？」

「ううん」

「一人で？」

「うん、一人で乗った。そしてね……」

ターミナルビルの出口の前で一度だけ立ち止った。立ち止って、後方の吹き抜きの天井を振り仰いだ。背後から名前を呼ばれたような気がしたのだが空耳だったに違いない。両手に荷物を提げた二人連れがわたしを追い抜いた。その二人を通すために出口の扉を押さえてやりながら、遠沢めいがこちらに笑顔を向けた。先生、と直美が呼んだ。鵜川先生、と遠沢めいが呼んだ。もういちど振り返りかけてわたしはやめた。あのバスに笠松三千代が乗っていたとは限らない。そう思いながら、声の方へ歩いて行った。

8

いま日曜日の真夜中です。たぶんもう鵜川先生は眠ってしまっただろうと思いながら休憩時間にこれを書いています。今日の三人のデート（?）はとても楽しかった。でも私までチョコレートパフェをごちそうになってちょっとずうずうしかったかなと反省もしています。直美ちゃんは風邪よりもおなかをこわさないか心配ですね。もし私のせいで病気になったら、この病院で治してあげましょう。

さっきからお茶が冷めると言って、先輩の優しい看護婦さんがこっちをニランでいます。ナースステーションで飲むお茶ほどまずいお茶はないといつも不平を言っている先輩なのですが。休憩が終ったらまた仕事に戻ります。朝の八時までの勤務です。走り書きになりましたが、このまま病院のポストに投函します。おやすみなさい鵜川先生。このつぎ会える日を楽しみに。

遠沢めい

前略。ごきげんいかがですか？　鵜川先生、私はきょう一日のお勤めが終ったところでくたくたです。もうじき午前一時半になろうとしています。今日は準夜勤の日だったので十二時まで病院にいて、申し送りを済ませてついさっき寮に戻りました。大きな手術をした患者さんを三人もかかえているので仕事はいつにもまして大変です。いまお風呂あがりでやっと落ち着いてこれを書いています。お風呂に入ってもなかなか疲れは取れません。いつものことだけどフクロウのように眼がさえるだけで明け方まで眠れそうにありません。でもお風呂に入らないと消毒液の匂いがからだに染み込んでしまいそうな気がしてもっと眠れないのです。

眠れないときいつもなら本を読んで眠くなるのを待ちます。自分で買ってきた雑誌や小説好きの友達から借りた小説を開いて窓の外が薄明るくなるころには眠ってしまいます。そんな癖がついているので枕元《まくらもと》に本のないときは悲劇です。

昔の友達や病院の先生、婦長さんの似顔絵を描いて時間をつぶすこともあります。似顔絵といっても鉛筆の落書だけれど、小さい頃からの習慣で白い紙さえあれば一時間でも二時間でも夢中になって描きつづけます。他にラジオの音を低くして聞いたりもしますが、聞いてるうちにますます眼がさえてきて急に心臓の鼓動が早くなるのがわかります。このままずっと眠れないんじゃないかと不安になるからです。こんなことを繰り返していたら本物のフクロウになってしまうと思いながら、どうしようもなくてただ寝返りばかりうってそのうちにとうとう朝が来て雀《すずめ》のさえずる声が聞こえてくると悲しくなります。普通の人たちが眠っている夜に働かなければならない仕事は本当にいやです。真夜中にお湯の音を気にしながら入るお風呂もいやです。新しい病院のなかには外来の患者さんだけを診《み》るところもあってそういう病院では準夜勤も夜勤もありません。実際にそこで働いている看護婦さんの話を聞いたりするとうらやましくなります。もし空きがあれば来月にでも移りたいと思うほどですが、でもいまの職場はただでさえ手が足りなくて困っているので簡単に辞めるわけにもいかず、当分のあいだ私の悩みは解決しそうにありません。

おとついの日曜の御礼を書くつもりが最初から自分の話ばかりになってしまいました。鵜川先生、いま時計は何時ですか。この手紙を一日のうちのどんな時刻に読んでいますか？　日曜日は朝から晩まで運転手を務めていただき、お疲れさまでした。そのうえ今回は晩ご飯までごちそうになってしまい、我ながら会うたびにずうずうしいことだとまた反省しています。初めてふたりきりで車に乗せてもらって一日じゅう一緒にいていろんな話もできたけれど、いま思い出してみるとやっぱりあの日も私は私のことばかり喋ってそしてあなたはときどき質問するだけでずっと私の話を聞いてくれていた、そんな印象です。

でも実を言うと私はあのとき喋ったことの半分もろくに憶えていません。不思議なことにいまはあのとき喋れなかったことのほうをたくさん憶えています。鵜川先生、本当に、私には言い足りなかったことがたくさんあります。初めて会ったときもそうだったし会うたびにそうなのです。言いたくて言い足りないことがたまっていくようなもどかしい気がします。たとえばさっき書いたような不眠症の話や時間つぶしに似顔絵を描く話をふたりでいるときに何故しなかったのか不思議でなりません。それからお茶の好きな篠崎《しのざき》先輩の話をしたのにもう一人の友達から借りたままになっている小説の話さえできませんでした。それはこんど会ったら話そうと前々から思っていた話だったのに。鵜川先生と別れたあとはいつもなんだか宿題を忘れた子供のような気分になってしまいます。

ところで昨日またあなたの同級生の杉浦さんが石井さんのお見舞いにやって来ました。あたしの顔を見るたび杉浦さんはあなたのことばかり話しかけてきます。サン゠テグジュペリから連絡はあったかと必ず言います。昨日も石井さんと一緒に少年時代の思い出話をさんざん聞かされました。そのなかで特に意外だったのは小学校から高校を卒業するまで一日も休まずに続けたという新聞配達の話です。本当ですか？　ねえ鵜川先生、私には言い足りないことだけでなくて聞き足りないこともたくさんあるのですね。言い足りないこと、聞き足りないこと、どちらも私にはもどかしくて仕方がありません。これから何度もふたりで会っていろんなことを話すうちにそれは無くなっていくのでしょうか。それともどれだけ話してもやっぱり足りないものは残るのでしょうか。

とりとめのない手紙になりそうです。少しだけまぶたが重くなってきました。日曜からずっと暖かい日が続いていますね。今日で二月になったばかりだというのに外はまるで桜の季節のような陽気です。ラジオの天気予報はもういちど寒い冬が戻ってくると言っていますが本当でしょうか。予報がはずれてこのまま春になればいいのに。昼間、川沿いの道をすこし散歩しました。ボート小屋も開いています。春になったらお弁当を持って花見に行きましょう。それからふたりでボートを漕《こ》ぎましょう。まぶたがおもくてたまらない。おやすみなさい。フクロウももう寝ます。

遠沢めい

鵜川先生、天気予報が大当たりで私はいまにも凍えそうです。お元気ですか。十日ほど顔を見ないだけなのにずいぶん長いあいだ会っていないような気がします。あさっての日曜日も日勤なので電話をかけられそうにありません。

でも十四日には期待をかけましょう。甘い甘いチョコレートを贈って鵜川先生の残りの親不知まで虫歯にしてあげます。予定では準夜勤の日ですが、もしかしたらお願いして誰かと代ってもらえるかもしれません。

もし願いがかなわなくても夕方までに三十分でも時間をつくって会えればいいと思っています。そのときを楽しみに。大切な日に風邪なんか引かないでくださいね。

メイ

二月十四日は早朝から雪になった。

午前中は児童の登校に支障をきたすほどの降りではなく、時折、風に吹かれて白い塵《ちり》のようなものが舞っているだけだった。ところが午後に近づくとしだいに風が止み、厚ぼったい雪が垂直に、間断なく落ちはじめた。四校時めの授業が終りかけた頃、子供たちの中からとつぜん悲鳴に近い歓声があがり、振り向くと、すでに窓の外は降りしきる雪で視界がきかなかった。

実はちょうどその時刻、遠沢めいからの電話が職員室にかかっていたのである。むろん教頭は授業中だからと断って取り次がなかった。あるいは、それがもう五分でも遅ければ(つまり授業がすでに終っていて、わたしが電話に出ていれば)、事情は違っていたかもしれない。少なくともこの日の午後に起こった出来事のいくつかは違った形で現れたかもしれない。ずっと後になって、わたしは何度となくそう考えることになった。

四校時めが終り、給食の時間に入るとまもなく、教務主任がまわってきてわたしを廊下へ呼んだ。午後からの授業を打ち切ります、校長の判断です、と彼は言った。それから廊下側の窓を見て、この雪は一日じゅう止まない、と付け加えた。測候所へ問い合わせたところ、止まないどころか夕方から夜にかけてますますひどくなるという予報である。下校中の万が一の事故を恐れて校長は授業の打ち切りを決めた。そういうことだから、給食を済ませたらできるだけ速やかに子供たちを引率し、集団下校させる。地区委員の家庭にも電話を入れて保護者間の連絡をお願いし、迎えに来られる親たちには来てもらうようにする。それだけ喋ると教務主任は次の教室へ向った。

校長の決定はなによりも子供たちを喜ばせ、引率にあたった教員をてこずらせる結果になった。激しく降る雪と、学校を早引けできることの両方で子供たちはすっかり落ち着きをなくしていた。外へ出ると十メートル先も見分けにくい状態だったが、一人として不安がる様子もみせなかった。なにしろ彼らは午前中から外へ出たくてうずうずしていたので幾つ雪玉をつくって放り投げても飽きなかったし、車に注意しろと何べん声をはりあげても無駄だった。雪合戦の合間にバレンタインのチョコレートを渡す女子もいて、渡された男子と冷やかした男子との間で小さな喧嘩《けんか》もおこった。最初から最後まで集団下校の列は乱れがちで、しかもなかなか前へ進まなかった。

疲れはてて学校へ戻ったのは二時過ぎである。職員室にはすでにほとんどの教員が顔を揃え、ストーブの周りを囲んで濡れた服を乾かしていた。しばらくその仲間に加わってから、残りの勤務時間をわたしは教室へ行って過ごすことに決めた。壁に貼りっぱなしになっている子供たちの習字の作品を、そろそろ図画に取り替えなければならない。

職員室を出ようとすると教頭の声に呼び止められた。

「鵜川先生、メモはご覧になりましたか、机の上に置いといたんですが」

わたしはしぶしぶ自分の机まで歩いて行った。教頭の声が追いかけた。

「女性のかたから昼ごろ電話がかかったんです。ばたばたしていてお伝えする暇がなかったものですから。急ぎの用事ではないということでした」

ペン立てを重しにして置かれたメモ用紙にはこう書いてあった――病院のトオサワさんより電話あり、連絡をお待ちしているとのこと。

わたしはそれを丸めて捨ててから、隣の机の笠松三千代に眼をやった。彼女は振り向かなかった。うつむいたままテストの答案に小さな丸を連続して三つ描き、一枚めくって次に移った。いくら待ったところで何も起こらないのはわかっていた。おそらく彼女は机の上のメモをとうに読んでいて、それについては一言も訊ねないだろう。わたしはためいきを堪え、時間がきても職員室へは戻らなくてもすむように鞄を持ってその場を離れた。

むろん彼女はわたしが重い口を開き、そもそもの始まりから話して聞かせるのをずっと待っていたに違いない。けれどわたしには一言でも自分から切り出す勇気はなかった。あの日曜から（時田直美が今年に入って二度めの家出をした日曜から）三週間以上が経ち、その間にわたしが取った唯一の態度は口を噤むことだった。わたしは彼女に何一つ打ち明けなかったし、彼女もわたしに何一つ訊ねなかった。校長から持ちかけられた転任の話や、いつか父親に会わせるという約束についてさえ口を噤んだが、そのことも彼女は咎めなかった。

わたしが先に沈黙し、彼女が沈黙で答える。われわれの間から私的な言葉はほとんど消えてしまい、まるで一年前の、親しくなる以前の関係に戻ったように、職員室でわたしは隣の女の横顔を盗み見ることに慣れた。どうしても事務的なやりとりの必要なとき、笠松三千代はやっと振り向いてわたしの喉仏《のどぼとけ》のあたりを眺め、話が終るまで眠たそうな表情を変えなかった。

正直に言うと、頑に口を閉ざした女を見ているうちに、ときどきこう考えることがあった。彼女はわたしが話し出すのを待っているのではなく、わたしとの話し合いを避けているのではないか。すでに彼女はわたしという気まぐれ屋の男を見放しているのではないか。できればこのまま、何事も起こらず、時間だけが過ぎていくことを、わたし同様に彼女も望んでいるのではないだろうか。何も打ち明けず、何も質問されず、何も話し合わぬままふたりの関係が消滅する。そういう事態を彼女のほうこそ望んでいるのではないだろうか。少なくとも二月十四日の午後、受持ちの教室にひとり残って壁の展示作品を貼りかえているときまで、わたしはその考えを捨て切ることができなかった。当然のことながら、それは大きな間違いだったのだが。

夕方五時近くになって玄関へ降りていくと、時田直美がわたしを待っていた。顔を見るなり、手袋をはめたままの手でチョコレートの包みを二つポケットから取り出し、一つは自分から、もう一つはママからだと言う。おそらくマンションから学校まで歩いてきたのだろう、ダッフルコートは雪まみれで、子供の息ははずんでいた。わたしに叱る暇はなかった。一人で来たのか、という質問に直美はいちどうなずき、いちどかぶりを振って、

「おねえさんも一緒だった」

と言ったのだ。

「おねえさん？」

「看護婦のおねえさん」

直美が外を指さした。玄関の戸が三十センチほど開いたままだった。そこから覗くと雪のなかを校門のほうへ向う人影が見えた。それぞれに傘をさした後姿が確かに二つ。だが

すぐに視界から遠ざかった。わたしは思わず一歩踏み出しかけて、後ろを振り返った。

「一緒に歩いているのは笠松先生か？」

「うん」

「どうして」わたしは質問を重ねた。「ふたりでどこへ行くんだ」

子供は首を傾《かし》げた。

「看護婦のおねえさんは何て言ってた」

「いつ？」

わたしは焦《じ》れた。

「いつでもいい、先生のこと何か言ってただろ」

「おねえさんも先生にチョコレートをあげるって。あたしがバス停で先生を待ってたら、おねえさんがバスから降りてきて、一緒に」

「ここまで来たんだな？　ここまで来て笠松先生と会ったのか」

「そう。そしたら笠松先生がね、おねえさんとお話があるから、鵜川先生に送ってもらいなさいって」

それだけ聞くとわたしは外へ飛び出した。そしてほんの五六歩、走りだしたところで足を滑らせ、仰向けにもんどりうって倒れた。しばらく息ができなかった。チョコレートの箱が一つ、顔のすぐ脇に転がっていた。もう一つは片手につかんだまま離していない。空は濃い灰色に暮れていた。またたくまに雪はわたしの顔に降り積った。予報どおり天候はくずれる一方のようだ。いったい、笠松三千代は遠沢めいに何の話をするつもりなのだ。

起き上がって息を整え、身体じゅうにこびりついた雪を払い落とした。チョコレートを二つともコートのポケットにおさめた。玄関の前に時田直美が立っていた。頭にフードを被り、わたしの鞄を両手で抱えてこちらを見ている。落ち着け、とわたしは自分に言い聞かせた。

校門へ通じる道は雪ですっぽり覆われ、いま歩いていったはずの二人の女の足跡も消えていた。彼女たちの後を追いかけてどうする。彼女たちに追いつき、二人を前にして何をどう話そうというのだ。校庭も校庭へ降りる石段も白く埋り、なだらかなカーブを描いてさながら雪原の様相だった。その上へなおも雪は降りかかった。空と地面をつなぐように絶え間なくまっすぐに降る雪のせいで周囲の樹木はほとんど見分けがつかない。先生、と時田直美の声が呼んだ。わたしは深い溜息をついて、玄関の車寄せの下まで戻った。

「無理だよ」と待ちかまえた直美が言った。「走ってももう追いつけないよ」

わたしは黙々と頭の雪を払い、肩の雪を払い、雪に濡れた顔をハンカチで拭《ぬぐ》った。歩いて直美をマンションまで送るのも無理のようだ。

「先生、あした雪だるま作れるね」

と直美がそばに寄って言った。ハンカチをしまい、鞄を受け取ってからわたしは訊ねた。

「笠松先生たちはどんな顔で喋ってた」

「顔？」

「友だちみたいに、楽しそうだったか？」

「ううん、ぜんぜん」

「……そうか」

「おねえさんはそうでもないけど、でも笠松先生はいつもの怒ったときの顔、シャモみたいに」

「シャモ？」

「喧嘩するニワトリのこと。笠松先生はしゃもみたいにとんがってるって、ママがいつも言ってる」

わたしは再び溜息をつき、玄関の中へ入った。

「ねえ先生」と後を追って直美が言った。「あした体育の時間に雪だるま作ってもいい？」

「笠松先生に聞いてみろ」

と答えてわたしは湿った靴を脱ぎ捨て、スリッパに履き替えた。それから、タクシーを呼ぶまでここで待つように言い付けると、不満そうな顔の子供に向って、いまのシャモの話はクラスの誰にも喋るなと釘《くぎ》をさした。

9

小止みになっていた雪がまた激しく振りだした。

わたしは鞄を抱えたまま街灯の下に立ち、三階建ての看護婦寮を眺めた。明りの見える窓はほとんどなく、正面玄関の常夜灯が寒々と光っているだけだ。あたりに人影はなかった。人の歩いた形跡すらなく、積雪はすでに踝《くるぶし》ちかくまで達していた。二月十四日、夜、十一時。この雪はとどまるところを知らないようだ。わたしは屋根を求めて歩きだした。暗闇で女を待ち伏せるのは気が進まなかったが、街灯の下で雪だるまになるわけにもいかない。

寮の玄関がかろうじて見えるあたりでわたしは立ち止った。ブロック塀《べい》で囲まれた民家の脇に小さな駐車スペースが設けられ、雨よけにアーチ型の天幕が張ってあった。自転車が一台置かれているだけで車は戻っていない。奥へ入り込み、頭やコートに降り積った雪を払って一息ついた。足元は冷たく乾いた土で、わたしはその感触を靴底に感じ、その匂いを嗅《か》いだ。

静かな夜だった。タイアチェーンを巻いて大通りを往来する車の音が、天幕の奥まで伝わってくる。遠い鈴の音のように耳につく。わたしの立っている場所からはもう看護婦寮は見えなかったが、大通りから角を曲ってやってくるタクシーは眼の前を通るはずだった。だがもし運転手が雪の深い脇道へ入ることを嫌がれば、彼女は歩いてここを通ることになるだろう。

わたしは天幕の入口まで進み出て、白い雨のように降りつのる雪の向うを透かし見た。道幅が狭いので人影を見逃す心配はないようだった。それにしても飽くことを知らぬ雪だ。気がついてみるとわたしはほとんどずぶ濡れに近い状態だった。このままではまちがいなく風邪を引いてしまうだろう。寒さを堪えるためにわたしはしばらく足踏みを繰り返した。それからくしゃみを一つすると鞄を胸に抱いてそこに蹲《うずくま》った。

遠沢めいが寮に戻っていないのはわかっていた。九時前に二度も電話を入れて確かめたので間違いなかった。わたしは九時まで彼女からの連絡を待ちながらショットガンでコーヒーを飲み続け、今夜は早じまいにするという店主に追い出されたのだ。その前にはがら空きの映画館で二本立てを見た。一本めの終りがけと二本めの前半とを見ただけで席を立ったので内容はほとんどわからなかった。そうでなくてもわたしは上《うわ》の空だった。映画館のロビイから病院に電話をしてみると、遠沢看護婦は休みを取っていると教えられた。おそらく昼間に職員室へかかった電話はそのことを報告するためだったのだろう。わたしはすぐに折り返し連絡を取らなかったことを悔やんだ。悔やみながら映画館を出たが、他に行くあてはない。街じゅうが雪に降りこめられ、道路という道路は徐行する車で渋滞していた。渋滞の列がのろのろと動くたびに小銭を撒《ま》き散らしたような音が響き渡った。わたしはタクシーを拾い、ほんの一瞬、行先を迷った。笠松三千代のアパートか、遠沢めいの看護婦寮か。川沿いのほうへ、とわたしは運転手に告げた。

大通りを逸れてタクシーが脇道に入って来た。タイアチェーンの雪を嚙む音が間近に迫り、鈴をつけた橇《そり》のように眼の前を過ぎた。わたしは腰を浮かし、鞄を庇《ひさし》にして看護婦寮のほうへ首を伸ばした。玄関の前を走り去る車の尾灯が見えただけだった。もう一度しゃがみ直して腕時計に眼をやったが、暗すぎて文字盤を読むことはできない。ともかく十一時を過ぎているのは確かだった。夕方ふたりが姿を消してからすでに六時間以上が経過したわけだ。遠沢めいはどこに連れ去られ、こんなに遅くまでどんな話を聞かされているのだろうか。道の先のほうで車のドアの閉る音がした。暗がりにじっと蹲っていると背中に震えが走った。震えを押さえるために力をこめすぎたせいで両肩のあたりが痛みだした。さきほどのタクシーが反対方向から現れ、大通りへ帰っていった。ふたたび静寂が戻り、雪はまるで闇に浮かんだ模様のように間断なく降り続ける。

どれだけ時間が経ったのかわからなかった。わたしは白い息を吐いて立ち上がった。十一時半までは待つことにしよう。十一時半を一分でも過ぎていたら諦《あきら》めて帰ろう。そう決心して街灯の下まで歩いた。腕時計は十一時三十分ちょうどを示していた。そのときまた車が一台やって来た。わたしは道のぎりぎり端まで数歩退がった。

タクシーは看護婦寮の玄関を塞《ふさ》ぐように停車した。後ろの座席に人影が二つ見えた。まもなく遠沢めいがひとり降り立ち、ドアが閉る直前に挨拶をかわす声が聞こえた。相手は男の声だった。タクシーが何度か前進と後退とを繰り返して方向を変えた。遠沢めいが後部座席の男へ手を振ってみせた。タクシーが走り去った。わたしは速足で道を横切った。彼女は玄関口で雪を払い落としているところだった。不意の足音に驚いたのか、その動作が途中で止った。こちらが声をかける前に彼女が振り向き、短い叫び声をあげた。

わたしは頭上にかざしていた鞄を降ろし、玄関の庇の下へ入り込んだ。片手で胸をおさえた女が何か言いたそうにわたしをじっと視つめた。待ってたんだ、と言いながらわたしは街灯のほうへ眼をそらした。

「いつからそこにいたの?」

「二時間まえ」

とわたしは控え目に答えた。それから訊いた。

「いまの男は誰？」

「ほんとうに二時間も待ってたの？」

遠沢めいがそばに寄ってわたしの手を握った。

「氷みたいに冷たい」

「タクシーに一緒に乗ってた男は誰？」

「知らないひと。きょう初めて会ったひと」

「知らない男にタクシーに乗せてもらったのかい」

「こんなところに立ってたら凍えてしまいそう」彼女がわたしの手をさすりながら言った。

「どこかで暖まらないと」

わたしは彼女の手を握り返した。彼女の指に力がくわわり、わたしの指にからんだ。

「行きましょう」と遠沢めいが言った。

「ショットガンはとっくに閉店してるよ」とわたしは言った。「どうして質問に答えてくれない？」

「質問？」

「知らない男のはずがないだろう」

「ほんとうよ、きょう初めて会ったひとなの」

「どこで会った」

「その話はあとで」そう言って彼女がバッグを持った手をわたしの背中へまわした。「可《か》哀想《わいそう》に、鵜川先生、震えてる。はやく暖まらないと」

「こんな時間に、もうどこにも行くところはない」

「あたしの部屋に来て。裏に非常階段があるからそれを上って……」

ふたりのコートが擦れ合い、微かに甘い香りが立ちのぼった。女の吐息がわたしの頬にかかった。

「酔ってるのか」とわたしは言った。「いままで酒を飲んでたのか。人が震えながら待っているあいだに、知らない男に誘われて酒を飲んできたんだ」

「誘われてなんかいない。ひとりで飲んでいたら話しかけてきたの」

「同じことだ」

「ねえ鵜川先生、手が痛いわ」

わたしは女の手を振りほどき、雪のなかへ歩きだした。

「どこへ行くの」と遠沢めいの声が言った。「鵜川先生」

わたしは降る雪のなかに立ち止り、振り返って怒鳴った。

「頼むから、先生と呼ぶのはやめてくれ」

足元に落ちたハンドバッグとわたしの鞄とを拾いあげてから、独り言のように彼女は訊ねた。

「じゃあ何と呼べばいいの」

わたしは何も答えずに一二歩玄関のほうへ戻った。彼女は庇の下を動かない。

「きみは僕がここで待ってるとは思わなかったのか」

「思ったわ。待っててくれたらいいと何度も思ったわ」

「だったらどうして知らない男となんか酒を飲むんだ」

「あなたの家へ二度も電話をかけたのよ、そしたら二度ともお母様が出て、まだ帰ってないと言われて、だから……」

「だから何」

「三千代さんのところへ行ったのかと思ったの」

「馬鹿ばかしい」

とわたしは咄嗟に吐き捨て、そのあとの言葉に詰った。

「こっちへ戻ってきて」と彼女が頼んだ。「暗くて顔がよく見えないわ」

「よそへ行くわけないじゃないか。僕はここでずっと、きみのことを心配して、待ってた」

「でも、ときどきは行ってたんでしょう？」

「もう行かない。行くつもりもないし、それに、笠松先生はもうじき転任してこの街からいなくなる」

「そんな話、彼女はしてなかったけど」

「笠松先生と何を話した？」

「三千代さんと結婚の約束をしてたというのは本当？」

「嘘だ」

とわたしは言った。そう言おうと決めていたのだ。鞄を抱きかかえたまま彼女がこちらへ歩いてきた。わたしの前に立ち、わたしを見上げると、こう囁いた。

「あんまり大声を出すと早番の看護婦さんに迷惑だわ」

「笠松先生が何を喋ったかは知らないけど、僕は」

「いいのよ、あの人のことは」と酔った女が遮った。「きっと悪いのはあたしなの。こうなればいいなとわたしが思ってた通りになったんだから、何を言われても仕方がないの」

われわれはしばし黙って向い合った。見る見るうちに雪は彼女の髪に降り積った。わたしは彼女の二つの荷物を取り上げてから訊ねた。

「何か、ひどいことを言われた？」

「胃が痛くなるほど」

「どうして僕のいないところできみを責めるんだ」

「悪いのはあたしだもの。昔から、三千代さんはいつも正しいの」

「屋根の下へ戻ろう」

わたしはかじかんだ手で彼女の手を求めた。そのとたんに雪の上で鈍い音がした。

「また落としたわ」と彼女が声をあげた。「ブランデーが割れたかもしれない」

「ブランデー？　バッグの中に？」

「チョコレートの代りに買ったの、あなたにプレゼントしようと思って」

われわれはその場にしゃがみこんだ。彼女が雪まみれのバッグからリボンのかかった箱を取り出し、軽く振ってみせた。笑顔になった彼女の睫毛《まつげ》に、雪片がふわりと落ちかかるのが見えた。

「信じて」と贈り物を手渡しながら彼女が言った。「さっきのひとのことは、ほんとによく知らないの、きょう初めて会って、親切で送ってもらっただけなの」

わたしは雪の上に膝をつき、彼女の両腕をとって引き寄せた。わたしの冷たい唇が、かろうじて相手の冷たい唇に触れた。ほんの短い時間だった。唇がはなれる瞬間に、女の舌が蜥蜴《とかげ》のようにうごいた。雪をなめたの、と彼女が言った。わたしはもういちど彼女を引き寄せた。ふたたびコートが擦れ合って甘い香りが立ちのぼった。わたしは眼をつむった。一度めよりも強く唇を合わせた。そのあとわれわれはバランスを失って横向きに倒れ込んだ。女の熱い息を顔に浴びながらわたしは訊ねた。

「きみの部屋へ行ってもいいのか」

「ブランデーの箱はどこ？」

「知らない」

「こうなると思ってたわ」と彼女が答えた。「でもふたりともこんなに濡れて、タオルが足りるかしら」

「酔ってるんじゃないのか？」

「こうなることをずっと願っていたの。あたしの部屋へ来て。あたしが先に中に入るから、あとで裏の階段を上って来て。三階の、非常口のドアの鍵をあけて待ってる」

「どれくらいあとで？」

「すぐによ」彼女がくすくす笑いはじめた。「はやくしないと凍え死んでしまうわ。いまだって、あなたの顔、はんぶん雪に埋っててるのよ」

起き上がってからも笑い声は止まなかった。やはりその夜の彼女は酔っていたのだと思う。寮の玄関の前でようやく彼女は真顔になり、人差指を立てて建物の裏手のほうを示した。静かな夜だった。大通りを往来する車の音もすでに途絶えていた。雪は激しく降り続いていたけれど、もう気にならなかった。彼女はドアを開け、その内側にかかっているカーテンを分けて中へ入った。カーテンの隙間から蛍光灯の青白い光が洩れ、しばらくするとそれも消えた。

　わたしは降る雪のなかに立ちつくし、鞄を脇にはさんで贈り物のリボンを解いた。包装紙を破り、箱の蓋《ふた》を開けプラスチックのケースを取りのけ、片っ端からそれらをコートのポケットに押し込んだ。ブランデーはてのひら大のハート型の瓶に詰っていた。瓶の口を切り、一気にあおると熱湯を飲んだように喉が焼けた。わたしは天を仰ぎ、口の中に積った雪を呑んだ。ほんの三口で瓶の中身は空になった。わたしはてのひらの中の空瓶に眼をこらし、大きく息をついた。何度も何度も息をついたあとで、建物の裏手へ歩いていった。

第二章　春

1

台所で卵を焼いていると、背後の硝子戸が開いて直美が顔を覗かせた。手の甲であくびを隠しながら一つ背伸びをして、おはよう先生、と言う。ショートヘアのてっぺんに寝癖がついてパイナップルの葉のように逆立っている。塩はどこだ、とわたしはフライパンに眼を戻して訊ねた。

「いつものとこに置いてあるでしょ？」

「いつものとこには置いてない」

硝子戸が大きく開いて、直美が台所に降り立った。板張りの台所と六畳の居間との境には三十センチほどの落差がある。パジャマの上にカーディガンをはおった直美はわたしのそばまで歩いてくると、張り出し窓の手前に並んだ調味料の瓶を一つ一つ点検した。

「ほんとだ、ないね」

「どうして塩がないんだ」

「ねえ先生、それはスクランブル・エッグなの？　それともオムレツの失敗？」

わたしは無言でガスレンジの火を止め、フライ返しを使って焼いた卵を皿に移した。

六年間も独り暮しを続けたわりには何の技術も身についていない、と直美はしょっちゅうわたしの料理の腕前を冗談の種にする。少なくとも卵を焼くことに関しては、率直に彼女の指摘を認めなければならない。離島勤務の長い年月の間、わたしは来る日も来る日も見栄えの悪いオムレツを作り続けた。そしてそれを毎朝独りで黙々とたいらげるのが習慣だった。トースターのパンが焼き上がった。残るはコーヒーである。食器棚からカップとスプーンを取り出したところで薬缶の湯が沸きはじめた。直美は冷蔵庫の中を覗きこんでいる。

「トマトとキュウリがあるけど、サラダを作ってあげようか？　先生」

「コーヒーもない」とわたしは言った。「どうして塩もコーヒーもいつものとこに置いてないんだ」

「コーヒーは里子ちゃんの部屋じゃない？」

片手でサラダの材料を摑《つか》んだ直美が小首をかしげた。わたしは台所を出て行きかけて、思い直した。

「塩は」

「ちょっと見てきてくれ」

「まだ眠ってるわよ。七時前よ」

「起こして確かめてくれ」

「夕方、帰ってからじゃだめなの？」

「僕が毎朝コーヒーを飲む習慣なのを知ってるだろ？」

直美がトマトとキュウリをわたしに押し付け、台所から玄関へまっすぐに通じる廊下を歩いていった。里子の勉強部屋は玄関のすぐ脇にある。父が亡くなる前は応接間として使われていて、その頃はもちろん内側から鍵はかけられなかった。

直美が二度三度とノックをして「里子ちゃん」と声をかけた。返事は聞こえなかった。お湯は沸きつづけている。直美がこちらを振り返った。わたしは台所の入口に立ったまま、もう一度叩け、と身振りで示した。言われた通りに直美がノックを繰り返したところでようやく扉が開いた。わたしはテーブルに戻り、トーストにマーガリンを塗り始めた。

三月三十日の朝、七時である。

トーストは冷えてしまい冷蔵庫から取り出したばかりのマーガリンはなかなか溶けてくれない。薬缶の湯は果てしなく沸騰している。テーブルの端に置いたトマトとキュウリは、これからサラダを作るためというよりもむしろ静物画を描くための材料のように場違いに思える。目障りで仕方がないので椅子を立って冷蔵庫の野菜室の中に放り込んだ。朝から何となく嫌な一日になりそうな予感がする。インスタントコーヒーと食塩の瓶を持って直美が戻った。わたしはマーガリンの塊の付いたトーストを齧《かじ》り、フォークでオムレツを切り分けた。

「サラダは?」

「いらない。里子の部屋には何人泊ってる」

「二人」とコーヒーを入れながら直美が背中向きに答えた。「茜《あかね》ちゃんともう一人、クラブのお友達。ゆうべ二人ともきちんと挨拶したでしょ?」

「それは期待はずれだ」とわたしは言った。「もう二三人、窓から忍び込んでるかと思った」

直美の背中には何の反応もない。しかし実際に、近所に住む山口《やまぐち》茜という同級生などは、わたしを煙たがってしばしば里子の部屋の窓から出入りしているのだ。

「いったい三人であの部屋にどうやって寝てるんだろう」

直美がコーヒーカップを二つ持ってテーブルの向う側に腰掛け、一つをわたしの前に置いた。

「そんなに気になるのなら、自分で確かめてくれれば？」

「やっぱり鍵を付けさせるべきじゃなかった」

「いいじゃない友達を泊めるくらい。春休みなんだから」

「塩は何に使ったんだ」

「夜中にハンバーガーとフライドポテトを買ってきて食べたのよ」

「ハンバーガーとフライドポテトに塩！」

「フライドポテトに塩をふりかける人もいるでしょう？」

「寝る前にそんなものを食べるから太るんだ」

「誰の話？」

「山口さんとこの娘だよ。あれは母親似だな、二十年たったらきっと瓜《うり》二つになる」

「そんなに悪い子じゃないよ。先生がいつも無愛想だから怖がってるだけ」

わたしは砂糖抜きのインスタントコーヒーを飲んだ。

「夜中にハンバーガースタンドに出入りするのが悪い子じゃないって？」

「普通の高校生なら学校帰りにだってハンバーガーくらい食べるわよ」

「ハンバーガーのことなんか問題にしてない」

「してるじゃない」

「ハンバーガー屋のそばに自動販売機が並んでるだろう。あの辺は昔から、暖かくなると町中の暴走族の集合場所になるんだ」

「大げさねえ。車が何台か止ってるだけでしょ？」

「その何台か止っている車の中に何十人、暴走族の少年が乗ってると思う。想像してみろ」

鍵のスライドするかたんという音が台所まで響いた。直美が何か言いかけて、玄関の方へ顔を向けた。里子の部屋のドアが大きく開いている。台所の入口にさがった簾《すだれ》越しに見ると、出て来たのは里子でも山口茜でもなく、もう一人の名前も判らぬ同級生のようである。彼女は裸足《はだし》で廊下をわれわれの方へ歩き、途中で横手のドアを開けて風呂場と続きになっている洗面所兼洗濯場（全自動洗濯機が据えてある）の中へ消えた。

「ドアを一つ間違えてる」とわたしは直美を見て言った。

まもなく彼女は風呂場から出て来て一つ隣の便所に入り直した。風呂場のドアは半開きのままである。そのあと再び彼女が廊下に現れるまでわたしは黙々と朝食を食べ続けた。裸足の女子高生は玄関脇の部屋に戻ると内側から鍵をかけるのを忘れなかった。

直美は口をつぐんだまま一杯のコーヒーを持て余している。わたしは食事を終え、ハンカチで唇の端を拭いながら言った。

「おはようの挨拶もなかったな」

「コーヒーのお代りは？　先生」

「時間がない」

わたしは汚れた皿を重ねて直美の背後へまわり流しの中に置いた。直美がゆっくり椅子を引いてわたしのそばに立った。

「朝から何が気に入らないのかしら」

「まるで不良の溜《たま》り場だ」とわたしは吐き捨てた。

またはじまった、という顔つきで直美がわたしを見上げた。

「このままじゃ、ほんとに不良の溜り場になるぞ」

「三人でチアリーディングの振り付けのおさらいをしてるだけよ」

「そんなことは学校でやればいい」

「学校で練習して、家でおさらいするんでしょ？」

「じゃあ勉強はいつするんだ」

「ネクタイにパン屑《くず》がついてるよ先生」

「里子をうちに置いてることで、ただでさえ近所の眼は興味津々《しんしん》なんだ。これ以上奥さん連中の注目を集めるのは困る。夜中に抜け出して遊び歩いてるなんて噂が立ったらどうする」

「ハンバーガーを買いに出ただけじゃない」

「だいたい山口さんとこの奥さんは何を考えてるんだ。道ですれ違うたびに、人のことを変り者を見るような眼付きで見るくせに、自分の娘にはどういう教育をしてるんだ」

「またはじまった」と直美が声に出して言った。「先生の思い過ごし。だれもそんなふうに見てないよ。だいいちそんなふうに見てるんなら、茜ちゃんをこの家に泊らせたりしないはずよ」

「とにかく、このままじゃ困る」

「先生、ネクタイにパン屑がついてるって……」

椅子の背にかけてあった上着を取り、わたしはかまわずに廊下へ向った。廊下を歩きながら左手で風呂場のドアを閉めた。鞄とコートはすでに玄関の上がり口に用意してある。朝食の前、二階の自分の部屋から降りるときにそこへ置くのが習慣なのだ。直美が玄関まで後を追って来た。

「車のキイは？」

「今日はいい、バスで行くから」

「帰りは遅くなる？」

鍵のはずれる音がしてまたドアが開き、眠たげな顔の女子高生が現れた。こんどは里子本人である。水玉模様のパジャマ姿で入口を塞いだ恰好だが、隙間から中の様子を一部窺うことができた。食べ散らかしたハンバーガーの包み紙と開いたままの雑誌とその上で傾いているコーヒーカップ。コタツに入って寝そべり、こちらに顔を背《そむ》けているのは山口茜のようだ。もう一人はたぶんベッドに寝ているのだろうがそこまでは確認できない。

「おはよう、先生」と里子が後ろ手にドアを閉めて言った。

「おはよう」とわたしは靴べらを使いながら答えた。「十時までには帰れると思うけど、僕の分の晩飯はいい」

靴を履き終って振り向くと、待ち構えた直美がネクタイに手を伸ばしてパン屑を払った。

「こないだみたいに風呂の湯は落とさないでくれ。それから里子」

「先生」と直美がたしなめる声で言った。「帰ってからにしたら」

「先生」と里子が尻上がりの声で言った。「神田造園からまた電話があったらどうすればいい？」

「神田造園て何のことだ」

「ヒマラヤ杉のことだよ」と里子。

「植え替えのことでしょ？」と直美。

「いまごろそんなことを言ってるのか」

「言ってるよ。あのおじいちゃん、きのうと先週と二回も電話をかけてきた」

植木屋の偏屈じじいが、と口の中で毒づいてわたしは鞄を手に取った。

「ほっといていい、あとでこっちから連絡する」

「あとでっていつ？」

「それより里子、夜中に友達を集めて騒ぐ暇があったらもう少し家の中の手伝いをしなさい。直美さんが来てくれるからって甘えてばかりいちゃだめだ、いいか。だいたいクラブと勉強の両方頑張るから春休みは島には帰らないって、そういう約束だったんじゃないのか。それが最近のおまえの生活態度といったら……」

「寒い」と呟いて里子が身体を震わせ、胸の前で拳《こぶし》を合わせて見せた。

「風呂場の洗濯物の山を見てみろ、先生はおまえのパンツを洗うために下宿させてるんじゃないぞ、わかってるのか」

「わかってるよ」と里子が足踏みしながら言い、「いってらっしゃい、先生」と里子の肩を抱いて直美が言った。二人の身長差はほとんどなく、同じように痩《や》せているので高校生と大学生の区別はつきにくい。不良仲間が並んで立ったように見える。

「朝御飯の前にまず部屋の中を片付けろ」

玄関の外に出てからわたしは鞄を小脇にはさみ、コートのボタンを留めた。

腕時計は七時二十分を指そうとしている。ゆっくり歩いても三十三分発のバスを捕まえられるだろう。里子の部屋の窓へちらりと眼をやってから石段を三つ降り、腰の高さの門《もん》扉《ぴ》を跨《また》いだ。全体に赤い錆《さび》の付いた門扉は、特に蝶番《ちょうつがい》の部分が腐っているので開けると子牛が哭《な》き叫ぶような嫌な音がする。それを聞かぬためにいつも跨ぐことにしている。

舗装された道の左手（我家でいうと台所側）は行き止りで、そこにわたしの車は尻を向けて駐車してある。道幅は、車二台がどうにか擦れ違えるけれど切り返しはきかないといった程度。当然のことながら、普段、車で通勤する際にはリバースギアで発進して坂道まで出なければならない。

このあたり一帯はもともと丘の斜面を階段状に整地して生まれた住宅地である。しかも行き止りの方角は海に向っているので、家を建てるにあたっての両親の（特に母の）気掛かりは潮風の影響によって建物の傷みが早まりはしないかという点だった。影響があるにしろないにしろ、結果が出るまでにはむろん何年か待つ必要があった。後に父は錆ひとつ浮いていない窓のサッシを自慢げに示し、そのときすでに離婚していた先妻を心配性という言葉で嘲笑《わら》うことになる。たぶん父は正しかったと思う。なにしろ新築当時から二十数年の月日が流れているのだ。蝶番のきしむ不快な音は格別、潮風に洗われ続けたためとも考えられない。二十年以上も経てばどんな門扉であろうと錆びてしまうし、クリスマスツリー用に父が買ってきて庭に植えたヒマラヤ杉も二階の窓を覆うほどに成長する。

　隣の吉岡《よしおか》家の門の前にも、今朝は同じ向きに紺色の外車が停めてあった。ただしそちらはすでにエンジンがかかり、運転席側の窓のそばに立った夫人が笑みを浮かべている。門扉を跨いで越えるところを見られただろうか。夫人は笑顔のまま軽く首を傾げるような御辞儀の仕方で、おはやいですね、と言った。わたしはBMWの脇を通り過ぎながら挨拶を返した。ヒマラヤ杉の植え替えよりも先に門扉のほうを何とかしなければならない。

「おはようございます」と運転席から夫が声をかけた。「何かトラブルですか？」

「はい……？」

「車、故障ですか」

「いや。そうじゃないんですが……」

　としぶしぶ答えて、わたしは立ち止った。

　夫人は改めて笑顔を作り直し、わたしと運転席の夫とを見比べる。夫が窓から顔を突き出してこちらを振り返り、中指で鼻筋を撫《な》でるようにずれた眼鏡の位置を直した。わたしは後ろの座席に積んであるゴルフバッグに眼をやりながら言った。

「帰りが酒気帯び運転になると困るので」

「ああ……、そういうことか。故障じゃないんだ」と運転席の男は妻に笑いかけた。「酒気帯び運転を気にするところは、やはり親子でも違うんだね」

わたしと同年配のこの男は吉岡産婦人科・小児科医院の三代目である。祖父にあたる初代院長はこのあたりの地主で、しかも競輪の熱烈な支持者であり、まだ二十代で一線級の選手だった頃の父に格安の価格で土地を売り分け家を持たせた。

「それはそうよ」と夫人が言う。「小学校の先生が競輪の選手みたいにはいかないわよ」

「鵜川さんの親父さんは平気だった」と医者が言う。「しょっちゅう脱線してたものな。夜中に酔っ払い運転で帰って来て、あの調子のはずれた歌」

「ほんと、はじめて聞いたときはあたし、大声で何を怒鳴ってるのかと思った」

「懐かしいな。もうおととしになるのか？　三年目？」

「ここへ越して来た翌年だったでしょ？」と言って夫人が振り向いた。「今年が三回忌ですね？」

わたしはうなずいて腕時計に眼を走らせた。

「急がないと。バスに遅れそうだ」

「鵜川さんに途中まで乗っていただいたら」と吉岡夫人。夫が答える。「どうぞどうぞ、よろしかったら」

「いいえけっこうです、ご親切にどうも」

断ってわたしは歩きだした。朝から小出しに嫌なことが重なる。吉岡夫婦と話すのはどうも苦手だ。彼らは競輪選手の私生活への好奇心を祖父から受け継いでいる。会えばかならずと言っていいほどわたしの父の思い出を話題にする。一昨年の秋、赴任先の島から父の葬儀に駆けつけたときに初めて紹介されて以来、まるでそのときから延々とお悔やみを聞かされ続けているようだ。むかし隣に住んでいたアメリカ人の家族の方が、挨拶以外に言葉の通じない分だけかえって気安かった。

ＢＭＷが後ろ向きに徐行しながらわたしを追い越していく。運転席から医者が片手を上げて見せる。軽い会釈でそれに応《こた》える。産婦人科の医者がどうして月曜の朝からゴルフに行けるのだろう。坂道とほぼ直角に（Ｔ字型に）交わるあたりでＢＭＷはいったん停止し、それから徐《おもむろ》に上りの方へ尻をむける。坂へ入り、車体を立て直すと、降り際に合図のクラクションが鳴らされる。わたしへではなく、まだ門の前に立って見送っている夫人へ。わたしは遅れて坂を下りはじめた。

だが医者の乗った車は途中で止っている。十メートルほど先の、坂道が右へ緩やかにカーブを描くあたり。ＢＭＷの脇で、地面に片足をつけて自転車に跨がったまま医者と立ち話をしている男を認めるとわたしは溜息をつきたくなった。

また一つ、と思う。朝から気の重い出来事が重なる。思う間もなく立ち話が終り、再び短くクラクションを鳴らしてゴルフ場へ向う医者の車は坂を下っていく。一方、練習帰りの競輪選手はヘルメットを被った頭をうなだれるように深く沈ませ、上体を大きく左右に揺さぶりながら自転車を漕いで上って来る。相手はわたしの高校時代の同級生であり、しかも父の一番弟子でもあった男である。わたしは左端へ寄った。杉浦洋一《よういち》は顔を伏せたまま無言でペダルを踏み続けた。われわれは一度も視線を合わせなかった。ただ擦れ違いざまに、まるでわたしを威嚇《いかく》するかのように彼の上体の揺れが一際大きくなっただけだ。

坂道を急ぎながらわたしはいっぺんに暗い気分になった。八年前に起こった数々の出来事を思い返すとき、わたしはいつも暗い気分に浸る。普段通り車で通勤していればこんなことにはならなかったろうに。吉岡夫婦にも、杉浦洋一にも会わずにすんだろうに。しかしながら今日は、新しく赴任して来る教頭との顔合せの日である。教務主任のわたしとしては型通りの挨拶だけでお茶を濁すわけにもいかない（できればそうしたいのは山々だけれど、たとえ今日はそれで済んだとしてもこれから先の長い付き合いがある。いずれ来るべき時は来るのだ）。おそらく校長を交えて三人で晩飯を食い、その後も二三軒まわることになるだろう。また例によって例のカラオケ。ただ声が大きいだけで取り柄のない校長の十八番、何べん聞いてもタイトルを覚えきれない演歌。しかし今夜だけはそれがわたしにとってのささやかな救いになるかもしれない。

坂道を降り切って通りを渡り、バス停をめざす。腕時計はちょうど三十三分を指している。まったく気の重い一日の始まりである。わたしはすでに八年前のことを思い出しつつ、朝からそんな思い出にふけるべきではないと自分を戒めている。記憶は無数の泡のようなものだ。次から次へ浮かび上がって来ては、あるものは寄り集まりあるものは一つに混じり合う。八年前の。前方にバスが止っているのが見える。列を作っている乗客は数人しかいない。わたしは駆け出した。あの雨の少ない暑い夏の始まりに杉浦はわたしを見限ったのだ。走りながらてのひらで右頬に触れてみる。あのとき左利きの杉浦に殴られたおかげで右の親不知まで抜くはめになった。スポーツ選手としての、プライドを傷つけられた、男の怒り。おそらく彼は二度とわたしを許してはくれないだろう。父の葬儀の席でさえ、言葉をかわすことはもちろん眼を合わせることも拒んだくらいだし、いまだに、父の月命日と称してかつての弟子たちが線香を上げに訪れる晩があるのだが、その際も杉浦だけは二階に引っ込んだわたしに声もかけずに帰って行く。列の最後の人間がバスに乗り込もうとしている。わたしはやっとの思いで三十三分発のバスを捕まえた。今後も、坂道で出会うたびにわたしは端へ身を避け、彼は臆病者《おくびょうもの》を威嚇するように自転車を漕ぎ続けるだろう。非は全面的にこちらにある。あの一件に関する限り。息を切らして駆け込むと同時にドアが閉った。わたしに弁解の余地はない。

2

朝から仕事に没頭した。

午前中に三時間、昼食をはさんで午後一時間、がらんとした職員室で机に向いワープロを打ち続けた。春休みの期間中なので、出勤して来る人間はわたしと事務職員とを除けば他には数えるほどしかいない。今日は一人だけ出入口に近い隅の席で、去年大学を出たての若い教員がパソコンをいじっているのが目に付くくらいだ。

始業式は四月六日、他の教員たちの準備出勤は四月一日からの予定である。それまでに教務主任としてしなければならない仕事はおおむね片付いている。年度初めの準備計画書、始業式と入学式の実施計画書、四月の行事予定表はすでに完成し、印刷も終えた。年間と週の行事予定、および日課表の案も出来上がっている。時間割も、あとは担任を持つ教員たちと細かい点（特別教室や運動場の割り振り）を詰めて科目を書き入れるだけだ。この日わたしは最後に残しておいた難物、校務分掌の組織図の作成に取り掛かった。

ピラミッドの頂点に校長を据え、その下に線を一本引いて教頭を置く。そこからの作業が面倒で、教頭から二つに分かれるラインが指導部門と管理部門とに繋《つな》がる。指導部門からは七つの枝が伸びて部に区分けされ、七つの部がさらに細かく枝分かれして複数の活動内容、最後にそれぞれの下に担当の教員名を入れる空欄が来る。管理部門の方もほぼ同じ流れだ。それをＡ４の一枚の紙にきっちり収める。この仕事にわたしは予想以上にてこずることになった。朝から何度も文字を入力してはプリントアウトを繰り返し、そのたびに行数ピッチや線の長さを調整し直さなければならない。

苦心惨憺《さんたん》のあげくにようやく最後の列の空欄までたどり着いた頃、校長室から電話がかかった。新しい教頭が二時に顔を見せるということなので、そのころに下へ降りてきてくれと校長は言う。承知しましたとだけ答えて受話器を置くと、わたしの仕事への集中力はぷっつり途切れていた。

どうかしましたか、と事務職員が訊ねた。そう訊ねられて初めて、右手を受話器に添えたままぼんやり立っていることに気づいた。電話は教頭の両袖机とその横の事務職員の机とに一台ずつ載っている。わたしが出たのは事務職員の机の方だ。

「二時に校長室に呼ばれたので……」

と呟いてわたしは腕時計に眼をやった。二時までにはまだ二十分ほどある。初老の事務職員が釣られたように同じ仕草をし、そのあとでタバコに火を点けた。右隣の両袖机の方へ煙を吐いて、

「新任の教頭さんはえらく若いという話ですが」

「ええ」

「四十二、三？」

「そのくらいだと思います」

「若いなあ」

わたしは窓際の高学年の島に戻って自分の椅子に腰をおろした。事務職員の声が追いかける。

「しかしうちの校長も御難続きだな、定年前の教頭にさんざん気をつかった挙句が、今度は息子みたいに若いのが赴任して来る。酒もだめ、タバコもだめっていう堅物《かたぶつ》でなければいいんだけれど。……何か聞いてませんか」

「まだ何も」

「タバコも喫《の》まない男に隣にすわられると窮屈でかなわない」

わたしはフロッピィディスクを抜き取りワープロの電源を切った。事務職員と眼を合わ

せると話が長引きそうなので、もういちど腕時計を見ながら席を立ち、職員室の反対側の端まで歩いていった。

そちらの壁際には一カ月の行事予定を記した黒板が掛かっている。白と赤のチョークを使って四月分を書き込んだのは定年退職した教頭である。だが本来はそれは教務主任の仕事なので、来月からは（誰かほかに達筆の人間が買って出てくれない限り）わたしの受持ちになる。白いチョークで書かれた四月八日、入学式の文字をしばらく眺めてからわたしはその場を離れた。

廊下側の、出入口に近いパソコンの島で若い教員がモニターに向っている。その背後に立ってわたしは思った。入学式、四月八日、今年で満七歳になる子供。入学式の文字は赤いチョークで書き直さなくてもいいだろうか。モニターにはわたしには意味のわからぬ数字が並んでいた。この若い教員は学校の業務ではなく私用にパソコンを使っているのかもしれない。

「こんど来る教頭の話ですか」

と低《ひく》めた声が言った。

「うん」

と短く答えて、対角線上の隅の席を見やると、事務職員はタバコを喫《す》い終り、机に顔を伏せている。キイボードに指を走らせながら若い教員が続けた。

「タバコも喫まない男は窮屈だって、あれは僕たちへの当てつけですか」

「そういう意味じゃないだろう」

「そういう意味に聞こえたな。鵜川先生は酒を飲むからまだいいですよ、僕なんか……」

この会話も長引くと面倒になりそうだ。わたしは微かな笑い声を洩らし、相手の肩を軽く叩いてやると廊下へ出た。二時にはまだ早いが、廊下に出た以上、そこに突っ立ってるわけにもいかない。戸口の横の壁に貼ってある日本地図を黙って二三分眺めたあとで階段へ向う。遅れてもったいをつけたと思われるよりは早めに顔を出す方がましだろう。

一階へ降りて、校長室の扉をノックしたが返事は聞こえなかった。人気《ひとけ》のない廊下に佇み、束の間ためらった後でわたしはドアノブに手をかけた。二時頃に、と校長は言ったのだろうか、それとも、二時に教頭が着くので頃合いを見て、と言ったのだろうか。中に入ると校長の姿は見えなかった。代りに、チャコールグレイの背広を着た男が窓際に一人、こちらへ背を向けて立っている。

ドアのそばを動かずにしばらくその痩せた後姿を見守ることになった。ズボンのポケットに両手を入れて心持ち肩を聳《そび》やかし加減の男は、窓の外に気を取られている様子である。しかしそれにしても、ノックの音やドアを開け閉めする音に気づかぬはずはない。それほどこの部屋は静まり返っている。わたしは応接セットの間を通り抜け、机の手前に立って、相手が振り向くのを待った。

「あれは何という名前の木ですか」

と振り向かぬまま男が訊ねた。それから窓際で半身になってわたしを見返ると、外を指さしながら、

「あの背の高い木。杉の一種だろうね」

「……メタセコイア」

「メタセコイア？」

わたしはうなずいただけで、それ以上は何も答えられなかった。一つには、いつかメタセコイアという名前の木を植物図鑑に当たってみなければと思いながら依然としてそれを怠っていたからだし、もう一つ、そのときわたしの意識は相手の顔にのみ集中していたからである。

「メタセコイア」

と男はもういちど鸚鵡《おうむ》返しに呟き、記憶をたどるような眼付きをしたあとで、不意に表情を変えると、

「鵜川先生ですね？　教務主任の」

「はじめまして」

「笠松です」

新任の教頭が机越しに右手を差し出し、われわれは握手を交わした。ごくあっさりとした、感情のこもらぬ握手を。かさかさに乾いた手が素早くポケットに戻される。と同時に、教頭は顔を背けるようにまた窓のほうへ向き直った。そう感じたのは、わたしの思い過ごしだろうか。

「前の教頭先生が」と男の声が言う。「わざわざこちらのスケジュールに合わせて出向いてくれたらしいんだが」

わたしは校庭の右半分を視野に入れるために立つ位置を一歩左へずらした。

「どうやら引き継ぎの仕事よりも、立木の枝の心配の方が先のようです。呼びに行ったはずの校長までああやって……」

校長室の前に植わっている蘇鉄《そてつ》でちょうど視界が切れるあたりに、緑の葉の芽吹き始めたメタセコイアが見え、その根方に脚立《きゃたつ》を持ち出した管理員の作業服姿があった。校長と前の教頭の二人は隣の桜の木の下におのおの腕組をして立ち、開きかけた蕾《つぼみ》を見上げている。メタセコイアの下枝はいちばん低いところで地面から2メートルほどはあるだろう。脚立に上った管理員が片手でメガホンを作って何事か叫ぶと、前の教頭がそちらへ歩み寄りながら両手を斜め上方へ掲げて見せる。下枝を左右対称に払えという指示だろうか。その雨乞いでもするようなポーズを取った男の後ろに、校長はただおとなしく付き従うといった恰好である。前の教頭が指図し、管理員が余計に伸びた枝を払い、校長は彼らの作業をひたすら見守る。おそらく立木の手入れに関しては、前の教頭の仕事を自分が引き継ぐつもりなのだろう。

腕時計はちょうど二時を示している。笠松教頭は言いさしたまま、再び口を開く気配がないし、こちらから話しかける言葉も思いつかない。わたしは身体の向きを変え、手持ち無沙汰《ぶさた》にいったんドアのそばまで歩いてから窓の方を振り返った。笠松教頭はあいかわらず校庭に気を取られている。よほど樹木に関心があるのだろうか、それともわたしと二人きりで話をするのが気詰りなのだろうか。

足音を殺し、校長室の壁に沿って歩きながら思った。部屋の中の様子は八年前とほとんど変らない。応接セットの革張りのソファがくたびれたのを除けば変化は三つだけ。むかしドアの上の鴨居《かもい》に飾ってあった論語の文句が、いまは「敬天愛人」という素気ない四文字に変っていること——これは現在の校長ではなく、その前の校長の趣味である。現校長は昨年の春、わたしと同時にこの学校へ赴任して来たのだが、そのとき敬天愛人の文字が常用漢字に含まれるかどうかをわたしに調べさせただけで、書体や意味についてはさほど関心を払わなかったし掛け替えの必要も認めなかった。それから、当時の校長が好んだインスタントコーヒーの大瓶が見当たらないこと——現校長はもっぱら緑茶を飲む。そして最後に、当然のことながら左右の壁に掲げられた歴代校長の額《がく》入り写真が二枚増えていること。あのときちょうど一ダース並んでいた老人の顔写真がいまは十四、その十三番目を見上げてわたしは壁際に立つ。懐かしい校長の顔は他と同様に微笑すら浮かべていない。まるで視線の先に何か不満の原因があってそれを睨《にら》みつけているかのようだ。実物はもっと太っていたような気がするし、白髪のせいで灰色がかっていた頭髪も写真ではほとんど真っ白に見えるけれど、これは撮影したときの光線の加減によるのだろうか。それともあの翌年、わたしの離島赴任が決り校長が引退した年、つまりこの写真が撮られるまでには、校長の顔はこの程度には痩せ、頭はこれほど白いもので覆いつくされていたのだろうか。

笠松教頭が窓のそばを離れ、ソファに腰をおろす。機嫌のいいときにはかならず論語の文句を引用してみせた校長。コーヒーに入れる砂糖かミルクの一方を我慢してダイエットに励んでいた、あの、太鼓腹の校長。わたしは相手の斜向いの位置に腰掛けた。けれど互いに反対側の壁の写真を見上げるだけで口を開かない。むこうはネクタイの結び目をいじりながら、こちらは両手を膝の上に揃えて。気まずく長い時間が流れる。まだ二十代の教員だったわたしに、事あるごとに目をかけてくれた校長。笠松三千代とわたしとの仲を取り持つため裏で手を打った校長。だが目をかけてくれたのは単に若い教員への好意からだったのか、それとも校長じしんの保身のためだったのかいまとなっては判断がつきかねるし、三千代の件にしても、彼女が転任してしまった後では二度と校長室へ呼ばれることはなかった。当時わたしは何度か思った。いったい、われわれの間に起こった事のどれくらいまでを校長は承知していたのか。いま改めてそのことを思う。

校長たちが戻って来た。前の教頭がわたしの隣に、校長が新しい教頭の隣にすわり、最初はもっぱら立木の話題が場を占める。桜の開花時期、校庭の周りに植わっている樹木の名前、手入れのコツ、枝払いを若い管理員に任せておいては「蟹《かに》の床屋みたいに」とんでもないことになってしまうという前の教頭の冗談。そのすぐあとで、笑顔の笠松教頭が「あの杉のような高い木」について質問し、やはり笑った顔の校長が「鵜川先生、すまんがお茶をいれてくれませんか」と頼んだ。「あれは、メタセコイアは恐竜が餌《えさ》にしておった木です」という答を聞きながらわたしは席を立った。

「恐竜のエサ？」

と怪訝な声で笠松教頭が訊き返し、

「はい」

と前の教頭があっさり答える。今からおよそ六千五百万年前に、巨大な隕石《いんせき》が地球に衝突して大爆発が起こり、それが原因で恐竜が絶滅したという話。「御存じですかな?」「いや、初耳です」わたしは入口近くまで歩いてお茶の準備にかかった。八年前と同じキャビネットの上に魔法瓶が置かれている。あのとき校長がインスタントコーヒーを作ってくれた同じ場所に立ってわたしはお茶っ葉の缶を開ける。そういう学説があるのです、と前の教頭が続ける。爆発によってまず大規模の火災が引き起こされ、次に今度は舞い上がった粉塵《ふんじん》が地球を覆い、太陽光線を遮断したため一気に気温が下がった。すなわち地球は大火事の後、急激に冷えて氷の惑星に変り果てたわけで。

「そのとき温度変化に対応できない大型の爬虫類《はちゆうるい》はすべて死に絶えてしまったと、概《おおむ》ねそんな解説でしたな。こないだNHKのテレビで放送しておりました」

「ほう」と校長の声。「NHKでね」

「はい。それで、その六千五百万年前に滅びた恐竜の化石が発掘された現場から、メタセコイアの化石も同時に見つかっているということでして、これが」

「つまり草食の恐竜が当時メタセコイアの葉を食べていた、という証拠ですね」と笠松教頭が口をはさむ。

「そうです。草食恐竜といっても図体はでかいですから、彼らにとってメタセコイアのような高木こそ食するに適していたと、これは素人《しろうと》にも容易に想像がつきます」

「面白い」と校長が言った。「今から六千五百万年前、我校の校庭に聳え立つあの木と同じ木を恐竜が食べて生きていた。面白いです。ぜひ今度の始業式で子供たちに話して聞かせましょう」

「六千五百万年前に恐竜が滅びる以前です」と前の教頭が訂正する。

「ええ、六千五百万年前よりも以前に」と校長が言い直した。「恐竜があの木を食べていた。その点は間違いないわけですな」

「そういうことでしょう」と笠松教頭。

「そういうことです」

と前の教頭が認めた。そしてさらに付け加えた。

「もしあの木が、確かにメタセコイアであるならば」

校長も笠松教頭も息を呑んだ様子で黙り込んだ。わたしは盆の上に湯呑みを四つ並べ、魔法瓶の湯を急須に注いだ。やや間があって、校長が、

「確かではない？」

と訊ね、確かではありません、と前の教頭はまたもあっさり答える。自分は一代前の校長からメタセコイアという名前を教えられただけだと。

「前の校長さんはそれを誰にきいたのかね」

と気落ちした声で呟いたあと、校長はわたしに向って、

「鵜川先生が昔この学校にいたのは何年前？」

と訊いた。右手に急須の把手を持ち、左手で蓋を押さえたままわたしはソファの三人を振り向いた。

「十年ほど前です」

「そのころメタセコイアの話は？」

「やはりわたしも名前だけを」

「詳しく調べた人は誰もいなかったの？」

「いなかったと思います」

校長が首をうなだれた。ソファに浅く腰掛けて、開いた膝の上に両手を突っ張っているので背筋は伸びたままだ。前の教頭は片手を背もたれに載せ、空いた手で髭《ひげ》の剃《そ》り残しを確かめるように顎をさすっている。さすりながら、あるいは壁の写真の中から十年前の校長の顔を探しているのかもしれない。笠松教頭だけがこちらへ視線を向けていた。彼はこの機会を捕らえるだろうか。わたしは四人分のお茶をいれながら待った。十年前なら、と笠松教頭が喋り出すのを待った。そのころ自分の妹もこの学校に勤めていたはずだと。

「メタセコイアの和名は」と前の教頭が唐突に発言した。「アケボノスギというのです。

百科事典で調べてみたことがあります。スギ科、メタセコイア属」

「アケボノスギね」と校長がなぞった。「しかしあの木がメタセコイアかどうか、その点がはっきりしなくては」

わたしは湯呑みを四つテーブルに運び、さきほどと同じ席に腰をおろした。気を取り直した校長が、できる限り早急にあの木の正体を調べて、もし本当にメタセコイアであれば恐竜の話を書いた立札を置きたいと言う。それにはまず植物図鑑にあたる必要があるが、やはり何といっても素人目では心もとないので、市内にある大学の専門の先生に依頼する手もあるし、この学校の創立時の記録に何かメタセコイアについての記載がないか教育委員会で調べて貰うのも一つの方法である。前の教頭が小刻みにうなずいて見せ、だがそれでは始業式には間に合いませんな、と呟く。校長は聞き流して、お茶を一口飲み、

「アケボノスギのアケボノという字は……？」

「春は曙《あけぼの》、ですね」

と笠松教頭が隣へ笑いかける。

「相撲取りの曙」

と前の教頭が言い添える。斜向いにすわった男の顔は何べん見直しても三千代には似ていない、とわたしは思う。似ているのは兄妹がふたりとも痩せていることだけで。

「鵜川先生、曙という字は常用漢字には含まれていないだろうね」

と校長が訊ねる。

「おそらく」

と笠松教頭が代りに答え、後からわたしがうなずく。しかし本当のところはそれも確かではない。なぜならこの八年間いちども三千代には会ったことがなく、わたしはいま彼女の顔を曖昧にしか思い描けないからだ。彼女の体型、彼女の顔、彼女の声。笠松三千代と最後に会ったのは、八年前の、いつだったろうか。湯呑みを手にして前の教頭が首をかしげる。

「しかし相撲の番付には曙という漢字を使ってますな、新聞でもテレビでも」

「ああ、そういえばそうだ」と校長。

「確かにそうですが」

と笠松教頭が苦笑いを浮かべて、

「でも和名を表記する場合は、動物にしろ植物にしろ普通カタカナですから」

「それはむろんその通りです」と前の教頭がお茶をすすりあげる。「おっしゃる通りだ」

「では立札に和名を付ける際にはカタカナで」

と校長が言う。わたしは三千代との初めての晩を、あの霰《あられ》の降った晩の出来事をちらりと思い出す。かじかんだ手と汗ばんだ手、本棚の地球儀、バッハのシャコンヌ。いったい、兄妹というものはどの程度お互いのプライベートな問題を打ち明けあうものだろう。笠松教頭が妹の話を言い出さなかったのは、ただ言い出すきっかけを失ったからだろうか。

「それから恐竜の名前も調べなければ」

とソファに深くすわり直した校長が話を続ける。恐竜の名前もカタカナで、とわたしは心の中で呟く。NHKの番組にはメタセコイアを食べる草食恐竜の名前は出てきませんでしたか、と校長が訊ね、出てきたようでもあるし、出てこなかったようでもある、と前の教頭が答える。ビデオテープに録画してあるので帰ってから見直してみましょう。ビデオテープに録画？　と校長が聞き咎める。自分で録画を？　そうです、興味深い番組は必ず録画するように心掛けております。ほう、それはそれは。見直すたびに新しい発見があるものです。なるほど、そうに違いない、しかしどうもあの手の機械の操作は苦手で……。

笠松教頭は薄ら笑いを浮かべて二人の話を聞き流し、手持ち無沙汰に（だが、わたしのいれたお茶に手をつけずに）窓のほうを眺めている。校長たちはそのことに気づかない。退屈な会話は続いていく。退屈でしかも気まずい時間が流れる。彼の横顔はやはりどう見直しても三千代には似ていない。当時わたしは彼女の横顔を盗み見ることに慣れていた。八年前の春、ちょうど今頃だった。笠松三千代に最後に会ったのは、三学期の修了式が行われた日の午後のことだ。

わたしはバス停で笠松三千代を待っていた。あるいは待つだけ無駄かもしれない、腕時計を見直すたびにそう思いながら待ち続けた。三千代は校長の車で送ってもらうつもりなのかもしれない。子供たちの賑《にぎ》やかな下校時間はとっくに過ぎていて小学校前のバス停には他に人影はなかった。歩道の幅の分だけ張り出した屋根の下に一脚だけベンチが据えてあり、そこに腰掛けて何台ものバスをやりすごす間に、斜め前方からあたる日差しで膝に載せた革の鞄が温まった。

男がどんな裏切りを働こうと彼女が取り乱す原因にはならない。ただ石のように黙り込むだけだ。男に言い訳の暇を与えまいとするかのように顔を背け、視線が合うことを避け続けるだけだ。あの雪の日から数週間が経っていたが、職員室での三千代はあいかわらず寡黙だった。前よりもいっそう寡黙になったと言うべきかもしれない。わたしとだけではなく、周りの誰とも口をきくのを嫌がっている、そんなふうに見えた。おそらく他の教員たちの眼にも彼女の頑《かたくな》な態度は奇妙に映っただろう。その日も彼女は隣の机で黙々と帰り仕度を済ませ、挨拶もせずに職員室を出て行った。それを見て右隣の席の教務主任が口をすべらせた。近ごろは軍鶏《しゃも》が羽をもがれたようにふさいでいる、そんな言い方だった。

わたしは聞こえぬふりをして席を離れた。

先に下へ降りた三千代に追いつかぬよう、じゅうぶんに時間を置いたつもりだったが、玄関の手前で校長と向い合っている三千代が眼に入った。ちょうど立ち話を終え、ふたりは廊下を歩きだすところだった。それともどちらかが先にわたしの足音に気づき、どちらかをうながしたのかもしれない。わたしが階段を降り切る前にふたりの姿は校長室に消えていた。いったい、いまになって何の話があるというのだろう。三千代が校長に、校長が三千代に？　ネスカフェを飲みながら？　いずれにしてもあと三日、とわたしはスリッパを革靴に履き替えながら思った。その日を入れてあと三日の辛抱だった。翌々日の離任式が済めばその足で彼女は赴任先の島へ旅立ってしまう。それですべて片がつく、もう二度とわれわれは顔を合わせることもない、同僚たちから好奇の眼で見られることも、教務主任から皮肉を言われることもなくなる、そう思いながら玄関を出て校門までの誘導路を歩き、校門の外を左に折れ、バス停へ向った。しかし、では何故、わたしはベンチに腰をおろしたのだろう。腰をおろしたまま何台ものバスを見送り、彼女を待ち受けたのだろう。

腕時計を眺めるのにも飽きた頃、三千代はバス停に現れた。張り出した屋根のそばまでうつむき加減に歩いて来て、ようやくこちらに気づいた様子だったが顔色ひとつ変えなかった。ベンチの端にすわったままわたしは動かなかった。彼女はショルダーバッグのベルトの位置を直すために肩を揺すって、ベンチの手前で立ち止った。それから反対側の端へ嫌味に腰掛けてみせるのかと思ったけれど、そんな気配すらなく、ただそこに立って正面からの日差しに時折片手をかざし、時折首を強くねじるようにバスがやって来る方角を振り返った。やがてバスが見えた。わたしは温まった鞄を持って彼女の横に並んだ。バスが止り、彼女が先に乗り込み、わたしがその後を追った。

幸いなことにわれわれが乗ったバスは混んでいた。もしそうでなかったら、わたしはどこにどんな顔をしてすわればよいか困り果てていたはずである。三千代は混雑をかきわけて前の方へ進み、吊り革につかまって立った。わたしはちょうど彼女と背中合せになるあたりに割り込んだ。そしてそれからバスを降りるまでの間、悔やみ続けた。こんなことをするくらいなら、何故もっと前に彼女のアパートを訪ねなかったのかと、いまさら悔やんでも仕方のないことを悔やみ続けた。彼女は自分からは電話の一本もかけずに待っていたのだ。もっと早い時期に、わたしがアパートの扉を叩き、一から、そもそものいきさつから話し始める時を待っていたはずだ。それなのにわたしは今頃になって、もはや取り返しのつかぬ今になって彼女の後を追いかけ、背中合せにバスに揺られている。いったいわたしはこんな所で何をしているのだ。

乗客のあらかたが降りてしまうバス停でわれわれも降りた。わたしは急がなかったし、彼女の方も逃げるような素振りは見せなかった。どれだけ待ちぼうけを食わされても、彼女は最後の最後までわたしを待つつもりなのだろうか。チャコールグレイのスーツ姿の女は途中で一度だけ寄り道をした。わたしはスーパーマーケットの外でぼんやり時間をつぶさなければならなかった。小さなビニール袋を提げて出てきた三千代は、こちらへは一瞥もくれずにアパートへの道を歩きだした。卵と林檎とベーコン。わたしは数メートルの間隔を置いて後をつけた。日は落ちたが夕闇が迫るにはまだ時間があった。物の輪郭がやけにくっきり見える時刻だ。彼女は一定のペースで歩いた。立ち止りも振り向きもしなかった。われわれの間の距離も一定だった。わたしは彼女の背中以外には何も見なかった。

アパートの傾斜の急な階段を上るときになって、不意に三千代がためらったようにわたしには思えた。確かにいちど足音が止りかけた、その瞬間にわたしは感じ取った。彼女はわたしと話し合うつもりでいる、やはり最後の最後まで待つことを諦めてはいない。赤茶色に塗られた鉄の階段を上りつめた女は、同じ色の手摺《てす》りに沿ってほんの少し歩くと部屋の中に入った。ドアの閉まる音でそれがわかった。わたしは階段の途中で、右足と左足をそれぞれ別の段にかけたまま怯《ひる》んでいた。彼女はわたしがドアをノックするのを待っている。最後の最後にわれわれは台所のテーブルをはさんで話し合うことになる。わたしは事のいきさつをたどたどしく語り、彼女のたまりにたまった訴えを聞かされるだろう。長い時間を費やして。あるいは朝までかかって。卵と林檎とベーコン。そしてまた新たな面倒を抱え込むことになるのだ。わたしは踏み出した右足を左足の横に戻した。そのとき、階段の上に女が再び姿を現した。

三千代は片手に何か物を握っていた。その手が弧を描くと、白っぽい箱と黒い布切れとがわたしをめがけて宙を飛んだ。箱はわたしの頭を掠め、階段の手摺りを越えて地面に落ちていった。チョコレート、何故だか一瞬そう思った。そちらを見届ける間もなくわたしは足を踏み外し、咄嗟に手摺りを摑みそこねて階段をいちばん下まで転がり落ちた。尻餅《しりもち》をついて息もできないわたしの眼の前へ、最後に二枚の布切れがひらひらと舞い降りる。それは靴下だった。黒い靴下である。上を見ようとすると首の付根が痛んだ。背中にも痛みが走った。三千代はすでに姿を消していた。彼女は終始、無言で事を成し遂げたようだ。音をたててわたしが尻餅をつくまでを、表情もなく見下ろしていたような気もしたけれど確かではない。

靴下に見覚えはなかった。どうしてそんなものが三千代の部屋に残っていたのかさえ思い出せなかったが、しかしわたしの靴下に違いなかった。三千代が最後の最後に返してよこしたのだから、わたしの靴下に違いなかった。しばらく待ってみたが三千代の部屋のドアは二度と開かなかった。わたしは身体の痛みを堪えて立ち上がった。階段の陰にまわってみると箱はそこに落ちていた。蓋がはずれて中から内箱の一つが転がり出ている。それはむろんチョコレートではなかった。わたしは一足の靴下とコンドームの箱とを背広の左右のポケットに収めた。そして首の付根を揉《も》みながら、さきほど来た道を引き返した。

ようやくわたしは悟っていた。三千代は待ってなどいなかったわけである。彼女の沈黙は、とっくの昔に男を見限ったという印だったわけである。結局、わたしは男としてすべきことを何ひとつしないまま、してはいけないことを幾つも重ねたのだ。ポケットの中身はスーパーマーケットの駐車場の隅の屑籠《くずかご》に捨てた。靴下はともかく、コンドームは惜しい気もしたが他で使うのは縁起でもない。夕闇が降りて街灯がともった。あるいは街灯がともって夕闇が降りたことを知った。バス停の前を行き交う車のボディが白い水をかけたように光った。悲しみは少しもわかなかった。代りに、やっと肩の重荷を下ろせたという安堵感《あんどかん》に強く捕らえられた。これでわれわれの関係は切れた。すでに切れていたことが明らかになった。バス停で乗り換えのバスを待ちながら、そのことだけ考えていた。

当時の自分を思い出すとき、わたしは苛立ちを覚えたりはしない。ただ、わたしがしたこととしなかったこと、その両方を諦めの思いで見守るだけだ。

わたしは三千代と結婚の約束をし、彼女を裏切った。彼女はわたしを一言も非難しなかったし、われわれは一度も話し合わぬまま別れた。たぶん世間の常識からは考えられぬ別れ方で。それでおしまいだった。八年前の春、バスに乗って彼女の後をつけた午後、それが最後になった。翌日の校務整理に当てられた日と、翌々日の離任式とをわたしは風邪を理由に休んだ。だからそのとき以来、笠松三千代には会っていない。

3

「先生、今日は酔ってるんじゃないの？」

「いや」

「そんなとこで立ったまま眠っちゃだめよ」

「ああ」

「だいじょうぶ？」

「だいじょうぶだ」

そう答えてウィスキーのグラスを口にあてたが、中身は氷と氷が溶けたほろ苦い水でしかない。

「酔ってるわよ、先生」とカウンターのむこうでエプロン掛けの女が言う。「さっきから空だったのよ」

「ぼんやりしてただけだ」

と言い返してわたしはズボンのポケットから千円札を引っぱり出した。本当にぼんやり考え事をしていただけなのだ。わたしは酔っていない。ウィスキーの四五杯で酔ってしまうほど酒に弱くはない。お代りを、とわたしはうながした。

しかし女はわたしが差し出した千円札には眼もくれず、カウンターの上に重ねてあった五百円玉を一枚つまむとエプロンのポケットに滑り込ませる。わたしは五百円玉がもう四枚重なっているのを確かめてから千円札をしまった。酔ってるわね、と呟きながら女が目分量でウィスキーを注いでくれる。最初に五千円札をくずして飲み始めたのだからこれが六杯目だ。たとえわたしが酔ったとしても、店の女はそれを指摘するだけでもう飲むなとは言わない。

午後七時。立ち飲みの酒場でわたしは半身になってカウンターに寄り掛かっている。木造りの古いカウンターは縁が擦り減って丸くなり、高さもちょうど腰の付根のあたりで寄り掛かるのに都合がいい。そうやって一時間ほど飲み続けている。笠松教頭の内輪の歓迎会は中止になった。彼はタバコも喫わないし酒も飲まないのである。そのうえまだ引っ越したばかりで家の中も落ち着いていない。今日のところはただ前任者との引き継ぎのために出て来たので、寄り道は彼の予定に入っていなかった。たぶん改めて、他の新任の教員を交えての歓迎会が持たれることになるだろう。　校長は残念がったがわたしは救われた思いである。ただし職員室での仕事が片付いた後もまっすぐに家へ帰る気にはなれなかった。

ぼんやり考えていたのは遠沢めいのことだ。やはりわたしは酔ったのかもしれない。オンザロックのグラスは二度口へ運んだだけで空になった。遠沢めいの顔を思い浮かべるときわたしは必ず酔いはじめている。前を通りかかったエプロン掛けの別の女が五百円玉をつまみ取り、黙って七杯目を注ぐと他の客の前へ移った。八年前の春、遠沢めいの気持がいったんわたしから離れてしまった理由の中には──さっきからそのことをずっと考えていたのだ──笠松三千代に対するこだわりがあっただろうか。あるいはもっと言えば、笠松三千代へのわたしの未練が──仮にそんなものがあったとしての話だが──遠沢めいの心変りを招いたという見方ができるだろうか。むろん遠沢めいは（一時期にしても）あの男に強く魅《ひ》かれたからこそわたしを捨てたに違いないのだけれど、そうなってしまう以前に、つまりまだ顔も名前も知らなかった相手の男に嫉妬《しっと》し、彼女の心変りを恨んで泣き寝入りするしかない事態に至る前に、わたしの側には少しの落度もなかったのか。

いまさらどう考えたところで仕方のないことをわたしは考え直している。グラスはまた空になったが誰も八杯目を注ぎには現れない。いずれにしても、八年前の春、遠沢めいの気持がいちど離れてしまった事実は動かないのだ。後になってわたしのもとに戻って来た

 とき、彼女はその点をどうしても認めようとせず、代りにすべての罪をあの男に着せるような言い訳をしてみせたけれどわたしは、少なくともいまのわたしは信じない。

ターミナルビルの二階の喫茶室には低い音量でクラシックが流れていた。わたしはその曲に聞き覚えがなかったし、というよりも遠沢めいに教えられるまでその曲が流れていることにさえ気づかなかった。四週間ぶりに見る女の顔はまるで病み上がりのように白くやつれていて、そのあと一杯の紅茶を飲み終るまでに彼女が口にした台詞――会わないでいた間もあなたのことばかり考えていた、というような芝居がかった台詞の一つ一つと合わせて、新しい恋が必ずしもうまく運んではいない事実を裏付けていた。だがそれはわたしがそう思いたがっただけかもしれない。いくらか茶色がかった口紅のせいで前よりやつれて見えたのかもしれないし、肩まであった髪が見る影もなく短く切られていたことで余計にそんな印象を受けたのかもしれなかった。

「聞いたことがあるでしょう？」

と遠沢めいはわたしの気をそらした。ぽつりぽつりとまるで独り言を重ねるように続けた告白のあとで、唐突に、三千代の思い出につながる音楽を話題にしたのだ。彼女の飲み残した紅茶にはいつものようにレモンの果肉が混っていた。ほんのすこし眼を狭めた女の笑顔は、いつだったか、三千代さんはバッハの専門家なの、と教えてくれたときとそっくり同じ表情だった。わたしは窓越しに下の待合所を眺めて黙り込んだ。

「こんなときにバッハがかかるなんて、三千代さんの呪《のろ》いかしら」

むろんそれは文字通りの問いかけではなくて、わたしを苦笑いさせるための冗談だったに違いない。だがわたしはにこりともしなかったし、彼女の見当違いを正す気にもなれなかった。いったいどこの誰が、寝た女のすべてにこだわり続けるという誤った男のイメージを世間に植え付けたのだろう。わたしが黙り込んだのは事の皮肉ななりゆきにとまどったからで、決して三千代の思い出のせいではなかった。実を言えば、そのときわたしはまったく別の女のことを考えていたのだ。

「ほら、先生」顔の前で女のてのひらが揺れている。「起きてるの？」

「ああ」

「また氷だけになってるわよ」

「注いでくれ」

「これは、何本に見える？」

人差指と中指を立てて女がVの字を作る。わたしは取り合わずに空のグラスを差し出した。女がそれを受け取りそこねた。カウンターの上に落ちたグラスは割れなかったが、飛び出した氷が横へ滑り、右隣で輪切りのレモンを浮かべた飲み物を手にしていた男が大げさな声をあげた。

「失礼」とわたし。

「ごめんなさいね」と店の女が一緒になって謝る。「このひと酔ってるのよ」

男は一つ舌打ちをすると氷を拾いあげて灰皿に捨てた。わたしは五百円玉を二枚、なんとかつまみ取って女の前に置いた。

「新しいのを二杯」

「飲めるの？　ほんとに酔ってるわよ先生」

「酔ってない」

「あんた酔ってるよ」と右隣の男が口をはさんだ。「眼を見りゃわかる」

わたしはポケットから千円札を引っ張り出して女の前に置いた。

「それからこれを十円玉にくずしてくれ」

「十円玉？」

「酔ってるよ」と男が言う。「見てただろ？　さっきからこいつ俺のコップを睨みつけてた」

「これぜんぶ？　十円玉にくずしてどうするの」

「電話をかけるんだ」

「よう、あんた俺の焼酎《しょうちゅう》に何か念じてたのか？」

「電話なら小銭が何枚かあればいいんでしょう？」

「うん」

「ポケットを探してみなさいよ」

「よかったらこれを」

　と左側から誰かが肩を叩いた。振り向くと見知らぬ顔である。わたしはその男に礼を述べてカードを受け取り、九杯目を一息に飲みほしてから電話をかけるために店の奥へ歩き出した。歩き出してすぐ、壁づたいに小走りの猫が音もなく追い抜いていくのが見えた。わたしは立ち止って両眼をこすってみたが視界はぼやけてはいなかった。足元もふらついてはいない。向って左は酔客が鈴なりのカウンター、右はタバコの脂《やに》の色にすすけた漆喰《しっくい》壁《かべ》、その間の狭い石畳の通路を誰にもぶつからずに歩くことができた。緑色の公衆電話は奥の突き当たり、便所の入口の右手前に置いてある。そのそばには尻尾《しっぽ》を立てた黒と白の斑《ぶち》猫がいた。確かに猫だ。どうしてこんなとこに猫がいるのだろう。背中の方からわいて来るざわめきのせいで呼出し音が聞き取りづらい。電話がつながる前にわたしはすでに後悔していた。

「直美はずっとおたくでお世話になってるの？」

と電話の相手が訊ねた。世話になってるのはこちらの方だ、とわたしは答えた。

「実を言うと、ずいぶん助かってるんだ」

「それはそれでかまわないけど、あのね、春休みじゅうにいちどうちに顔を出すように伝えて。母親に電話の一本くらいかけたって罰《ばち》は当たらないって、そう言っといて」

「ちょっと出られないか」

「いまから？」

「うん」

「うんって、出られるわけないでしょう、いまさっきお店を開けたばかりなのに」

わたしは腕時計に眼を落とした。文字盤を読み終らぬうちに相手が言った。

「いまどこにいるの？」

「飲んでるんだ」

「酔ってるのね？」

「酔ってはいない」

「嘘、声でわかるわ。酔いを覚ましてからこっちへ来て、他に話もあるから。おととい、さきおとといだったかしら、あっと驚くような人がお店に来たのよ」

わたしは堪え切れずにおくびを洩らした。相手はかまわずに喋り続ける。

「それがね……」

「うるさくてよく聞き取れないんだ、何を話したって？」

「子供のこと」と電話の声は言った。「来月が小学校の入学式だって、そんな話あたしに教えたって仕方ないのに」

「誰の子供」

「自分の娘のよ。要するにね、俺はまだまだ小学生の孫がいるような年には見えないだろうって、そういう落ちがついてるの」

「わかった」

「わかった？　あの刑事、またこっちに戻って来たのよ。柔道部を鍛えるために呼び戻されたなんて自慢してたけど、ほんとかしら」

わたしは受話器を置いたあと更にこの電話を後悔していた。まったく何という一日だろう。悪い予感で始まって悪い知らせでしめくくられる。おい、こんなとこに猫がいるぞ、追いと誰かが言い、野良猫よ、と店の女が答えた。戸が開いてるとすぐ入ってくるのよ、追い出して。もうこんな時間か、と別の誰かが言った。そうよ、もうじき八時よ、と店のもう一人の女が声を張り上げた。先生、そこで立ったまま眠っちゃだめよ。

子供か、とわたしは歩いて戻りながら思った。石畳は走る電車の通路のように幅が狭くそして足元が揺れている。向って右は酔っ払いの背中が並んだカウンター、左は染みだらけの黄色い壁。遠沢看護婦は避妊の心配などしたことがなかった。子供ができたらどうする？　と訊ねるのはいつもわたしのほうだった。そのたびに彼女は、だいじょうぶ、と笑いながら、まるで受持ちの患者をいたわるような顔で笑いながら答え、そして実際に、彼女はいちども妊娠しなかった。あの年の夏まで。

カウンターへたどり着くとわたしは残りのウィスキーに手を伸ばした。これが十杯目だ。それが最後よ、とエプロン掛けの女がわたしに注意し、それから奥の方へ向って、みんな早いとこ飲んで引きあげて、看板にするから、と大声で言う。追い出しをかけられた客たちが一人二人とおとなしく帰り始め、わたしは十杯目を一口すする。先生もよ、とカウンターの上を片付けながら女が念を押すのでうなずいて見せた。この酒場の店仕舞いの時刻は八時だ。わたしはそれほど酔っていない。

「電話はちゃんとつながったの？」

「ああ」

「ここを出たらどっちへ歩いていけばいいかわかる？」

「そんなに酔ってない」

「よく言うわよ、背広のボタンかけちがえて。なんにも食べないでがぶがぶ飲むからそんなに酔っちゃうのよ」

照明の奥から半分がいきなり落とされ、無人のカウンターが影につつまれた。わたしの右隣にはもう誰も立っていない。高い天井を見上げようとして少しめまいを覚えた。最後の一杯を飲み終った。はいおしまい、と子供だましの言い方で女がグラスを奪い取った。そのとたんにわたしは膝から崩れ落ちた。

両手でカウンターの縁をつかもうとしたが間に合わなかった。石の上に尻餅をつき、なおも仰向けに倒れて後頭部を壁に打ち付けたが意識は失わなかった。まったく何という一日だ。

「先生、生きてる?」

と遠くから女の声が訊ね、

「だいじょうぶかい、鵜川先生」

と男が間近で言った。わたしは男の手を振り払って自力で上体を起こした。しかし立ち上がるにはまだ無理がある。そばにしゃがんだ男がわたしの背広の内ポケットを探った。

「また野良猫が入ってきた」と女が言った。

「あんたの手帳だよ」と男が説明した。「さっき電話をかけただろ？　そのときに忘れたんだ」

「シッ」と声をあげて女がサンダル履きの足で石畳を叩いた。子供か、とわたしは背広のボタンを外しながら思った。遠沢めいは避妊の心配など一度もしたことがなかったのだ。だいじょうぶ、といつも笑うだけで。彼女の笑顔にはどんな意味があったのだろう。何を探してる？　と男が訊いた。テレホンカードを、とわたしは答えた。いいんだよ、と男が笑い声でわたしの手を押さえた。そんなもの返さなくても、それより立てるかい？　わたしはゆっくり一つうなずくことができた。立てそうだ。それから視界が大きく揺れるのを感じた。わたしは再び仰向けになって頭を壁に打ち付けた。

「なにをさがしてるの？」

と遠沢めいの囁く声がした。わたしはあいまいな返事をして、背広をハンガーに掛け直した。看護婦寮の外では盛りのついた猫が鳴き続けている。

「灯りをつけたらいいのに」

そう言って遠沢めいはベッドを降り、そばへ寄って両手でわたしの握り拳をつつみこんだ。

「なにを隠したの？」

「なにも隠してない」

「手をひらいて見せて」

力を緩めてやると、遠沢めいの指がわたしのてのひらの中へもぐりこんでそれに触れた。

「……先生？」彼女は笑い声になった。「これはなに？」

「なんでもない」

「自分で買ったの？」彼女はなおも笑いながら言った。「風邪薬と一緒に？」

「隣の部屋に聞こえる」

「だって、おかしくて……暗がりでなにをごそごそ探してるかと思ったら。枕の下にそっと押し込んでおきなさいって、誰かが教えてくれなかった？」

「きみは誰にそれを教えてもらったんだ」

「必要ないのに、こんなもの」

「どうして」

「ねえ、一晩じゅうこうやって立ったまま喋るつもり？」

必要ないと看護婦がいうものを無理に用いるわけにはいかなかった。手を引かれてベッドに戻りながらわたしはこう考えた。最初のときに忘れていたものの心配を今夜してもはじまらない。次の夜にはまたこう思った。いままで用いなかったものの心配をいまさら自分だけがしても仕方がない。なにしろこの女は人のからだを心配することにかけては専門家なのだから。

　ベッドの上でいつも通りの時間が過ぎたあと、遠沢めいは冷たい手でわたしの左肩を撫でながらこう言った。

「かわいそうに……痛い？」

「痛くはない。病気じゃないんだから」

「でも、まっすぐに立ったときもこっちの肩がひどく吊り上がってるわ」

「服を着てても？」

「ううん、脱いだときに」

「ただの後遺症だよ」

「かわいそうに。厳しいお父さんなのね」

「昔はね、父親というのはたいがい昔は厳しいものだよ、きみのお父さんは……？」

「そうね。でも、なにもこんなになるまで厳しくしなくてもいいのに」

「誰にも見せたことはないんだから、他所《よそ》では言わないでくれよ」

　しかし軽い気持の冗談はうまく伝わらない。遠沢めいの手が動いていないことに気づくと、わたしは先に口を開いた。

「静かだな、いつのまにか猫が鳴きやんでる」

「こんなとき三千代さんはレコードをかけた？……ねえ」

「どうしてそんな話をするんだ」

「中学校のときコーラス部の部長さんだったの、勉強もできたし音楽にもくわしかったから。練習の前にいつも音楽室でレコードを聞いてた、顧問の先生のお気に入りのレコード、ほかの人たちは気づかなかったけどあたしは知ってる、毎日まいにち聞いてた、ジャケットの解説もぜんぶ読んで、先生が忘れてることでも質問されるとすらすら答えた。髪の長い痩せた男の先生、その先生がバッハを勧めたの、だから三千代さんはバッハの専門家なの」

「……そうか」

「バッハのレコードをいっぱい聞かされたでしょう？」

わたしは首を振り、三千代の部屋にはラジオしかなかった、と心の中だけで呟いた。看護婦寮の六畳ほどの広さの部屋にもやはりトランジスタラジオが備えてあり、テレビも、ステレオのセットも見あたらない。壁際にシングルのベッド、反対側の壁に寄せて洋服箪《だん》笥《す》と鏡台と背の低い食器棚が並び、残った空間に小さな丸いテーブルが置いてあった。音の消えたラジオはその上に、遠沢めいが鉛筆で書きかけたわたしの似顔絵と一緒に載っている。

「よかった。あなたまで昔の先生の影響を受けたらどうしようと思ったの」

「こんな話やめよう」

「ええ」

と遠沢めいはうなずいたあとで、あのひと、と独り言のように付け加えた。

「……島へ行ったきり帰って来なければいいのに」

わたしは黙り込んだ。しばらくして彼女が低く掠れた声で歌っているのに気づいた。話が途切れたあとの沈黙を埋めるために、彼女がたわいない流行《はや》りの歌を口ずさむのは珍しくなかった。遠沢めいがうつろな眼をして歌うとき、わたしは決って心細い気分に捕らえられた。この女はわたしといることに退屈してどこか別のところへ心をやっているのではないか。だが事情はまったく逆で、別のところへ心をやる必要がないからこそ彼女は機嫌良く歌っていたのだ。そのことがようやくわかったのは、後に、ベッドの上でもどんなときにも彼女が歌わなくなっていることに気づいてからなのだが、当時のわたしは彼女の関心をぜひとも現実のほうへ引き戻そうと、おざなりの質問を口にするのが常だった。

「子供ができたらどうする」

わたしの肩の盛り上がりと窪みの間を無意識にたどっていた彼女の指先が止った。

「できないわよ」

「どうしてわかる?」

「だいじょうぶ」

だいじょうぶ、という言葉にはどんな意味があったのだろう。個人的な経験、看護婦としての知識、それともただの予感。てのひらの運命線の代りに遠沢めいが信奉していた例の予感。ベッドの上でも彼女はわたしより先に未来を読んでいたのだろうか。

しかしそんなことは重要ではない。なぜならそれはまだ、あの男がわれわれの関係に影を落としていなかった幸せな時期の話なのだから。わたしは妊娠の心配など本気でしてはいなかった。たとえばその頃わたしがしきりに気に病んでいたのは、遠沢めいが口ずさむ歌詞のようにたわいのない種類の問題で。


「おい、鵜川先生」と男がわたしの肩を叩いて言う。「立って歩けるかい?」

わたしはうなだれたまま答えない。

「吐きそうか?」とさらに男が言う。「だったら吐いちまったほうがいい、楽になる」

わたしは膝を抱えてうなだれたまま吐き気を堪えた。男の親切が、背中をさする男の手がわずらわしい。どうしてこいつは余計な世話を焼きたがるのだろう。

わたしは暗い坂道の途中に座り込んでいる。街灯もない暗い坂道の途中に酒倉だか醤油倉《しょうゆぐら》だかの一部を改造した立ち飲み屋が店を開いているのだ。わたしは暗い坂道の途中の立ち飲み屋の入口の前で膝を抱えて座り込んでいる。脇で見知らぬ男が世話を焼く。さっきから猫が二匹、競うように鳴き続けている。盛りのついた猫が。

「下へ降りてタクシーを拾おう」

と男が言った。うるさい、とわたしは怒鳴りつけた。男が言葉を失い、背中をさすっていた手が離れた。うるさい、ともう一度わたしは怒鳴った。二匹の猫が唸《うな》り声を発して絡《から》み合い、鞭《むち》をふるったような鋭い足音を残して坂道を駆け上がった。立ち飲み屋の戸口が開いて女が何事か訊ね、何でもないと男が答えると戸口が閉ってあたりがふいに静かになった。

「猫に言ったんだ」

と呟きながらわたしは立ち上がった。次の瞬間、差し出された手を振り払おうとして二三歩たたらを踏み、男に抱きすくめられる恰好になった。両側の建物の影で切り取られた下の大通りの断面が、青白く輝く別の世界のように見える。

「あそこまで一緒に降りよう」

「もうかまわないでくれないか」

「でも、一人じゃ歩けないだろう」

「いいから放してくれ、みっともない」

男が両手の力を徐々に緩めてわたしを解放した。あんたの鞄とコートだ、と男が言い、それを受け取ってわたしはまたしゃがみこんだ。ひんやりとした地面に背中を預けて気がつくと、両側の建物の影で切り取られた夜空の断面に星が見えた。言ったそばからこれだ、と男がため息をついた。

「下の通りでタクシーを拾ってくるからここで待ってなよ、いいかい、鵜川先生、こんなとこで眠っちゃだめだ」

わたしは仰向けに寝転がったまま返事をしなかった。いったいこの男は誰だ。どうしてわたしの名前を知っているのだろう。男の足音が坂道を下っていく。しかしそんなことは重要ではない。まだあの男がわれわれの関係に影を落としていなかった幸せな時期――それはほんの二カ月と続かなかったけれど――わたしの頭はもっとたわいない関心事で占められていた。たとえばそれは。

たとえばそれは持続の問題である。長すぎるのではないかとわたしは疑っていたのだ。過去の体験と比較して時間がかかりすぎてはいないだろうか、遠沢めいと夜を一つ過ごすたびにそんな疑問を打ち消すことができなかった。過去の体験といってもわたしには三千代しかいない。二十代前半までの年譜を作ろうとすれば学歴を書き入れるだけで済んでしまう、わたしはそういう人間だから。金を払わずに寝た女は他に一人もいなかった。だから当時わたしはこう思ったのに違いない。三千代のときと比べてこの場合は長いと。初めての晩にそう思ったので、次の機会にはわたしは酒を控え、部屋の灯りを消すまえに腕時計を確かめた。そして途中で何もかも忘れてしまい時間だけが過ぎたあと、女の手で左肩を撫でられながらまた同じ疑問を反芻《はんすう》することになる。遠沢めいに向ってその疑問を口にするのは（もちろん）ためらわれた。もっと短く味気無かった三千代のときと比べて、これほど長くつづくのはわたしが心でそう願っているからだ。身体じゅうの血液が心臓へ集まっているからだ。ただ下半身の欲情を満足させるためなら時間は要らない。それがわたしのこねあげた理屈だったがもちろん口には出せなかった。遠沢めいはベッドの上でわたしの少年時代の話を聞きたがり、同時に、自分じしんの昔を（三千代の話を含めて）語るのを好んだ。わたしは聞かれるままに答え、時には彼女の話に耳を傾けながら、三千代のことを、三千代との必ずコンドームを用いた、終ってからも膝の裏に汗のたまっていることなど絶対になかったセックスのことを思い返した。当時のわたしは自分でこねあげた理屈とは裏腹に、まるで覚え立ての少年のようにセックスのことばかり考えていたのだ。われわれは週に一度か二度、彼女の勤務時間の空きに合わせ、看護婦寮の三階の隅の部屋で会っては同じ夜を繰り返した。灯りを消し、コンドームを用いずに長い時間をかけて、そのあと互いに子供の頃の記憶を探り合う。それがわれわれの二カ月と持たなかった幸せな時期のすべてである。あるいはわたしは遠沢めいと過ごす夜に浮かれる余り、何か肝心な点を見落としていたのかもしれない。その二カ月が過ぎ去ろうとする頃、すでに彼女の心に入り込んでいたはずの男の気配にすら気づかなかった。四月の終りのその夜。

「起きてくれ」と耳元で男が言う。「下にタクシーを待たせてある」

わたしはすわり込んだまま手を借りてコートに袖を通した。鞄を小脇に抱え、片方の手を男の肩にまわして坂道を降り始めた。四月の終りのその夜もいつもと変らなかった。看護婦寮の三階の隅の部屋。わたしは約束通りに裏の非常階段を伝ってそこで準夜勤を終えた遠沢めいと落ち合った。彼女はとくべつ疲れているようにも何かを言い出したがっているようにも見えなかった。少なくともわたしはいつもと変った表情を読み取ることができなかった。背広の上着を脱いでハンガーに吊《つる》したが、内ポケットにはもうコンドームは入っていない。灯りを消す前に腕時計で時刻を確認した。おそらく確認しただろう。わたしはまだ気にしていたのだ。実際のところ、どれだけ時間がかかっているのか。わたしはただ感覚的に果てしない時間を漂っているのではないだろうか。だがその夜、途中で彼女はやめてほしいという意味のことを言った。わたしはやめなかった。吐息のまじったそのかぼそい声に煽《あお》られてなおもがむしゃらになった。もういい、と訴えるように彼女の声が繰り返した。

階段がある、と男が言った。足元に気をつけろ。大通りへ出る直前のところで坂道は石段になっているのだ。肩を借りて一段一段降りながら、わたしは訊ねた。怪しい者じゃない、と男は答えた。答えたあとで何がおかしいのか鼻を鳴らしてみせ、怪しい者じゃないよ、ともういちど笑い声で答える。いいだろう、この男は怪しい者じゃない、酔っ払ったわたしをタクシーまで運んでくれるだけだ。

四月の終りのその夜、遠沢めいはわたしの肩を撫でようとはしなかった。どれだけ沈黙が長びいても、流行りの歌を口ずさむ声は聞こえてはこなかった。後ろから抱きしめた彼女のからだは冷たかった。いましがたやわらかく溶けていたはずの乳房がまるでゴムで出来たように冷たかった。わたしは自分が大きな失敗を犯したのだと思った。いちどあんたと話がしたかったんだ、と男が続ける。それだけだよ、気にしないでくれ、こんどゆっくり……しかもその失敗をわたしはセックスに関わるものだと判断した。ほんの束の間だがそう判断した。わたしは肩に回していた手をはずして男の背中を力まかせに押した。いったいこの男は誰なんだ。危ないじゃないか、と踏みとどまった男が声を荒げ、わたしは石段の上にへたりこんだ。立てよ、と男が言う。立ちなよ、鵜川先生。それがそうではないと気づいたのは指先が彼女の頰に触れた瞬間だった。まるでその瞬間を待ち受けたように遠沢めいは鼻をすすりあげて言ったのだ。

「今夜が最後で、もう二度とあなたには会えないわ」

わたしは暗闇のなかで女の濡れた頰に触れたままその台詞を嚙みしめた。今夜が最後で、もう二度と会えない。わたしは咄嗟に意味を摑みそこね、まったく別の感想を持った。この女は、泣きながら、芝居がかった台詞を口にしている。そんな白けた思いが頭をかすめたとき、遠沢めいがさらに言った。すすり泣きの声で、理由は聞かないでほしい、どうしてもあなたとは別れなければならないのだと言った。

4

電話が鳴っている。

今朝はもうこれで三度目だ。

わたしはタオルで手を拭いながら呼出し音を数えた。……四回、五回、六回、台所から玄関へスリッパ履きの足音が廊下を駆け抜ける。電話は玄関の下駄箱の上に載っている。

ダイアル式とプッシュホンの違いはあるが置場所はこの家が建てられた当時から変らない。

タオルの皺をのばしたところで呼出し音が止んだ。

「切れた」

と声をあげて里子が台所へ引き返した。わたしはトイレから出るとそのあとに続いた。

五月に入って最初の月曜日である。

午前八時、外は快晴。トイレの小窓の光り具合で天気が判る。三連休の真ん中の日にあたるが、小学校の教務主任に連休はない。ただ普段より一時間ほど寝坊が許されるだけだ。

「きっと神田造園のおじいちゃんよ」

と齧りかけのパンを持って里子が言う。テーブルの上にはすでに二人分の目玉焼が出来あがっている。

「先生はどっちにするの？」

とフライパンに油を引きながら直美が訊ねる。

「オムレツ？　それともスクランブルエッグ？」

質問の後の方はたぶん皮肉だろう。これでいい、とわたしは里子の隣に腰掛けて目玉焼の皿を引き寄せた。

「日曜に来いと言ったのに、どうして月曜に電話をかけてくるんだ」

誰も答えないのでわたしが一人で続けた。

「それも朝っぱらから、人の迷惑も考えずに。聞こえなかったか？　最初のは七時前だ、それから三十分置きに呼出し音を八回ずつ鳴らしてる」

「違う人かもよ」と里子が答えた。

「きっと神田造園のおじいちゃんよ、って言ったのは誰だ？」

「いまのはそうでも前のは違うかもしれないでしょ」

「呼出し音が八回ずつなんだ」

「みんなそれくらいで切るんじゃない？」とレンジの火を消して直美が答えた。

「そうだよ」と里子。

「じゃあ前のは誰がかけた、ＮＴＴのモーニングコールか」

「里子ちゃんのお母さんは？」

里子が首を振るのを見てわたしはキュウリとトマトのサラダを箸《はし》で掬《すく》い、トーストと一緒に頰張った。フライ返しを使って目玉焼を皿に移しながら直美が言った。

「たしか日曜は無理だから月曜にって、里子ちゃんが電話を受けたんじゃなかった？」

「うん、先生にもそう言った」

「聞いてない」

「嘘、ゲートボールの大会と重なるからってちゃんと伝えたよ」

「ゲートボールの大会」わたしはコーヒーを一口飲み下して言った。「植木屋のじじいがゲートボールの大会？」

「おかしい？」と不満そうな声で里子が振り向く。

「だったら前もってそのことを僕に知らせるべきだな」

「だからその電話をあたしが受けました」

「自分で来られないなら息子を寄越せばいい」

「先生、知らないの？　おじいちゃんの息子さんは神田造園の社長なんだよ」

「それがどうした」

「植木屋、植木屋って先生が言うと馬鹿にしたみたいに聞こえる。おじいちゃんだって本当はもう引退してるのに」

「庭木の手入れをする仕事はふつう植木屋と呼ぶんだ」

「先生のお父さんに昔よくしてもらったから、御礼の気持でこんどの仕事も引き受けたって言ってた」

「まったく、年よりは早起きのうえにお喋りで困る」

「先生、ネクタイにパン屑が付いてる」

と向いの椅子に腰掛けて直美が注意する。わたしはネクタイを手で払ってワイシャツの胸ポケットに押し込んだ。里子がその様子を横眼で見ながら、

「先生はおじいちゃんが嫌いなんだよね、なぜか」

「ほんとに」と直美が口を合わせる。「変よね」

「うん、すぐむきになって怒る」

「わかった、もういい」とわたしは言った。「もうあの植木屋は断る。こんど台風が来てヒマラヤ杉が倒れるまで待とう。それで二階の窓が割れて瓦《かわら》も壊れるだろうから、硝子屋と瓦屋を呼ぼう。そのほうが話がはやい」

「去年の台風のときはびくともしなかったんだよ」と里子。

「心配性なのよ」と直美。

また電話が鳴り始めた。わたしはふたりの顔を交互に眺めてから箸を置き、玄関へ歩いた。電話をかけてきたのは若い男だった。鵜川さんのお宅ですか？　と確認したあとで、恐れ入ります、時田直美さんをお願いしたいのですが、と言う。早起きでしかも老《ふ》けた挨拶をする若者である。石井と申します。わたしは送話口を手でふさいで直美を呼んだ。

目玉焼の黄身を破ってサラダと混ぜて食べているところへ、取り澄ました顔の直美が戻って来た。席についても一言も喋らず、眼を伏せたままカップを両手で持ち上げてコーヒ

ーを飲む。わたしの皿を見て里子が顔をしかめた。寮へはいつ帰るんだ、とわたしが唐突に訊ねた。あしたの晩、とだけ直美は答えた。そしてまたしても電話が鳴り響いた。

「ほんとに八時なのか？」とわたしは腕時計を確かめる仕草をした。直美はこちらを見ていないし、里子も椅子を立つ気配がない。「どうしてこうみんな早起きなんだ」と言い置いてわたしはもういちど玄関まで歩いた。

こんどは若い女の声だった。里子さんをお願いします、と言う。わたしが誰であるかはわかったうえで挨拶をはしょっている。名乗ってくれるかと思って待ってみたが小さな咳払いしか聞こえなかった。わたしは受話器を下駄箱の上に置き、里子、と台所へ怒鳴った。

里子が電話を終えるころにはわたしは朝食をたいらげていた。直美はトーストを半分持て余し、椅子に戻った里子も目玉焼の残りに手をつけるつもりはない様子である。どちらもわたしとは眼を合わせようとしない。朝から電話がかかるたびに揃って伏し目がちになり食欲を失くす。静かな食卓でけっこうなことだ。わたしはハンカチで口元を拭って、

「次は先生の番だな」

「里子ちゃん、そろそろ着替えたら？」

と直美が勧めた。里子が立ち上がって汚れた皿を流しへ運び、玄関脇の部屋へ向う。パジャマ姿を見送ったあとでわたしは口を開きかけた。すかさず直美が、

「八時半でいいんでしょ?」

と言い、わたしの前から皿とカップを引いて流しへ立った。八時半に家を出て、途中で直美と里子をそれぞれアルバイト先と高校へ送っていくというのが今朝の予定である。チアリーディングの地区予選で勝ち上がり、本選会の日が迫ったので里子は連休のあいだも休まずに学校に通っている。そのせいか最近では、たちの悪い仲間が窓から出入りして泊っていくこともない。まことに喜ばしい徴候である。そういえば、とわたしは思った。

「そういえば、近ごろ山口さんとこの娘を見ないな」

直美はテーブルを拭きながらすぐには返事をしない。

「何かあったのか?」

「さあ。クラブをやめたそうだから、そのせいでしょ」

「どうして」

「何が?」

「どうしてこんな時期にクラブをやめるんだ」

「自分で聞いてみれば、里子ちゃんに」

「根掘り葉掘り聞くといやがるからな」

「先生」と直美が布巾《ふきん》を裏返しに折り畳んで口調を改めた。「外ではあんまりお酒を飲まないほうがいいと思うよ」

わたしはテーブルの上で組んでいた両手を宙に浮かした。直美がその下をひと拭きして、流しの方へ向き直る。一昨日の土曜日のことを指摘しているのである。その夜わたしは直美の母親の店で飲んだあげくに明け方帰宅した。

「遅くに酔っ払って帰るのはやめたほうがいいよ」

「わかってる。いつもじゃない、里子がひとりのときはまっすぐ帰るようにしてる。朝刊はどこだ？」

「いつだったかタクシーで送って来た男の人、富永《とみなが》さん？　あんまり良さそうな人には見えなかった」

これは一カ月も前の、立ち飲み屋で酔いつぶれた夜のことを指しているのである。

「憶えてない」とわたしは前と同じ言い訳をした。「ぜんぜん知らない人だ。あれっきり会ってもいない」

「夜中に知らない人におんぶされて帰るのはやめたほうがいいよ。里子ちゃん気味悪がってた。ただでさえ近所の眼がうるさいって、いつもそう言ってるのは先生でしょう？」

「よくわかってる」

「先生がちゃんとしてないと、本当にこの家のことを白い眼で見る人がでてくるかも知れない、あたしのことだってもう変に思ってる人がいるみたいだし」

「……隣か？」

「何？」

「隣の奥さんに何か言われたのか」

「吉岡さんとこはいいの、奥さんも旦那さんも道で会えば挨拶してくれるし、おとついなんか、わざわざ旅行に出るまえに声をかけに来たくらいだから。町内の班長さんという人にね、親戚のかたですかって聞かれた。いいえって答えたら、じゃあどういう……」

また電話が鳴っている。

わたしは腰を浮かしかけて思い直した。流しで食器を洗っていた直美がこちらを振り返った。里子の部屋のドアが開き、ほとんど同時に呼出し音は八回鳴って止んだ。ドアが閉った。わたしは椅子を引いて、

「大きなお世話だ。気にするな」

「あたしは気にしないけど」

と言って直美が洗い物の続きにかかる。椅子の背に手をかけたまましばらくその後姿を眺めた。ジーンズに格子縞のシャツの袖を肘までまくりあげた恰好は、二十歳前《はたちまえ》の娘というよりもむしろ痩せ型の少年といった感じを受ける。

「その班長さんというのは女か？」

「うん」

「名前は」

「知らない。町内会費を集めに毎月まわってくる人だって、里子ちゃんが」

「一つ下の道に住んでる奥さんだ、角の家」

わたしは一つ下の道の角の家の表札を思い出すためにしばし黙った。

「ねえ先生？」と直美が言った。「あたしも里子ちゃんと一緒にここに置いてもらおうかな。そしたら誰に聞かれても、下宿人ですって胸を張って答えられるし」

返事の代りに小さく鼻を鳴らしてみせた。角の家の名前は思い出せない。そういうのはだめ？　と直美の笑い声が訊ねる。わたしは無言でテーブルの下へ椅子を押し込んだ。もういちど同じ質問をするかと思ったけれど、直美はその気がないようだった。わたしは居間へ上がり、朝刊を開いて八時半になるのを待った。

5

九時過ぎに職員室へ入っていくと、笠松教頭はすでにパソコンの島で仕事にかかっていた。わたしの顔を見るなり、挨拶抜きで、電話が二度ありましたと言う。

「二度とも同じ人です、佐々木《ささき》さんという女性のかた」

「どうも……」

と曖昧に答えてわたしは窓際の自分の机のある島へ向った。

あの八回鳴って止んだ電話が学校まで追いかけているのだろうか。しかし佐々木という名前に心当たりはない。男にも女にも佐々木という知り合いはいない。鞄を置き、腕時計で九時十分過ぎを確かめてから、習慣で窓の外を眺める。上天気である。風もなく、玄関前のポールに掲げられた国旗は垂れたままだ。おそらく笠松教頭は八時半には学校に着いて、まず国旗を掲揚したに違いない。国民の祝日にはそれが決り事になっているから。

校庭にはソフトボールのユニホームを着た子供が集まり始めていて、コーチ役の父兄が二人、手分けして消えかかった白線のダイアモンドを描き直しているところだ。その向うに聳《そび》える例の高木は、梢から下枝まで隙間なく生えそろった若葉に覆われ、まるで鮮やかな緑色の傘を閉じて逆さに立てたように見える。それが果たしてメタセコイアであるかどうか、まだ誰も調べようとはしないし、従って和名を記した立札も置かれてはいない。始業式にも入学式にも校長は恐竜の話をしなかった。関心をなくしたのか、それともわれわれの正確な報告を待っているのか。いずれにしても、いまは笠松教頭もわたしも樹木の名前に拘《こだわ》っていられる状態ではない。今月半ばにこの学校で開かれる教育研究部会の総会の準備に追われている最中だし、そうでなくても今年、文部省の学習指導要領が改定されたせいで急ぎの仕事は山ほど残っている。

わたしは机に向い、ワープロの蓋を開いた。総会には市内から二百名近い教員が集まる予定である。タバコを喫う人間も大勢いると思われるのでやはり灰皿を用意したほうがいい。ゆうべ寝床に入ってから思いついたことだが、廊下に四カ所、水を張ったバケツを置き灰皿として使ってもらう。そのバケツの位置を校内の案内図の中に書き加えなければならない。左手でワープロの電源を入れ、右手でフロッピィディスクを挿し込む。案内図を呼び出している間にざっと職員室内を見渡し、廊下側に眼を止めた。二つの出入口の中間に、壁に寄せて低い棚が据えられ、寸胴型の白い電気ポットが載っている。笠松教頭は国旗を揚げたあとポットに水を汲《く》むのも忘れなかっただろうか。そう思ったとき電話が鳴り始めた。事務職員の机の電話である。笠松教頭がパソコンの島から顔をあげてこちらを注目している。わたしは席を立った。

電話の相手は佐々木ゆみこの母親だと名乗った。娘が昨日の午後、家を出たまま一晩帰らないのだと言う。続けて、お宅にお世話になっているかと思い、朝早くから何度も電話をいれたけれどつながらない、とも言った。やはり呼出し音を八回ずつ鳴らしたのはこの女のようである。佐々木ゆみこという名前に心当たりはなかった。話の様子からすると里子の友人なのだろうが、わたしは聞いたことがない。ゆうべ家には誰も泊めていないとだけ答えた。母親はすぐには納得しなかった。

「お宅に高校生のお嬢さんが下宿されてるんですね。ゆみこと親しくしている友達に聞いたら、きっとそのお嬢さんと一緒じゃないかと言われました。実は前にも一度そんなことがあったみたいなんです、きょう初めて聞いて驚いたんですけど」

「そうですか」とわたしは慎重に答えた。

「そうですかって、娘が前にもいちどお宅にお世話になったと言ってるんですよ、御存じないの？」

「知らないわけではありませんが」とわたしは言った。「ゆうべは誰も泊めていません」

「確かなんでしょうか」

「うちはそんなに広い家ではないんです。他人が泊っていればすぐにわかります」

ただし、もし夜中に玄関脇の窓から忍び込んでまた朝早く抜け出したとしたら、そしてそれを里子が隠し通せば、二階で寝ているわたしにはわからない。だが今朝の里子にいつもと変った様子は見受けられなかった。いつもと違うのは何度も鳴り続けた電話の件だけである。わたしは里子にかかってきた電話の声を思い出した。あの声が佐々木ゆみこだったのだろうか。本人からじかに聞きたいことがあるので連絡を取ってほしい、と母親が言った。里子はクラブの練習で家にはいない、とわたしは答えた。

「クラブの練習？」

「チアリーディングの。娘さんも同じクラブでは？」

「ゆみこはまだ中学生です」

と言って母親が溜息をついた。それから明らかに苛立ちを抑えた声で、自分で連絡を取るから高校の電話番号を教えてくれと頼んだ。わたしはミッション系の女子高の名前を教えた。電話はむこうから突然切れた。

いつのまにか笠松教頭が椅子を離れて電気ポットの前に立っている。インスタントコーヒーを二人分入れ、振り向いてカップの一つを指さすと、また元の机へ戻った。やはり笠松教頭はポットの給水も忘れてはいない。わたしはコーヒーを取ったついでにパソコンの島へ寄り、モニターに映し出された新しい通知表のレイアウトを眺めた。

「どうでしょう、鵜川先生の試案に少し手を加えてみたんですが。所見欄を三つに増やしたところがみそです。教科の学習、校内での生活態度、それともう一つは家庭での様子、父兄の側からの所見ですね。余白も前より広めに百字ほど書き込めるようにしました」

「ええ」

「それから三段階の評価については、こんなふうに」

笠松教頭が人差指でキイボードを叩くと、◎、◎、○の記号が現れて教科ごとの評価の枡目を埋めつくした。

「三角の印をやめて三重丸、二重丸、丸を使います。どうも先生がたの間には三角が否定的で良くないという声があるようなので。ただその際に問題なのは、三重丸のハンコを作って押したときに見づらいんじゃないかということなんですね。インクが滲んだりすると二重丸と見分けがつきにくいんじゃないか」

「ええ」

と繰り返し相槌《あいづち》を打ったところで、笠松教頭が肩越しにちらりと見返って、

「しかし三角がどうしても駄目だというなら三重丸を使う以外にない。そこで考えたんですが、こうしたらどうだろう。インクの色を変える、記号ごとに三種類のインクを使い分けてハンコを押すというのは」

「なるほど」と呟いてわたしはコーヒーをすすった。

「作業が面倒ですか？」

「費用の点で校長は渋りませんか」

「そんなことはないと思いますよ。一応、職員会議にかける前に僕から話しておきましょ

う」笠松教頭は職員室の反対側の隅のほうへ視線を投げた。「今朝はよく電話が鳴るね」

わたしはコーヒーカップを持ったまま事務職員の机まで歩き、左手で受話器を耳にあてた。聞こえたのはこんども女の声である。歯切れのいい早口で、そちらに鵜川先生はいらっしゃいますかと言う。

「鵜川ですが」

「鵜川先生ですか？」と微かに聞き覚えのある声が訊き返した。「あたくし稲村《いなむら》と申します、お忘れかと思いますが以前に……」

わたしは思わず声を上げてカップを机の上に置いた。受話器を顎《あご》で押さえ込んでハンカチを引っぱり出していると、

「どうかしました？」と相手が訊ねる。

「失礼、コーヒーをこぼしてしまって」と答えたあとでわたしは舌打ちをした。右手をざっと拭い、机に垂れた雫《しずく》を吸い取ってから四つ折りのハンカチをカップの下に敷く。

「お仕事ちゅうに申し訳ありません」と相手が言った。「稲村です、弁護士の」

「ええ。御用件は」

「いちどおめにかかってお話ししたいんです、電話ではなんですから、よろしかったら今日の午後にでも、御都合が悪ければ明日」

「せっかくですが」

「時間を取っていただけません？」

「急に言われても無理です」

「そうですか」と稲村弁護士は電話のむこうでノートをめくった。「では来週、五月十日の日曜」

「もし都合がつけばこちらから連絡します」

「あたしの方は夜でもかまいませんけど、いかがでしょう、ほんの三十分でもいいんです、お聞かせしたい話があります。何でしたらお宅へうかがっても」

「それは迷惑だな」

「だったらそちらで日付を指定してください」

「わかりませんか」

「はい？」

「お会いするつもりはないんです」

「鵜川さん」と稲村弁護士が諭《さと》すような声で言った。「突然で驚かれるのはわかりますが、でもこちらとしてはなるべく早いうちに」

わたしはかまわず電話を切った。右手の人差指と中指が赤くなって脈を打つようにずききずき痛む。電話が再び鳴り出した。たぶん一方的に切られたことで腹を立てているのだろう。呼出し音が十回鳴って止むまでわたしは机の前に立って待った。それから笠松教頭のほうを見ずに急ぎ足で廊下へ出た。

あの弁護士の喋り方は八年前から変らない、手洗い場で火傷《やけど》した指を冷やしながらわたしはそう思った。年恰好の割りに若やいだ声、早口、押し付けがましさ。時が経ってもその印象は変らない。「お聞かせしたい話があります」あとはただ小柄な身体つきが記憶に残っているだけだ。当時、稲村弁護士とは確かにいちど会っているのだが、相手の顔すらも思い出せない。わたしはコーヒーの染みのついたハンカチを洗い、火傷した指をかばいながらきつく絞った。人差指と中指の片側が腫れあがり痛みはまだ脈を打っている。「一応、お知らせしておくべきだと思います」葉書の文面からもわたしはまた同じ印象を受けた。弁護士がよこした二通の葉書。それを読んだときにもあの喋り方が耳について離れなかった。

葉書は二通とも、偶然だが激しい雨の日に届いた。六年の歳月を隔てて。一通めが届いたのは事件の年の冬で、わたしは離島への赴任の内示をすでに受けていた。弁護士とか刑事とかいった人間は事件に少しでも関わった者をそっとしておいてはくれない。湿気で形のゆがんだ葉書は玄関の下駄箱の上に載っていた。母が郵便受けを開けた際に、あるいはもっと前に雨滴が落ちたのか、万年筆で書かれた文字はところどころインクが滲み、特に七という漢数字を判読するのに時間がかかった。わたしは玄関に立って読み終るとその場で細かく引き裂いた。そして引き裂いた葉書の文面をいまだに憶えている。刑期が確定しました、と弁護士は書いていた。一応、お知らせしておくべきだと思います。彼女は控訴しません。

ハンカチで指を押さえながら職員室へ入っていくと、笠松教頭はパソコンの仕事を終えて自分の机に戻っていた。わたしの方へはほとんど注意を向けぬまま、半紙大の印刷物を一枚ひらひら振って見せて、

「細かい点で見逃しがないか確認しておいて下さい」

と言う。わたしは教頭の両袖机の前に立ち、印刷された通知表のレイアウトを受け取った。湿ったハンカチは背広のポケットにしまう。

「それから総会の件ですが」と笠松教頭が訊ねた。「駐車場の案内図はどうなってます」

「これから取り掛かるところです」

「うん、できるだけ早い方がいい。それと前にも話したように、裏の駐車場は問題なしとしても、一度やはり校庭には何台か車を入れてみて実際はどんな具合か試した方がいいんじゃないかな」

「ええ」

「詰めれば二百台入るといったって、五年前に駐車場係をやった先生の話だからね。いくらかは記憶違いもあると思います。白線で仕切るにしても前もって駐車スペースと誘導路の幅を割り出しておかないと」

笠松教頭は腹の上で両手を組み、椅子の背にもたれかかった。その姿勢で、わたしの手元にちらりと眼をやったが火傷については何も触れない。

「当日の駐車場係は鵜川先生と、他には……？」

「あと二人、若い先生から順番にお願いしようと思っています」

「三人で足りる？」

「松田《まつだ》先生の話では」

「五年前も三人でじゅうぶんだったって？」

「二人で切り回したそうです」

笠松教頭は二度、小さくうなずいたきり黙り込んだ。

仕事の話はひとまず終ったようである。仕事の話が終れば、われわれの間に共通の話題はない。教頭も教務主任も互いに私的な会話には踏み込もうとはしない。それは初対面の日から一貫している。しばらく待ってみたが、やはり相手はわたしの火傷の原因を作った電話については訊ねなかった。ソフトボールの試合が始まったのか、窓越しに子供達の甲《かん》高《だか》い声が伝わって来る。わたしは自分の席へ歩きかけた。鵜川先生、と教頭が呼んだ。

「コーヒー」

「はい？」

「コーヒーを忘れてる」

わたしは引き返して教頭の隣の机からカップを取り上げた。

また電話だ、と苦い顔で笠松教頭が言った。わたしは鳴り始めた電話を見て束の間ためらった。短い溜息とともに笠松教頭が席を立ち、窓際まで歩いて行く。気をきかしたつもりなのだろう。今日は一日、電話の応対に追われそうである。わたしは事務職員の机にカップを戻し、教頭の机の電話に出た。

女の声にはやはり聞き覚えがあった。わたしは一言二言喋っただけで思い出すことができた。だがこの電話はわたしにかかったのではない。笠松教頭は腰の後ろに両手を回して外を眺めている。あるいは校庭を埋める二百台の車の様子を頭に描いていたのかもしれない。二度目に呼びかけるとようやく振り向いて、眉《まゆ》をひそめた。わたしは受話器を机の上に載せ、窓際の席へ歩きだした。すれ違いざまに笠松教頭の声が訊ねた。

「誰？」

「妹さんだと思います」

6

エレベーターの扉の前に立ち、腕時計を見るとちょうど七時だった。

約束の時間を三十分過ぎている。だが遅れた分、今夜は帰りの時刻を延ばすわけにもいかないだろう。ここから車で三十分、十時半には帰宅する計算で、あと三時間。扉の上のランプはいま3に灯《とも》っていて動く気配がない。隣で黄色い帽子に青い制服の若い男が焦れて足踏みをした。これ以上ないというほど汚れ切ったスニーカーを履いている。

「このエレベーターはいつもこうなんだ」

同意を求められたのかもしれないが返事はしなかった。平たい箱をひとつ小脇にかかえた男は背後を振り返るなり腰をかがめ、入口の硝子のドアを通して外を透かし見るような仕草をする。路上に駐車したトラックのことでも気にしているのだろう。またもとに戻って足踏みを始めた宅配便の配達員の指は、扱い続けた伝票のインクのせいか爪の先まで黒ずんでいる。わたしは彼と同じように小脇にかかえていた鞄を持ち替えて胸に抱き、横の壁の貼紙へ眼をやりながら、階段にしようかといつものように少し迷った。

足踏みが止んだ。チャイムが鳴り、エレベーターの扉が開いたが中には誰も乗ってはいなかった。

「くそ」

と言って配達員が先に乗り込み、黒ずんだ指で6のボタンを叩くと、

「何階?」

同じ階だと答えてわたしはまた貼紙に眼を向けた。エレベーターの箱の壁にも黒のマジックペンで書いた同様の貼紙がしてある。

告

ビル床清掃及ワックス塗布

左記の通り作業を行いますので御協力お願い致します。

「さいぐさ、かずひろ……」と若者がつぶやき、配達伝票をわたしの前に突き出した。

「さいぐささん?」

わたしは首を振った。配達員はそれきり黙り込んだ。エレベーターが三階で止った。扉が開いたが人の姿は見えない。

「なんだ、このエレベーターは、なんなんだ」
配達員は身を乗り出して外を確かめ、それから伝票を持ったほうのてのひらの手首に近いあたりで、扉を閉めるために続けざまにボタンを叩いた。わたしは眼をそらして貼紙の続きを読んだ。読みながら、不意に、いまとそっくり同じ夜が昔あったような感じを覚えた。

実施日　五月四日（月）
時間　11時より18時頃迄
（上階より順に下に降ります）
中央ビル管理㈲

エレベーターが六階に着いた。しびれを切らした配達員が開きかけた扉に手をかけて横向きのまま飛び出し、ワックスで磨きあげたばかりの廊下に足跡を付けて歩いて行く。わたしは後を追いながら、確かに、きょうと似た夜は過去に幾つもあったに違いないと思い直した。時間の心配も、エレベーターに乗り合わせた人間の眼を気にするのも、いつもといえばいつものことだ。このマンションを訪れるたびにわたしは同じ夜を繰り返しているような気がする。配達員はいちばん奥の部屋のドアチャイムを連打している。わたしは一つ手前のドアで立ち止り、廊下に面した小窓が白っぽく灯っているのを見てから合鍵を使った。

玄関でスリッパに履き替えて右横のドアを開けると、ほんの一坪ほどの板張りの部屋には湯気が立ち込めている。洗面台の脇の洗濯機の上に鞄を載せ、ハンカチで鏡の曇りを拭った。それから蛇口をひねり、ほとばしる水に両手を浸した。右手の指は曲げるとまだ微かに痛む。うがいの途中で、浴室から聞こえていたシャワーの音が途絶えて、女が声をあげた。鏡に映った艶《つや》消し硝子のドアは閉じたままだ。蛇口をしぼると最後の水を呑み込んで排水口がげっぷのような音をたてた。わたしは備え付けのタオルでネクタイの先の濡れた部分を押さえながら、振り向いて訊ねた。

「何て言った?」

「びっくりしたって言ったの」

「いままで仕事だったんだ」

「台所にピザがあるから」と浴室のドア越しに女の声が続けた。「おなかが空いてるならオーブンで温めて……」

「隣は若い女の一人暮しじゃなかったのか?」

「隣？　どっちの？」

「奥」

「ああ……」

と曖昧に、唸るような声の後で、また激しく水の弾《はじ》ける音が聞こえ始めた。ネクタイをほどき、しばらく艶消し硝子に映る影を眺めて待ってみたがそれ以上の返事はなかった。廊下へ出て突き当たりのリビングルームに入り、長椅子の端にネクタイと鞄を置いた。台所はカウンターをはさんで隣である。箱詰のピザは冷えきってはいなかった。一切れを立ったまたいらげると冷蔵庫から取り出した缶ビールと一緒に箱ごとリビングルームへ運んだ。上着を脱いで長椅子に腰を沈め、つけっぱなしのテレビを眺めながらピザを食べ続けた。腹がふくれたあとで、リモコンを使って何度かチャンネルを替え、結局プロ野球の試合に戻したあげくにスイッチを切った。またエレベーターの中での感じがよみがえった。こんな夜が前にもあったような気がする。しきりにする。

風呂あがりの女がバスタオルで髪を拭き拭き現れ、暑いから窓を開けて、と言い残して台所へ入った。わたしは立って窓を開け放し、ベランダへ出るとシャツのボタンを上から順に三つはずした。風はほとんど吹いていない。ベランダは通りの裏側に面していて、駐車場と川をはさんだむこうは芝《しば》の野球場である。フェンスの手前には樟《くす》の大木が二本聳えて視界を塞ぎ、昼間でもグラウンドの中を見渡すことはできない。いまこの時刻には生い茂った枝葉が黒い雲のように眼下に浮かんでいるだけだ。缶ビールを手にした女が窓のそばに立った。暑い暑い、と独り言をつぶやいたあとで、

「家賃の振り込みが七カ月も止ってたんですって」

と言う。わたしは手摺りに肘を載せたまま黙っていた。ベランダにはわたしの履いているビーチサンダル以外に履物が用意されていないので、素足の女はここまで降りては来られない。

「おとなりの話、三月頃だったかしら、部屋の持ち主がうちに来て、いつ引っ越したかしりませんかって、七カ月も家賃の振り込みがないのに気づかないでいていつ引っ越したかもないわよね、面倒だから、いいえちっとも知りませんでしたって答えたけど、そのすこし前に、友達みたいな若い男が何人か手伝って荷物を運び出してたから変だなとは思ってたの、やるわよね可愛い顔して、年だって直美といくつも違わないのに、部屋の持ち主の話ではモデルの仕事をしてたそうだけど、モデルが七カ月も家賃をためる？　きっと最初から騙《だま》されてたのよ、引退する前は船乗りだったっていう人の良さそうなおじさんだから、それで他人に貸すのはもうこりごりだって、こんどは親戚の、甥っ子夫婦が越して来てるんだけど、廊下で会って何か言われたの？」

会ったわけじゃない、と答えてわたしは野球場を覆う黒い影のほうへ向き直り、もどかしい気持を味わった。不意に思い出しかけたことがあるのだが、それが何かわからない。

「どうしたの」

「去年の今頃はもう夜の試合をやってたんじゃなかったか？」

「照明が点いてないわね、おとついだったか七時過ぎまで声が聞こえてたようだけど」

それからビールをひとくち飲む気配があって、ねえ、と女の声が言う。わたしは後ろをちらりと振り返っただけで返事をしなかった。しばらく間を置いたあと、裸足の女がそばに立った。

「昼間、電話に出た無愛想な男、あれがもしかして新しい教頭先生？」

「ああ」

「やっぱり。兄妹《きょうだい》よねえ」

わたしは鼻緒のきついビーチサンダルを脱いで女に履かせた。電話の応対が無愛想になるのも無理はない。彼女がゴルフ場からかけてきた分を入れなくても今日の笠松教頭はわたしへの電話の取り次ぎに食傷していたのだ。駐車場で車のドアの閉まる音が六階のベランダまで上がってきた。彼女がもうひとくちビールを飲んだ。丈が膝まであるTシャツの、胸元あたりをつまんで、暑い暑いと繰り返す。

「そろそろエアコンの掃除をしなきゃ」

「昔、隣に新婚の夫婦が住んでただろ」

「昔って、どれくらい？」

「ずっと前」わたしは少し考えて答えた。「直美が小学生の頃」

「十年前にこのマンションが建ったときは、奥のほうは船乗りのおじさんの表札がかかってるだけで実際には誰もいなかったの、それからこっちのおとなりは旦那が歯医者をやってる若夫婦が入ってた、学生のカップルみたいに若い夫婦、二三年経って子供が生まれて
……」

「うん」

「その子供が幼稚園に入る前に離婚して出てったけど。いまは別の歯医者が奥さんと双子の男の子と四人で住んでる」

「離婚？」

「そうよ」頭に器用に巻きつけたバスタオルに触れながら女が言った。「離婚が珍しい？」

わたしは彼女の手から缶ビールを取り上げて飲んだ。

「どうしたのよ、来るなり近所の話ばかり、管理人さんと喋ってるみたい」

「管理人はエレベーターの貼紙を剝《は》がし忘れてるな」

「それで？」

「あの貼紙は清掃会社の人間が……」と言いかけてわたしはためらった。

「剝がして帰るべきかもしれないわね？」と女が言った。

「ああ」

「あたしもそう思う。でもあなた、去年も同じことを言ったわよ。まったく同じことを」

彼女がわたしの手から缶ビールを取り返して飲んだ。確かにその通りだ。わたしはまったく同じことを言った覚えがある。去年の連休にも清掃会社はこのマンションのワックス掛けを請け負い、彼女は昼間なじみの客とゴルフに行き、わたしは日が暮れてからここを訪れ彼女と寝たのだ。

「泊っていけるの？」

「いや、今夜はゆっくりもできない」

「じゃあ早くシャワーを浴びてきて、その間に何か作るから」

これは冗談まじりに彼女が昨年の会話の続きをなぞっているのかとも思うけれど確かではない。わたしは曖昧にうなずいてみせた。早く、と彼女がもういちど言い、器用に頭に巻き付けていたバスタオルを解いてうなじのあたりを擦りながら、部屋に上がる前に靴下を脱ぐのを忘れるなと世話を焼く。わたしは靴下を脱いでリビングルームへ上がる前に思い出していた。いまよりずっと蒸し暑い夜のことを。あるいは、去年もわたしはこうやって靴下を脱ぎながら同じ夜の出来事を思い出していたのかもしれない。

梅雨が間近に迫っていたが雨は降らなかった。八年前のその夜、わたしはやはりこの部屋の、リビングルームのソファにすわってテレビと向い合い、どちらのチームが何点勝っているのかもわからぬままだらだらと野球中継を眺めていた。途中でいちど店にいる彼女から電話がかかった。早仕舞いして十一時までには帰るからシャワーでも浴びて待つようにと彼女は言った。その電話が切れた後でわたしは決心をつけた。折り畳みの傘を持ってリビングルームから玄関へと短い廊下を歩き迷わずに靴を履いた。外へ出ると合鍵を使い、それをドアの郵便受けの中に落とした。たったそれだけのことでみぞおちの辺りが熱く痺《しび》れ、喉がからからに渇いた。わたしは軽はずみな過ちを繰り返そうとしている。遠沢めいのために、また別の女を裏切ろうとしている。ドアのそばを離れて歩きだしたとたん、部屋の灯りやテレビを消し忘れたことに気づいたが手遅れだった。十一時に帰宅した彼女はつけっぱなしのテレビを見て何と思うだろうか。エレベーターの前でちょうど上がってきた隣の若夫婦とすれ違った。彼らが屈託のない陽気な声でこんばんはと挨拶し、わたしは同じ言葉で挨拶を返した。妊娠した若妻の腹はまるまると迫《せ》り出し、寄り添った夫はそのことを代りに照れるように笑みを浮かべ頭を下げてみせる。絵に描いたような幸福。来年も再来年も彼らは（どちらかが赤ん坊を抱いて）陽気な声で隣人と挨拶を交わすだろう。みぞおちの痺れは消えなかった。年若い彼らの姿を、自分とこれから会いに行く女との未来に重ね合わせてみたがイメージはわかなかった。わたしは彼らの屈託のなさを、ごくありきたりの幸福を妬《ねた》みながらエレベーターの箱に乗り込み下へ降りた。

だが今夜のわたしは、片方ずつ脱いだ靴下を手にぶらさげたわたしは、このままリビングルームから玄関までの短い廊下を歩き、浴室のドアを開けてシャワーを浴びることになる。ちょうど去年と同じように。そしてシャワーを浴びながら八年前のあの晩の続きを思い出すことになるだろう。おそらく去年もそうしたように。離島での長い独り暮しを終えて、去年の春わたしは再び彼女とよりを戻した。八年前のあの晩の裏切りを許したのと同様に、六年にわたる空白も不問に付して彼女はわたしを受け入れてくれた。以来われわれの腐れ縁は続いている。来年の連休にもわたしはこのマンションを訪れて剝がし忘れた貼紙を目にするに違いない。両手に靴下をぶらさげたままわたしは振り返った。ベランダから彼女の声が呼んでいる。振り返ってわたしは訊ねた。何でもない、と彼女が答えた。暑いって言ったの。ただ暑いって言っただけ。それから彼女はゆっくりこちらへ歩み寄り、湿ったバスタオルをわたしに握らせると手摺りの方へ引き返しながら、また夏が来るのね、と言った。

7

ターミナルビルの二階の喫茶室には低い音量でクラシックが流れていた。わたしはその曲に聞き覚えがなかったし、というよりも遠沢めいに教えられるまでその曲が流れていることにさえ気づかなかった。窓際の席についてまもなく、注文を聞くウエイトレスよりも先に、彼女が現れてわたしの前に腰をおろした。四週間ぶりに見る顔はまるで病み上がりのように白くやつれ、髪形もかなり変っていたし、それに夏服を着た彼女を見るのは初めてのせいかわたしには一瞬、誰か別の女のようにも思えた。

きょうここへ来ればあなたに会えるような気がした、と彼女は最初に言った。だから朝からずっと待合所のベンチにすわっていたのだと。うちへ電話をかければ済むことなのに、わたしはそう思っただけで口には出さなかった。また一つ遠沢めいの予感が当たったわけである。彼女が紅茶を、わたしはコーヒーを頼んだ。それらが運ばれて来るまでわれわれは一言も喋らなかった。彼女は音楽に耳をすましていたのかもしれないがわたしはまだその曲に気づかなかった。

「心の中で念じてたの」

　とウエイトレスが去った後で彼女が言った。言いながら二本指でつまんだスプーンを何度か緩く上下させ、紅茶茶碗の底に沈ませた輪切りのレモンをつついた。

「激しい雨が降ればいいって」

「雨？」

「下で待ち伏せしながらずっと念じてたの。ここであなたに会えて、また嵐になればいい、そうしたら二人とも帰れなくなるもの」

　おそらくわたしは無表情に相手を視《み》つめていたのだと思う。眠りに落ちる寸前のように女は眼をつむりかけて、笑顔になった。

「憶えてるでしょう？　あなたが初めてショットガンに来てくれた日のこと」

「天気予報では午後から雨だ」わたしは膝の上で握り締めていた折り畳み式の傘を隣の椅子に降ろした。

　到着便を知らせる女の声のアナウンスがあった。だが時田直美が乗ったバスにしては早すぎる。しばらくの間わたしは待合所の人込みに気を取られていたが、それは家出した子供の姿を探すためではなかった。レモンを掬い取ったスプーンが受皿の上に置かれた。彼女が一口すすった紅茶にはいつものように果肉の切れ端が浮かんでいるだろう。

「あなたのことばかり考えていたの」と遠沢めいが言った。

わたしは振り向きたくなるのを堪え、空港行きのバスを待つ旅行者の長い列に眼を止めた。列の最後尾についた男の脇に、青い傘を手にした見送りの女が寄り添っている。あるいは外はすでに雨が落ちはじめているのかもしれない。一人で寮にいるときも、病院で働いているときにも、と彼女が続けた。まるでこの四週間、他にはどこへも行かず誰とも会わずにいたかのように。そのせいであなたの似顔絵が何枚もたまったと彼女は打ち明けた。仕事中にぼんやりが重なって意地の悪い同僚にいびられてばかりだとも言った。だが最後まで、彼女は新しい男のことには一言も触れなかった。ほかの誰といてもあなたといるときほど楽しくはなく心も休まらない。そんな意味の台詞が最後で、もうそれ以上話すつもりがないのだと気づいたのは、彼女が不意に店内に流れているクラシックの曲名を呟いてみせたからである。

「聞いたことがあるでしょう?」

と遠沢めいが気をそらすように言った。わたしは彼女の微笑んだ顔から下の待合所へ眼を戻し、ふたたび黙り込んだ。こんなときにバッハがかかるなんて、三千代さんの呪いかしら。確かに、曲のタイトルには記憶があって三千代の思い出につながっていたけれど、そのことに動揺したわけではなかった。わたしはただ、遠沢めいと会わないでいた間に起こった出来事をぼんやり思い返していただけだ。実を言えば、そのときわたしはまったく別の女のことを考えていたのだ。歌い上げるような抑揚をつけた女の声で空港行きの改札がアナウンスされ、長い列が動き始めた。待合所の中にさきほどよりも傘を手にした人の数が増えた。

「雨だ」とわたしは言った。「天気予報が当たった」

「雨音が聞こえる？」

「いや、そんなに激しい雨じゃない」

「きっとすぐにあがるわ」

「天気予報では……」

「ラジオの天気予報では今年は空梅雨だって。誰をさがしてるの？」

わたしは咄嗟に振り向いただけで答えなかった。遠沢めいが眼を伏せて受皿の上のスプーンをいじった。

「あの子がまた家出したんだと思ってた」

「家出したんだ」

「鵜川様」とウエイトレスの声が呼んだ。「お客様で鵜川様」

「あたし帰ったほうがいいのね？」

「お電話が入ってます」

時田直美の母親からの電話だった。ついさっき別れた夫と連絡を取って、あちらに直美をもう一泊させることになったという。だからそこでいくら待っても直美は帰っては来ないけれど、あたしは予定通り出掛ける仕度をしている、こんな機会はめったにないことだし、本当なら店も休みたいところだけど七時に結婚式の二次会の予約が入っているのでそうもいかない、午後は二人で食事をして映画でも見るというのはどうだろう、夜はなるべく早じまいして帰るからうちに泊れるようにしてほしい、三十分後に車で拾ってあげるから、コーヒーをもう一杯飲んだらターミナルの入口へ出て待ってて。彼女は一方的に喋って電話を切った。わたしはほとんど口をはさまなかった。彼女はわたしとの一晩のために娘の面倒を別れた夫に押し付け、しかも明日の月曜は直美に学校を休ませるつもりでいる。その点に気づかぬわけではなかったが黙っていた。実際のところ、児童の母親と関係を持つというわたし自身の軽はずみに比べれば、直美の欠席など些細《ささい》なことだ。そんな話はもうどうでもよかったのだ。

席へ戻るとすぐに、あたし帰ったほうがいいのね？　と遠沢めいがくりかえした。わたしは一度うなずいた後で、思わず椅子の背にもたれて溜息をついた。

「時田直美はきょうはここへは来ないんだ」

「ええ、それはわかってた、さっきそんな気がしたの。でも別のひとが来るんでしょう？」

　答えるまでもなかった。一瞬のうちに、遠沢めいの病み上がりのような青白い顔に血の気がさしたように見えた。わかった、と呟いて彼女は勘定書に手を伸ばし、のろのろと椅子を立った。

「まだすこし時間がある」そう言った後でわたしはじきに後悔した。「いますぐに帰らなくても……」いったい、この女のために幾つの軽はずみな過ちを犯せば気がすむのだ。

「帰るわ」と彼女が腰をおろして言った。袖のない黒地のワンピースの両脇が絞れて、なめらかな生地に皺が浮き上がった。「でも、夜になったらショットガンに来てくれる？」

「ショットガンに？」

「ええ。夜になったら来て」

「無理だよ。これはぼくが払う」

「もういちどだけ、ただ会ってくれるだけでいい」

「今夜は行けない」

「何時になっても待ってるから」

「わからないのか、いまさら会ってもどうにもならないんだ」

「待ってるわ」

わたしの手に勘定書を残して彼女の冷たい手が離れた。席を立って出口へむかう彼女の後姿を、わたしはかろうじて堪え、振り返らずにいることができた。

だがその夜、天気予報がはずれて雨の一滴も落ちなかった蒸し暑い夜、わたしは振り返らなかったはずの遠沢めいの後姿を頭の中に鮮明に甦《よみがえ》らせることになる。それも何度となく。時田母娘《おやこ》のマンションのリビングでひとりテレビと向い合い、どちらのチームが優勢なのかもわからぬまま野球中継を眺めているとき、十一時までには帰るという女の言葉にうわのそらで相槌を打ち、その電話を切ったあと、そして直後にマンションを抜け出し、時間を気にかけながらタクシーを飛ばしてショットガンへ駆けつける途中にも。わたしは実際には見もしない彼女を見ることができた。黒地に原色の花々をあしらったワンピースに漣《さざなみ》が立つように、彼女が歩くたびにそのなめらかな生地に現れては消える皺の模様まで思い描くことができた。わたしは遠沢めいと初めて会って以来、片時も忘れずに彼女の美しい立姿のイメージを暖め続けてきたのだ。それは会わないでいた四週間にも消えることはなかった。その間わたしがイメージするのは常に男と連れ立った後姿で、追いついて柔らかい腕を摑むと、摑まれた腕の痛みに顔をゆがめて彼女は身を捩《よじ》るばかりだった。

ショットガンの灯りはすでに消えていた。時刻はまだ十時をまわったところだったが、あたりに遠沢めいの姿は見えなかった。わたしは店の前でタクシーを降りて看護婦寮までの薄暗い脇道を歩いた。

　午後に降った雨はほんの束の間でしかなかった。わたしは一度も使わぬままの短い傘を手に看護婦寮の前で立ち止り、三階の窓を振り仰いだ。三階のすべての部屋の窓は暗かった。だがいちばん端のその窓だけ、カーテンの隙間から淡い明りが洩れているようだ。彼女は今夜わたしがここへ来ることを予想しているだろうか。それともショットガンの閉店と同時に諦めをつけただろうか。裏手にまわり非常階段の方へ歩み寄ると、周囲の草むらで虫の声がぴたりと止んで、大通りから車の往来する音が沸き上がるように耳についた。傾斜の急な階段はいったん二階でくの字に折れて三階まで続いているはずだが、一階から三階までのいずれの非常口にも照明は点いていないし、部屋の窓はすべて寮の表側に向いた作りなので、わたしの見上げる先はほとんど深い闇に沈んでいる。空には星も見えない。三階の非常口までたどり着いて、もしその扉が開かなければ、そこから引き返す余地はあるだろうか、不意にそう思った。あのマンションへ引き返して、鍵のかかった部屋の前で女の帰りを待つことが可能だろうか。腕時計でもういちど時間を確かめようとしたが、暗くて文字盤が読めなかった。木片と木片を擦り合わせる楽器のような音をたててまた虫が鳴き始めた。わたしは片手を手摺りにかけ、息を殺して、コンクリートの階段を一段一段上がった。

今夜、もう一つ、あの女のために軽はずみな過ちを重ねる。あるいは、今夜のところは、開かない扉の前で引き返すことになるかもしれないけれど、今夜でなくても、いずれ、遅かれ早かれわたしはあの女に会うために同じことを繰り返す。この階段を上がる。一度わたしのもとを去り、いま別の男との間に何か問題をかかえている女と、ふたたび深みにはまることになる。児童の母親との関係をうやむやにしたまま。軽はずみには違いないが、そんなことはもうどうでもいい。その言葉は教員という職業にふさわしくないだけでわたしにはもともと似合いなのだ。三階に着いた。非常口の前で息を整え、ノブを右にまわすと、抵抗もなく扉は手前に開いた。

わたしは靴を脱ぎ、遠いところで一つだけ火災報知器のランプのともっている暗い廊下に立った。ざらざらしたカーペットを敷きつめた狭い廊下をはさんですぐ向いに遠沢めいの部屋があった。ドアに取り付けられた小窓がほんのりオレンジ色に染まっている。最初にここへ上がって来たあの雪の日、彼女の部屋のドアはわたしがノックするよりもさきに開け放たれた。二回め、三回めのときはどうだったか、わたしは記憶をたどりながら左手で軽くこぶしを作った。そのとき、ドアが内側から静かに開いて、パジャマ姿の遠沢めいが眠たそうな眼を瞬いた。

「鵜川先生……？」

「非常口が開いてた」とわたしは言った。

「あたしが鍵を開けたの」と遠沢めいが声をひそめた。「夢かと思った」そしてわたしの手から折り畳み傘を奪うと廊下のほうへ指を差した。「靴を忘れないで」

天井にオレンジ色の小さなランプが灯っただけの部屋は、窓を閉めきったせいで外と同様に蒸し暑かった。ただベッドのそばで扇風機が微かに風の音をたてているだけだ。後ろ手にドアを閉めたわたしの足元──部屋の上がり口に設けられた正方形の板張りのスペースには彼女の脱いだスリッパが一足きちんと揃えて置いてあった。その横に革靴を並べた後でわたしは訊ねた。

「眠ってたのか」

壁際のベッドに、腿《もも》の下に両手を敷いて彼女は腰掛けていた。その姿勢で上体をゆらゆらさせながら、笑ったようにも見える顔で答えた。

「いつも夢の中に先生が出てくるから区別がつかなかっただけ。ほんとは泣いてたの」

「眠ってたんだろう?」

「こわくて眠れない、あしたの朝は早番だから眠らなきゃいけないのに。枕が濡れてるわ、こっちへ来て触ってみて」

わたしはそちらへ歩き、折り畳み傘を脇にやって彼女の隣に腰をおろした。首を上げた扇風機が下腹のあたりに風を送った。確かに彼女の差し出した枕のカバーの一部は湿っていた。何が怖い？　とわたしが訊ねた。答える代りに女は枕を抱きしめてみせる。襟元《えりもと》と袖口にグレイの縁取りのある黒いパジャマを彼女は身につけていた。絹のように薄く手触りの良さそうなパジャマだった。枕を抱き締めたまま彼女がかぶりを振って見せると、天井のオレンジ色のランプのせいでその影が投射されて壁の上を大きく揺れ動いた。

わたしはポケットからハンカチを取り出して額の汗を拭った。拭いながらふっと眼をそらした先に鏡台があり、その横の壁に白い紙切れが一枚ピンで刺してあるのが見えた。わたしは鏡台の前に立ち、壁に顔を寄せた。そうやって確かめるまでもなかった。白い紙に鉛筆で描かれているのはわたしの笑った顔なのだ。それは似顔絵というより漫画に近い代物で、わたしの両目は瞳《ひとみ》と白目の区別も瞼《まぶた》も睫毛もなく、たった二つの黒い点で表されている。だが髪形から見てもそれはわたしの顔に違いなかった。わたしがここへ来ることがわかっていて、そこにピンで無造作に止めてあるのだからわたしの似顔絵に違いなかった。

「どうして髪を切ったんだ」とわたしは振り向かずに訊いた。しかし彼女の答はない。

「どんな男だ」とわたしは重ねて訊いた。鏡の中で彼女がわたしの眼を捕らえ、ここに来て、と頼んだ。

「何をしてる男かと訊いてるんだ」

「そんなこと、鵜川先生は知らないほうがいい」

枕を抱いたまま女が近づき、背後からわたしに寄り掛かった。

「訊かれたことに答えろ」

「怒らないで。もっと小さな声で喋って」

「その男にもそう言ったのか？」

「この部屋には誰も入れないわ」

わたしは身体を入れ替えて女と向い合った。咄嗟に、枕が滑り落ちるのを防ぐためもあって女がわたしを抱き締め、短い掠れた声をあげた。われわれは一瞬、抱き合った。枕が落ちないように。わたしの指先に女の背中の窪《くぼ》みと絹の手触りが残った。

「今夜はずっとここにいてね、朝まで一緒に」

「だめだ」とわたしは決めつけた。「同じことを繰り返すだけだ。先は見えてる」

女はしがみついて離れない。壁の似顔絵を自分の手ではずしたかったが、無言で擦り寄ってくる身体を持て余してそれはできなかった。

「いつもと違うな、きみには見えないのか？　ここに朝まで一緒にいてもまたどこかできみはその男と会うんだ。たとえその男と別れて戻ってきても、いつかまた必ず別の男が現れる、きみはそいつに魅かれて行ってしまう。そんな気がして仕方がない」

押し殺した声で喋りながら、壁に映った男女の影絵を眺めながらわたしは暗い予感に捕らえられた。それがこの女だ、と頭の隅で感じた。わたしはいまいつになく冷静でしかも正しい。

そんなことはない、と遠沢めいが言った。わたしの胸に鼻先を押しつけ、そんなことは絶対にないと言い張った。枕がずり落ちてわれわれの膝の間で止った。抱いて、と彼女が言い、無駄だ、とわたしが言い返した。同じことを繰り返すだけだ。けれどむろんそれでおしまいではなく、わたしは彼女をそれほど強く押し戻しはしなかった。枕はついにわれわれの足元に落ちた。それをかまわずに踏み付けて彼女はわたしの胸に顔を埋めた。わたしは彼女の腰を抱いた。一枚のなめらかな布を通してその下のなめらかな手触りを感じた。なじんだ女の匂い、女の髪に染み込んだシャンプーの香料を嗅ぎ分けるよりも早く、たすけて、と涙声が訴えた。あたしをたすけて。確かにそのとき彼女はそう言ったのだが、すでにわたしにはその言葉の意味を正確に理解する余裕はなかった。考え直す暇も与えず、彼女は爪先立って唇をわたしの唇にあてた。じきに舌と舌が絡んだ。

そして例のごとくわたしの記憶に空白が来る。

次の瞬間、われわれは照明をすべて落とした暗い蒸し暑い部屋のベッドに裸で横たわっていた。どこかへ腕時計をはずして置いたはずだが思い出せなかった。わたしはこの夜またしても期待以上に長く続けられたことで満ち足りていた。腕時計を探して確かめるまでもなく、長い時間が流れたことは疑い様がなかった。うつ伏せになった遠沢めいの背中の窪みには、まるで蜜《みつ》を垂らしたように冷たい汗がたまっている。あいかわらず風の音が聞こえた。だが扇風機の首はあらぬ方を向き、それを直す気力もないほどわれわれは疲れていた。わたしは彼女の背中の汗に触れながら、多少まだ息の弾む声で、はんぶん命じるようにはんぶん頼むように、男とはきっぱり別れてくれと切り出した。女は枕に埋めていた顔をずらしてわたしを見上げ、ゆっくり一つ瞬きをした。

「できないわ」

「できないはずはない、もういちどだけその男と会って、きちんと話をつければ済むことじゃないか」

「どうやるの」

「ただ打ち明けるんだ、僕たちのことを」

「そんなことしてもわかってくれない」

「わかってくれる。きみが正直に気持を打ち明ければ、男なら誰だってわかってくれる」

女はしばらくわたしの肩越しにどこかを視つめ、何かを考えるふうだった。それから眼をつむり、考えることを諦めたかのようにまた枕に顔を埋めた。

「会って話すんだ」とわたしは低い声で繰り返した。「話せばわかってくれる」

「そうね」とくぐもった声が答えた。「わかってくれるわね」答えたあとで、女は涙を拭うために枕に顔をこすりつけた。その様子はまるで、いま口にしたばかりの自分の言葉を少しも信じてはいないように見える。泣くな、と言う代りにわたしは彼女の身体を抱き寄せた。

「でももしだめだったら」と顔をそむけたまま遠沢めいが呟いた。「あたしをたすけてくれる？」

「ああ」

「たすける気があるの？」

「ある」

「本当に？」

「たすける。代りにぼくが話し合う」

そのとき彼女が鼻をすすりあげて、ためいきまじりの短い笑い声をあげたのを、ただ安心のあまりだとわたしは解した。

もちろん、それはそれでまったくの見当違いではなかったはずだ。そういう意味合いがいくらかでも含まれていたことは確かだろう。助けると男に請け合われて喜ばぬ女はいないはずだし、実際、それからまもなく彼女はわたしの腕枕に頰をあずけて寝息をたてはじめたのだから。だが後に、わたしはこの夜の事を思い返して、思い返すたびにしたたか無力感を味わうことになる。世の中には女が去って行くのを指をくわえて見守るだけではおさまらない男もいる。あらゆる男がわたし同様に堅実で穏やかな生き方を好むとは限らない。そんなあたり前のことにさえ当時のわたしは気づいていなかった。

むろん彼女は知っていたのだ。力ずくでは何一つ物事を動かせぬ男が口にする、助けるという言葉にはこれっぽっちの意味もないということを。彼女は知っていたし、予感していたに違いない。あの短くはじけた笑い声の中には、無意味な言葉とその言葉を使った無力な男に対する心の底からの軽蔑がこめられていたに違いないと、さほど遠くない夏にわたしは思い知ることになる。

第三章　夏

1

サン゠テグジュペリは、控え目で内気な、長身の男である。

八年前、真山《まやま》という男を初めて見たとき、何よりも先にわたしはその言葉を思い浮かべた。確かにそんな気がする。わたしはいまでも、まるで記憶の中から取り出した一枚の絵を眺めるように、真山という男を見た瞬間の光景を思い描くことができる。そしてそのたびに、必ず、一枚の絵に添えられたタイトルのように同じ言葉がつきまとって離れない。

サン゠テグジュペリは、控え目で内気な、長身の男である。

あの年の六月、暑い夏のはじまりに彼はわたしの前に現れた。

最初にわたしは玄関の車寄せから、西日を遮るために片手で眼庇《まびさし》をつくって、遠い校庭の端に立っている男の姿を認めた。相手はこちらに気づいた様子もなく、木陰にひっそり佇んで子供たちのソフトボールの練習に見入っていた。帽子を被り、半ズボンを穿《は》いた男がメタセコイアの幹に手を添えて立っている。遠目にはまるでボーイスカウトの訓練を一休みしたような恰好の、すらりとした青年。それが真山を初めて見たときの印象だった。

だが、よくよく記憶を整理してみると、そのときサン＝テグジュペリに関する言葉をわたしが思い浮かべたというのは正しくない。なぜならわたしがそのことを、その言葉が書かれた本のことを知ったのは時間的にはもっと先の話なのだから。夏の盛り、八月に事件は起こった。そしてまもなくあの女性弁護士が訪ねて来て、サン＝テグジュペリの本について語った。わたしが実際に本を手に取って自分の眼で確かめたのはずっと後、事件の翌年、離島の学校へ赴任してからのことになる。だからあの年の六月、真山を初めて見たとき、その時点でわたしがサン＝テグジュペリに関する言葉を思い浮かべることはあり得ないのだ。わたしはただそのとき校舎の玄関に立ち、呼びに来た子供の指差す方向へ眼庇をしながら、あの半ズボンを穿いた男は何者だろうと疑っていただけだと、正しくはそう言い直すべきかもしれない。実のところ、その男が学校まで押しかけて来るとは思いもかけなかった。わたしはまだ遠沢めいから相手の男についての詳細を聞き出してはいなかった。真山という名字すらうろ覚えにすぎなかった。

玄関の車寄せを出て石段を降り、黄色い土の校庭を横切る間に、レフトとセンターの守備位置で二度ずつ、打球を避けるために首をすくめなければならなかった。その恰好を面白がって子供たちが囃《はや》し立て、ノックをする監督はわたしに狙《ねら》いを定めたように休みなく強いボールを打ち続ける。途中から小走りになってメタセコイアの木陰へ入った。待ち構えた男は明らかに笑いを嚙み殺した顔で、中折れの帽子を取って一度うつむいて見せた。それから汗で湿った髪を後ろへ撫でつけると、また帽子を被り直して、

「鵜川先生？」

と言った。わたしはうなずいてズボンの尻のポケットからハンカチを引っぱり出した。間近で見ると男の体格の良さが目立った。

「呼び出して悪かったね」

わたしは額の汗を拭いながら曖昧に口ごもった。そのときには、もう相手が誰なのか訊ねなくともわかっていたのだ。だがいったいどんなつもりでわたしの勤め先までやって来たのか。考える暇を与えずに男が続けた。

「別に用はないんだ。あんたが小学校の先生だってあいつが言うから、信じられなくてさ、自分の眼で見に来ただけだ。嘘じゃなかったな、ほんとに小学校の先生なんだな、え？」

そして男は遠慮なしの笑い声を上げた。

「あのハゲはあんたに恨みでもあるのか？」

わたしは男の視線の方へ、ホームベースの脇でボールを受け取っては延々とノックを続ける監督の方へ眼を向けた。ユニホームの上着を脱いだランニングシャツ姿なので、日に焼けた肩や二の腕に油をぬったように汗が浮いて見えた。

「昔はよくやっただろ」

「……え？」

「野球だよ、あんたも大昔にはやっただろ」

「いや」

「やらない？」男が真顔で振り向いた。「野球をやったことがないのか？」

そばに寄り添った男のせいで息苦しかった。わたしの肩の上に置かれた男のてのひらが熱いほどだった。額から頭の天辺《てっぺん》まできれいに禿《は》げあがった監督はバットを一振りするごとに野手のミスを大声でなじった。守備位置に二人ずつ並んだ子供たちがそれに応《こた》えて間延びした意味のない声を振り絞る。盛《さか》った猫が集まって声を揃えるように、果てしなく。男のてのひらがわたしの肩を軽く叩いた。監督が首に巻いたタオルで顔の汗を拭いた。まったく、どうかしてるぜ、と耳元で男の声が言った。あんたもあの女もな。

「この手を離してくれないか？」

「怖がるなよ、先生。痛い目に遭わせるようなまねはしないから。俺は別に捩込《ねじこ》みに来たわけじゃないんだからさ。そんなんじゃなくて、ちょっと誤解を解こうと思っただけなんだ、あいつのことで。わかるか？」

「手を離してくれ」

男の表情をうかがおうとしたとたん右肩に痛みが走り、わたしはたまらず声を上げた。ライトの守備についた子供のうちの一人が上体を屈めた姿勢のままちらりとこちらを振り返った。

「話を聞きなよ、あいつのことだ、遠沢めいのことだ。俺が旅行に出てる隙に妙なことになっちまったみたいでさ、弱ってるんだ、何が悲しいのかしょっちゅうめそめそ泣きやがる、前はそんな女じゃなかったのにな。困ったことでもあるのかって聞いてみたら、鵜川先生、あんたの名前が出て来た」

わたしはわたしの右肩に食い込んだ男の指を引き剝がそうと試みた。相手の手首を握り、身を捩ってみたが無駄だった。無駄という題のパントマイムを演じるようなものだった。ライトへ高いフライが打ち上がり、一人が万歳をする恰好でそれを取り逃した。跳《は》ねたボールはわれわれの足元まで転がってきた。男の握力が抜けた。もう一人の子供が帽子を脱ぎながら走り寄り、数メートル手前で立ち止ってこちらへグラブを向けて見せた。われわれはかまわずにメタセコイアのそばを離れて校門のほうへ歩き出した。

「俺に言わせりゃまったくどうかしてる」と男がわたしの肩に手をかけたまま続けた。「なあ、あんた小学校の先生だろ、小学校の先生が女を泣かせちゃまずいんじゃないか？おまけにそいつは他人の女なんだぜ」

「手をどけてもらえないか」とわたしが頼んだ。「職員室の窓から誰かが見てる」

「だいいち、あんたとあいつじゃ似合わない」と男が言った。「誰がどう見ても、あの女はあんた向きじゃない、小学校の教員向きの女じゃない」

「彼女は……」

「ん？」

「彼女はどんなふうに話したんだろう」

「だから言っただろ、彼女はまともに話もできないのさ、あんたのせいで困り果てて、悲しんでるんだよ、俺にすまないことをしたってめそめそ泣くばかりで」

「そんなはずはない」

「そんなはずはない？」

桜の木の手前で男は足を止めかけて、すぐに思い直した。わたしは肩を強く押され、一二歩たたらを踏んだ揚句に相手の歩調に合わせた。

「そんなはずはない」と男が繰り返した。「世間知らずの先生にも困ったもんだな」通りすがりに桜の下枝の葉を千切って笑い声になった。「もう少し大人になって考えてくれよ、先生、物事には要点てもんがあるだろう、さっきから俺の喋ってることがわからないのか？　あいつはさ、俺の女なんだぜ、俺が女にしたんだ、あの女のことは俺がいちばんよく知ってる、彼女は困り果ててるって俺が言えば彼女は困り果ててるんだ、その意味がわかるか」

われわれはもう一本の桜の木の下を通り過ぎた。それから銀杏《いちょう》の木と雲梯《うんてい》との間を通り抜け、砂場を迂回《うかい》し、五つ並んだ鉄棒の脇を歩いた。それで校庭の周囲ほぼ四分の一を歩き通したことになった。校門を塞ぐように埃を被った黒い乗用車が一台、横付けしてあるのが見えた。その運転席のドアが開き、Tシャツにジーンズ姿のわれわれと同年配の青年が降り立つと、こちらへ軽く頭を下げてみせた。男が舌打ちをして、

「乗ってろ」

と命じた。青年は言いなりに車の中に戻った。男がもういちど舌打ちをしてわたしに言った。

「いいか、もしあんたの聞き分けが悪ければまずいことになる、要するにあんたの立場がまずくなるってことだ。俺はこんどのことには眼をつむろうと思ってる。捩込むつもりは

ないと最初に言ったよな。あんたを見てそう決めたんだ。どこから見てもあんたはしがない小学校の教員だし、俺もできれば無茶はしたくない、この暑いのに面倒はごめんだからな。お互い大人になろうぜ。あんたがここで黙ってうなずいてくれれば、俺はこのまま帰る。そしてもう二度と会わない。あんたもあの女とは二度と会うな。これは何て言うか、そう、譲歩だ、最大限の譲歩だ、俺の言ってる意味がわかるか？」

鼻先が頬に接するほどそばで訊かれ、肩を揺すられながら、わたしは微かにでもうなずいてしまったのかもしれない。ようやく男の身体が離れて、正面にまわった。わたしは左の手で痺れた反対側の腕を撫でた。職員室の窓にさっきと同じ人影が見えた。

「それでいい」と男が言った。「あんたは物わかりがいいし、運もいい。俺の機嫌のいいときに当たって良かったんだ。そのハンカチで汗を拭きなよ」

わたしはいちばん低い鉄棒に腰をあずけ、自分の左手の握り拳に眼を落とした。その中にハンカチがあった。校舎の裏手の駐車場から出て来た車が校門の前で停車し、遠慮がちにクラクションを鳴らした。

「いきなり訪ねて来て悪かったな」と男がわたしの右手を取り、握手のつもりなのか二度三度と振ってみせた。「でももうこれで会うこともない、お互い笑顔でさよならだ」

校門に横付けされた黒い車は動く気配がなかった。鵜川先生、と立往生した車の中から誰かの呼ぶ声が聞こえた。わたしは男にうながされて顔をあげ、その誰かにうなずいてみせた。男の手がまたわたしの肩をぽんと叩いた。じゃあな、と男の声が言った。そしてわたしの返事を待たずに、

「笑えよ、先生」

そう言い捨てると、男は踵を返して車の方へ歩き去った。

2

「どうしたの、怖い顔して」

「真山が来た」

「……誰？」

「真山だ、そういう名前じゃなかったのか、そいつが学校まで押しかけて来た」

「いつ？」

「水曜日。どこか人のいないところへ行こう」

わたしは遠沢看護婦の手を引いて病院の正面玄関を離れた。土曜日の午後だった。真山が現れた日から二日置いて、学校の帰り道に彼女の病院へ寄ったのだ。ショットガンから

電話をかけると、彼女はいますぐには休憩を取れないと言った。わたしはカウンター席の椅子に腰掛けて一時間ほど待った。芥子《からし》がききすぎて他には何の味もしないサンドイッチを持て余し、一時間後には痺れを切らして病院へ出向いた。正面入口の案内係に頼んで呼び出してもらうと、また長いあいだ待たされた揚句にやっと彼女は白衣のままわたしの前に立った。

「あんまり時間がないのよ」

「きみがあの男を寄越したのか」

「あたしが？　何のために」

「ちゃんと質問に答えてくれ」

われわれは病院の前の道を川のほうへ歩いた。点滅する青信号の横断歩道を駆け渡り、右へ折れて、河口から遠ざかる方角へ足を向けた。

「あなたが何を言いたいのかわからないわ」

「学校まで押しかけて話をつけるように、きみがあの男に頼んだんじゃないのか」

「どうしてあたしが」

「頼んだのか頼まないのか、どっちだ」

遠沢めいがわたしの手を振りほどいて、立ち止った。わたしはその手で彼女の手首を摑み直そうとして出来なかった。また信号が変ったのか車の流れが滞り、次第に車道が埋り始めた。

「どうしてわかってるくせに聞くの、そんなこと、あたしはぜんぜん知らなかったのに」

「知らなかったのならいい、確認してみただけだ。行こう、こんなとこじゃ人目につく」

わたしは一人で先に歩き出した。しばらくして振り返ると、十メートルもの間隔を空けてついて来る彼女の姿が見えた。このままこの川沿いの道を2キロ歩き続ければ児童の母親がパートをしているスーパーマーケットにたどり着く、不意にそんなことを思い出した。左手の堤防が途切れ、吊橋《つりばし》のたもとを通りかかった。クリーム色に塗装された鉄筋の吊橋を渡ると向う岸は市民公園の敷地内である。公園の案内図の立看板からわたしは左へ逸《そ》れて石段を上った。緩いアーチ型の橋を中ほどまで渡り、遠沢めいが追いつくのを待った。

「あの男にぼくたちのことを話したんだな?」

「あなたがそうしろと言ったのよ」

「その通りだ、ぼくがそうしろと言った」

「だから火曜日に会って話したわ」

「それでいい。でも、どんなふうにそれを話した」

「あなたに言われた通り、最初から正直に、何もかも。競輪選手の友達のことや、親不知の虫歯のことや……」

「虫歯のことまで？」

「話したわ。ねえ、真山は何のためにわざわざ学校まで行ったの？」

「さあね、きみの方があの男のことはよく知ってるだろう、想像がつくんじゃないのか？

半ズボンなんかはいて、いったい真山は何をして食べてるんだ」

「仕事？」

「ああ」

「よく知らない」

「よく知らない」わたしは鸚鵡返しに言った。「よく知らない男がきみのために学校まで
押しかけるのか、俺の女だと言ってぼくを脅すのか」

遠沢めいの手が欄干《らんかん》に置いたわたしの手に触れた。わたしはそれを払って、向う岸まで
橋を渡り切った。

石段を駆け降りて時計台の横を通り抜け、両側を灌木《かんぼく》の繁みで仕切った誘導路から公園
の敷地内に入ると思った以上に人の姿が眼についた。わたしは後戻りして彼女をうながし、
誘導路の切れ目から脇道へ入った。それからまた細い脇道へと踏み込んで人目を避けた。

「どこまで歩くの？」

「行き止りまで」

「あたし本当に、真山が何をして食べてるかなんて知らないのよ」

やがてその細い道は上り勾配《こうばい》になった。油蟬《あぶらぜみ》の声がつい耳元まで迫って来た。木立の中をくねくね曲りながら坂道は続いていた。途中で何カ所か、斜面を掘って木の枠を埋め込んだだけの階段が設けてあった。三つ目か四つ目の階段で、わたしは鞄を左手に持ち直し、ハンカチを取り出して彼女に渡した。

「息が切れそう。どこまで続いてるのかしら」

「知らない」

「教えて」ハンカチで額を押さえて彼女が言った。「学校で、真山はまさか、あなたにひどいことを……」

「ひどいことって何だ」わたしは大きく息を弾ませながら答えた。「殴ったり、蹴ったり、そういうことか。きみはひどいことを、された経験があるのか？」

「何もなかったのね？」

「ああ、何もなかった。ふたりで歩きながら、お喋りを聞かされて、少し汗をかいただけだ。でも次に、会うときはそうはいかない。もしきみと一緒のところを、見られたら、こんどは、間違いなくひどいことになる」

「真山がそう言ったの？」

「そう言った。やっぱりきみは、真山のことになると、よく知ってるんだな。あいつは仕事なんか、していない、そうだろう、ゆすり、たかり専門のヤクザだ、そうに違いない、きっとあのポロシャツをめくれば背中に昇り龍の絵が彫ってあるんだ、そうだろ？」

「刺青《いれずみ》のこと？」

「そうなのか？」

「まさか」と投げやりな感じで呟いて、遠沢看護婦がまた坂道を上りはじめた。わたしを追い越しながら、ハンカチを持った手で反対側の肩のあたりを示し、「ここに刀傷があるだけ、ほんの小さな傷」

刀傷？　わたしは先へ行く白い背中を見守り、来た道をいちど振り返った。それから鞄を持った方の腕を一振りすると、彼女の後を追った。刀傷とはいったい何のことだ。どうしてこのわたしが、肩に刀傷のある男と関わりを持つはめになるのだ。階段をもう二つ、われわれは上り切った。その先で斜面がゆるやかになり、道が漏斗《じょうご》の口のように広くなって、片側だけ木立の壁が途切れた。いきなり丘の頂上が見えた。向って左側を木の柵《さく》で、右側を自然の林でほぼ円形に囲われたその土地の手前でわれわれは足を止めた。そして互いに相手の弾む息の音だけを聞きながら、遠沢看護婦とわたしはしばし黙り込んだ。

「お墓だわ」と彼女が言った。「こんなところにお墓がある」

蟬の声が戻って来た。左右のこめかみを伝って汗の玉が流れ落ちた。やや赤らんだ顔の遠沢めいがまるでそれが墓地を前にしての礼儀だというようにナースキャップをはずして、ピンと一緒にポケットにしまった。そのあとでハンカチを畳み直し、それを鼻筋にあてた。わたしは腕を振り上げてワイシャツの袖で顔を拭った。墓地のなかには人影は見当たらなかった。墓石は左手の柵の方を向いて五列に並んでいた。柵のそばに立てば、たぶんそれほど遠くない辺りに海が望めるはずだった。刀傷の治療で真山が入院したときに知り合ったのか、とわたしははんぶん独り言のように訊ねた。

「いいえ」と遠沢看護婦はハンカチで顔をあおぎながら答えた。「真山が入院したのはそのときじゃない」

「いつだ」

「正確には憶《おぼ》えていないけど、何年か前花見に行った先で脚の骨を折って」

「つまり何年か前にはもう、つきあいがあったんだな？」

ハンカチで鼻を覆ったまま彼女はわたしを振り向いたが何も言わなかった。

「そのときからずっと続いてたのか」

「いいえ。ねえ、引き返しましょう、こんなとこでなくても下の公園で話はできるわ」

「いちど別れたわけだ。いつ何が原因で別れたんだ？　いや、そんな話は聞きたくない、二度めはどうやって始まった」

「二度めなんて、そんな言い方はやめて」

「どうして。事実、二度めだろう、三度めじゃないんだろう？」

「事実は事実でも、あなたのその言い方が嫌なの」

「じゃあ今年に入ってからのことだ、今年に入ってからのいきさつを説明してくれ、きっかけは何だった。これでいいか？」

「今年の二月に……」

と彼女は言いかけ、右手の林の中で起こった物音に怯《おび》えて首をすくめた。今年の二月、とわたしは頭の中で繰り返した。二月十四日、あの大雪の夜。看護婦寮の前で彼女を待ち伏せした夜。

「いまのは何なの？」

「ただの蟬だよ、蟬が枝を離れたんだ」

「行きましょう」

「あの雪の日だ」とわたしが言った。「あの夜、きみは真山にタクシーで送ってもらった」

「偶然だったの」と遠沢めいが言った。「知り合いの店でお酒を飲んでたら真山が入って来たの」

「あの日に会って縒《よ》りを戻したんだ、あのときからきみは真山とぼくを両天秤《りょうてんびん》にかけてたんだ」

「違うわ」

「何が違う、その通りじゃないか。そして春にきみはいったんは昔の男を選んだ、もう忘れたのか」

「なぜそんなに意地悪な言い方をするの?」

「きみといると面倒にばかり巻き込まれる。人をからかってるのか。きみは本気で真山と別れたがってるのか?」

「わからないの? だから真山はわざわざ学校にまで押しかけて行ったんじゃない、あたしが本気で別れてと頼んだから、あたしが本気だと真山にはわかったから、あわてて、次の日あなたに会いに

「あわててるようには見えなかった」

「初めて見たからわからなかったのよ」

「水曜日の後も、真山とは会ったんだろう?」

彼女はまたちらりとこちらを振り向いただけで答えなかった。

「ぼくとのことは真山は何も話さないのか」

「すっかり話がついたと思ってるんじゃないかしら、学校で。……違うの？」

「そうかもしれない」とわたしは間を置いて答えた。「なにしろいきなりだったから、真山よりぼくの方がもっとあわててたと思う」

「きっとあなたが学校じゃ何もできないとわかってて押しかけたのよ。人の弱みにつけこむのが真山のやり方だから」

「初めて会ったときからあんな男だったのか」

「入院してるときは別人に見えた。陽気で、冗談が好きで、同室の患者さんたちにも人気があって、あたしだけじゃなくて看護婦はみんな好意を持ってた」

「刀傷のある男に好意を」

「そんなこと、誰も知らないもの」

「どうして花見で脚の骨なんか折れるんだ？」

「跳《と》んだのよ。酔っ払って崖《がけ》から跳び降りたって、本人はそう言ってた」

わたしは首を振り振り彼女のそばを離れた。ほんの数歩、墓場の中へ踏み入ったところで彼女が追いつき、わたしの前にまわりこんで行手《ゆくて》を阻んだ。

「喉が渇いたわ、下へ降りて冷たい物を飲みましょう。それにもう病院へ戻らないと、ほんの十分だけと断って出て来たのに」

「刀傷の原因は何だ」

「それは聞いてない、気味が悪くて聞けなかったの」

「骨折で入院したときにはもう付いてたんだな？」

答は貰えなかった。むろん彼女が答えなければそれは肯定の意味だ。わたしにはだんだんと質問のこつが呑み込めてきた。左手の柵まではまだ距離があったが、彼女の頭越しに、遠方の岬の影との間に銀色に光る一角を視野に入れることができた。海に違いなかった。

「刀傷かどうか本当はわからないのよ、本人がそう言ってるだけで」

「でも本当かもしれない、だから気味が悪くて聞けなかったんだろう」

「それはそうだけど」

「これからどうすればいいと思う、もしふたりで会ってるところを見つかったら、それだけでもただでは済まないぞ、真山は逆上して何をするかわからない、ぼくと会うのをやめるか？」

「いいえ、あなたと会うのはやめない」

「じゃあどうすればいい」

「話をつけるか、逃げるか、どちらか」

「話をつけるか、逃げる？」

「ふたりで真山のいないところへ」

「馬鹿なことを言うなよ」

「そう思うんだったら話すしかない」遠沢めいはわたしを外へ押し戻しながら言った。

「正直に話せばわかってくれると言ったのはあなたよ」

「真山にもういっぺん同じことを？　できるのか？」

「ええ、やってみるわ。でも、あたしが同じことをしたら真山はもういっぺんあなたに」

「わかってる。問題はその話し方だ、同じように話せば同じ結果を招くだけだ」

「行きましょう」墓場の外に出ると彼女はわたしの腕を放して坂道へ向った。「そのことは後で、今夜にでもふたりで考えましょう」

「今夜なんて無茶だ、真山に見られたらどうする」

「だいじょうぶ、寮の部屋には絶対に入って来ないから」

「寮に入るところを見られたら」

遠沢めいは階段の手前に差しかかっていた。そのまま四段ある土のステップを降り切った後で、ハンカチをかざしてこちらを振り仰いだ。

「あたしと会うのをやめたいの？」

「そうは言ってない」

「そうは言ってないって、どういう意味なの、はっきりさせて。ほかに何かある？」

「待てよ」

「あたしだって真山が怖いのは同じよ」

「ちょっと待て」わたしは小走りで追いつくと彼女の手を握った。「きみは前に真山と知り合って、いちど別れたと言ったな？　そのときはいったいどうやって別れることができたんだ」

「そのときは」手首を摑まれたまま彼女が答えた。「むこうから居なくなってくれたから」

「真山がきみに飽きたのか？」

「そんなことわからないわ、聞く暇もなかったもの、いきなり他所へ行ってしまって」

「どこへ」

「知らない、こんど会って聞いても教えてくれなかった」

「おい……」

「嘘じゃないわ」

「嘘だ」とわたしは相手の眼を見据えて言った。「きみは真山がどこにいたか知ってるんだ」

だが彼女はハンカチで口元を覆い、じっとわたしを見返すだけで答えようとはしなかった。

「真山は刑務所にいたんだ。違うか？　今年の二月に出て来るまで刑務所にいたんだな？」

3

それからちょうど一週間後、七月に入って最初の土曜日に、真山は再びわたしの前に現れた。

その一週間をわたしはひたすら待つことに費やして暮した。遠沢めいからの電話は連日かかって来ていたのだが、わたしは決して自分からは動かなかった。ただし、腰が重かったのは彼女の方も同様である。わたしと会っているときには芽生えかけた彼女の勇気も、別れて一人になるとたんに挫《くじ》けてしまうふうで、電話の声は頼りなく、どこか投げやりな響きさえ感じられる。看護婦寮の部屋で一夜を過ごした翌朝、すぐにも事態が変るものと予想して覚悟を決めていたわたしは、巧妙な肩透かしに合ったように焦れた。とにかくきみが真山ともういちど話し合わなければこの事態は動かない、というのがわたしの言い分だった。きみがまずサイコロを振らなければわれわれ三人の関係はふりだしから一マスも進まないのだ。そんな意味合いのことをわたしは頑に言い通した。相手に責任の大半を預けただけのわたしの言い分に対して、彼女は反論しなかった。その点について揚足を取るようなことはせず、ただ、機会を捕らえて話すつもりだから急かさないでくれと、頼りない口調の同じ文句を呟くばかりだった。

土曜日の午後、わたしは市民公園の敷地内で約束の時刻に三十分も遅れた彼女を待っていた。看護婦の勤務の方は木曜日が準夜勤、金曜日が休日、土曜日が夜勤というローテーションに入っていて、こちらの思惑としてはおそらく前日の金曜日のうちに事態は急変しているはずだった。だからわたしは期待をこめて、公園の入口の時計台の下でじりじりしながら、夜勤に出る前の彼女の報告を待っていたのだ。

もう何度目かに時計台のそばを離れ、吊橋への石段を上って、川向うからやって来る人影を確かめようとしたとき一瞬だが真山の歩く姿が眼に入った。わたしは思わず身を翻して石段を駆け降り、いちばん下の段でクラウチングスタートの姿勢を取って腰を屈めた。しばらく経ってから思い直し、またゆっくり上へ戻ってみると、真山は橋の向う側からほとんど動いてはいなかった。ポロシャツにお決りの半ズボン姿で欄干に凭《もた》れかかるように立って、支柱と吊橋の側面部分とを繋ぐワイヤーの張り具合でも見るように空へ片手をかざしていた。その手のさきには帽子があった。そして——現実の時間の流れの中ではあり得ぬことだが——わたしはまたしてもここであの言葉を思い浮かべていた。サン＝テグジュペリは、控え目で内気な、長身の男である。真山がわたしに気づいて、こちらへ来いと帽子で合図を送ってよこした。それは遠目には顔の前を飛ぶ羽虫をうるさがるような仕草にも見えた。わたしは殴られるのを覚悟で川のむこうへ橋を渡って行った。

しかし真山は思いもかけず柔和な表情でわたしを迎えたのだ。のろのろとそばへ歩み寄るわたしを、真山は辛抱強く、眼を細めて見守っていたと思う。その顔つきと、次に顎をしゃくる仕草とが、わたしに懐かしい記憶を呼び起こさせるほどだった。早起きをしたがまだ寝足りないといった感じの生あくびを噛み殺しながら、行こう、と一言うながすだけで、真山はわたしの肩にも腕にも触れようとはしなかった。橋のむこうへ石段を降りると、道路際に相変らず埃まみれのクラウンが停っていた。わたしは自分で助手席のドアを開けて乗り込んだ。運転手役の青年の姿はその日は見えず、後ろの座席に、いかにも押し込められたというふうに小さくなって遠沢めいが腰掛けていた。右側の窓に顔を寄せたまま、わたしの方へ眼だけを動かしたけれど、言葉をかける気力もなさそうでじきにその瞼も閉じた。

「少しそのへんを走ろう、このまま座ってちゃ眠ってしまいそうだからな、つきあってくれ」

とハンドルに両手を載せて真山が言った。また生あくびを一つしながら。

そしてクラウンが陽ざかりの道を走りだした。

まるで三人三様にそれぞれの考え事にふけるように、長い間、言葉は交わされなかった。車は何度も信号待ちで停車し、幾つもの曲り角を曲って走り続けた。真山がまったく行く当てのないドライブを続けているのだということはすぐにわかった。だがそれよりもわたしは懐かしい記憶に拘っていたのだ。遠い昔、競輪の練習に出掛ける父が、まだ夜が明けきらぬほの暗い路上で小学生のわたしに向って顎をしゃくり、自転車を漕ぎ始める。その後に付いてわたしは、父のレーサーパンツにぴったり包まれた尻を見ながら、新聞の販売店まで走らなければならない。そういった朝の習慣は果たしていつまで続き、いつ途切れたのだったか。息子に運動選手としての見込みのないことがわかった翌日から父はあっさり独りでの早朝練習に切り替えたのだろうか。それともしばらくは出来の悪い息子につきあって、諦めの表情で新聞の販売店までの寄り道を続けたのだろうか……そんなことを、走る車の中で脈絡もなくわたしは考えていたのだ。小学校の四年生のとき父に命じられて始めた朝刊の配達のアルバイトを、高校を卒業するまでの九年間わたしは一日も休まなかった。そのせいで——毎朝百部近い新聞の重量を左の肩にかけたベルトで支え続けたせいで——わたしの左肩はいま右よりも明らかに吊り上がってしまっているのだが。そしてその誰にも打ちあける機会のなかった話を唯ひとり聞かせて以来、遠沢めいはわたしの左肩を撫でながらさして深い意味もこめず、かわいそうに、と呟くのが常だったのだが。気がつくと車はガードレールに寄せて停められ、真山の声が、小銭を貸してくれないかと頼んでいた。

「喉が渇いた、あんたも飲むだろう、ビールでいいかい？」

わたしはうなずき、財布から千円札を取り出して渡した。真山がドアを開けて二車線の道路に降り立ち、車の流れを見ながら反対側の自動販売機の据えられた歩道まで横切って行った。車は左手に民家のブロック塀の連なりを見て、右手に何軒か商店の並んだ通りに停っていた。日差しは右からエアコンの効いた車内に入り込んで運転席のシートの半分までを白っぽく照している。すぐにもそのシートに乗り移って真山を置き去りに車を走らせていれば……とは後に、あのとき実はこうしていればと夢想した諸々のうちの一つだった。だがいったい、夜勤を控えた看護婦とふたり車を走らせてどこへ逃げればよかったのだろう。実際には、そのときわたしは後部座席へ首を捩って、真山との二度目の話し合いの結果について遠沢めいに訊ねただけだった。窓際に寄ってすわった彼女は、強い日差しを避けるために（少しだけ中央へすわり直せばすむことなのに）顔の側面にてのひらを立てて、通りのむこうの真山を気にしながら答えた、低く嗄《しゃが》れた声で。

「何がどうなってるのか、あたしにもわからないわ。ゆうべから一睡もしてないの、あの人はウィスキーを飲みながらずっと起きてて、あたしも寝かせては貰えなかった。人間の歯は何本あるか知ってるかとか、関係のないようなことばかり喋って、話を聞かないでいると顔をぶつの、何度でも……あの人の前歯は上も下もぜんぶ差歯だったのよ、あたし初めて知ったんだけど。それから、朝になって帰してくれるかと思ったらこうやって車を走り回らせるだけで、自分は考え事をしてるんだと言ってるけど、どうせろくなこと考えてないに決ってる」

着くたびれたといった感じの黒っぽいノースリーブのワンピースは、ターミナルビルで再会したときに彼女が着ていたものを思い出させた。すっかり化粧を落とした顔には何度もぶたれた跡こそ残っていなかったものの、日に当たったせいかまだらに赤く火照《ほて》った部分が目につき、前髪のひとかたまりが汗で額に張りついたままになっていた。

「熱があるんじゃないのか」

「何のこと？」

「きみの身体のことだよ、風邪を引きかけてるんじゃないのか」

「風邪なんかじゃない、言ったでしょう？　ゆうべから一睡もしてないのよ、くたくたに疲れてるの」

「きみだけでも先に帰すように言ってみようか、そろそろ寮に戻らないと夜勤に間に合わなくなるだろう」

「無駄よ、仕事に行かせる気なんかないのよ、最初からそのつもりで、あたしやあなたを困らせるつもりで車で連れ回してるのよ」

「どうすればいい？」

「とにかく、逆らわないで。やっとおとなしくなったところだから。……呼んでるわ、真山が」

　助手席側のドアはガードレールに遮られて開けることができなかった。わたしは鞄だけをシートに残して運転席へ移り、そちら側のドアから出ようと試みたが、立て続けに追い越して行く車のせいでそれも難しかった。道路を横切りガードレールを跨ぐまでに思わぬ時間を食ったわたしを、こんども真山は辛抱強く眼を細めて、缶ビールを差し出しながら迎えた。わたしはそれを受け取って一息に飲めるだけ飲んだ。飲んだあとで車の方へ注意を向けたが、手の甲がちらりと見えただけで彼女の表情まではわからなかった。考えてみたんだけどさ、と真山が言った。

「こんなことやってても埒《らち》は明かないんだよな、先生、三人でいつまでドライブを続けてもさ、あんたは黙って俺の横にすわってるだけなんだ、ただ待ってるんだな。待ってりゃ、俺が根負けして、もういい、この女は連れてけとでも言うと思ってるのかい？」

真山の唇はほとんど閉じていたので差歯を覗き込むことはできなかった。代りに、彫りの深い顔立ちの、頬の筋肉が力瘤《ちからこぶ》のように盛り上がって、笑ったという印にコンマのような形の切れ込みが浮かび上がっていた。その辺りから顎の先にかけて青い無精髭《ぶしょうひげ》が目立った。わたしはまた一息にビールを飲んだ。それで空になった。

「答えろよ、先生」

「そうかもしれない」とわたしは答えた。

「そうかもしれないじゃないぜ、先生、ただ待ってるんだろ、それ以外にあんたに何ができる？　たとえば、言ってみろよ」

自動販売機の陰に針金で編んだ屑籠が置いてあった。わたしは小さなげっぷを洩らした後でその中に空缶を放り込んだ。

「また黙ったな、どうしていつも黙り込むんだ。あんた俺との約束を忘れたのか。俺を嘗《な》めてるのか」

「そうじゃない」

「いや、そうだ。黙ってても俺にはあんたの考えてることがわかる、たかをくってるんだ、あいつから俺のことを聞いてな。やばいことを仕出かしてまた訴えられでもしたら困る、もう三年もつとめるのは懲り懲りだ、そんな心配をして俺が手加減するとあんたは考えてる、違うか？　言っとくけどそれは大きな間違いだ。俺はあんたと同じ考え方の人間じゃないからな、小学校の先生が常識で考えるようなことは俺は考えないからな。あんたは約束を守れなかった。約束を守れないような相手には、普通、俺は力ずくで思い知らせることにしている。俺は殴りたいときには殴るんだ、その気になればいつでも、いまここででも、あんたの口の中が血であふれるまでとことん殴る」

言葉つきとはまるで裏腹の、生気のない表情でビールを啜る真山の背後に、八百屋とも果物屋ともつかぬ品物を並べた店が開いていた。店先では幼い子供を間にはさんで二人の女が立ち話の最中だった。その話が終るのを待つといった感じで、半分に切った西瓜《すいか》を抱えた中年の店主が道端のクラウンへうつろな視線を投げていた。

「何？」と真山が訊き返した。わたしは内心、苦り切って、もういちど同じ言葉をなぞった。殴ってくれとわたしは言ったのだ。

「話を聞いてなかったのかよ」と真山が眠たげな眼で恨むようにわたしを見た。「その気になればと俺は言ったんだぜ。その気ならもうとっくの昔に、あの橋の上で殴りつけてた。最初に言っただろ？　それより他にいい方法がないか俺は考えてみたのさ。あんたは何も俺にたてつこうとして約束を破ったわけじゃない、ただあの女にずるずる引きずられて結果がこうなっただけだ、そうだよな？　あの女に誘われりゃ、断る勇気のある男は誰もいないからな。ところで先生、金は幾ら都合がつく」

「……金？」

「先生はあいつと寝たいんじゃないのか？　手放したくないんじゃないのか？　そのために幾らなら都合がつけられるかって試しに聞いてるんだ」

半分に切った西瓜を抱えた店主がこちらへ視線を移した。女達のお喋りはまだ止まない。わたしの答を聞きながら真山はクラウンの後部座席の方へ向けて眼を細めた。そのドアが開いて遠沢めいが道路を横切ってきた。

「おい、あの競輪選手は杉浦とかいったな？」

真山の問いかけに、遠沢めいは自動販売機の釣銭の戻し口へ指を入れながら答えた。

「杉浦洋一か」と真山が言った。「先生、悪いけどそいつをいまから呼び出してくれ」

「杉浦を？　ここに？」

「ああ、そいつは先生の友達なんだろ？　そこの電話を使いなよ。いま誰と一緒にいるか言ってやれ、うろたえるぜ、きっと」

「何のために」

真山が声をたてずに笑い、遠沢めいが自動販売機のボタンを押し、オレンジエードの缶がごとりと下の取出し口に落ちた。遠沢めいがそれを拾い上げて、下唇を嚙みながら栓を開けた。

「何のために、か。先生のおとぼけにも困ったもんだ。よく見ろよ、先生が欲しがってるこの女は……」真山が缶ビールを持たない方の手で遠沢めいの二の腕を鷲摑《わしづか》みにした。遠沢めいが痛がって身をくねらせ、弾みで、握っていた残りの小銭を歩道に散らばらせた。

「先生だけに特別なんじゃないぜ、そこらじゅうの男が涎《よだれ》を垂らして狙ってるんだ。先生の知ってる競輪選手の中にもな、何人もこいつにちょっかい出そうとした奴がいる、本人がそう言って自慢してるぐらいだから間違いない、杉浦もその一人なんだよ」

「自慢なんかしてない」しゃがみこんで小銭を一枚一枚つまみながら遠沢めいが言った。

「いつ」とわたしは足元に落ちていた百円玉を拾ってから彼女に訊ねた。「いつ杉浦がきみに……」

「ずっと前の話よ」

「な？　だから電話をかけろ。杉浦を呼び出してくわしく話を聞いてみようぜ、先生と俺とでさ」

「でも電話番号を知らない」

「くわしい話なんて何もないわ。だいいち、鵜川先生と杉浦さんは親しい友達じゃないのよ、ただお父さんを通じて知ってるというだけで」遠沢めいが立ち上がってわたしに同意を求めた。「ねえ、そうでしょう?」

「うるさい」真山が遠沢めいの踝の辺りを蹴ってわたしに言った。「電話番号なら電話帳で調べろ」

公衆電話は自動販売機をはさんで果物屋（八百屋）と反対側のパン屋の前に据えてあった。そして真新しい電話帳は黄色い電話を載せた透明な箱の隅に立て掛けられていた。遠征の多い競輪選手が土曜日に地元にいる可能性は高くない、そう思ったけれど、呼出し音一つで電話にでた杉浦の妻は、子供が昼寝をしているからと断った上で声をひそめて、夫は朝食後に競輪場へ出かけたまま留守だという。競輪の開催のない土曜日には、デビューしたての若い選手や高校生の練習を指導することになっているのだ。続けて、明日の日曜には建築中の家を見がてらお宅へ挨拶に伺う予定にしているとも電話の囁き声は言った。競輪場に杉浦は何時頃までいるのかとわたしは訊いた。四時半には帰って来るのが普通だから、遅くともその一時間前には練習を切り上げるのではないかしら、と相手は答えた。電話を切って腕時計を見るとすでに三時を過ぎていた。

わたしは話を手短に真山に伝えた。杉浦はいまの時刻、競輪場のバンクに出ている、だから連絡は取れない。だが真山は、あらかじめ予想していたと言わんばかりにうなずいて見せた。競輪選手が競輪場にいるのはあたりまえだな。そう言い残して一人だけ車の方へ戻って行くと、運転席に乗り込んだ。彼がこれから競輪場へ向うつもりでいるのはわたしにもわかった。わたしを交えて杉浦と会うというのはその場の思いつきではなく、やはり幾らか考えてのことだったのだ。クラウンが方向を変えるために走り出した。どうして電話なんかするの、と脇から遠沢めいが言った。

「杉浦さんはこのことに何の関係もないのに。余計な迷惑をかけるだけだわ。ただずっと前に、みんなでお酒を飲みに行こうと誘われただけで、そのことは杉浦さんだってもう忘れてると思うわ」

「でもきみは憶えてるんだ」

遠沢めいは飲みかけのオレンジエードを持て余し、飲みかけのまま屑籠に落としてから答えた。

「それは何なの。憶えてるというだけで、わたしが責められるの？」

「そんなつもりはない」

「そんなつもりはない。こんなときに、まわりくどい言い方はやめて」

「杉浦のことを真山に話したのはきみだと言ってるんだ。それに、真山に逆らうなと忠告したのもきみだろう」

「なにも奥さんの話を正直に伝える必要はないのよ、連絡先はわからないとか、そのくらい機転を働かせればよかったのよ」

「競輪場に着いても杉浦には会えないよ、練習は三時半に終ると奥さんが言ってた。わざわざ競輪場まで行って杉浦がいなければ、真山も諦めるだろう」

ガードレールが切れる角まで真山は車を進め、そこで器用に方向を転換するとまたこちらへ戻って来た。乗り込む寸前に「まだ競輪場にいたらどうするの」とほとんど唇を動かさない言い方で遠沢めいが訊ねた。もし杉浦がいれば、いまよりもっと悪い状況に落ち込むにしても、とにかく何かが起こるわけだ、わたしは振り向かずに助手席のドアを開けながらそう思った。


競輪場に着いたときは四時近かった。

入場口の手前に設けられた駐車スペースに、真山は仕切線を無視してクラウンを乗り入れたが誰も咎める者はいなかった。係員の姿もなく、他に駐車中の車も一台もなかったのだ。入場口の門扉は横に半分だけ開いていて、その向う側に、屋根の上に次回開催日を知らせる看板を載せたワゴン車が停っていた。前売り券発売所と表示のあるレンガ色に塗装された建物が駐車スペース端の方に見えたが、そこの扉も閉じていて近くにまったく人影はなかった。

真山を先頭にわれわれは入場門をくぐった。場内にも人の気配はなく、看板付きのワゴン車はまるで、コンクリートの広場の片隅に何日も前から乗り捨ててあるという感じで日差しを照り返していた。傾きかけた太陽は右手の空にあった。開催中は人でごった返すはずの広場の右手前方には、シャッターの降りた食堂が何軒も軒を連ね、入場口からそこを経由して正面の三階建ての車券売場まで、屋根付きの細い通路がジグザグに設けられていた。真山はその陰の道をたどらず広場をまっすぐに突っ切ると、大股《おおまた》に階段を駆け上がって姿を消した。

「やっぱり、まだいるんだわ」と遅れて階段を上りながら遠沢めいが呟いた。「自転車の音が聞こえない？」

だが建物の裏手にあるバンクからそこまで自転車を漕ぐ音が伝わって来るはずはなく、二階へ上って車券売場の窓口の前を右の突き当たりまで進み、やはり屋根に覆われたほの暗い通路に入ったところで、わたしの耳はやっとその音を捕らえた。男たちの短い切れ切れの声に混じって、ペダルを踏み込む音、タイアが回転しつつ擦れる音、スポークの連なりが風を鳴らす音が微かに伝わって来た。それらの音が一体になり、不意に、栓を開いた瞬間のシャワーのように耳元を走り抜けた。十メートルほど先の通路の出口には、シルエットになった真山の後姿があった。ほの暗いトンネルに似た通路を進むとホームストレッチ側のスタンドの二階席に出るのだ。起き上がった黒い影のように見えるその後姿が、一度こちらへ大きく手を振り、それから観客席の階段をバンクへ向って降りて行った。

「見つけたんだわ」と遠沢めいが言った。

「真山は杉浦の顔を知ってるのか」

「ユニホームで区別できるのよ、強い競輪選手はユニホームに星のマークを付けて走るのよ、勲章みたいに。それくらい知ってるでしょ？」

「知らない」陽のふりそそぐ出口の方へわたしは歩き出した。

「良くないことが起こるわ」彼女が追いすがってわたしの腕を取った。「ごめんなさい。あたしのためにこんなことになって」

「まだ何も起こってないじゃないか」

楕円形をした擂鉢状のバンクの中には、二十人近い選手の姿が見られた。そのうちほぼ半数が、一列に連なって四〇〇メートルの走路を周回している最中だったが、その中に杉浦の顔を見分けることはできなかった。真山はホームストレッチを過ぎた最初のコーナーの辺りから、仕切りのフェンスにしがみつくようにしてバンクを見下ろしていた。わたしは彼の脇に立って、眼の前を棒状に繋がった自転車が、ヘルメットを被ったうつむき加減の選手達の顔が、流れ過ぎるのを三度まで眺めた。

「あいつか」二重に張られた金網を両手で摑んで真山が言った。「あすこに座ってるのが杉浦か」

走路の内側の、芝のグラウンド一面に西日が当たっていたが、真山が顎をしゃくって見せた第2コーナー付近だけは別だった。バックストレッチ側のスタンドの影が楔《くさび》形に差し込んだ一角があり、そこに数人の選手が腰をおろして休んでいる。幾つかの顔がわれわれに気づいたような動きを見せた。

また自転車の一団が回って来て、淡い水色のフェンスの前を流れた。通り雨のように涼しげな音が遠ざかった。真山が金網から片手を離し、わたしの背中を小突いて、呼んで来い、と命じた。しかしそうする前に、車座になった中から一人が立ち上がり、こちらへ向って歩いて来るのが見えた。競走用のショートパンツの側面に赤い星形が記してあるのを確かめるまでもなく、わたしにはそれが杉浦だとわかった。

第1コーナーの芝生の切れ目で足を止め、杉浦は周回中の選手たちをやり過ごした。それから西日に小手をかざすと、傾斜のきついバンクを踏みしめるように上ってわたしの前に立った。こっち側に来るように言え、と真山が囁きながらフェンスのそばを離れた。

「珍しいな」と杉浦が言った。「親父さんならバンクには出てない、たぶん今日は家にいるんじゃないか」

「話があるんだ、少し時間を取れないか？」

「俺に？」

「ああ、できればこっち側で」

「そっち側でか」

と言うなり、杉浦はフェンスに跳びついた。シンバルの最後の一鳴りのような音をたててフェンスが震えた。わたしは後ろへ一歩退いて待った。2メートルを越える高さのフェンスは上端がバンクの中へ向って波頭の形に湾曲している。両手両足で金網にしがみついた男はいっとき空を見上げ、「無理だな」と呟いてまたあっさり下に降りた。

「選手規則で禁じられてるからな。俺たちは金網のむこうには行けないんだ」

わたしは日に焼けた男の顔を金網越しに見据えたまま黙っていた。

「冗談だよ」と杉浦がなだめるような笑みを浮かべて言った。「まじになるな。こっち側っていうのはあの半ズボンの男と、それからあの看護婦さんも入るのか？」

杉浦の視線にうながされて振り向くと、遠沢めいがスタンドの二階席にぽつんと腰掛けていた。わたしはうなずいて口を開きかけた。「三十分だな」と杉浦が遮った。「ちょうど引き上げようと思ってたとこだ、いまからシャワーを浴びて、着替えて、入場門の方に車を回すまでに三十分、それまで待てるか」

わたしはもう一度うなずいてみせた。杉浦がわたしの肩越しに、おそらく真山の方へ視線を移して声を低《ひく》めた。

「だいたいおまえが俺に何の話があるんだよ。どうせつまらん話に決ってる。だけど、わざわざ競輪場までやって来るってことは訳があるんだろ。言った通り少しだけなら時間を取ってやる、いいな、少しだけだ。あの男にも念を押しとけよ」

そう言い残すと杉浦はバンクの傾斜を小走りに駆け降り、そのまま勢いをつけて、仲間のところへ戻って行った。寝かせていた自転車を引き起こして跨がり、選手宿舎のある第3コーナーの方に向う姿に見とれていると、背後から、真山の声が一言、

「猿みたいな奴だ」

と感想を述べた。わたしは彼に三十分の約束のことを伝えた。真山は片手の指を金網に掛け、もう一方のてのひらをわたしの肩に置くと、うつむいて唾《つば》を吐いた。地面の一カ所に狙いをつけて垂らすという感じの吐き方だった。

「あの猿が先生の親父さんの、鵜川源太郎《げんたろう》の秘蔵っ子か。俺はもっと違う男を想像してた

ぜ、面だけじゃなくてタッパもな。あれじゃ、見た目はよっぽど先生の方が競輪選手向きだな」

思わずスタンドの遠沢めいに気をそらしたわたしを、真山が穏やかにたしなめた。

「心配するな、あいつは俺がいいって言うまで俺のそばから離れねえよ。先生、あんたは競輪なんてやったことないんだろうけど、俺は少々かじってな、あの猿は、ああ見えても地元じゃ一番の選手なんだ。中野浩一《なかのこういち》は知ってるだろう、その中野を負かしたっていうんでこないだも新聞の大見出しになった。いまや飛ぶ鳥を落とす勢いってやつだ、あの猿が、自信たっぷりの面を見たかよ、きっと負ける気がしないんだろう。その自信が金を生むんだ、いくらでも勝っていくらでも金が入って来る、その金で土地を買って家を建てる、それだけじゃない、怪我して入院してる仲間を見舞いに行った先で、男好きのする看護婦を見つけちゃ、洋服だの時計だの買ってやってものにする、つまり金さえあれば何だってできると、そういうことだ。そういうことだが、先生、それは良くないよな、車や土地を買うのは勝手だが金にものをいわせて女と寝るっていうのは最低だな、そう思わないか？」

わたしはうなずきはしなかった。ただ、再び振り向いてスタンドを見上げたくなるのを堪えただけだ。いつのまにか周回練習を続ける選手の数は四人に減っていた。見ていると彼らは半周ごとに、飽きもせず同じことを繰り返した。列の二番目の自転車が前を抜いて先頭に立ち、抜かれた自転車は列の内側を後退して最後尾に付き直す。半周過ぎるとまた列の二番目が先頭に代り、それまでの先頭が最後尾へ。真山が話を続けた。

「先生の親父さんは弟子のことをどう思ってるのか知らないが、俺は杉浦の私生活には感心しない。杉浦が売り出したのは去年あたりからだ。急に一皮剝けて、強くなって、急に金が入って来た。おまけに新聞は書きたてる、周りからもちやほやされる、それで杉浦はたがが緩んだんだと俺は思う。あの若いやつらみたいに練習練習で明け暮れてるうちは問題なかったのにな、見ろよ、あいつら、あんなに練習してオリンピックを目指してるわけじゃない、みんな杉浦を目標に頑張ってるんだぜ、猿顔の金持があいつらのスターなんだ。でも俺に言わせりゃ、杉浦はたがが緩んじまってミスを犯したのさ。だいいち、花形の競輪選手がファンに隙を見せちゃまずいじゃないか、特に俺みたいなのに、付け込む隙を見せるってのはどうしようもないミスだぜ、俺はそう思う、杉浦はもともとスターなんて柄じゃない、一流には一流の自覚ってものがあるはずだがあの猿にはそれがない、いつまでもそこらへんの若造みたいに女の尻を追い回して喜んでる。そろそろ誰かが教えてやらないとな。成金には成金に似合いの、痛いツケが回って来るってことをな。そこでだ、先生、知ってるかい、競輪てのは三日間のトーナメントなんだ、初日と中日のレースで勝ちあがった九人だけが三日目の決勝に残る、杉浦の場合は必ずこのレースに乗って来る、いまの杉浦ならどこで走っても堅いだろうが、来月ここの開催じゃまず間違いない、地元の利ってやつだ、杉浦は間違いなく決勝に残ってしかも優勝する、たいがいのファンはそれを信じてるし、まあ、本人も大まじめにそう思ってるに違いない、要するに三日間とも杉浦はぐりぐりの本命だな、車券が当たっても配当は三百円がいいとこだろう、特に、二日目まで勝って見せた後の決勝戦じゃ、車券の売れ具合は杉浦からの総かぶりになる、もう誰も杉浦絡みの車券以外は買わない。てことは、もし、そのレースで杉浦がこけたら、これは大事になる。他の誰が優勝しようと、杉浦さえ負ければ宝くじみたいな配当が付くわけだ。わかるか、先生、競輪の車券の買い目は全部で三十三通りあって、そのうち杉浦絡みが十通り、それ以外のを偶然にでも買ってりゃ大きな幸運をつかめるんだぜ。それ以外の車券は二十三通り残るよな、ところが競輪の選手たちは、本番のレースのときもああやって、三人四人でラインを組んで走る、だからいちばん前の杉浦がこければ後ろはみんなこけちまう、そいつらの絡む車券も要らない、つまり競輪を少しでもかじってる人間なら、二十三通りの中から確率の高い幾つかを選んで買うことだってできるわけだ、もし杉浦がこければという条件つきでな。計算してみろ、仮に一万円の配当の車券を千円買って握ってりゃ、レースが終った後には十万円になる、最初から車券を十万ずつなら十通り買ってたとしても儲《もう》けはいくらだ、ぼろい儲けだよな、誰が考えたってぼろい、宝くじより堅く儲かる、このくらいの計算なら、先生の友達の猿にだって呑み込めるんじゃないか、だったら実際に役立てない手はないぜ、たった一つ条件をクリアすれば、仮の計算が仮じゃなくなるんだからな。話は簡単だ、これから、俺と先生とであの猿に教えてやろう、なぜ自分からレースでこけなきゃならないのか、そこんとこを二人で筋道だてて教えてやるんだ、そうすりゃあの猿も納得すると思う、なあ先生、いくらなんでも、自業自得って言葉くらいは競輪学校で習ってるだろう」

もう何度目かに自転車の連なりがわれわれの前のコーナーを流れていく、その速度がふいに上がったように思えた。バックストレッチにかかって最後尾の選手が自転車を列の外にずらし、尻をあげてがむしゃらにペダルを漕ぎながら三人を抜きにかかった。第4コーナーで先頭を抜き去ると前傾姿勢のままもがくようにゴールラインを越え、越えた瞬間に上体を起こして、人差指を立てた右手を高々と挙げて見せた。第2コーナーの芝生から口笛と、まばらな拍手の音が聞こえた。

「どうした、黙ってないで先生の考えを聞かせろよ」

「馬鹿げてる」とわたしは言った。

「馬鹿げてる」と真山がわたしの言葉をなぞった。「そうか、俺が一晩寝ずに考えたことは馬鹿げてると先生は思うのか」

「杉浦はそんな話には乗らない」

「この話は馬鹿げてるし、杉浦は乗らない。先生、まだわかっちゃいないな、肝心なのは先生や杉浦がどう思うかじゃないぜ、あんたたち二人が、どう思おうと俺の言う通りにしなきゃならないってことの方だ、いいか、先生は俺の女を欲しがってる、俺からあの女を取ろうとして、それじゃ俺に気の毒だっていうんで、なけなしの貯金を差し出して伺いをたてた、でもそれっぽっちじゃ足りないというのが俺の返事なんだ。人の女を寝取った揚句に、はした金でケリをつけようなんて虫が良すぎると思わないか、もう少し考えてものを言えよ先生、あんたの欲しがってる女を、俺はあんたの出方次第ではくれてやると言ってるんだぜ、俺のために一肌脱いで汗をかこうって気になるのが当然だろう、違うか」

「でも杉浦は……」わたしは言いかけて唇を噛んだ。何日か前の痛みが鋭くよみがえった。

わたしの肩を鷲掴みにして真山が続けた。

「だから杉浦には先生と俺とで言い含めるんだよ、そのためにここで待ってるんだろ？同じことを何べんも言わせるな、どうやっても杉浦を納得させるんだ、今日だけじゃない、もし今日は言うことを聞かなくても、次にまたここに来て話す、家まで押しかけたっていい、俺は何だってやるつもりだよ、諦めた方が負けだ、しまいにむこうから折れて、わかったって言い出すまであの猿に付きまとってやる。馬鹿げてると先生が思いたいなら、その後でいくらでも思え」

それからまもなく杉浦は現れた。ボタンダウンの半袖シャツにジーンズというこざっぱりした私服に着替えた競輪選手は、駐車場に車を置き、入場門をくぐってわれわれと同じ経路をたどったのだ。赤みがかった西日に照らされたスタンドの二階席に、遠沢めいが肘を抱くようにしてひっそり腰掛けている、杉浦はその脇の通路から姿を見せ、二言三言、彼女と言葉を交わすとすぐに階段を駆け降りてこちらへやって来た。薄笑いを浮かべてまず真山が迎えた。先生の友達の、と言い添えて名乗り、握手を求めた。杉浦が笑顔で応え、形だけ握手した手をジーンズのポケットに押し込むとわたしを見て、話を聞こう、と急かした。

「聞いてくれるかい」と真山が言った。「実は、鵜川先生がトラブルを抱えてる。友達として何とか助けてやりたいが、俺一人の力じゃどうにもならない。そこであんたの知恵を借りたいんだ」

杉浦が真山の方に向き直った。そしてその後の数分間、つまり真山の話が終るまで、わたしの顔を見ようとはしなかった。

「こんなことが可能かどうか、俺と先生とで一つ考えてみたことがあるんだが、あんたに判断してもらいたい。しばらく黙って話を聞いてくれるか」

その話を、例によって持って回った言い方で披露する間、真山の顔には薄笑いが浮かんでいた。一方、杉浦は頭を垂れて、時折うなずきながら熱心に聞き入るふうだった。その辺りからわたしの記憶は混乱している。実際に起こった事の中へ、実際には起こり得なかったはずの事が混入して、現実と夢との区別が曖昧になる。わたしは二人のそばに佇み、バンクから残らず選手が引き上げるのを眺めていた。一人、また一人と選手達は自転車に跨がり、測ったように等しい間隔を取って第3コーナーの方へ進んで行った。全身に夕日を浴びながらの行進は延々と続いた。スタンドの二階席には、遠沢めいがまるで寒さを堪えるように肘を抱いてすわっていた。自転車の最後の一台が退場口に消え、バンクが空になった。それでも真山の話は終らなかった。笑いながら喋る男と、うなだれて聞く男。そばに佇み、わたしはおとなしく待っている。だがいったい、杉浦が一言も発しないままあの馬鹿げた申し出に聞き入るなどということがあり得ただろうか。夕日に染まるフェンスを背に真山が語り終えたとき、杉浦はようやく顔をあげてわたしを振り向いた。

「この男は本気なのか?」

むろんその問にわたしは答えられない。すると杉浦は苦笑いの顔になった。空のバンクを見渡して、

「ここをどこだと思ってるんだ」

と震える声で言った。あんたは断れない、と真山が決めつけた。

「ふざけるな」と杉浦が言い返し、

「あんたは断れないんだよ」と真山が繰り返した。

わたしは傍観者のように二人のやりとりを見守るだけだ。何かが起こるのを待つだけだ。

杉浦が踵を返した。真山がわたしに顎をしゃくって見せた。わたしは命じられるままに杉浦の後を追った。だが後を追うだけで何もできない。声をかけようとしても言葉が浮かんで来ない。われわれが早足で脇を通り抜けるのを遠沢めいが肘を抱いてすわったまま疲れ果てた眼付きで見送った。駐車場にはクラウンと並んで杉浦の左ハンドルのワゴン車が停っていた。杉浦がわたしを無視してドアに鍵を挿し込む。あいつは、と考えた末にわたしは言った。

「真山は恐喝《きょうかつ》と傷害で刑務所にいた男なんだ」

ドアを開ける前に杉浦は振り返った。

「だから何だ」

「女の事が、奥さんにばれるとまずいんじゃないか？」

言ってしまった後で、首筋から耳の付根にかけて痺れるように鳥肌が立ち上がるのを感じた。この台詞が杉浦の怒りに火をつけるに違いない。その通りになった。形相を変えた杉浦が跳ねるような身のこなしで迫り、利き手の左手でわたしの胸を突いた。わたしは後ろへ二三歩よろめき、踏みとどまるよりも早く杉浦に胸倉を摑まれていた。どういうつもりだ、と杉浦が言った。自分が何を言ってるのかわかっているのか。わたしはまた答えられない。答えられないわたしを見て杉浦は苛立ち、胸倉を摑んだ手に力をこめて何度も揺すった。お前は鵜川源太郎の息子だろう、恥しくないか、こんなチンピラみたいなまねをして、親父さんに申し訳が立つか。興奮して杉浦は喋り続けた。唾が顔にかかった。お前も悪い、という言葉がわたしの口をついて出た。あんな男に弱みを握られるお前も……と言いかけて、一瞬わたしは両足が宙に浮いたような気がした。幸いにも駐車場を仕切る塀はコンクリートブロックではなく金網だった。そこに後頭部を打ちつけてわたしは倒れた。シンバルの最後の一鳴りが聞こえて止んだ。頭の痛みよりも殴られた右顎の痛みの方がよほどひどかった。だがそれだけで杉浦の怒りはおさまらなかった。倒れ込んだわたしの身体を跨いで立ち、中腰になって何べんも何べんも顔に殴りかかった。そのたびに耳元でシンバルが鳴り響くようだった。わたしはたまらず声をあげた。女の腐ったような奴だ、と息の荒い声が捨て台詞を吐いた。お前の顔なんか二度と見たくない。杉浦の足音が遠ざかった。ドアが開き、ドアが閉じて、車が走り去ると静けさが戻った。

「だいじょうぶか、先生」と含み笑いの声が訊ねた。「まったく、あの猿も友達がいのない奴だな？」

「あの人は友達でも何でもないって言ったでしょう？」と遠沢めいが答えた。

「殴られっぱなしでどうするんだよ」と真山が言った。「病院で診断書でも書いて貰ってあの猿を訴えるか、え？」

　わたしは眼を覆っていた腕をはずして、二人を見上げた。顔をしかめると口の周りが痛むのか、痛むからしかめるのかよくわからなかった。ざまは無いって面だ、と真山が笑った。それから、しゃがもうとする遠沢めいの腕を取って引き留めた。わたしは地面に手をついて上半身を起こし、すわったまま金網に凭れかかった。あの猿のことは俺に任せろ、と真山が言った。とりあえずは先生の金だ、月曜に銀行が開いたらな、その前に電話する。家まで送ってあげて、と遠沢めいが頼んだ。先生、人間の歯は何本あるか知ってるか、と笑いながら真山が訊いた。一本や二本折れたところでどうってことないのさ。送ってあげて、と遠沢めいが頼んだ。真山が彼女を脇へ押しやり、屈み込んでわたしのポケットを探った。タクシー代は残しといてやるよ、そう言って財布から札を抜き取った。遠沢めいが眼をつむった。わたしは物を言うことさえ億劫《おっくう》だった。真山に引きずられて遠沢めいがクラウンに乗り込み、ドアが閉るのをじっと見ていた。クラウンが走り去ると再び静けさが戻った。あたりに人影はなく、すでに陽は沈み切ってほの青い空気が漂っていた。歯は折れてはいなかったが、右奥を舌で触れてみるとぐらついているのがわかった。わたしはそばに落ちていた財布を拾って立ち上がった。中には千円札が一枚だけ残されていた。クラウンが停車していたスペースの白線の際まで歩き、そこに鞄が落ちているのを見つけてそれも拾った。競輪場に来たのは初めてなので、自分の立っている位置がわからなかった。帰るべき方角も、千円でタクシーに乗って家まで帰りつけるのかどうかも覚束《おぼつか》なかった。わたしはクラウンが走り去った方へとにかく歩き出した。歩きながら財布をもった手で口元を拭うと血の匂《にお》いがした。手の甲にはねっとりした感触が残り、その生臭い匂いはなかなか消えなかった。

4

こんなことになって申し訳ないと思っています。心から後悔しています。とうぶん会えません。このまま会わない方が、あなたに迷惑をかけることもないのでその方がいいかもしれません。最初から私がこうなることを知っていたとは思わないでください。

七月の半ばになってそんな文面の葉書が届いた。差出人の名は書き忘れられていたけれど遠沢めいの筆跡に間違いなかった。旅先での走り書きという感じで、事実、葉書の隅には遠い土地のホテル名が記されていた。

この葉書はわたしが読むよりも先に父の眼に触れた。夕方、学校の勤務を終えて帰り着くと、玄関の扉が開いていて、中には自転車を片手で支えて立っている父の姿が見えた。三和土《たたき》に自転車を持ち込んで、父は靴箱の上の（そこに母が重ねて置いた）郵便物を点検していたのだ。わたしに気づく前に、父はその葉書を読み終えて元に戻した。われわれは押し黙ったまま玄関前ですれ違った。自転車を押して父は裏庭へまわり、わたしは扉を閉めてから郵便物のいちばん上に載っている葉書に眼をこらした。

競輪場でわたしを殴ったあくる日の日曜に、杉浦は妻子を連れて父に会うためにやって来たが、わたしは自分の部屋にこもりきりで顔を合わせなかった。だから真山に持ちかけられた一件について、杉浦が師匠である父に相談めいたことをしたのか、それとも一切口を噤んだのかわからない。杉浦が帰ったあとの父の表情からも見当はつかなかった。

日曜の夜には真山から金の受け渡しのことで電話がかかった。指示通り、わたしは月曜の朝一番に銀行に出向き、ありったけの預金をおろした。そしてそれを真山の代理として現れた男に渡した。銀行の封筒入りの百万を渡した瞬間、わたしは一つ厄介払いをしたような晴れ晴れした気分になったが、もちろんその気分は長続きしなかった。代理人はいちど真山の運転手として小学校に来たことのある青年だった。代理人というよりもただの使い走りという感じの愛想のいい男で、しきりにわたしの唇の傷を心配してくれたけれど、それよりも右の奥歯の具合のほうが悪かった。青年の運転するクラウンを見送ったあと、わたしはまず歯医者の予約を取り、学校へも電話をかけて欠勤の報告をしなければならなかった。

その日を境に、真山からも遠沢めいからも連絡が途絶えた。約束の金を渡しても事がすべて片付いたと安心するわけにはいかなかった。第一、本人ではなく使い走りを取りに寄越す程度の金額なのだ。どう考えても安心できる金額ではなかった。一つ厄介払いはできたけれど、必ず二つめが降りかかるだろう。左の親不知を抜いたのと同じ歯医者で右の抜歯手術を受けながら、わたしはもう後悔していた。

ところが、次の一週間には何も起こらなかった。真山からの呼び出しはなかったし、当然、こちらから進んで真山に連絡を取ることもしない。遠沢めいにもわたしは電話をかけなかった。もし渡した金の効果がいくらかでもあれば、電話は彼女の方からかかってくるだろう。看護婦寮と勤め先の病院の番号を何度も手帳で確認はしたけれど、そのたびに思い直した。一週間、わたしは遠沢めいからの電話を待ち続けた。何事もなく一週間が過ぎると唇の切傷は癒え、右の親不知を抜いた跡を舌でなぞるのが癖になった。旅先から葉書が届いたのはその頃である。

　葉書が届いた夜、わたしはわたし宛の私信を盗み読みした父に腹を立てながら酒を飲んだ。電話ではなく封書でもなく他人に盗み読みされるような葉書を寄越した遠沢めいにも腹を立てた。それから真山という男のいい加減さにも腹を立てた。曖昧な文面から、わたしは遠沢めいが真山と一緒だと察しをつけた。そう書かれていなくてもわたしにはわかった。真山はわたしとの口約束も、杉浦に持ちかけた八百長の件もきれいさっぱり忘れてしまい、遠沢めいを旅に連れ出したのだ。わたしが毎月の給料から貯めた金、笠松三千代との結婚のために準備した金。あの二人はわたしの百万をリゾート地で使い果たそうとしている。

　わたしは毎晩のように酒を飲んだ。教員になりたての頃、夜の街に入り浸っていた当時の酒量を思い起こす勢いで飲み続けた。競輪の遠征のない時期にあたっていたので、父とは朝晩の食卓で顔を合わせたがほとんど口をきかなかった。もともと——まだ小学生だったわたしが運動選手向きではないと判明して以来——父は一人息子への関心を教員として世の中へ送り出すことのみに絞り、残った分を競輪の弟子達の育成へ振り分けるようにして生きていた。そしてわたしはすでに教員の職を得ているのだから、自分の部屋で夜わたしが何をしようと、朝、二日酔いにむくんだ顔で台所に現れようと、父にとってそんなことはどうでもよかったのだ。

酒を飲み続け、葉書を読み返すうちにわたしは考え直した。このまま会わない方がいい、と遠沢めいは書いている。わたしも同感だった。このまま会わない方がいい。本当に彼女がそう思っているのなら、これっきり、何の連絡もなく雨の少ない夏は過ぎて行くだろう。結局、わたしは百万の金で真山だけではなく遠沢めいまでも厄介払いしてしまったのだ。そしてまた考え直した。このまま会わない方がいいかもしれない、と遠沢めいは書き、二度と会わないとは書かなかった。おそらくもう一度、会うことになるだろう。当座の金を使い果たせば真山は旅を切り上げ、遠沢めいを連れて戻って来る。そこからわれわれ三人の関係は新たな深みにはまるに違いない。わたしは彼女が会いたいと言えば何度でも会い、背後に永遠につきまとう真山の影と悪戦苦闘することになる。

夏休みに入った七月の最後の週に、遠沢めいからの電話が鳴った。前置きも何もなしで、ただ、ふたりきりで会いたい、と彼女は頼んだ。相手の声は差し迫っていたが、わたしは慌てなかった。そっくり同じ場面を何度も、疲れるくらいに何度も夢想していたので、実際に起こったときの驚きは少なかった。どこで、と訊ねるわたしの声は投げやりな響きさえ含んでいた。今夜、あの吊橋で、と彼女は答えた。

5

両岸にそれぞれ一基ずつ立った水銀灯が吊橋の中央部へ向けて光を放っている。だが吊橋のかかった位置と水銀灯の据えられた位置との高低差のせいで、橋のたもとから階段を上ったぶん光源は低まり、緩いアーチ型に張られた橋板の頂きまでは照らせない。その光の届かない辺りで遠沢めいは待っていた。上半身はほとんど闇に沈み、河口側を向いて欄干にもたれた横顔も、黒地に原色の花柄のワンピースも最初は見分けがつかなかった。橋を渡りはじめたとき、仄《ほの》かにわたしの眼をとらえたのは彼女の膝から下の、ほっそりしたふくらはぎの形とサンダル履きの足元だけだった。

約束の時刻より十分も前にわたしはタクシーを降りた。川沿いの歩道は河口へ向って歩く人の波で異様なほどにあふれ、反対側の車線でも車が数珠《じゆず》つなぎの状態だった。じりじりと押し合うように進む人波のなかには家族連れの浴衣《ゆかた》姿が目立った。人声にまじって下駄の鳴る音がひっきりなしに耳についた。ほんの二メートル幅の歩道を、わたしは文字通り人と人との間を縫うようにして横切らなければならなかった。吊橋を渡りながら腕時計に眼を落とすと約束の時刻よりまだ五分早かった。わたしの足音に気づいて、欄干にもたれていた女の影が身体ごとこちらを見返った。膝から下の動きでそれがわかった。

「鵜川先生」と遠沢めいのひそめた声が叫んだ。「さっきから誰も橋を渡ってこないの、あんなに大勢ひとが歩いてるのに」

「ここからじゃ見えないんだ。遠すぎるし、きっと手前の建物の陰に隠れる」

わたしは彼女の隣に並んで欄干の上に腕を載せた。風はなかった。そばに立つだけで女の髪の匂いを嗅ぎ分けることができた。甘酸っぱいキャンディーのようなシャンプーの香料。鵜川先生、ともういちど遠沢めいが呼んだ。人々が一方向へ流れてゆくずっと先で、拡声器を通した男の声が上がり、何度か間隔をあけて笛が鳴り響いた。わたしは相手の問い返すような眼を覗きこんだ。

「知らないのか？」

「あの人たちはどこへ歩いてるの？」

「港へ。今夜、港で花火が打ち上げられる」

遠沢めいのてのひらが、わたしの手の甲に重ねられた。知らなかったわ、と彼女の囁き声が言った。

「来てくれてよかった。気味が悪くて仕方がなかったの」

「いつ旅行から戻った」

「おとつい……」

「二日前？」

「……三日前かもしれない、よく憶えていない」

「よく憶えていない」

「わからないわ、本当に。同じ日がずっと続いているような気がする。眠るまえには早く夜が明ければいいと思って、朝になればまた、こんな一日は早く暮れてしまったほうがいいと思う」

「旅行先でも真山と一緒だったんだろう」

わかりきった問いかけへの答は貰えなかった。わたしは手を裏返して彼女のてのひらに合わせた。

「真山は今夜どこにいるんだ」

「杉浦さんに会いに出かけてる」

「杉浦に会いに？」

「そうよ、こんどは杉浦さんからお金を取るつもりでいるのよ。先生のときとは桁《けた》が違うと言ってた」

「杉浦はどんな弱みを握られてる？」

「看護学校の学生を妊娠させたの」すこし間を置いて遠沢めいが言った。

「病院へ実習に来てた子を。中絶の費用を杉浦さんが出したことが噂になって」

わたしは舌の先で右の親不知の跡を舐《な》めながら思った。だがその噂を真山に伝えたのは誰なのか。期待して待ったけれど、彼女の話には続きがなかった。わたしは首を振った。しきりに首を振るばかりでしばらくは言うべき言葉が見つからなかった。「来てくれてよかったわ」と繰り返す声が聞こえた。「さっきから気味が悪くて仕方がなかったの」

わたしは暗い川面を見下ろして訊ねた。

ややあって、遠沢めいの答が返ってきた。

「なんてことを聞くの」

「じゃあ杉浦のはどうだった。僕よりもいいのか」

「やめて、そんなわけのわからない話」

「やめない。会わないでいた間、僕はそのことばかり考えてた、きみと寝ることばかり」

「変よ、なんだかいつもと違うわ」

「いつもと同じなのはもううんざりだ。今夜は言いたいことを言わせてもらう、ずっと言いたいことが腹の中にたまってるんだ。去年の暮、きみと杉浦との間には何かあったんじゃないのか」

言ったそばからわたしは悔やんでいた。返事がないことはわかりきっている。不意に、公園側から足音が響いた。男女入りまじった学生風の一団がぞろぞろとわれわれのそばを通り過ぎ、橋を渡り切る直前に、一斉に笑いさざめいて階段を駆け降りて行った。笑い声が尾を引いて消え、あたりの物音が途絶えた。あたしたちのことを笑ったのよ、と遠沢めいが呟いた。その呟きのあとで、彼女の指がわたしの指にからんだ。さきほどまでの混雑は一時の間におさまっていた。花火見物に向う人影はすでにまばらで、左手前方へ伸びる道路を次々に車のライトが流れ過ぎた。汗ばんでいるのはわたしのてのひらなのか彼女のてのひらなのかわからない。

「こうやって真山に隠れてこそこそ会う」とわたしが言った。「猫を怖がってる鼠《ねずみ》みたいに。あと何度、同じことを繰り返せばいい？」

「あたしだって、本当はこんなふうに会うのはいやなの、こうやって会うたびに、あなたには何度も迷惑ばかりかけてしまうし」

「そう思うのならなぜ電話をかけてきたんだ」

「一人じゃどうしようもないもの。どうすれば真山から自由になれるのか、あたしはそのことをずっと考えてる。毎日まいにち考え続けてるけど、でもどうしてもあたし一人では」

「それは口先だけだ」

「わからないのね？」低い声のまま遠沢めいが語気を強めた。「この一カ月、あたしがどんな気持で過ごしたか。旅行に連れていってとあたしが真山に頼んだとでも思う？　見て、顔も腕も日に焼けて、こんなに赤くなってしまった、肌が弱いから水着なんか着たことなかったのに。まるで地獄だわ。毎朝、目がさめるとあの男が無精髭をはやして横にいる。何べん逃げ出そうと思ったかわからない、でもそのたびに、あなたにまた迷惑がかかるといけないと思って出来なかった、猫にくわえられた鼠みたいに、びくびくしながらじっと我慢するしかなかったのよ」

「でも、結局きみは電話をかけて来た」

「他に誰もいないもの、あなた以外に。旅行から戻ったら病院じゃ誰も相手にしてくれないし、もうあたしのいる場所はどこにもないのよ。だから心細くてあなたに電話したのに、それなのに会っていきなり、真山のセックスはいいのかなんて、そんなことを聞くのはひどいと思うわ。人が本当に悩んでるときに、そんな下品な冗談を」

「冗談で言ったんじゃない」とわたしは遮った。「そのことばかり考えてたと言っただろう、できればいますぐにでもきみと寝たいんだ」

そのとき、遠く前方から最初の炸裂音《さくれつおん》が伝わって来た。音は二度三度と続き、濃い影になって重なったビルの上空を稲妻の残光のように束の間、花火の色に浮かびあがらせた。黒から朱色へ、朱色から黒へ、黒から緑へ、緑から黒へ。われわれは口を閉ざして色の移り変りを眺めた。だがいつまで待ってもビルの影より高く打ち上がる花火は見えなかった。やがて遠沢めいの声が訊ねた。

「いつだったか、本気であたしを助けてくれると言ったわね」

「鼠が困って鼠に相談を持ちかける」とわたしが答えた。「でもどう話し合ってもらちは明かない」

「助けてくれると約束したわ」

その通りだ。わたしはあの蒸し暑い空梅雨の晩のことを憶えていた。その通りに違いなかった。

「鼠は猫から逃げるしかない」

「……どこへ？」

「どこでもいい、真山から逃げよう」

「学校はどうするの」と遠沢めいが訊ねた。

「学校なんかやめたっていい。教員になんかなりたくてなったんじゃない。そんなことはもうどうでもいいんだ。職を失ったって、このままでいるよりはずっとましだよ、いまの状態のままで時間が過ぎていくのはもう懲り懲りだ」

でも、と彼女が言いかけるのをふたたび遮ってわたしが続けた。本当は小学校の教員なんかやめたくて仕方がなかったのだ。自分はいまの生活を何でもいいから別の物に変えてしまいたい。先生と呼ばれる柄でもないのに、このさき三十年も先生と呼ばれながらだらだら続いてゆく教員人生から降りてしまいたい。二人でこの街を出よう。どこか他所《よそ》に住んできみは看護婦を続け、自分は別の勤め口を探す。きみのためなら何でもする。その覚悟はとうにできている。そして言い終ってすぐに、本気なのか？　とわたしは自分じしんに問い返した。

「あたしもそれは考えたの」と遠沢めいが言った。「何度も何度も。本当に、きのうまではそうするのがいちばんだと思ってた。でも……」わたしは片手で彼女を抱き寄せた。

「でも今朝起きて、てのひらをみたら……」

唇を吸うと一瞬、女はおとなしくなった。遠い花火の音はやまなかった。唇がわたしの唇をはさむようにして吸い返し、言葉にならない声がどちらかの口から洩れた。甘酸っぱく匂う髪がわたしの頰をこすりつつ離れていった。

「わかったわ、お酒を飲んでるのね」と彼女の声が問いただした。「酔ってここへ来たのね」

「酔ってない、ウィスキーを一本あけたって僕は酔わない。酒の強さだけは父親から遺伝してるんだ」

「真剣だと思ってたのに、あたしは真剣に話すつもりで待ってたのに、手を放して」

「酔ってないと言ってるだろう。二人で逃げよう」

「逃げるためのお金はどこにあるの、二人分の電車賃やホテル代は。あなたの百万円はもう使ってしまったのよ。あたしだって貯金はいくらも残っていないし、当座のお金はどうするの」

「……どうにかなる」

「駄目よ。お金も持たずにどこかへ逃げたって長続きしない。それよりも、あなたとあたしとで真山を何とかするべきよ」

「何もできない、このまま僕が教員を続ける限り何も変らない」

「いいえ変るわ。運が良ければいい方へ、きっと、二人で力をあわせて変えてみせるわ
……お願いだからこの手を放して」

「運が良ければ」とわたしは手を放さずに言った。「いったい何ができる、二人で真山をたたきのめすのか？　きみの腕力とぼくの腕力とで。鼠二匹で猫に勝てると思ってるのか。刀傷を負ったって平気で生きているような男なんだぞ。どう話したところで通じないし、

何をやったって無駄だ。あいつが死にでもしない限り、この街では安心してきみとセックスもできない」

「あたしもそう思った。真山が死ねばいいと何度も思った」

「そうだろう」わたしは息を継いだ。「それしか解決策はないんだ」

「いっそ殺すしかないんだわ」

「ああ。どうやって殺す、きみがあいつの身体を押さえ込んでいる間に、僕が果物ナイフで喉をかっきろうか？」

「拳銃《けんじゅう》よ」

「いや、だめだ、それじゃ簡単に片が付いて面白みがない。あのクラウンに細工しよう、ブレーキを効かなくして事故に見せかける。その前に、あいつに保険金をかけておく方がいいかもしれない」

「真剣に聞いて」

と遠沢めいが一段と声を押し殺した。わたしは暗がりの中で振り向いて彼女の瞳を探した。

「真剣に？」

「ええ」

「いったい何の話をしてるんだ」

「拳銃よ」遠沢めいが繰り返した。「真山が拳銃を持ってるのよ」

欄干の上にわたしの手を置き去りにして彼女の手が離れた。気がつくとわたしは汗ばんだてのひらをズボンにこすりつけていた。

「真山が拳銃を持っている」

「ええ。弾丸がこめてある拳銃」

「見たのか」

「旅行に出るまえに一度だけ。真山のアパートで、あたしに逃げる気をおこさせないように脅したの、死ぬほど怖かった」

「馬鹿な」わたしは呟いた。「そんな馬鹿なことが……」

「いまも押入れの中に隠してある、ごみ袋にくるんでダンボールの箱の底にしまうのを見たのよ。ねえ、逃げようなんて考えないで。拳銃をもってる男からどこへ逃げたって無駄よ、あたしたちの方が殺されてしまうわ。真山に殺されるくらいならいっそのこと、先にこちらから」

「馬鹿な」もう一度わたしは呟いた。「そんなこと、できるわけないじゃないか」

「他に方法はないといまあなたが言ったのよ」

「それは言葉の綾だ」わたしはまた舌先で抜けた歯の跡をなぞった。「はずみで言ったんだ」

ステンレスで縁取られた欄干に何かを叩きつける音がして、瞬間、橋が震えたようにわたしは思った。

「意気地なし」固めた拳の底を撫でさすりながら、遠沢めいが泣きそうな声を出した。「あたしを助けるというのも、あたしのためなら何でもするというのも、みんな口先だけ。よくわかった。あなたは自分のことしか考えてない。あたしがどんなに辛《つら》いか考えたこともない。あたしとセックスをしたがってるだけなんだわ」

「そんなことはない」

「そんなことはない。……ああ、どうしてこんなときに冷静な声で喋るの」

「痛いのか?」

「手が痛くて泣いてるんじゃないわ。真山のセックスがどうかって訊いたわね、教えてあげる、真山のセックスはあたしの身体を苛《いじ》めて喜ぶだけよ、あたしが苦しむのを見て喜ぶのよ、あなたには想像もつかないでしょう」

わたしは遠沢めいの右手を取った。拳を開いてやり、両手で包み込んだが彼女は嫌がらなかった。

「悔しくないの？　あたしがこんなことまで喋ってるのに何とも思わないの？」

「僕はきみとセックスをしたがってるだけかもしれない、そう思ったときもあった。でも、きみと一緒に暮すためなら何でもする、その気持も嘘じゃない」

「だったら、真山の拳銃で、ひと思いに」

「拳銃のことは忘れるんだ」

「あたしは逃げるのはいや。猫に怯える鼠みたいにどこかで暮すなら、いまのままと少しも変らないわ。考えたあげくなのよ。もうこれ以上、悪い猫に弄《もてあそ》ばれるのはたまらない。ねえ、よく聞いて、これは運命だと思って、真山がここまであたしたちを追い詰めたのも、追い詰められたあたしたちが、真山の拳銃のことを知ったのも、ぜんぶ、こうなるしかない運命なの」


　このとき運命という言葉にわたしの心は逸《はや》った。慌ただしく、実に慌ただしくわたしは過去を振り返った。夏から春へ、春から冬へ。記憶のフィルムは逆戻りして瞬く間にこの八カ月間の出来事を映し出した。わたしはウィスキーに酔いながら旅先からの葉書を読み直し、銀行で使い走りの青年に金を渡し、競輪場で杉浦に殴られ、校庭のメタセコイアのそばに立つ真山を眺めていた。看護婦寮の階段を上り、マンションの廊下で若い夫婦と挨拶をかわし、ターミナルビルの喫茶室でやつれた女と向い合い、看板間近の酒場に年上の女と二人きりでいた。わたしは時田直美の母親と寝て、遠沢めいの別れ話を聞き、笠松三千代のアパートの階段から転げ落ちた。雪の降りしきる夜に遠沢めいの帰りを待ち続け、時田直美を連れて三人で港へ連絡船を見に行き、教頭と別れて冷たい風に吹かれながら川沿いの道を歩いた。

「運命？」わたしは訊き返した。「占いは信じないと前に言ったじゃないか」

「この手を見て」と間を置かずに遠沢めいが答えた。「てのひらの筋をよく見て」

「何を言ってるんだ」

「運命線が出たのよ。今朝やっと気づいたの、いままでなかった線がはっきり出てる、わかるでしょう？　真山が死ねばいいと願いつづけたから、殺したいとまで思ったから出たのよ。きっともう避けられないんだわ。真山が現れたときに、いいえ、あなたと初めて会ったときに決ってたことかもしれない、……憶えてる？　ふたりで嵐に閉じ込められた日、あのとき、星占いの言葉を一緒に読んだわ、欲しい物を手に入れるためには代償を支払わなければならない、確かにそう書いてあったわ」

わたしは職員室で遠沢看護婦からの電話を受け、杉浦夫妻から彼女の噂を聞き、学校を早引けして左の親不知を抜いた。笠松三千代を助手席に乗せて卵とベーコンの買物に寄り、後ろに時田直美と並んですわった看護婦からチョコレートを口に含ませてもらい、そしてターミナルの雑踏の中で見知らぬ女に笑いかけられた。

「馬鹿な」三度《みたび》わたしは呟いた。彼女のてのひらはわたしの両手に掴まれたまま宙に浮いていた。わたしは手前に引き寄せかけて思い直した。光も届かぬ橋の上で、てのひらに刻まれた細かい皺を読むことなどできるはずもなかった。

「わからないの？　あたしは真剣なのよ。ここへ来る前にもう心を決めたの。あなたが尻込みするなら、あたしひとりでもやってみせるわ」

「きみひとりで？」

「そうよ」

「拳銃に触ったこともないのに……人を撃《う》てると思ってるのか」

「眼をつむって引金を引くわ、壁に向って撃つつもりで」

「当たるわけがない」

「どう撃っても必ず命中する、真山は拳銃で撃たれて死ぬ、そういう運命だから。あたしが心配なのは音のことだけ、銃声ってどんなに大きな音がするのか、それを聴くのが怖くて」

「たとえ命中したとしても、その銃声のせいでアパートの周りは人だかりになる、警察も駆けつける、君は一生、刑務所の中で暮すことになるぞ」

「人のいないところで撃つわ」

「どこだ」わたしは訊いた。「それも考えたんだろう、人のいないところってどこだ」

遠沢めいは右手の公園のほうへ視線をそらし、またゆっくり振り返ってわたしを見上げた。彼女の頭越しに、闇よりもいっそう濃い森影が空を覆うように見えた。その黒々とした影の向う側、あの丘の上の墓場に立てば、いま港で打ちあがる花火を視界に入れることができるかもしれない。わたしは彼女の手を放して再び欄干にもたれた。花火は依然として上がり続けていたが、耳をすましても音はポップコーンが弾ける程度にすら伝わらない。正面のビルの上空には厚い雲のように煙がたなびき、色の変化さえ見分けはつかなかった。

「どこで撃っても同じことだ」とわたしは言った。「真っ先にきみが疑われる。そんなこともわからないのか」

「だいじょうぶよ、運が良ければ誰にも見られないし、それに誰が撃ったかなんて誰も気にはしない」

「そんな杜撰《ずさん》な計画じゃだめだ。墓場で真山が撃たれたはずの時間に、誰がどこにいたか警察が調べる。きみはその時間には看護婦寮に帰ってるべきだ」

「帰れないわ」と遠沢めいが答えた。「寮にはもうあたしの部屋はないのよ。運べる荷物はみんな、真山が勝手に指図してアパートに運び入れてしまったの。いまさらあの病院へ戻って看護婦の仕事は続けられないわ」

　わたしはてのひらで汗を拭いた。額と鼻筋とこめかみの汗を順に拭き、そしてまたてのひらをズボンにこすりつけた。

「とにかくきみは別の場所にいるんだ、どこか、人目のある所に。その前に拳銃を盗んで僕に渡しておく。僕が真山を墓場に誘い出す」

「何と言って？」と遠沢めいが訊ねた。

「わからない。何とでも言って墓場まで連れて行く。そこで僕が真山を撃つ」

「撃てる？」

「眼をつむって。どう撃っても必ず当たるんだ。運が良ければ銃声は誰にも聞かれない」

「きっと誰にも聞かれないわ、昼間だって人気《ひとけ》のない所だから」

「ああ」

「終ったら、拳銃は……」

「死体のそばに捨てて来よう。警察は自殺だと思ってくれるかもしれない」

「拳銃に付いた指紋はどうするの？」

「そうだ、指紋を残さないように手袋を用意する」

遠沢めいの吐息が聞こえた。身体ごと彼女がもたれかかり、二つめの吐息がわたしのシヤツの胸元へ熱を吹きかけた。

「できるわね。ふたりでなら、きっとできるわ。だいいち、小学校の先生が拳銃で人を撃つなんて誰も想像しないもの」

その通りだ。その通りに違いない、とわたしには思えた。

「誰よりもまず真山に気づかれないように、用心しないと」

「抱いて」と遠沢めいが言った。

「拳銃のことも、ふたりきりで会ったことも、真山に気づかれないようにしなければ……」

いったいわたしは何を喋っているのだ。彼女が伸び上がって唇を求めた。わたしは眼をつむった。抱き締めた彼女の身体はわたしの腕の中でしなやかに螺旋《らせん》を描くようにうごいていた。右手の先が彼女の脇腹から尻のまるみをたどり太腿《ふともも》の裏のつるりとした肌を探りあてた。サンダルと靴の踵《かかと》が橋板を叩き、われわれは絡み合ったまま反対側の欄干まで達した。抱いて、と彼女の掠れた声が繰り返した。

「でも、今夜は、真山より先に部屋に帰ったほうが……」

「わかってる」

「……時間はあるのか？」

すでに彼女は公園へ向って橋を渡り始めていた。手を引かれたままわたしは後につづいた。橋を渡り切り、石段を下り、水銀灯の脇を通り抜けた。公園の中へ入り込むと、われわれは堪えきれずにまた唇を合わせた。両脇の木立の影にすっぽり包まれた道の途中で、もう少しの辛抱よ、と掠れた声が言った。なおも奥の方へと手を引っぱりながら、夏が終る前には、きっと何もかも変ってしまう、と彼女はわたしに言い聞かせた。

6

翌日の午後、その夏初めて強い風が吹いた。風に集められた雲のために一気に陽が翳り、蟬の鳴き声も止んだ。朝から台風のニュースが伝えられていた。小型の台風で直撃の心配はないが、恵みの雨をもたらす可能性は大きいと。

わたしは自宅の二階のベランダから庭を眺めていた。陽の翳った庭の隅に父と顔見知りの庭師が並んで立ち、それから一人離れて、芝の上に座りこんだ杉浦の背中が見えた。だがこの記憶には曖昧な部分がある。特にわたしが杉浦の背中を眼に止めたという点については怪しい。七月二十九日、午後から台風の影響で風が吹き出したことは間違いないのだが、いったい杉浦は何の用で訪れて庭に座りこんでいたのか。あるいは記憶のその部分だけ、当時、鮮やかに見た夢の中の出来事が現実とまざって区別がつかないのかもしれない。海側に三本植わったヒマラヤ杉のそばで父と庭師は立ち話をしていた。今度はだいじょうぶでも、次の台風のときにはこいつは倒れるだろう、と大声の庭師が言った。このひょろ長いのは引き抜いて、外側に丈夫な垣根をこしらえ代りに山桃の木でも植えよう。父がぼそぼそと何事かを答えた。杉浦は庭の中央で、胡座《あぐら》をかいて自転車の調整に余念がないように見えた。一階の居間で母の見ているテレビの音が、ベランダのわたしの耳元まで上がって来た。

三本のヒマラヤ杉のうち、いちばん高い梢はベランダにいるわたしの足元の辺りにまで届いていた。わたしはそれが引き抜かれた後の庭を想像した。新しい垣根と山桃の木。次の台風が通り過ぎた秋には、またここに立って父と大声の庭師とのやりとりを聞くことになるだろう。九月にはいつも通りに二学期が始まり、これまでと変らぬ教員の生活に戻っているだろう。そう思うとわたしの心は休まった。二階建ての家と芝を敷きつめた庭。競輪選手の寡黙な父。夫に柔順な二番目の母。父を慕って訪れる弟子たち。この平穏な人生。幼い頃の両親の離婚も、大学受験の度重なる失敗も、教員になってから賭麻雀《かけマージャン》で警察に踏み込まれたことも、結局は大した変化を及ぼさなかった二十七年間の人生。突風が起こり、ヒマラヤ杉の梢が激しくかしいだ。もし、今夜にでもかけてくる約束の、遠沢めいの電話に出さえしなければ。このまま彼女との縁を切り、真山を拳銃で殺すなどという絵空事のような計画から解放されれば。だが、確かにそう思った次の瞬間、わたしはまったく正反対のことを願っていた。一刻も早く遠沢めいからの電話が鳴り、拳銃を盗んだ、計画は進み出しもう引き返せない、という彼女の声が聞ければいいと。わたしは本気で真山を撃ちたがっている自分に気づいた。

もし数発の銃声でこれまでのすべてを御破算にできるものなら、引金を引くことは容易《たやす》く思えた。一挺の拳銃で、たったの一晩で、何もかもが変ってしまう。わたしは胸の高鳴りすら覚えた。運が良ければ、遠沢めいとわたしとの未来は、われわれの望んだ通りの方向へと変るだろう。

その日、テレビはロサンゼルスで始まったオリンピックの開会式を中継していた。一九八四年、七月二十九日。恵みの雨を期待された台風は、どこか一カ所に留まったまま勢力を弱めた。風は夕方になると吹き始めと同様にいきなり止み、あとかたもなく雲が流れ去って青空が戻った。三日後、とうとう一滴の雨も降らずに七月は終り、まもなく水不足の難題が持ち上がった。待ち兼ねた電話はその頃にかかって来た。節水を呼びかける水道局の広報車が街に現れた八月の最初の週に。そして事件の夜を迎えた。

7

隣の吉岡家の前で女が三人集まって立ち話をしている。

一人は吉岡夫人、もう一人は山口茜の母親。三人めも見た顔だが名前は思い出せない。わたしは錆《さ》び付いた門扉の手前で踏み止まった。それを跨ごうとして彼女たちに気づいたのだ。いつもの癖で吉岡夫人が小首をかしげながらこちらへ微笑んで見せた。わたしは笑顔を作って三人に挨拶を返した。

道の反対側、左手の方にはリアウインドーに神田造園と金文字で記したワゴン車が停り、あきらかにわたしのカローラの進路を塞いでいる。玄関の扉が開き、先生、と直美の声が呼んだ。わたしは石段を五つ上って玄関へ引き返した。

「神田造園のおじいちゃんが」と直美が言いかけた。

「車が出せない」とわたしは遮った。「あのワゴン車をなんとかしてくれ」

「先生と話したいそうよ」

「話してる暇なんかない。いまごろ来て何を寝ぼけたことを言ってるんだ。そんなことより、もう少し場所を考えて車を停めるように言え」

「挨拶くらいしなさいよ」

「とにかく車を動かすように言ってくれ」

「自分で言いなさい」

扉が閉った。わたしは舌打ちをした。玄関脇の里子の部屋の窓が開いていて、中からラジオのアナウンサーの早口が聞こえて来る。バルセロナの話題のようだった。里子の姿は見えなかった。ふたり泊っているはずのクラブの仲間も消えている。ベッドの横に布団が一枚敷きっぱなしだった。敷きっぱなしの布団のシーツが隅から大きくめくれて、皺くちゃになった花柄のタオルケットと絡んでいた。しばらくすると柔道の金メダルのニュースが終って音楽に変った。ラジカセは窓際の机の上に置いてあったが、手を伸ばしてもスイッチには届かなかった。わたしはしぶしぶ裏庭へまわった。

八月一日、土曜の朝である。

好天の、夏の一日の始まり。

陽の照りつける芝生の中央で、Tシャツにランニングショーツ姿の里子が、両脇に友人を立たせて後方宙返りの練習をしている。切れ目のない蟬の声に彼女達のはじける笑い声が混じって暑さをつのらせる。わたしは早くもうっすら汗をかきはじめた。庭には、他に二人の姿があった。

神田老人は海側に一本だけ聳えるヒマラヤ杉のそばに立ち、こちらに背を向けている。それからもう一人、わたしの目と鼻の先にしゃがみ込んでいるアルバイト風の学生。一昨日の台風のせいで、庭の周囲に緑いろの落葉や折れた小枝が降り積った。それをいま彼がごみ袋を片手に拾い集めている。わたしはその男に、車を動かしてくれるよう頼んだ。振り向いた相手の顔は予想以上に若かった。まだ中学生といった感じの少年は、神田老人のほうへ首を振り、おじいちゃん、と声を上げた。わたしはおじいちゃんと呼ばれた男の年齢を改めて計算しなおした。父よりも五つ六つ上だったはずだが、それでも今年六十二、三。思っていたよりも若い。神田老人がわたしに気づいた。

膝よりやや長めの半ズボンを穿いた神田老人がてのひらをこちらへ向け、きびきびした足取りで歩いて来る。途中で一度、里子の宙返りを見物するために立ち止り、驚いたというしるしに身体を後ろへのけぞらせて見せた。神田老人を交えてひとしきり歓声が上がった。中学生の孫は関心がなさそうにまた落葉拾いの作業に戻る。待ちかまえてわたしが言った。

「おたくのワゴン車が邪魔で車が出せないんです」

相手はまだ御辞儀の途中だった。小柄な老人の日に焼けた小さな顔から笑みが消えた。どういう意味なのか一度、大げさに片目をつむって見せてから、

「急ぎかね。ちょっとあの杉の様子を見てもらいたいんだが」

と言う。

「学校に行く時間ですから」

「学校に？」神田老人が眉をひそめた。「夏休みに、朝から学校に？」

わたしは返事をする代りに鞄を持ち替え、空いた手でネクタイの結び目をいじった。ワイシャツの襟の内側にすでに汗が滲んでいるのがわかる。神田老人は白い半袖シャツの上にポケットの四つあるベストを着込んでいる、半ズボンと同じベージュ色の。その胸ポケットから車のキイを取り出して言った。

「あの杉は台風くらいじゃびくともしない。実際こんども何ともなかっただろう。あたしが保証する。根の張り方が半端じゃない。相撲取りが鉄砲に使ったって動きそうにないね。あんたの親父さんが眼をつけて一本だけ切り残しただけのことはある」

わたしは先に歩きだした。嘘だと思うならそばに行って押してみるといい、と後から神田老人の声が追いかける。

「そうですか」

「ああ。あの杉はいい。親父さんの記念に残しといたって罰《ばち》は当たらない」

吉岡家の前ではまだ立ち話が続いている。わたしはかまわずに門扉を跨いだ。どうも奥さん、と神田老人が吉岡夫人に挨拶した。あとでお宅にうかがいますから。そして錆びた門扉を無理やり押し開け、子牛が哭《な》き叫ぶような音をたてさせる。わたしは自分の車まで歩いて運転席のドアに鍵を差し込んだ。山桃の実は、と背後から神田老人の声が言った。

「はい？」

「山桃の実がなったのは去年だったかね、おととしだったかね」

「さあ……」わたしは振り向いてワゴン車を指さした。「少しバックして貰えますか、それでなんとか出せると思いますから」

「吉岡さんとこの木は今年、実をつけた」

「そうですか」

「ああ。前に住んでたアメリカ人のヒマラヤ杉は根こそぎやられたんだ、その後に、やっぱりあたしが勧めて山桃を植えさせた。あのアメリカ人の家族が帰国したのは何年前だったかな」

「四年前です」

「いやいや」と呟いて神田老人はベストの腰の辺りのポケットに手をやった。そこから小型のノートを引っ張り出すと、親指を嘗めて頁を繰りながら「もっと昔の話だ。確かまだあんたが離島の学校に勤めてた頃だよ。ここに書き留めてある、アメリカ人の奥さんに最後に挨拶したのは……昭和六十三年、平成になる前の年のクリスマス」

「それが四年前です」

「そのときアメリカ人の奥さんがこう言った」と神田老人が唾を飛ばして、開いた頁を中指の先でたどった。「じかにはよくわからなかったので、後から息子に通訳してもらったのをここに書いてある。含蓄のある言葉だ。いいかね、おおむね、木は……」

わたしは腕時計に眼を走らせた。神田老人がそれに気づいて一呼吸置き、もういっぺん頭から繰り返した。

「アメリカ人の奥さんはこう言った。おおむね、木は、その木を植えた人間よりも長生きする、と」

「なるほど」とわたしはいい加減に相槌を打った。

神田老人が声をたてずに笑った。笑ったときだけ覗く上の列の歯は、不自然な白さの入歯だった。対照的に下の列は、一本一本の歯が小さくて並びが悪く、しかも黄色く汚れている。

「そう言った本人の植えたヒマラヤ杉は翌年の台風でやられてしまったんだが。そのあと吉岡さんの旦那さんに相談されて、あたしが山桃を植えるように勧めた。その木が今年、実をつけたんだよ」

「そうですか」

「ああ。もとはと言えばあんたんとこの山桃もあたしが植えさせたんだ、台風でヒマラヤ杉が倒れる前に植え替えたほうがいいと勧めた。親父さんは最初しぶったがね。あんたが子供の頃、クリスマスのたんびに一本ずつ植えた杉だからね、それをぜんぶ引っこ抜くというのは気が咎めたんだろう、そういう訳で一本だけ残したのがあの杉なんだ。他の杉を山桃に植え替えたのは、あれは、確か……」

「八年前です」

神田老人は疑るように上目遣いでわたしを見て、それからまた親指を嘗めると手帳の頁を繰った。角がまるく擦れるほど使いこまれた手帳だったが、どうやら八年前の記録まではさかのぼれそうになかった。

「八年前かね」手帳をポケットにねじ込みながら得心のいかぬ顔つきで神田老人が言った。

「確かロサンゼルスのオリンピックの年だよ」

「ええ」

「あたしはあの杉を切り倒すのには反対なんだ」

「庭のどこか、風をまともに受けない場所へ植え替えるわけにはいきませんか」

「植え替えるなんて簡単に言ってくれるが、あたしらの眼から見ればそいつは不可能だよ。

あの杉のそばに行って手で押してみるといい、曙が鉄砲の稽古《けいこ》に使ったってびくともしないよ、実際こんどの台風でも立派に持ちこたえたんだから」

「わかりました」

「おおむね木は、その木を植えた人間よりも長生きすると、そういうことだよ。いいかい、あたしらはあんたの顔を見ればあんたの親父さんを思い出せる。だがあんたはどうする、今年の秋は親父さんの三回忌だろう、親父さんを偲《しの》ばなくちゃいけない時期に、大事な思い出のある杉を切り倒して平気かね」

「わかりました」とわたしは辛抱強く答えた。「あの杉のことはおっしゃる通りにします」

「それがいい。まったくあのアメリカ人の奥さんはいい言葉を残して帰国したよ、まあ、そう言った本人のヒマラヤ杉は翌年の台風でやられたがね。そうか、あのアメリカ人の奥さんと最後に会ったのが四年前になるのかい、吉岡さんとこが引っ越してきたのはその翌年でね、そのときに旦那さんから相談されてあたしが山桃を植えさせたんだが、その木が今年、実をつけた。あんたんとこの山桃の実がなったのは去年だったかね、おととしだったかね」

「車を動かして貰えませんか、学校へ出なきゃならないんです」

「夏休みにね」と神田老人がうなずいて見せた。「近ごろの学校も変ったもんだ、夏休みに先生が朝から学校へ出なきゃならん」

わたしは相手にならずに車に乗り込みエンジンをかけた。シートベルトを付け、てのひらで軽くハンドルを叩き続けながら待った。待ちあぐねてクラクションを一度鳴らしたところで神田造園のワゴン車がそろそろと動き始めた。リバースギアで右にハンドルを切りながらわたしはカローラを出した。

ワゴン車は錆びた門扉を塞いでぴたりと停った。カローラはその横をすれすれに通り抜けた。吉岡夫人を囲んでの話し合いはまだ続いている。そちらへおざなりの会釈をしてダッシュボードの時計でいつもより二十分の遅れを確かめた。坂道へ向ってなおも後退しながら、わたしはヒマラヤ杉の問題から職員室での仕事へと頭を切り替えた。

夏休み中に片付けなければならない仕事が教務主任には幾つもある。二学期には水泳大会や運動会をはじめとして予定の行事が目白押しなのだ。九月には夏休みの作品展も全学年の身体測定もおこなわれる。十月には各学年ごとの遠足もある。それら一つ一つの行事に関し、わたしはワープロを使って校長の求める非の打ち所のない文書を作成しなければならない。だが、夏休みに入ってこの十日ほどの間に、わたしはその仕事の大半をこなしてしまった。職員室の机の引き出しにはすでに打ち終った九月分の文書が数十枚たまっている。十月の運動会のプログラムもあらかじめ体育主任と相談していた通りの案で決定して、あとは校長の確認を取って印刷所へまわすだけだ。

　夏休みの期間中、学校へはわたしの他に校長と教頭が一週間交替で出てくる。今週は笠松教頭の番である。今日は土曜なので午後からは事務職員もいない。職員室には気が向けばプール当番の教員が顔を見せるくらいだろう。笠松教頭は朝一番に登校して鍵を開け、校旗と国旗を掲揚し、コーヒー用のお湯を沸かし、静かに本を読み、昼には持参の弁当を食べ、校内を巡回し、また戻って来て静かに本を読み、日が暮れると校内に最後まで残って戸締まりをする。職員室に笠松教頭と二人きりでいると、お互い進んで話すこともないのでわたしとしては仕事以外に時間の潰しようがない。ワープロ打ちが実にはかどる。この分では、再来週あたり教務主任としての仕事はすべて片付いてしまう計算になる。坂道をローギアで下りながら、わたしはふと思った。仕事が残っているうちはまだいい。だが、それが終ってしまった後、職員室に笠松教頭と二人きりでいるとき、いったい何をすればいいのだろう。

8

「余計な御節介だと思われるのもこちらとしては困るんですが、でも隣に住んでいて見て見ぬふりもできないだろうと、家内が言い張りましてね。お帰りになったばかりのところへ電話で恐縮です。実は、おたくに下宿されてるお嬢さんのことでちょっと」

「何か」

「いやいや、たいしたことではないんです。めくじらを立てるほどの問題ではないと僕は思います。ただ家内が言うには、鵜川さんの留守中におたくへお嬢さんの友人達が何人か出入りしている様子で、それが最近は特に頻繁になって目につくといったことなので、その点、鵜川さんがお気づきかどうか……」

わたしは玄関の上がり口に鞄を置き、受話器を右手に持ち替えた。電話の相手は隣の吉岡家の主人である。

午後六時前、わたしは学校でのワープロ打ちの仕事を終えて帰宅したばかりだ。いつものように道の突きあたりに車を停め、錆びた門扉を跨ぎ、玄関に入ったとたんに電話が鳴り響いた。まだ靴も脱いでいない。

「まあ夏休みではあるし、高校生といえば遊ぶのが仕事みたいなものですから」と吉岡氏が続ける。「多少ははめをはずしても当たり前です。たいがいのことは大目に見てもいいと、家内も僕もそれくらいの気持はあります。ただそれが鵜川さんの留守中に起こっていることなので、これはやはり一度お耳に入れておいたほうがいいと思ったわけです」

「ラジカセの音楽がうるさいとか、そういったことですか」

「音楽……」

吉岡氏の声が遠ざかって何事か呟き、電話口に夫人の低い声が混じった。わたしの留守中にこの家で何が起こっているか、当のわたしが気づいていないとでも思っているのだろうか。

ほの暗い廊下の先の台所に人のいる気配はなかった。わたしは空いた手で靴を脱ぎ、スリッパに履き替えて待った。日はまだ暮れていない。扉の両脇の明り取りの窓から光が差し込み、玄関の辺りにだけ濃い金色の靄《もや》が立ち込めたような状態である。下駄箱の上に今日届いた郵便が二通置いてあった。一通は不動産関係のダイレクトメール、もう一通は暑中見舞の葉書。葉書に触れた自分の手が、ただでさえ日に焼けているのだが光の加減でよけいに黒ずんで見える。文面はありきたりで短かった。

「音楽がうるさいとかそういうことではないようです」吉岡氏の声が戻って来た。「家内が心配しているのは……」

暑中見舞の差出人は稲村京子と記されていた。反射的にわたしはその名前を昔の教え子たちの中に探しかけて、すぐに過ちに気づいた。あの弁護士の名前だ。

「どうか御心配なく」わたしは遮った。「みんな高校のクラブの友達です、集まって騒ぐといっても、やってることは宙返りの練習みたいなことですから」

「クラブの友達が集まって宙返りの練習を？」

「ええ、チアリーディングのクラブなんです」

「男の生徒が宙返りをやるわけですか」

「いや、彼女たちが。女子高のクラブですから」

「しかし家内の話では……」

また電話口に夫人の呟きが混じり、吉岡氏の声が遠くなる。わたしは左手の葉書を読み直した。淡い色で印刷された朝顔の絵柄の脇に添えてある文章はたったの三行——御無沙《ごぶさ》汰《た》しております。いちど是非おめにかかりたいと思っています。暑さ厳しい折から、おからだ大切に。

「車のことを」と夫人の声が言った。

「車？」と吉岡氏。

「車のことで何か」とわたしが訊ねた。

「おたくの前に車が停っているらしいんです、鵜川さんの留守中に」と吉岡氏が夫人の答を伝えた。「いつもは赤い車が一台、それと今日は黒いのが後ろに並んで停っていたと家内は言ってます。それが決って鵜川さんの帰宅前に、まるで時間を測ったように引き上げてしまう。だから鵜川さんはお気づきではない、と。どうもその、おたくに出入りしてるのはチアリーディングのクラブの友達だけではないようですよ。家内の話だと車を運転してるのは若い男だそうです」

電話のむこうでドアチャイムの音が聞こえた。酒屋がビールの配達に来たのだということが夫婦の小声のやりとりでわかった。夫人が電話のそばを離れ、吉岡氏がまた喋り始めるまでわたしは黙り込んだ。

「鵜川さんのおっしゃるように、本当に女子高の生徒が集まって宙返りの練習をしてるだけなら別にそれでいいんですが、彼女たちと一緒に得体の知れない男が出入りしてるとなるとこれは常識的に考えてやはり問題と言わざるを得ません。こういうのは告げ口をしてるようで僕は苦手なんですが、赤い車のことはできるだけ早めに、下宿されてるお嬢さんに確認されたほうがいいんじゃないでしょうか。いずれにしても、僕はこの問題に関して、近所の奥さん連中は騒ぎすぎだと思ってはいるんですがね」

「それは……」とわたしは口ごもった。「御親切にどうも」

「いや、だいたいこういうのは大きな御世話と言うべきで僕の趣味ではないんです」

「近所の奥さん連中というと……？」

「いつものうるさ型ですよ、気にすることはありません。ただ、今朝の新聞を読まれたでしょう、独り暮しの公務員が家出した子供たちを自宅にかくまっていたという……読まれませんでしたか、ああいう記事がタイミングよく載ったりするものでね、少々ナーバスになっているだけです。どうか、あまり深刻に受け取らないでください、鵜川さんからそのお嬢さんに一言、注意していただければ済むことですから」

返す言葉を探しているうちに電話はむこうから切れた。受話器を戻したあと、わたしは里子の部屋をノックした。応答はなかった。早朝から庭で宙返りをして遊んでいるような子供たちが、わたしの留守中にこの家に得体の知れぬ男を呼び入れているなどとはにわかに信じ難い。ノブを回すとドアは手前に開いた。

部屋の中は朝、窓から覗いたときよりも片付いて見えた。だが実のところは、ラジカセの音が消え、ざっと畳まれた布団がベッドの上に位置を移しただけだ。床の隅には薄っぺらな雑誌類が放り出したように散乱している。コカコーラの空缶が、倒れたのも含めていたるところに目につく。ベッドの端にしばらく腰掛けてその数を勘定してから机のそばまで歩いた。窓を開け放ったが、部屋にこもった匂いはなかなか抜けない。ベッドに丸めて脱ぎ捨てられた彼女たちの衣類が放つ匂い。机の中央には、これだけは他の本とは別扱いの丁寧さで漫画が二冊、重ねて置いてあった。『世界の終わりには君と一緒に』——桜沢エリカ。タイトルに釣られて上巻の頁をめくっていると突然、耳慣れぬ音が聞こえ始めた。

その音がどこからやって来るのか最初のうちわからなかった。わたしはやみくもに背後を振り返り、開いたドアの先に眼をやった。だが音はそちらからではない。甲高い音は部屋の内部で、わたしに向って警告を発するように繰り返し繰り返し、しつこく鳴り続ける。訳がわからずじたばたするうちに背中から汗がふき出した。やがてわたしはベッドの前に立った。まとめて脱ぎ捨てられた女生徒の服の一番上に黄色いTシャツがあった。つまみ上げるとTシャツには黒い長い毛が一本張り付いていた。音の発信源はその二枚下、ランニングショーツとパジャマの上着を取り除いたところで見つかった。わたしはそれをてのひらの中に包み込んだ。カード型のポケットベルだ。細長い表示窓に電話番号らしい数字が並んでいるが、わたしには意味がない。なんとか音を止めようと頭を働かせたがうまく出来なかった。平たい石ほどの重さの装置は、わたしの手の中で生きた虫のように鳴き続ける。玄関に人の気配がした。靴を脱ぐ音、スリッパに履き替える音、ビニールのかさかさ擦れる音がして、部屋の入口に買物袋を提げた直美が立った。汗ばんでくたくたになったポロシャツの襟が片方へずれて、日焼けしていない肩の一部がきわだって白く見える。

「これが鳴ってるんだ」とわたしは片手を差し出した。「止め方がわからない」

直美がそばに寄り、スーパーの袋を床に置いてからわたしのてのひらを開いた。じきに音が止んだ。直美はポロシャツの襟を直すと袋を二つ拾いあげて台所へ向おうとする。その背中にわたしが訊ねた。

「いったい何なんだ」

「ポケットベルよ」

「そんなことは知ってる、里子がこんな物を持ってるのか」

「友達の誰かのでしょ」

「高校生がポケットベルを何に使う」

「知らないわよ」と廊下から直美の声が答えた。「あたしは高校生じゃないんだから」

わたしはポケットベルをベッドに放り出し、舌打ちしながら直美の後を追って台所に入った。テーブルの上に買物の袋を載せると深いため息をついて、直美が、これから洗濯物を取り込んでシャワーで汗を流したら夕食にキノコのスパゲティを作るが先生もそれでいいかと訊ねる。念のためミートソースの缶詰も買って来たけど。それから流しの前の網戸になった窓を開け放った。居間との仕切りの戸は朝から開いたままだ。わたしは台所の照明をつけ、買物袋の下敷きになっている朝刊を手に取った。

「同じものでいい。どうしてうちに泊る女の子は揃いも揃ってコカコーラばかり飲むんだ?」

ポロシャツのボタンを一つ余計にはずして風を入れながら直美が答えた。

「帰るそうそう機嫌が悪いのはそれが原因なの？　何を飲もうと彼女たちの勝手でしょ？」

「そんなことは言ってない。飲んだら飲んだで後始末をしろと言ってるんだ、部屋の中に空缶が十二個もたまってる」

「数えたの」

「何個たまったら片付けるつもりなのか聞いてみたいね」

「里子ちゃんの留守に部屋を調べるなんていい趣味とは言えないと思うけど」

「里子はどこに行ってるんだ？」

「今夜は友達と花火大会に行くから晩御飯はいらないって」

「花火大会」

「ゆうべからそう言ってるでしょ」

「いま初めて聞いた」

直美はゆっくり首を振りながら冷蔵庫を開けた。ビニール袋からパック詰めのマッシュルームと椎茸《しいたけ》を出して野菜室に放り込む。

「先生はいつも人の話を上《うわ》の空で聞いてるのよ。それで後になって何も聞いてないって。神田造園のおじいちゃんのことだって」

「うちの前に赤い車が停ってるのを見たことがあるか」わたしは朝刊を開きながら訊ねた。

「なにそれ」

「赤い車だ。何か思い当たるか」

「知らない」

「里子の部屋に出入りしてるのは女の子だけだろ？」

袋の中身を冷蔵庫に収め終るまで直美は答えなかった。その間にわたしは電話で吉岡氏の言った記事を探し当てた。見出しはこうだ——66歳元公務員逮捕、家出少女と関係。そして記事——市内に住む六十六歳の元市役所職員が、家出した女子中学生グループに自宅をたまり場として開放……、その中の数人とみだらな行為を繰り返していたことがわかり、児童福祉法違反の疑いで逮捕された……。わたしはしまいまで読まずに新聞を畳み直した。

テーブルの上にスパゲティの麺《めん》とミートソースの缶詰と牛乳が残った。直美は牛乳の箱を開けるとコップに注ぎ、その半分ほどを一息に飲んだ。

「近所の陰口なんか気にしないほうがいいよ、先生」

「また何か言われたのか？」

「別に何も。でも、だいたいは様子でわかる。道ですれ違ったりしたときとか」

「いま言ってるのは直美のことじゃないんだ」

「里子ちゃんのことでしょ？　あたし彼女は頑張ってると思うよ。自分のことは何から何まで自分でしてるじゃない、普通の高校生ならみんなお母さんに甘えるよ、洗濯もアイロン掛けも、御飯の仕度だって、あたしのいないときは先生の分まで」

わたしはうなずいて見せた。そういう約束なのだ。最初からこの家が賄《まかな》い付きの下宿でないことはわかっていた。何から何まで自分で出来ると里子が言い、そう仕付けていると里子の母親が言うから下宿させることに決めたのだ。だがわたしがいま問題にしているのはそんなことではない。

「今夜の花火大会も」と直美が言った。「あたしのアルバイトが早番だって知ったうえで出掛けてるのよ、あたしが洗濯物の取り込みも先生の晩御飯もまとめて引き受けると言ったから」

「そんなことじゃない、僕が心配しているのは」

「高校二年生なのよ、ボーイフレンドが遊びに来るくらい当たり前だと思わない？」

「何か知ってるのか？」

「知らないけど、でも」

「だいたい、下宿人というのは夏休みには実家に帰るもんじゃないのか」わたしは食卓の椅子を引いて腰をおろした。「ところが去年も盆に二日しか帰らなかった」

直美が牛乳を飲みほして流しでコップをすすぎながら言った。

「帰ってもつまらないから帰らないのよ」

「赤い車が昼間、うちの前に停ってるらしいんだ、そのことを近所の暇な連中が噂してる」

「ほっときなさいよ」

「何かあったらどう責任を取るんだ」

「あたしがほっときなさいと言ったのは近所の暇な連中のこと」

「里子には、どう言えばいい？」

「女の子なら我慢するけど男は絶対に泊めるなとでも言えば。何でこんなことで先生が弱気になるのよ、御近所の体裁だけで何か言うのは里子ちゃんがかわいそうよ。先にシャワーを使うなら早くしてね」

直美は居間に上がり、そのまま続きのベランダへ洗濯物を取り込みに出て行く。わたしは誰にともなくもう一度うなずいて見せて腰をあげた。直美の言うことを聞いていると、くよくよ考える問題は世の中に何ひとつ失くなってしまう。小学生の頃、直美が幾度となく繰り返した家出のことを不意に思い出した。彼女もまた、昔から自分のことは何から何まで自分で出来る女の子だった。母親がそう仕付けたというよりも、むしろ母親からぜんぜんかまわれなかったせいで。わたしは玄関へ戻り、鞄と下駄箱の上の葉書を手に二階の自分の部屋へ向った。赤い車、黒い車、稲村弁護士、直美の思い出。今夜は仕事以外にも考えることがいろいろとある。

そしてその夜、里子が帰宅したのは十二時近かった。わたしは自分の部屋でベッドに横になりながら下の気配に聞耳を立てていた。玄関の足音も忍び笑いも、里子ひとりのものではなかった。それはそれで別に驚くべきことではない。夏休みに入って以来、毎晩のように泊りに来る女の子たちがいる。また明日の朝にはコカコーラの空缶の数が増えるだろう。彼女たちの話し声に直美の出迎える声が混じった。わたしはリモコンに手を伸ばして、絞っていたテレビの音量を元に戻した。

そのときになってようやく、ベッドのシーツの上に落ちているものに気づいた。枕の縁に隠れて見えにくかったが、それは一本の髪の毛だった。色の薄い、二十センチを越える長さの、明らかに女の髪の毛だった。タオルケットをめくり、起き上がって調べてみたがその一本以外に髪の毛は見つからなかった。改めて見回した部屋の様子にも変った点はない。テレビ、ビデオデッキ、ステレオ、机と椅子と本棚、洋服箪笥。机の上に重ねて置いた三冊の辞書。ティッシュペイパーの箱の位置、箪笥の把手に掛けてあるハンガーのワイシャツと夏物のスーツ。ほんの一瞬、兆した怒りはまもなく静まった。夕方、里子の部屋で付着した髪の毛を知らずにここまで運んでしまったということは考えられる。だが、おそらくそうではないだろう。数分も経たぬうちにわたしは悔やんでいた。あるいは怒りを沈める前に、階段を駆け降りて里子の部屋のドアを叩き、彼女たちに問い糺《ただ》すべきだったのかもしれない。赤い車それから黒い車の問題は、直美が言うほど軽く片付けるわけにはいかないのかもしれない。隣の物置代りに使っている六畳間へ新しいタオルケットとシーツを探しに立ちながら、わたしはそんな嫌な予感に捕らえられた。

9

七年前、島へ赴任して初めてわたしが受け持ったのは三年生と四年生を一つにまとめたクラスで、児童は両学年を合わせても五人しかいなかった。なにしろ島の周囲が十数キロ、三百人足らずの人口のうち、大半が半農半漁で生計を立てているという環境である。船着場、漁協と農協の建物、役場、たった二軒ずつの民宿と商店、海岸沿いを曲りくねって走る道路、エンドウ豆とグリーンアスパラを潮風から守るビニールハウス、それ以外には何もない島だった。わたしが派遣されたのはおよそ県内でも最も小規模な学校の一つといってよかった。

三人いる四年生のなかの一人が里子だったが、わたしは特別に彼女の面倒を見たわけでも、また彼女から慕われたわけでもない。面倒を見たといえばクラスの児童五人の面倒を均等に見たつもりだし、そうするだけの時間的な余裕は十分にあった。赴任後まもなく、わたしは子供たちの家庭の事情にまで通じ、彼らの親たちともわけ隔てなく口をきくようになった。狭い島なのでそれが自然のなりゆきというものである。だからもし慕われたとすれば、当時のわたしは小規模な学校の新任教員の常として、子供たち全員から同等に慕われていたのだ。

ただ里子が違ったのは、他の子供よりも格段に勉強が出来て、しかも母親が彼女を街の高校へ行かせることに執着しているという点だった。小学校を卒業した子供は隣の、本島と呼ばれる島の中学へ連絡船で通うことになる。その中学でも里子の学力は落ちなかった。担任の教師は、本島の高校でも街の高校でも里子なら間違いないと請け合った。わたしが島で暮し始めて六年目、つまり最後の年の話である。

釣り客相手の民宿と食堂を独りで切り盛りしている里子の母親は、長年、本島に住むその店の経営者と恋愛中だった。狭い島だからそんなことは誰もが知っている。里子の母親は、折りをみてはわたしに娘の進学の相談を持ちかけた。遠回しにではなく、娘を先生の家に下宿させてくれ、そうすれば安心だからと言うことは決っていた。食堂での話し合いのたびに、わたしは、里子が受験するミッション系の女子高は立派な寮を備えているはずだと繰り返すことになった。むろん、あちらの生活で困ったことがあればいくらでも相談に乗ると断った上で。

十一月に父が死んだ。葬儀を終えて島に戻ると百人からの人間がわたしに悔みの言葉を述べ、里子の母親はまた下宿の話を蒸し返した。島の民宿には新しく手伝いの女が雇い入れられていた。噂によると、本島にいる経営者は先妻との間で長らく離婚係争中だったが、四人いる子供の上から三人までを引き取る形でようやく裁判が終り、来年には後妻を迎える計画だそうだ。新しく雇い入れた女はその下準備である。十二月に入ると、里子の母親は教員住宅にまで押しかけて来た。確かに女子高には寮があるらしいけれど、そこに入れるのは合格が無事に決ればの話で、最初から身元の保証の確かな方が何かと受験には有利に働くのではないか。それにもし合格しても、寮に入って窮屈な生活を送るよりは気心の知れた先生の家に置いてもらった方がずっといい、里子本人がそう希望しているという。

わたしは里子に会って気持を確かめた。一つには、里子の母親の度重なる訴えに根負けしかけていたこともあったし、同時に、父のいない家での思いもかけぬ母との二人暮しに気詰りを予感していたせいもある。結局、その年の暮れに帰省したとき、わたしは里子を下宿させる件について母の承諾を取り付けることになった。空いている部屋がないわけではないから、と母は反対の素振りを見せなかった。

　年が明けて三月、里子に合格通知が届き、わたしには正式に街の学校へ戻るようにとの辞令が下りた。わたしは一足先に家へ戻り、母と一緒に玄関脇の応接間の家具をあらかた二階の奥の部屋に運び上げた。まもなく里子の机やベッドが一式、宅配便で届いた。そのときまで、母の様子に変ったところは何一つ見受けられなかった。ところが母には（正確に言えばわたしにとって二番目の母には）考えがあったのだ。

　彼女が突然その話を持ち出したのは、明日にはいよいよ里子がやって来るという前の晩である。わたしは台所で風呂上がりのビールを空けていた。居間から降りてきた彼女が、入れ替りに風呂場へ向う通りすがりに、ほんの短い時間だけ冷蔵庫のそばに立って切り出した。実は四月からまた病院で働くことになったという——夫を事故で亡くす前には考えもしなかったのだが、こうなってみれば、前々から昔の職場の同僚に勧められていたことでもあるし、栄養士の資格を眠らせるのはもったいない気がする、あたしもまだまだ老け込む年ではないので働きに出ることに決めた。確かに、彼女はまだまだ老け込む年ではなかった。わたしと十二歳しか違わないのだ。突然は突然であったが、最初のうちわたしは彼女の職場復帰が里子の下宿にどう影響するだろうかというようなことを考えていた。彼女が続けた——今度の勤め先は前と違って田舎の病院だが、幸いなことに２ＤＫのちょっとしたマンションのような職員用の寮が完備されている。来週には一部屋空きが出るそうなので引っ越しはそれまで待ってぎりぎり月末になるだろう。わたしはビールを飲む手を止めて、ようやく事の大きさに気づいた。

彼女が長風呂から上がるまでわたしは台所の椅子で待っていた。寝る前にすこし話し合う必要があると思ったからだ。だが、もともとわれわれの間に話し合う習慣などなかった。わたしが中学三年のときに父が二番目の妻として彼女を連れて来て以来、そんなものは一度もなかった。生前の父は仕事がら留守がちだったけれど、果たして二人きりのときの母と息子の間にどれだけ会話らしい会話がなされたのか、改めて考えるとそれさえ怪しかった。その夜も、ただわたしは濡れた髪の彼女がこんどは自分でビールを飲むために再び冷蔵庫の前に立ち、沈んだ表情の息子を慰めるように、ぽつりぽつりと語る言葉に耳を傾けただけだ。

あなたと一緒に暮すのが嫌でこの家を出るのではない、久しぶりに仕事について独りで生活したいと思ったら居ても立ってもいられなくなって、気づいたら何もかも決めてしまっていた。一言の相談もなくというのは申し訳ないけれどもう自分の気持は変らない、夫が残してくれたものについては、幾らかの銀行預金や保険でおりるお金やそれから競輪選手の共済会からの弔慰金などもあることだし、一円も要らないとは言わないけれど、少なくともこの家と土地はあなたがまるごと相続できるようにする、後々揉めることのないように専門家を頼んであるから、細かい点は間に入ってくれるその人物に訊ねれば答えてくれると思う。

翌日、里子が母親ともどもやって来た。おそらく言っても無駄だろうと思いながらわたしは事情を説明した。女子高生と三十半ばの男とが一つ屋根の下で暮すことになるのだ。里子の母親は案の定、意に介さなかった。むしろ三十半ばの男の一軒家での独り暮しの不便さの方へ、頭を働かせたようだった。御飯の仕度も洗濯もみんな自分でできると里子が無邪気に胸を張り、脇から母親が、それは本当で幼い頃からそう仕付けてあると請け合ったのはこのときである。わたしは一晩で折れた。里子の母親は入学式を待たずに島へ帰り、まもなく本島の男のもとへ後妻に入った。

里子の制服の寸法測りや、バスの定期その他細々としたものを揃えるにあたっては母が付き添ってくれた。わたしは以前の小学校に復帰するための下準備に忙しかったし、彼女と話し合いを持つ機会は最後までなかった。本当のところを言えば、彼女が家を出る理由の裏には、かつてわたしの生みの母の場合がそうであったように、誰か男がいるのではないかと疑ってみることもできた。だがいまさらそんなことを疑い、たとえ確認できたとしてもわれわれ親子の間には何も生まれないだろう。母は予告した通り三月の終りに勤務先の寮へ引っ越して行った。以後、われわれは二三度電話で事務的な短い話を交わしたきりだ。

こうして、父が死に母が出て行った家に、わたしと下宿人の里子が残された。去年の春、四月一日から教員と元教え子との共同生活が始まることになった。

「先生、むこうのお客さんが一緒に飲みたいって言ってるけど」とカウンター越しに店の女が注意を引く。「どうする？　こっちに呼んでもいい？」

わたしは右手の方をちらりと見返ってから訊いた。

「誰」

「いちばん奥の人。先生のこと昔からよく知ってるって言ってるわよ」

もう一度、前屈みになって右奥を覗くと、グラスを口に運びかけていた男がこちらへ顎を押し出すような仕方で軽い御辞儀をして、愛想笑いのようなものを浮かべた。年恰好はわたしとほぼ同じで、ワイシャツの袖を肘の辺りまで捲《まく》り上げている。

「教員じゃないな？」

「タクシーの運転手さん」

少し考えたがタクシーの運転手に昔からの知り合いなどいない。わたしは首を振った。それからカウンターの上の五百円玉を前へ滑らせてウィスキーのお代りを頼んだ。

八月二日、日曜日、午後六時である。

わたしは立ち飲み屋のカウンターでうだうだ飲み続けている。里子を下宿させた経緯などを思い返しているのは、もとはといえばゆうべベッドに落ちていた一本の髪の毛のせいではあるけれど、だがわたしがいまこんな所でこうして酔いながらまだ他にも当時のことを思い出そうとしているのは、やはりあの稲村弁護士の御節介のためだ。

しばらく鳴りをひそめていた女弁護士は昨日の暑中見舞に続いて今朝はまた職員室に電話をかけて来た。「ぜひおめにかかって話したいことがあります」葉書でも電話でも言うことは変らない。「仕事中だから」とわたしも芸のない台詞で取り合わなかった。取り合わなかったが、仕事が引ける時間にまた電話すると言った先方の勢いのある口調からは、あるいは直接、仕事が引ける時間に学校に押しかけて来ることも懸念される。真夏のしかもかんかん照りの日曜だというのに御苦労な話だ。弁護士という職業に世間並の休暇はないのか。午後からはワープロに向っても落ち着かず、とうとうわたしは笠松教頭に早退を申し出た。どこか具合でも？　と訊かれて言葉を濁したが、笠松教頭はあっさり承諾してくれた。わたしの仕事が進みすぎていることを彼の方でも気遣っているのかもしれない。

車を走らせて行くあてはなかった。直美の母親に連絡を取ろうとしたが電話はつながらない。この暑いさなかにゴルフに出掛けたのだろうか。わたしは彼女のマンションの近くに駐車場を見つけて車を置いた。それから喉の渇きを癒すために自動販売機でビールを買って飲んだ。路上で二本飲み干し、飲み足らずにこの酒場にたどり着いた。それが四時だった。いまは六時で、わたしは少し酔っている。頭に浮かぶのは過去の切れ端ばかりだ。

父の葬儀の日は朝からどしゃ降りだった。二百人を超える参列者は皆申し合わせたように黒い押しボタン式の雨傘を携えていて、葬式の行われた斎場でも火葬場でも移動のたびに傘の開くバネの音がしばらく鳴り止まなかった。階段の途中から出口まで整然と列をなした喪服の人々の、前方から数人分ずつ、規則的に延々と伝わって来るその鈍い殴打に似た音と、もう一つ、徹底的にわたしから眼を逸らし続けた杉浦の痩せた黒い顔とが、父の葬儀に関する記憶のすべてと言っていい。むろん名目上の喪主はわたしということだったが、必要な挨拶は母と、一番弟子の杉浦が代ってつとめた。数多い参列者のなかにわたしの生みの母の顔は見られなかった。居場所さえつかめぬのだから連絡のしようもない。そんな呟きが通夜に集まった父方の親戚《しんせき》から二三洩れたにすぎなかった。

雨は一日じゅう降り続いた。稲村弁護士からの五年ぶりの葉書を下駄箱の上に見つけたのはその夜、喪服を脱いで一段落した後のことである。父とわたし宛《あて》に届いた郵便物はひとまず下駄箱に載せておくという、父によって発案され前の母から今の母へ引き継がれた習慣は、発案者本人が亡くなった後も――葬儀の当日にまで――律義に守られている。わたしは葉書を手に取りながらそのことを微かにおかしがった。家には父の弟子達と彼らの妻が数人残り、母の慰め役を引き受けていた。父は早朝練習の途中、国道を走るトラックの車輪に巻き込まれて命を落としたのだ。彼らが語る父の思い出話はわたしには縁がなかった。競走用の自転車に触れたことすらないのだから、レース中の父のエピソードを幾つ聞かされてもそれがどんな意味を持つのか見当もつかなかった。わたしはただ、車座になった彼らから離れて台所で酒を飲みながら、話の輪の中心にいる杉浦は下駄箱の葉書に気づいただろうかと、そんなことをぼんやり考えていただけだ。稲村弁護士から届いた葉書は五年前と同じように雨に濡れて、所々インクが滲んでいたが判読には不便はなかった。お知らせしておくべきだと思います、と稲村弁護士はまたしても押し付けがましく書いていた。名前ではなく彼女という呼び方で――彼女は自由の身になって戻ります。当初の予定よりもずっと早く、今月の末にも……。

「やあ」と誰かが声をかけてわたしの右の肩をぽんと叩く。「ほら、先生」とカウンターをはさんで前に立った女が言う。振り向くと、さきほど愛想笑いをしたタクシーの運転手である。

「お客さん、悪いけどそこもう少し空けてやって」店の女がわたしの右隣で飲んでいた客に指図する。「お連れさんなの」

この女はわたしが首を振るのを見逃したのだろうか。タクシーの運転手が右隣に割り込んで立った。首の周りが鎖骨《さこつ》のあたりまで広く開いた濃い青のTシャツを着た女が、カウンターの縁《へり》を逆手に掴み、二人を交互に見て言った。

「こっちが鵜川先生、で、こっちがいつだったかその先生を介抱してくれた富永さん」

わたしは隣の男と顔を見合わせた。

「ほら、やっぱり憶えてないんだよ」と女が待ち切れずに言う。

そのときにはかなり思い出していた。猫が盛っていた晩、酔いつぶれたわたしをタクシーで家まで運んでくれた、あの御節介な男だ。わたしは頭を下げて見せた。

「彼女がタクシーの運転手だと言うからわからなかった」

「だってタクシーの運転手なのよ」

「タクシーの運転手をしてるけど」富永という名の男が説明した。「あのときも非番で飲んでたから拾ったタクシーで先生を送ったんだ」

「そういうことよ」

と言い捨てて女がカウンターを離れる。わたしは独り言に似せてもう一つ言い訳をした。

「昔なじみなんて彼女が言うから話がこんがらかるんだ」

「昔なじみなんて」

と相手が片手をひらひらさせて否定しかけたとき、奥の方から女が戻ってきた。富永の水割りのグラスと鰺《あじ》のたたきの皿とを左右の手に、それからこれも富永の持物だろう、細く折り畳んだ新聞を脇に挟んでいる。なりゆきでわたしはグラスを隣のグラスと触れ合わせることになった。だが乾杯の仕草のあとで改めて喋る話題も見つからない。俺が横にいるからって安心して前みたいにつぶれないでくれよ、と富永が無難な冗談を言った。わたしはお義理の笑いを浮かべてオンザロックを一口嘗めた。

ばさばさと音をたてて眼の前の女が新聞を広げた。ふとわたしは昨日の女子中学生にいたずらをした男の記事の続報を頭の隅に浮かべたが、その新聞はスポーツの専門紙である。折り癖を直すために両手に持った新聞を一振りして女が言った。

「どうして銅メダルを返しちゃうのかしら、もったいない」

「ああ、それ」とわたしの左隣の客がいきなり声を上げる。「その話、重量挙げの選手だろ？　ソ連の」

「旧ソ連」新聞の陰で、女が訂正する。「EUNっていうのよ」

バルセロナオリンピックの話である。彼女が読んでいる裏の面もオリンピックの記事で埋っている。中で一番大きな見出しがわたしの眼を引きつけた。――ゾーラ・バッド予選落ち、女子三千メートル、〝裸足の天才少女〟見る影なし。

「日本の金メダルは全部でいくつになった」

と左隣の客が訊く。

「さあ、三つくらいじゃない？」

「どこかに表が載ってるだろ」

「昔なじみなんて、そこまでは言い過ぎだけどさ」思い出したように右からの声が言った。「でも昔から先生の名前は知ってるよ。鵜川源太郎のファンだったたし、それに……」

わたしは富永のほうへ向き直った。

「それに、先生は憶えてないかもしれないけど」と富永が続けた。「会って話したことだってあるんだぜ」

「二人で？」

「そう」

「いつ」

「前の前のオリンピックのとき」

「ああここに載ってる」と女が言う。「やっぱり三つだった」

「柔道の古賀だろ？」とまた左隣の客。

「平泳ぎの岩崎恭子でしょ？」と女。

「八年前？」とわたしが訊き返した。

「うん。確か二度会ってる」

「あと一つは誰だ」

「やっぱり柔道の選手じゃない？」

「柔道だよ」と別の誰かが答えた。「柔道に決ってるじゃないか」

わたしはまた正面へ向きを変えグラスを取り上げてウィスキーを飲んだ。

「おい、醤油の皿を忘れてる」と富永が女をうながした。「箸もない」

醤油を溜《た》めた小皿と新しい箸が富永の前に置かれた。スポーツ新聞が元通りに競輪の欄を表にして折り畳まれた。奥の客の注文を聞くために女が歩き去った。

「ついてないんだ」

とカウンターの上に四つ折りにして残された新聞を両手でもう一折り細く畳みながら富永が言った。

「わざわざ非番の日を合わせてまで通ってるのに取られてばっかりで。タクシーの運転手なんかやってるとさ、これは俺だけじゃなくて仲間もみんな言ってるんだけど、事故を起こさないことで運を使い果たしてるんじゃないかって、ときどき本気で思うことがあるよ」

わたしは横眼で富永の表情を確かめた。八年前に二度だけ会った男は人懐《ひとなつ》こい顔で笑っている。

「今日も競輪場を出た角のとこに人だかりがしてるから、何かと思って見たらやっぱり事故だ。毎日まいにちそこらじゅうで事故が起きて救急車を呼んでる。負け惜しみみたいに聞こえるけど、いつもその現場の脇を通り過ぎながら、こうなるよりはましかって、俺、免許取って十五年になるけど一回もぶつけたことないから。競輪も覚えてちょうど十五年になるんだけどね」

わたしはまたウィスキーを一口嘗めた。富永が新聞を水割りのグラスに持ち替えて言った。

「思い出せないかな。こっちは先生の顔は印象に残ってるんだよね、あの鵜川源太郎の息子だってわかってたし、最初に小学校の門のとこで会ったときから」

そして二度目は銀行の前、真山の使い走りの青年はわたしの唇の傷をさかんに心配してくれた。むろんわたしは憶えていた。ただ、あのときの青年の顔を記憶の底から引き上げようと努力しても、いま隣で水割りをすすっている三十男の赤ら顔が邪魔をしてうまくいかないだけだ。

「だからこの前ここで見たときもすぐに思い出した。先生がそこに仰向けになって倒れた晩、さっきの女に名前を聞いてみたら鵜川だっていうし、これはまちがいないと思って」

「まちがいないよ」

「まちがいないなんかじゃないさ、先生とは確かに二度会ってるんだ。思い出しただろ？」

わたしは小さくうなずいて見せた。次にこの男は真山の名前を口にするだろう。それとも、最初から真山の話をするためにこいつはわたしに近づいたのだろうか。

「縁があるんだよ」と富永が言った。「先生と俺は。ここでこないだ八年ぶりに会ったこともそうだけどさ、実を言えばあのあとにも一度先生を見かけたことがある、車を流してて、そのときもよっぽど声をかけようかと迷ったんだ、先月だったかな先々月だったかな、市役所の裏の通りのとこで」

「学校に近いから」と思わずわたしは答えた。直美の母親のマンションを訪れる途中を見られたのかもしれない。「前の小学校に去年から戻ってるんだ」

「そうだ、前の小学校と言えば」と富永が続けた。「あの頃の縁で一つ面白い話があるんだ」

「ごめんなさい、お話中」と店の女が遮った。「ちょっとだけそっちへ詰めてくれる？」

カウンターの左手の方に二人連れの客が入り込もうとしている。わたしはグラスを片手に右へ一歩寄りながら話を変えた。

「タクシーで送ってくれたとき、うちの住所はどうやって……？」

「わかるさ、それくらい。鵜川源太郎の家なら競輪好きの運転手はみんな知ってる。あの晩はおかげでよかったんだ、偶然ここで先生を見つけて、先生がぐでんぐでんに酔ってたおかげで鵜川源太郎の家の玄関まで入れた、いい記念だよ。若い女の人が二人いたけど一人は奥さんかい？」

わたしは首を振った。腕時計を見ると六時半だった。直美の母親はもうゴルフから戻っただろうか。

「今年の春頃、ここで先生と会うちょっと前」とまた富永が喋る。「いや、さっきの縁があるって話。たまたま競輪場まで乗せた客がね、何だか俺のことをすごく気に入ったみたいで、それからは、電話でわざわざ呼んでくれるようになったんだけど、競輪以外の用事にも。で、何べんも会ってるうちにいろいろ昔話に花が咲いて、杉浦洋一がまだS級の選手で強かった頃の話とかね、先生も知ってるだろ？　杉浦の名前は。そりゃ杉浦も一時期は強かったけどさ、俺はその人に訊いてみた、杉浦の師匠の鵜川源太郎が若かったときはもっとすごかったんじゃないですか。そしたらその人は残念ながらそんな昔の競輪は見てないって、ただ鵜川源太郎は知らないけど、鵜川源太郎の息子さんならよく知ってるって言うんだ」

そこで気を持たせるように富永は間を置いた。わたしはグラスを口にあてたまま少しだけ首を振り、相変らず富永が穏やかな笑みを浮かべているのを確かめた。

「訳を聞いてみると、実はその人も元小学校の先生だった。先生といっても校長先生なんだけど、それが例の、いまも先生が働いてるっていう小学校の校長先生でさ、七年前に定年で引退するまで」

「あの校長が……」とわたしが呟いた。「競輪を？」

「うん、そうなんだ、その校長さん。競輪は校長を辞めてからだからまだビギナーだって本人は言ってる、もう七十近いのに。憶えてるだろ？　先生と俺が縁があるっていうのはそこなんだよね。鵜川源太郎の息子なら俺も知らないわけじゃないって、弾みでさ、そのとき答えちゃったもんで余計に親しみが湧《わ》いたみたいで、鵜川先生は結婚はしてるのかって会うたびに同じことを質問されるんだけど、俺に訊かれてもね」

店の戸口が二度、続けざまに開け閉めされてあたりが騒がしくなった。出て行く客がいなければ入って来た客の人数分また右か左へ詰めなければならない。引退するまで糖尿病を気に病んでいた校長。クロスワードと論語読みが趣味の、太鼓腹のあの校長。いまでも話の中に論語の文句を引用する癖は直らないだろうか。だがそんなことを富永に聞けば話は長引いてしまう。いずれ真山の名が口にのぼることになるだろう。先生、と店の女が言った。わたしは黙って富永の方へ半歩寄った。オンザロックのグラスの中身は氷だけになっていた。わたしはもう一杯飲むために財布を取り出すべきかどうか迷った。

「先生」と女がカウンター越しに身を乗り出してわたしの肩に触れた。そして背後を指さして見せる。「お連れさんみたいよ」

わたしは振り向いてそこに立っている男に気づいた。カウンターと後ろの壁との距離はいくらもないので相手の顔はほとんど間近にあると言ってよかった。その男はわたしと同様に夏物の背広を着込み、しかもわたしと違ってネクタイまで締めていた。胸の辺りまで上げたてのひらがこちらを向いているのは、たぶん咄嗟の挨拶のつもりだったのだろうが、それ以上は近づくなという仕草に見えぬこともなかった。

「こっちに詰めなよ先生」と富永が言った。「もう一人くらい入れるよ」

「いや、私は……」と笠松教頭が断った。

「ちょっと狭いけど、俺はこれを飲んだら帰るからさ」

「いやほんとに私は」

「そう言わずに、ちょっとだけ辛抱して一緒に飲んでよ」

「いいんだ」とわたしは富永の手を押さえて財布を背広の内ポケットに戻した。

「ほんとにいいのかい?」と富永。

「あら」と店の女。「もう作っちゃったのに」

「鵜川先生」と笠松教頭が言いかけた。「実は夕方、学校に電話が……」

「出ましょう」わたしは笠松教頭のそばを通り抜けて出口へ向った。

まったく奇妙な一日である。次から次に昔を思い出す材料がわたしのもとへ集まって来る。稲村弁護士の電話、富永との再会、裸足の天才少女の記事。暗合という言葉はこういう場合に使うのだろうか。富永の話の中の元校長、いまは落目らしい競輪選手の杉浦、そして笠松三千代の実の兄。いったい笠松教頭は何の用事でこんなところに現れたのだ。

外は藍色《あい》に暮れかけていた。わたしは上着を脱いで坂道の途中に立った。笠松教頭が酒場の戸口を閉めてわたしのそばまで降りて来る。左肩に愛用のショルダーバッグをぶら提げて、右肩越しに白々とした鎌《かま》形の月を戴《いただ》いて。まったく奇妙な、不吉な予感に捕らえられる晩である。待ちかねたわたしが言った。

「申し訳ありません。少し酔っています」

「ああ……」と笠松教頭は意味のない声を出してまたてのひらを胸の辺りに立てた。「いいんですよ。別に謝ることじゃない。ああいう場所で酔うのは当たり前です」

だがわたしは早引けをしてああいう場所で酔っていることを謝ったつもりなのだ。

「謝るのはむしろ私のほうでしょう」と笠松教頭が坂道を下りかけて言った。「せっかく楽しく飲んでおられるところを。私は鵜川先生がお一人だと勝手に思い込んでいたもので、お友達には悪いことをしました」

「友達じゃありません」

「……はい？」

「友達じゃなくて、あの店でただ隣り合わせたんです」

「私も酒が飲めればいいんですが」笠松教頭がうなずくと眼鏡が白い水に濡れたように光って見えた。一瞬レンズが月を映したのかと思ったけれど、そうではなく立ち飲み屋の看板の灯りが反射したのだ。「そう思うことがたまにあります。もし私が下戸じゃなかったら」

わたしは上着を右手から左手へ持ち替えた。店を出たとたんに感じた熱気のせいでてのひらにまで汗が滲んで気持が悪い。

「ああやって、鵜川先生のように仕事を離れた知り合いもできやすいでしょうし」

「次に会ったときは顔も忘れてるんです」

「……ええ。でも、私がもし酒の飲める男だったら、鵜川先生ともっと早いうちに、何というか、もう少し」

「学校にかかった電話は稲村という女性からですね？」

「そうです、それともう一本、やはり女性で佐々木さんという方からも」笠松教頭はいったん言い淀んでから坂道の下、大通りの方へ片手を差し示した。「どこかその辺でコーヒーでも飲みませんか」

わたしは顔をしかめた。しゃっくりを堪えるために自然にそうなったのだが、こちらの顔を見て相手が怯むのがわかった。

「電話の件なら御心配なく、あとでこちらから」

「いや、そうではなくて……それが用事で来たのではありません」

「仕事の話で何か」

「違います。学校で話せるようなことではないので私は……」右手でショルダーバッグの位置をずらしながら笠松教頭はうつむき加減になった。「どうも、ここで立ち話をするのも何なんだけど」

「おまけに僕は酔っているし」

「いやそれはかまわない、さっきから言ってるようにそれは、こんな場所へのこのこやって来た私が悪いわけで」

「僕がここにいることは、どうして？」

「前々から場所の見当はつけていたんです」

「前々から」

「事務職の岡田《おかだ》さんか誰かが喋っているのを聞いたことがあります。教育委員会に移った前の教務主任の人が贔屓《ひいき》にしていた店の話、それを鵜川先生が引き継いだという。ひょっとしてきみは、自分のプライベートについては学校の人間は誰も、私を含めて、すべて無関心でいると思っているのかもしれないけれど、それは少し違う。わたしが今日ここに来たのは」

「妹さんの話ですか」とわたしが訊ねた。

笠松教頭が不意に顔を上げてまた眼鏡を光らせる。要するにそういうことなのだ。稲村弁護士、運転手の富永、ゾーラ・バッドの記事。暗合という言葉はこんな晩にこそ使うべきに違いない。この下戸の男はわたしとコーヒーを飲みながら笠松三千代の話をするつもりでいたのだ。わたしは上着を左手から右手に持ち替えて待った。

「妹の話といっても」と三千代の兄は切り出した。「私から具体的に、きみにどうこうして欲しいということではないんだ。私はただ三千代のことをきみと少し話してみたいと思っただけで……。あれが独りでいるのはたぶんきみも聞いていると思います。むろんそのことの原因は、ぜんぶがぜんぶ昔のきみとの経緯にあるという訳ではない。少なくとも本人は妙なこだわりなどはないと言っている。けれども、そう言いながら彼女はうちの学校で開かれた教育研究部会の総会を欠席した、取り立てて理由もなく。きみも気づいていたでしょう？」

立ち飲み屋の戸口が開き、人影が三つ坂道に降り立った。二つは上の通りへ、一つはこちらへ向って来る。ワイシャツの袖を捲り上げた恰好が似ていたが富永ではなかった。その男をやり過ごすために、笠松教頭は下の大通りを背にしてわたしの正面の位置へまわり、足音が遠ざかるのを待ってからこちらを見上げた。

「八年も前の、遠い昔の出来事だときみが言いたいのはわかるんだけれど、でも、三千代は私に言わせればいまだに当時のことにこだわりを残しているんだよ。だからきみと顔を合わせるのを避けているわけだ、五月の総会を欠席した理由は他に考えられない。なにしろ、きみも知っての通り、昔からあの性格だからね。普通なら八年も経てば、たとえ何があったにせよ、大概のことは水に流してしまえると私は思うんだが……、八年という時間は人間を変えるには十分なはずだね、普通なら。たとえばきみが二十代の頃のきみじしんとは変ってしまったように」

「変ったとは思いませんが」わたしは酔いにまかせて口をはさんだ。

「私が言ったのは、つまり、妹から昔聞かされて抱いていたイメージと、わたしがこれまで実際に見てきたいまのきみとの、幾らかの違いのことなんだけれど」

「変ったとは思いませんね」わたしは繰り返した。「幾らかも」

「妹はね」と笠松教頭が考え考え言い返した。「きみのことをまるで、何というか、人間失格みたいに話していたよ」

「そうですか」

「ああ」とまた笠松教頭が手を上げて見せた。「私は何も、八年も前のことできみをなじるつもりはない、誤解しないでほしい、そういうつもりは毛頭ないんだ。教頭として私はこの春から、きみの仕事振りをそばで見ています、きみのことは少しはわかっているつもりです。私が言いたいのは……、今夜ここに来たのは、率直に言うとこういうことなんだ、実は私は、きみに妹の気持を確かめてもらえないかと思って……、どうだろう、いっぺん二人で会ってみるという訳にはいかないだろうか？」

わたしは返事をしなかった。酔うには酔ってはいたがわたしは冷静だった。われわれが立つ坂道の反対側の端を、尻尾の垂れた猫が並足といった速度で小走りに上へ向うのが見えた。立ち飲み屋の戸が開き、店の女の客を送り出す声が聞こえた。看板の下までたどり着いていた猫がその声を警戒して身を竦《すく》め、脇の暗がりへ迂回した。送り出された二人の客の後姿はじきに闇にまぎれた。笠松教頭がなおも言った。

「実際のところ、これまで妹に縁談の話がなかったわけではないので、むろん三十過ぎの女の所へそうそう良い話が持ち込まれるはずもないけれど、でもね、これだけ時が経っているにもかかわらず、持ち込まれるどの話にも妹が首を縦に振らないというのは、それは八年前の事情を幾らかでも知っている身内の私には、取りようによってはあれから他の結婚のことは考えていない、つまりきみ以外の男との結婚をことごとく渋っている……そんなふうに疑って疑えぬこともない。自分の妹とはいえ、女の考えることだから私には理解しがたい部分もあります、少なくとも、きみへのこだわりはないというその点は、明らかに嘘だと行動で示している訳だし。それで、私は今日までずっと迷っていたんだけれども、もしきみが迷惑でなければ、いっぺん妹に会って貰って」

「妹さんは……」言いかけてわたしは溜息をついた。「今日のことを？」

「もちろん知らない。わたしの考えで頼んでるんです」

「彼女が僕に会いたがるとはとても思えません」

「いや、それならそれでいいんです」ショルダーバッグを提げた左側へ上体を傾けて、笠松教頭は右手で背広のポケットを探った。「もしそういうことであれば、それでわたしの気持もおさまる。ここにアパートの住所と電話番号を書き留めておきました」

二つに折ったメモ用紙が笠松教頭の手からわたしの手に移った。そしてこれでもう話はすべて終ったという合図なのだろう、笠松教頭は身体を一揺すりしてショルダーバッグのベルトの位置を直すと、いままでとは打って変った事務的な口調で、

「私は下へ降ります。鵜川先生は？」

「いや、僕はもう少し……」

「そうですか。友達には本当に悪いことをしました、謝っておいてください」

それが最後の挨拶だった。言い終ると、先を急ぐように笠松教頭は踵を返して歩き去る。わたしは坂道の途中に残った。ショルダーバッグを提げた後姿は一度も振り返らずに大通りまで降りて行き、そのまま角を曲って消えた。

明日から一週間、笠松教頭が校長と交替で夏休みに入ることが職員室で顔を合わせなくても済むことが救いと言えば唯一の救いである。わたしは冷めた頭の隅でそんなことを考えていた。汗で湿ったてのひらの中には、笠松三千代の連絡先を書き留めたメモがあったが開いて見る気も起こらなかった。だが捨ててしまうわけにもいかない。わたしはそれを

上着のポケットに押し込んだ。それから、すでにとっぷり暮れた坂道を引き返して、上の通りに出るとタクシーが来るのを待った。

10

日曜の夜、十時をまわったところだ。

わたしは時田圭子《けいこ》のマンションにいる。

落ち着かない。

何度も何度も腕時計を見直すたびに胸の鼓動が不吉に高鳴るような気がして仕方がない。それともその胸騒ぎのためにわたしは何度も何度も腕時計に眼を走らせるのか。

カーテンを引き忘れたリビングの窓からはさきほどまで川向いの野球場に設けられた夜間照明の白い輝きが見えていたけれど、もうじき最後の試合が片付いてそれも消えてしまうだろう。

いまわたしはその窓に背を向けてソファに浅く腰掛けている。眼の前には透明な硝子のテーブル。テーブルの上には花びらを形どった深底のクリスタルの灰皿。灰皿の中には吸殻が五本。それはここに来たときからそこにあった。じっとしていると右の腿《もも》が小刻みに震え始めるのがわかる。たぶんわたしが落ち着かないのは留守中に合鍵を使って部屋に上がりこんでいることと、しかも彼女がまだ帰って来ないことその両方が原因だろう。それとこの三十分ほどの間に二度鳴った二度とも長く鳴り続けた電話の音のせいもあるかもしれない。

だがそれにしてもこの胸騒ぎはいまいるこの部屋が自分のいるべき場所ではないとしきりに感じるのは何故《なぜ》なのか。ここではないどこかへ、やるべきことを果たしに行かなければならないというそしてそのための時間はもう僅《わず》かしか残されていないという追い詰められたような不安を感じるのは何故か。わたしはただそんなふうに心を逸《はや》らせる方へ酔い続けているだけだろうか。

テーブルの灰皿の横にはグラスが二つ並んでいる。一つには水道の水が半分ほど、もう一つにはシーバスリーガルが底にほんの少し。これはウィスキーと追い水という組合せではなくて立ち飲み屋での酔いを醒《さ》ますため最初に水を一杯半飲み、そのあとまた気を変えて飲み出した結果なのだ。三時間たらずでボトルは空になった。テレビの脇のサイドボードから持ち出したそのボトルに、もともとどのくらいの量が残っていたのかもう憶えてはいない。

ウィスキーを飲みながらわたしは様々な事を考えていた。むろん考えていたのだがその内容について確かなことは何もない。いまわたしは様々な事を考えていた自分だけを記憶している。確かなのは頭を空っぽにしてウィスキーを飲み続けるのは不可能ということだけだ。電話がまた鳴り始めた。

呼出し音は鳴り続けているけれどコードレスの受話器は寝室にでも置いてあるのか見当たらない。少なくともわたしのすわっている位置からはどこにも見えない。わたしが腰を浮かしかけるのと十回以上鳴り続けた呼出し音が止むのと玄関で鍵の開く音が聞こえるのとがほとんど同時だった。ソファの縁を両手でつかんで中腰になったわたしには、それが上出来の皮肉な偶然に思えて無性におかしかった。わたしはソファに深く沈み込んで直美の母親が現れるのを待った。

まもなくスリッパに履き替えた音が廊下を歩いて来てリビングの入口に麻のスーツ姿の彼女が立った。玄関で靴を脱ぐときからずっと考えていた文句があるけれどそれも忘れてしまうほどひどく疲れている、そんな感じで肩を落としてまず溜息を一つつき、そして何も言わない。

「合鍵を使って入った」とわたしが先に口を開いた。「そんなに長く待ったわけじゃない。そこの棚の、端から順にウィスキーを飲んでいこうと思ったけどまだ一本目だ」

彼女はテレビの脇のサイドボードへ、次にテーブルの上のグラスと空のボトルと灰皿へ、最後にわたしの顔へ視線を向けて言った。

「何がそんなにおかしいの」

「わからない」

「酔ってるのね」

「だから言ってるだろう、まだ一本目だって」

「来るときは前もって電話をする約束よ」

わたしはソファの背から身体を起こしてグラスの底に残ったシーバスリーガルを飲んだ。たったそれだけのことに一分も時間がかかったような気がする。

「迷惑なら帰るよ」

わたしは再び中腰になって、返事を保留した彼女が隣の台所に消えるのを眺めた。台所に消える前に彼女が放り出したバッグが向いのソファに仰向けに落ちていた。ちょっとした旅行にも使えるような大きさの茶色い鞄だった。台所で彼女は冷蔵庫から缶ビールを取り出して栓を開けた。それらの音をわたしはソファにすわり直して聞いた。中腰の姿勢で考えてみるとここ以外のどこかへ行くあてなどなかった。

缶ビールを手に戻って来た彼女がテーブルをはさんで正面にすわり脚を組んで見せた。そして今度も何も言わない。

「客のつきあいでゴルフかと思ったんだ、日曜だから」

「日曜もなにも」と彼女は答え「この暑いのにゴルフなんか行くわけないじゃない」仰向けになった暗い茶色の地に明るい茶色の縁取りのバッグを手元に寄せると中からタバコ入れを取り出して一本点ける。すぐさまクリスタルの花びらの部分にタバコの先をあてて一叩きしたが灰は落ちなかった。わたしは灰皿の中のフィルターに口紅の跡の付いたのと付いていないのと二種類の吸殻を見分けながら呟いた。

「うん。ただ……約束の話はすこし違う」

「何を言ってるの」

「来るときは前もって電話をする約束、そんな約束をしたおぼえはない。いつもきみが電話をかけて来て呼ぶんだ、それが習慣だよ。留守に勝手に上がりこんだのは悪いと思うけど、この部屋の合鍵を僕は持ってるし」

「よくこんなところにじっとしてられるわね」組んだ脚をほどきながら彼女が言った。

「空気がよどんでるのよ、気がつかない？　まる一日締め切ってたんだから」

　立ち上がってわたしの背後へ歩いた彼女が窓を開け放ち、エアコンの唸りを含めて外のざわめきが遠い滝の音のように一気に流れ込む。わたしはテーブルの上の水滴にびっしり覆われた飲み口にうっすら赤い印の残った缶ビールに手を伸ばしかけてやめた。

「さっき、自分が迷惑をかけてるかって聞いたわね？」

「迷惑なら帰ると言ったんだ」

「迷惑してることなら山ほどあるわ」と彼女は続けた。「実際、あなたのおかげで来てほしくない客は入り浸るし、それから」

「それはあの刑事のことか」

タバコを一服するために間を置いて返事があった。

「ええ。それからね、何よりあたしが迷惑してるのは直美のことよ。中学に入ってやっと落ち着いたと思ってたのに、高校も大学もわざわざ高いお金を払って私立に行かせたのに、それが、いまじゃこの家には寄りつきもしない、実の母親を煙たがって。なんのために女手一つで苦労して育てたと思ってるの、もとはと言えばみんなあなたがしゃしゃり出たせいよ」

中学に入って直美が落ち着いたというのはつまり別れた父親の住む街へ家出を繰り返すのをふっつりやめたということなのだ。その代り高校を卒業するまでの間に、直美は何度かわたしの赴任先の島を訪れることになったのだけれど、それは母親も承知の上の話で別にわたしはしゃしゃり出たつもりなどない。

「あたしにはわかってる、あの子が人が変ったみたいに真面目になったのは、高校さえ卒業すればこの家を出られるってそのことばかりあなたが吹き込んだから、そうよね？　昔から、鵜川先生の言うことなら何でも言いなりだったんだから、あの子は。あたしはね、直美に言ってやりたいと思うことがあるの、いままでだって何べん喉まで出かかったかわからない。あんたの鵜川先生が陰ではどんなことをしてる先生か、あたしとのことだけじゃなくて、たとえば昔の、あの事件のことだって……」

「……それで？」

「それで？」と振り返る気配があった。

「あの刑事は事件のことで何か言ってるのか」

「事件のことなんか何も言わない、事件のこともあなたのことも。言うわけないでしょう、ねえ？　八年前のことなんかもうみんな忘れてるのよ。あたしはただ、ただあんな下品で横着な男に店に出入りされて迷惑してるだけ。まるで百年も前から知り合いどうしみたいな口の利き方をして、ねちねち看板まで居残って……あの刑事が飲みに来るとほかのお客さんまで嫌な顔をする、隣にすわると腕相撲で勝負なんて言い出すから。でも、あたしが言いたいのはそんなことじゃない、迷惑は迷惑だけど、いまあたしが言ってるのは」

「だからそれでと聞いてるんだ」

「この際だから言わせてもらうわ。あたしたち、こんなことといつまでも続けられるはずはないわね？」

「ああ」

とわたしが答え、しばらく彼女が黙り込んだあとでカラカラと音をたてて窓が閉った。

そして四度目の電話が鳴り響いた。

「ほらね」と背後から彼女の声が言った。「簡単よね。鵜川先生はこんな関係をいつまでも続けるわけにはいかないのよ。あたしはそれをあなたがいつ言うかいつ言うかと思ってた」

「電話が鳴ってる」

「二週間に一ぺん、一カ月に一ぺん、電話で呼ばれてここに来る？　それが習慣？　何なのよ、その習慣て言葉。忘れてるようだから教えてあげるけど、あなたの方からあたしの店にやって来たのよ、最初のときも、次も、その次も、物欲しそうな顔で同じことを繰り返したのはあなたの方でしょう」

「さっきから何度も鳴ってるんだ」とわたしが言った。「出たほうがいい」

振り向く前に彼女が動いた。灰皿でタバコを一捻《ひとひね》りするとリビングを出て廊下へ向う。やはり受話器は寝室なのだろう。わたしは燻《くすぶ》っている吸殻の口紅の色の移った部分を避けてつまんで灰皿に押さえ付けながら思った。これが、この灰皿にたまっている二つの銘柄のタバコの吸殻が胸騒ぎの原因で、三時間前からわたしは彼女の別れ話を予感していたのだろうか。腕時計を見るたびに不吉な胸の高鳴りをおぼえたのは、あるいは不吉な胸の高鳴りをおぼえるたびに腕時計を見直したのはみんなそのせいだったのだろうか。

「あなたによ」

と彼女の声が言ったのでわたしは顔を上げた。コードレス受話器を差し出しながら近づく彼女の顔つきはただこわばっているようにもそれから何故か勝ち誇っているようにも見える。むろんこの部屋にわたしへの電話がかかるはずはないということはわかっていた。手渡された受話器をほとんど機械的に耳にあてる前にわかっていたのだけれどそのことをそれ以上考える暇はなかった。

「先生?」と若い娘の声が言った。「先生、よく聞いて、里子ちゃんがまだ帰らないの、それでさっきまで佐々木さんのお母さんや、ほかにも大勢うちに集まって話を聞いてたんだけど、なんだかＪＲの駅から市役所の方へ行進してる人達がいて、その中にみんな混じってるんじゃないかって……」

正面のソファに腰をおろしかけている女とわたしは眼を合わせた。こわばった表情のまま彼女はまたタバコ入れに手を伸ばしてわたしの眼を逸らした。

「直美だ」とわたしが言った。

彼女はぴんと立てた人差指と中指の間の爪に近いあたりに火の点いたタバコをはさんでソファの背に凭れかかった。

「あたしは知らないわよ」

「先生？」と直美の声が呼んだ。

「いったい何の話をしてるんだ」

「だから、その行進してるなかに里子ちゃんたちも混じってるかもしれないって、集まったみんなで心配してもうそっちへ車で捜しに出掛けてるの」

「どこへ」

「もしかしてうちに戻って来るかもしれないから、あたしは連絡待ちで残って代りに吉岡さんが行ってくれてるんだけど、先生も早く里子ちゃんを捜しに」

「どこへ捜しに行けばいい。行進ていったい何の行進なんだ」

「わからないのよ、それが何の行進なのか。そんなことより早く、そこを出て……そこに、近くに車はあるんでしょ？」

「ここを出て、だから、どこへ」

「どこへって言われても、とにかく行進は市役所に向ってるはずだから……」

「川沿いの道だ、栈橋《さんばし》から川に沿って市役所の方へ」

とそのとき電話口に男の呟く声が混じったのでわたしは訊いた。

「そばにまだ誰かいるのか」

「ええ、杉浦さんが」

「……どうしてそこに杉浦が」

「そんことはいまはいいから」

「何してるんだ」杉浦が割り込んだ。「車は使えるのか」

「車？」わたしは思い出しながら答えた。「……ああ、車は駐車場に置いてある」

「しゃきっとしろ、鵜川。言ってることがわかってるのか？」

「ああ」

「先生、お酒飲んでるの？」

「いや、そんなには飲んでない」

「だったらすぐにそこを出て……、言ってることはわかったよね？」

「わかった」

「そんなには飲んでない？」

と電話が切れたあとで直美の母親が鼻を鳴らして言った。わたしはもう何度目かに腕時計に眼をこらした。あと数分で十一時になろうとしている。杉浦がこんな時間にうちにいたということは今夜は父の命日だったのだろうか。

「車の運転なんか無理よ」

「下宿させてる子が行方不明らしいんだ、探しにいかないと」

「その顔、洗面所に行って鏡に映して見るといいわ」

わたしはコードレスの受話器をテーブルに置いて両手で顔を洗いながら立ち上がった。一瞬めまいがしてへたりこみそうになったけれど実際にへたりこみはしなかった。直美の母親が勢いをつけて身を起こすと短くなったタバコを灰皿に突き立てる。

「でも、どうして僕がここにいるとわかったんだろう」

火の消えたタバコは灰皿の中で直立したまま倒れなかった。直美の母親はシーバスリーガルの空瓶と二個並んだグラスとの間に置かれたコードレスの受話器を取り上げて親指で一度だけボタンを押した。微かに音が鳴って黄緑に灯っていたボタンの色が失せ、それからやっと彼女が振り仰ぐように首をねじるとわたしの視線を受け止めていましそうに、そんなこと、と答えた。そんなことあたしが知るもんですか。


こうしてわたしは十一時に、その時刻にしてはむしむしするほどの暑い湿った空気のよどんだ夜の街へさまよい出ることになった。

マンションから駐車場までの距離は直線で百メートルくらいだろうか。とにかく一本道なので迷うことはない。マンションを出て歩道を左へ歩きながら、外に出る前に着直した上着をもういちど脱ごうかどうか迷いながら、自分はいま大まかにいえば市役所の方へ向っているのだと言い聞かせた。反対方向がＪＲの駅だ。そして歩いて行く途中のタバコの自動販売機の前でふと足を止めた。駐車場の料金計に使うための硬貨が必要だと思いついて財布を調べたのだが不運なことに百円玉は一枚も見つからない。ズボンのポケットを探ると車のキイと五百円玉が二枚出てきた。だが五百円玉では料金計の挿入孔に入らないのではないか。駐車場から車を出すためには百円玉が何枚か必要なのだ。

夕方の何時に車を停めたのか正確には思い出せなかった。メーターの金額が三十分ごとに百円加算されるのか一時間ごとに百円加算されるのかもはっきり思い出せない。なにしろ何枚もの百円玉が必要なことは確かだろう。わたしは財布から千円札を一枚引っぱり出した。千円で二二〇円のマイルドセブンを買えば釣りは、釣りは七八〇円だから七枚の百円玉が手に入る。二度繰り返せば十四枚。それで十分だろう。要らないタバコが二個残ることになるけれど、けれど、欲しい物を手に入れるためにはやはりそれなりの犠牲が必要なのだ。わたしは腰を折って千円札の挿入口のプラスチックの蓋を開けた。それからその姿勢のまま市役所の方角を見て思い直した。

わたしはなるほど少し酔っているのかもしれない。振り向いたほんの数メートル先に別の自動販売機がある。要らないタバコを二個買うよりもウーロン茶でも飲んで酔いを覚ました方がよほど気が利いているだろう。そこまで歩いてみるとそれはビールとスポーツドリンクと炭酸飲料とオレンジエードの自動販売機だった。わたしは眼を瞬いてから千円札を機械の奥へ滑らせた。横に二列に連なったボタンの上のランプが赤く灯ったが予想どおりビールはすべて売切の表示である。一二〇円のオレンジエードを買って払戻しのレバーを押すと釣銭が落ちた。それを拾ってみると百円玉は三枚しかなく代りに五百円玉が一枚あった。

てのひらに載せた小銭を見ながらしばらく迷ったが他に名案は浮かばなかった。あと四枚の千円札を使い、オレンジエードが五本に増えて百円玉が十五枚手に入った。これで十分だろう。わたしはそれを他の小銭と選り分けてズボンの右のポケットにしまった。残りは全部まとめて左に。次にオレンジエードを二本ずつ背広の左右のポケットに押し込み、処置に困った残りの一本の栓を開けたときになってようやく、千円札を五枚もくずす前に五百円玉を使う手があったのだと頭を働かせた。いったいわたしは何をやっているのだ。自動販売機の白い照明に腕時計をあてて見ると十一時を十分近く過ぎていた。右のてのひらにオレンジエードの缶がひんやりとして心地良かった。わたしはよく冷えた缶の中身を口に含み、飲み下したとたん、舌の付根に針が刺さったような痛烈な刺激を感じてむせ返った。ズボンのポケットの重たい小銭を鳴り響かせながら、背中を丸めて何べん咳を続けても喉と鼻の奥に張り付いた甘酸っぱさが抜けなかった。わたしは一口飲んだだけの缶を道端に捨ててなおも咳をしながら行手を急いだ。

駐車場のメーターには黒みがかった赤い数字が700と浮かんでいた。ほんの好奇心から試みに五百円玉を一枚と百円玉を二枚入れてみるとあっさりロックが解けた。黒みがかった赤い数字がすっと消えたので解けたはずである。車の中は外よりもむっとして息苦しかった。一時間につき百円として夕方の何時に車を停めたか逆算できるはずだが、そんな面倒なことに時間を費やすわけにはいかない。助手席側と運転席側の窓を両方開け放してキイを取り出しエンジンをかけた。ギアはリバースに。アクセルペダルを踏むとイメージ通りの速度で車は後退を始めた。毎朝の訓練のたまものである。リバースギアで車を出すことにかけてはたとえ酔っていようとわたしの腕は確かなのだ。駐車場の出口へハンドルを切りながらシートベルトの掛け忘れに気づいたがそのままにした。世話焼きの吉岡氏はあのＢＭＷで里子を探しに向っているのだろうか。まさか夫人同伴ということもあるまいが今夜わたしが酒を飲んでハンドルを握っていることを知ったらあの夫婦はどんな顔をするだろう。

駐車場の出口はマンションの真裏の通りに面している。大まかに言えば出口から左手がマンションとＪＲの駅方面、右がこれからわたしが車を走らせるべき方角である。まちがいないと自分に言い聞かせウィンカーを右へ点けた。行進は市役所へ向っているのだから先回りして待つのがいちばんの方策だろう。わたしはハンドルを操って車を道路の左車線に乗せた。その瞬間にクラクションを立て続けに鳴らして追い越して行った車が一台あった。赤い尾灯があっという間に視界から遠ざかる。ルームミラーを覗いたが他に後ろに付けた車は見えなかった。だいたいがこのあたりは官庁街なので遅くなると人の行来も交通量も少ないのだ。黄色の信号につかまって交差点の手前で停ったが、斜向いに空車のタクシーが一台見えるだけであとは四隅に立つ街灯の白さがやけにまぶしい。そのタクシーがまたしつこくクラクションを鳴らしてすれ違うのをやり過ごしてから右折する。市役所のある大通りへ出るために。右へ回したハンドルが握った指の内側をするすると擦りながら左へ戻っていくのを意識しながらわたしは里子を殴ることを考えた。

それは数分前あと四枚の千円札をくずすために自動販売機のオレンジエードのボタンを拳で叩き続けながら一度考えたことだった。こんなことにならないうちに、こんな訳のわからぬことに巻き込まれないうちに、やはり里子に直接聞くべきだったのだ。わたしの留守中にわたしの家で何が起こっているのか。吉岡氏が電話で教えてくれた赤い車と黒い車を運転している男は誰なのか。ゆうべ不吉な印のようにベッドの上に落ちていた髪の毛を見つけたとき、咄嗟に、怒りを静める努力をするよりも先に下へ降りて里子を問い詰めるべきだったのだ。そしてそのためにはどうしても里子を殴らなければならなかったような気がするし、これから里子を捜し出して遅れればせながら訳を聞くにしても結局は同じことになるような気がして仕方がなかった。だがいったいわたしに人が殴れるだろうか？　緑色の信号を二つ過ぎてその次を左に曲ると大通りだった。まもなく市役所の庁舎が見えてくる。突然サイレンが聞こえ中央分離帯の向う側の車線を救急車が走り過ぎ、またしても後方からクラクションの音が鳴り響いた。わたしはブレーキのペダルを踏み込んで市役所のバス停のほんの少し手前に車を止めながら、不意に、立ち飲み屋での富永の声を頭の隅によみがえらせた。「毎日まいにちそこらじゅうで事故を起こして救急車を呼んでる」あるいはわたしの胸騒ぎはあのときから始まっていたのだろうか。助手席側の開いた窓の外に人影は見えなかった。バス停にも歩道にもそのむこうのこんもりと黒い植え込みの脇からスロープになった庁舎前の車回しにも。ＪＲの駅からここまで歩くにはどれくらい時間がかかるのだろう。フロントグラス越しに左手に聳える庁舎を眺めると上の方に一列だけ窓明りの見える階があった。暗い壁のような建物の向って右斜め上に長方形に輝いている部分。あの白い横長の光が消えてしまわぬうちに、とわたしは理由もなく思った。行進の先頭がここに着けば何事もなく里子を捜し出して家に帰れるだろう。

「おい、何やってるんだ」男の声が怒鳴った。「だいじょうぶか」

わたしは運転席側の開いた窓越しに声の方を振り返った。車体を緑と黄色に塗り分けたタクシーが横に停り、こちらに向いた窓が下げられている。運転手が身を乗り出して「酔ってるのか？」と訊き、後ろの窓から別の男がわたしの車の前方を指さして「ライトが点いてない」と教えてくれた。そのタクシーの乗客の笑った顔が一瞬富永に見えたがそうではなかった。

「もうじきパトカーだらけになるぞ、この辺は」運転手が言った。「気をつけないと、じきに蠅《はえ》みたいにたかって来るからな、暴走族にかこつけて引っ張られるぞ」

「デモ隊みたいに歩いてるんだ暴走族が」乗客が言った。「まったく何を考えてるんだか」

「ここで酔いを覚ますより、市役所の向うまで逃げといたほうがいい」

「それが利口だな、あいつらもう眼と鼻の先まで来てる」

この通りすがりの親切には礼を述べるべきだと思いながらも億劫でならなかった。わたしはただ片手を上げて応えた。後ろに支《つか》えた車がクラクションを鳴らして催促している。運転手が首を振り振り奥に引っ込み、タクシーが発進する間際に乗客がもう一度「ライトを」と言い、次から次へ小さくなって行く尾灯を見送りながらわたしは車のライトを点けた。白い水を撒いたように無人のバス停のベンチが浮かび上がり、そのとき再び救急車のサイレンが今度はどこか遠くで鳴り始める。腕時計に眼をこらしたが文字盤は正確には読み取れなかった。電話で直美が言っていた行進というのは暴走族の行進のことだろうか。吉岡氏から聞いた赤い車と黒い車を運転している誰かがその暴走族に係わっているのだろうか。それにしても暴走族の行進というのはいったい何なのだ。フロントグラス越しに左手の庁舎を見上げると窓明りは消えて暗い巨大な壁でしかなかった。見上げたとたんに照明が落ちたような気がしたけれど確かではない。いずれにしても職員の残業が終っただけの話だ、そう自分に言い聞かせた。何か不吉なことの起こる前触れなどではなくて。

わたしはシートベルトを掛けて車を出した。前照灯を点けたせいでさっきまでよりはずっと運転が容易い。最初の角を左へ折れる。そのまましばらく直進し、信号を三つ過ぎたところでまた左へ。それで大まかに言えばＪＲの駅の方角へ向けて車を走らせることになった。だが二車線の道の左右に注意を払っても行進らしきものの先頭は見えない。眼に入って来るものは様々な色彩の灯りだけだ。道の両側に果てしなく等間隔に続く街灯、タバコやコカコーラやコンドームを売る自動販売機の輝き、酒場のドアの上に捩れたネオン管で描かれたピンクのアルファベット文字、コンビニエンスストアの広い窓に反射する蛍光灯、ガソリンスタンドの屋根の内側に取り付けられた球形の白い照明と緑の照明、縦長の白い背景に緑の文字の浮き上がる救急病院の看板、三階建てのアパートらしいビルから洩れる黄色っぽい灯り、白地に黒い文字で屋号を記した看板、白地に青い文字の看板、対向車のヘッドライト、前方に迫る車の滲んだ赤い尾灯、信号の黄と赤。わたしはブレーキペダルを踏み込んで前の車のバンパーとぎりぎりに車の鼻先を止めてハンドルに顔を伏せた。くらくらめまいがするしおまけに窓から吹き込む生暖かい風が塊になって胃の中に溜ったような不快感がある。きっと吐いてしまえば楽になるだろう。だが車の中に吐くわけにはいかない。車の中で吐いてしまえばあとで洗い流すのが面倒でそのうえいつまでもいつまでも腐った生肉のような匂いが残って結局マットを買い替えることになるのだ。またクラクションが鳴った。

また誰か男の声でだいじょうぶかと訊ね、わたしは片手を上げて応える。どうしてこうどいつもこいつも親切に声をかけてくるのだろう。前の車は姿を消している。信号は闇に滲み出すような緑色だ。わたしは車を走らせた。しばらく行くと道が右手へゆるやかにカーブしはじめるあたりでガードレールが途切れていて、たぶん駐車場か何かの入口だろう、咄嗟の判断で車を左に寄せてそこに乗り入れた。タクシーともう一台の乗用車が車体を接するよう続けて追い越して行くのを眼の隅に捕らえた。信号で声をかけてくれた男はあのタクシーの運転手だったに違いない。今夜のわたしはやけにタクシーの運転手に人気がある。いまの運転手もやはり競輪好きで鵜川源太郎の家なら知っているだろうか。助手席の開いた窓越しに左手へ眼をやるとやはりそこは黒々とした広い駐車場で、そのずっと先の方に平べったい建物の灯りが見えた。そうだここは例のスーパーマーケットの駐車場なのだ。八年前の冬すべてはここから始まったのではなかったか。あの強風の日の午後、遠沢めいのいる喫茶店まで川沿いの道をどれくらい時間をかけて歩き続けただろう。それからわたしは八年前の夏の夜を思った。この駐車場へ車を止めにやって来るのはまる八年遅すぎたのではないか。そう思いついて笑おうとしたが笑うことはできなかった。胃の中に溜った生暖かい風の塊を絞り出すように下腹を震わせてわたしは窓の外へ吐いた。アスファルトに水しぶきが弾ける音がして、その粘り気のある臭い水が唇から顎を伝って喉仏までを濡らす。その後でシートベルトを外して座席の背に凭れた。その前に外さなかったせいで窓枠を摑んでいた右手の甲にも、ドアの内側の一部までにも吐瀉物《としゃぶつ》がべったりこびりついている。下腹と首回りの筋肉が凝り固まったように痛む。この痛みはじきにやわらいでも匂いのほうは水で洗ったくらいではなかなか抜けない。八年前のちょうどいまと同じ夏にはいつまでもいつまでも腐った生肉のような匂いが残って――それともあれはわたしの気のせいだったろうか――おかげでマットを買い替えなければならなかった。スーパーマーケットの駐車場から出て来た車のライトがわたしの左半身を照らす。わたしは顔をそむけ、前からと後ろからとクラクションに責め立てられながら車を車道に戻した。このまま緩やかにカーブした川沿いの道をしばらく走ると右手に吊橋が見えてくるだろう。だが前を行く車はほとんど徐行に近い速度でのろのろと移動し、わたしはまたじきにブレーキを踏まなければならない。街灯の白々とした光で明るい道の途中で車を止めてわたしは一瞬眼を閉じた。そして念じた。次に眼を開けたときにはこの道のこの街の灯りという灯りが跡形もなく消えて闇が降りている。だがそんなことが二度と起こるはずはないということは百も承知だった。奇跡を念じたわたしはむろん酔っているのだ。八年前のちょうどいまと同じ夜。酔った頭に浮かんで来るのはとりとめのない過去の切れ端ばかり。

その夜わたしは真山を殺すために車を走らせていた。ダッシュボードの蛍光時計で最初に時刻を確認したのが七時半で、それからまだ三十分も経ってはいなかった。遠沢めいが指示して来た時刻は十時。だから真山を待ち受ける時刻まであと二時間と少し。不意に、どこへ何のために車を走らせているのか記憶が飛んでしまいそうな空白の瞬間が来て、何度となく頭の隅でそのことを確認する必要があった。両手のてのひらはハンドルを握る前からしつこく汗ばみ、運転を続けながらエアコンのスイッチをどちらへどう動かしても、信号待ちのたびにジーンズの腿の部分に擦りつけてもそれは同じだった。

朝のうちに差出人の名前のない速達が届いた。遠沢めいからのその手紙を、わたしは封筒ごと二つ折りにして尻ポケットに押し込んでいた。いざというとき読み返すためにそうしたのだが、家を出る前に中身の一字一句まで暗記していたほどだから要らぬ心配だったかもしれない。彼女は便箋《びんせん》二枚にボールペンで指示を書き連ねていた。

一、コインロッカーのキイを同封しました。キイについている札の番号をまちがえないように。

一、コインロッカーには黒いバッグが入っています。バッグの中身に触る前に手袋を忘れないように。

一、私は七時前にはアパートを出ます。七時から、早くても十二時までは松井《まつい》さんと一緒にいるようにします。

一、私が真山のアパートに電話をかけるのは九時半から十時の間です。いちばん早ければ十時には真山は吊橋のたもとに着くはずです。

一、車を止める場所はなるべく遠くにして、くれぐれも人目に気をつけてください。

一、どんなことになっても私はあなたのことには口をつぐみます。連絡できるときが来るまで二度と連絡も取りません。あなたも約束してください。「欲しいものを手に入れるためにはそれなりの代償を払わなければならない」からです。
一、この手紙は読んだら焼き捨ててください。
つまり、そのときすでにわたしは箇条書きにされた最後の指示に従っていなかったわけである。

指示の一つ一つは、その前々日に彼女からかかって来た電話で決心を確かめ合ったときの話の内容とほぼ同じだった。だから正確に言えば彼女の一方的な指示ではなくて、ふたりで考えを出し合った結果なのだ。わたしは七時に家を出るとまっすぐ駅前のターミナルビルに向った。時田直美の度重なる家出のせいでわたしにはおなじみの建物である。記憶通り、バスの発着を待つ旅行者や学生達で込み合う一階待合所の隅にコインロッカーが並んでいて、その中からキイの青い札に記された白抜きの番号と同じ箱を見つけるのに時間はかからなかった。用意した百円玉を二枚使って鍵を開けると中には真新しいビニールの携帯バッグが入っていた。上端に本体の色と同じ黒い輪になったベルトが付いていて手首まで通せるように出来ている。持ち歩いても落とさぬようにという配慮だろうか。そこまで考えながら彼女はわざわざこれを選んで買ったのだろうか。心なしか拳銃の形をなぞるように膨らんで見えるバッグを胸に抱いてわたしは車に戻った。そしてそのまま、駐車場から車を出す前にファスナーを開けて中を確かめはしたけれど手を触れぬままダッシュボードの小物入れにしまった。

　これでとにかく拳銃を手に入れわたしは計画の一歩を踏み出したわけだ。あとはアリバイを作るために松井という昔の看護婦仲間と会っている遠沢めいが、九時半から十時の間に真山に電話をかけるのを待つ手筈《てはず》になる。その電話で遠沢めいはわたしと一緒に吊橋のたもとで待っていると嘘をつかなければならない。早ければ十時には現れる真山をわたしが拳銃と手袋を準備して待ち構える。そして橋を渡った公園の敷地内にある丘の上の墓場へ誘いだす。弾丸を撃ちつくした後、わたしは拳銃を捨ててまた丘を下る。車を停めてある場所まで引き返し、何事もなかったかのように帰宅する。それが遠沢めいとわたしとで決めた大まかなシナリオだった。駅前の国道を市役所方面へ向って車を走らせながらわたしは何か手抜かりがないかと考えてみた。

　手抜かりと呼べそうな不安は山ほどあった。まず第一に、九時半から十時の間にかける遠沢めいの電話が真山につながらなかったとしたらどうだろう。昼間アパートを出ても夜の九時過ぎには帰っているのが普段の習慣だというのだが、今日に限って真山がその習慣を破ったとしたらどうなるのか。第二に、もし電話がつながったとしても真山が呼び出しに応じず、吊橋のたもとに現れない場合はどうなるのか。第三に、もし現れたとしても丘の上の墓場まで真山を誘い出すことが可能だろうか。遠沢めいが先に一人で待っているなどという口実を真山が簡単に信じるだろうか。仮に信じたとしても、墓場まで坂道を上って行く間わたしはどうやって拳銃を隠し持てばいいのか。輪になったベルトに手首まで通して例のバッグを持っていれば落とす心配はないにしても真山はきっと怪しむに違いない。それに拳銃に触れる前に手袋を忘れるなと遠沢めいは書いているけれど、いったいいつどこで手袋をはめればいいのだ。考えれば考えるだけ不安の数が増す。市役所の庁舎を過ぎたあたりで車をUターンさせたのがちょうど八時だった。国道を駅の方向へ戻りながらわたしは考え続けた。

もし仮に、それらのすべてがシナリオ通りにうまく運んだとして、つまり弾丸を撃ちつくし撃ちつくした弾丸が真山に命中したとして、その銃声を誰かが耳に止める可能性は、銃声を聞き分けられる誰かが夜の公園に紛れ込んでいる可能性はどのくらいあるだろうか。聞き分けた誰かが、あるいは複数の人間がその足で丘の上の墓場まで登って来た場合、わたしはどうすればいいのか。いや、登って来るよりも先に警察に通報した場合はどうなるのか。拳銃を捨てて暗い曲りくねった（しかも途中に階段まである）坂道を駆け降り、それから吊橋を渡って車を停めてある場所まで戻るのにどれくらい時間が必要だろう。そう考えたとたんにわたしは軽い吐き気をおぼえた。だいたい、吊橋の近辺のどこに車を停めるかすらまだ決めていないのだ。

この計画には手抜かりが多すぎるのではないか。信号待ちで車を止め、汗ばんだ両手のてのひらをジーンズの腿の部分に擦りつけるたびにわたしの不安は募った。おとつい電話で決心を伝え合ったときには欠点一つなかったはずのシナリオがいまは穴だらけに思えて仕方がない。ＪＲの駅の駐車場に空きを見つけて乗り入れ、再び吐き気を堪えるために顔を顰《しか》めているとダッシュボードの時計が八時半を示した。わたしは尻のポケットから封筒を取り出して眼をこらした。消印は昨日の夕方になっている。もしコインロッカーのキイの入ったこの速達が今日の午後までに配達されなければ、われわれの計画は一から崩れてしまう。これは最も重要な点なのだ。結局、起こり得るかもしれぬ郵便の遅配について遠沢めいは眼をつむった。その点すらいまのわたしには計画の杜撰《ずさん》な部分に思えるのだが、彼女はそれよりもアパートの押し入れから拳銃が消えているのに真山が気づく確率の方を怖れたのだ。当然といえば当然だろう。その確率を最低に押さえるためのぎりぎりの時間がまる一日。だがわたしにはたった一日すら長すぎるように思われる。もし真山がすでに拳銃の紛失に気づいていた場合、このあとのシナリオはどうなるのか。

右のこめかみから額を通って左のこめかみまできりきりと締めつけるような痛みが走った。わたしはただ怖じ気《おけ》づいているだけなのかもしれない。拳銃を収めたバッグはあらかじめ用意した古い革の手袋と一緒に助手席側のダッシュボードの小物入れの中だ。実際に郵便の遅配は起こらなかったのだし、予定通り拳銃はわたしの手元にある。われわれが書いたシナリオはすでに何割かが現実になって進行している。このあとに落し穴が待ち受けていると考える確たる理由はない。わたしはただ怖じ気づいて、シナリオの肝心の部分から眼を逸らすために無意味な粗探《あら》しをしているだけなのかもしれない。うなじから後頭部にかけて髪の毛が徐々に逆立つような寒気とも痺れともつかぬ感覚が這《は》い上がる。シナリオのクライマックスをわたしは無事に演じることができるだろうか。両手で拳銃を握って引金を絞り弾丸を撃ちつくす。むろん遠沢めいが言うように壁に向って撃つつもりで引金を絞ればいいのだ。間近に立っていれば眼をつむっていても命中するだろう。何秒か後にはそれですべてが片付いているに違いない。簡単なことだ。決心をつけたときには簡単なことに思えたのだ。いまさら怖じ気づく必要はない。

いや違う。左右のこめかみを指で揉みながらわたしは頭を働かせた。簡単なことに思えて決心をつけたのではなかった。そうわたしのような小心な人間に拳銃で人殺しなどできるわけがない。だがまさにその点から今夜の計画の何もかもが始まっているのだ。つまりわたしのような人間に、小心者の小学校の教員に拳銃で人殺しなどできるわけがないという常識的な考え方。そこからわれわれのシナリオは書き出されたのだ。おそらく誰にも想像はつかないだろう。もしわたしがこのあと予定通りに非常識な罪を犯したとしても誰もわたしを疑わないだろう。わたしを知っている人間も知らない人間も。両親も学校の同僚たちも杉浦も笠松三千代も、たぶん警察も。もっと言えば真山本人もわたしが拳銃を向ける間際まで……。この考え方はあの晩、橋の上で最初に遠沢めいが口にしたときもそしていまも正しいと直感できる。だからやはりいまさら怖じ気づく必要はないのかもしれない。その瞬間には眼をつむり壁に向って撃つつもりで引金を絞ればいいのだ。何秒か後にはすべてが終っている。簡単なことだ。わたしは封筒をポケットに戻し顔を上げてエンジンをかけ直した。受持ちの児童の母親が勤めるスーパーマーケット、あそこの駐車場から吊橋まではどのくらい距離があっただろう。あの風の強い日、遠沢めいに会うために川沿いの道をどのくらい歩き続けたのだったか。もしまだ店が開いていれば買物客の車に紛れ込ませて停めることもできるのだが。そう思いながらハンドブレーキを戻した。駐車場を出たときは九時近かった。

わたしは再び市役所の方角へ車を走らせた。途中で左へ曲って川沿いの道へ出なければならない。それともいったん市役所まで走ってから左折した方がいいだろうか。二つめの交差点で信号につかまったとき、わたしは車を一番左の車線に止めた。ダッシュボードの時計は九時を示していた。両手のてのひらをジーンズの腿の部分に擦りつけながらわたしは思った。考え直す時間はまだ残っている。あるいは最初からそのつもりで必要以上に早く家を出て車を乗り回しているのかもしれない。そのつもりでさっきから考え直すための理由を探し続けているのではないか。腕時計を外の光にかざして見ると八時五十八分だった。不安に襲われてわたしはラジオのスイッチに手を伸ばした。ダッシュボードの蛍光時計も腕時計もどちらも正しいとは限らない。このままあと十日も雨が降らなければ時間給水の恐れがある、市民一人一人が節水を心掛けてほしいという水道局の広報を読み上げる声がラジオから流れ、まもなく九時の時報が鳴った。どちらかと言えば腕時計の方が正確である。ラジオでは中年の男と若い女の掛け合いで音楽番組が始まりチェッカーズというバンドの曲がかかった。わたしはその曲に聞き覚えがあった。チェンジレバーに添えた手がエンジンの振動のせいで震えている。聞き覚えがあるのは学校で女の子たちが歌っているのを何度も聞いているからだ。青に変った信号を視つめながらわたしは思った。やはり簡単なことではないのかもしれない。わたしのような人間に拳銃で人を撃つことなど不可能だ、そう考えるのは常識的に正しい。誰もが当然そう考えるだろう。だがそれが正しいと判断するわたしもまた常識的な人間である。つまるところわたしのような常識的な人間には拳銃で人を撃つことなどできるわけがないのだ。その証拠にわたしは拳銃で真山を殺したと誰かに見抜かれることよりも拳銃で真山を撃つこと自体を先に怖れているのではないか。われわれのシナリオはそもそも大きな矛盾の上に成立しているのではないだろうか。

わたしはギアをローに入れてそしてまた込み上げる吐き気に耐えた。次の瞬間、視線の先で、緑のランプが夜の色に溶けた。

ただ息を呑むしかなかった。信号が消えたのだ。消えたのは信号の色だけではなかった。それだけではなく道路脇の街灯やビルの照明までが一斉に光を落としている。気づいたときには本物の夜が降りていた。交差点に四方から集まった車の群れはヘッドライトの白光を前の車に投げかけたまま一台として動き出そうとはしなかった。ただ息を呑むばかりで、何が起こったのか、起こりつつあるのかわたしには理解できなかった。やがて闇の彼方《かなた》から波が寄せるようにドアを開閉する音と人声が伝わり、それ以前の静けさを際立たせた。ラジオの放送も途絶えていた。ダッシュボードの時計が浮き上がらせている数字は9:10。これから何かが、わたしの理解を超えた何かが起ころうとしている。それが何であろうとこの先に待ち受けているのはわれわれのシナリオの結末からは掛け離れたものだろう。わたしはそう直感できた。現にここでこうして、早くもわれわれの予想しなかった事態が起きつつあるのだ。深い闇のどこかでさかんにクラクションが鳴らされ、遠く近く、爆竹が弾けるような衝突音が谺《こだま》の反響に似て伝わって来る。汗ばんだ右手をジーンズに擦りつけた。チェンジレバーに添えた左手がエンジンの振動のせいではなく震えているのがわかった。誰かが車の窓を叩いた。わたしはダッシュボードの小物入れに眼をやり、蓋に手を伸ばしかけてすんでのことに思いとどまった。誰かが拳で窓を叩き続ける。

「大丈夫か」とその誰かが言った。わたしは窓を下げてうなずいて見せた。

「停電だよ。たまげたな、そこらじゅう真っ暗だぜ。ほらラジオも言ってるだろ、県内ぜんぶ電気が消えてる、大停電だ」

確かに放送を再開したラジオはそのニュースを繰り返し伝えていた——変電所で異常が起きたらしいが原因はまだ不明、所員が懸命の復旧作業にあたっている、現在、離島を除く県下全域で信号機はマヒ状態、県警本部は全署員と機動隊および交通機動隊など三千人に非常招集をかけた、ドライバーの皆さんは落ち着いてその場で警官の到着を待つように。

「こんなとこで立往生かよ、ついてねえよな、何やってんだろ変電所の連中は。ドライバーの皆さんは大迷惑もいいとこだ、なあ？」

わたしはまたうなずいて見せた。ラジオのアナウンサーが同じ原稿を頭に戻って読み直し、男が一つ舌打ちをして窓のそばを離れた。暗闇に包囲された街のあちらこちらでクラクションが鳴り止まない。救急車のサイレンが近づき遠ざかり広大な円を描いて回っているように耳に届く。それからじきに今度は警察の車が甲高い音を放ちながら確かにこの交差点をめざしてやって来る。

パトカーのサイレンが高まるだけ高まったあげくに不意に止み、ざわつき始めた交差点の中央の方からピリピリと吹き鳴らす笛の音が聞こえ始めた。制帽を被った警官が一人、先端が燃えさかる炭火のようにオレンジ色に輝く棒を持ってわたしの車のそばを、窓の外を後方へ走り去る。思わず助手席側のダッシュボードに顔を向けたが何のためにそうする必要があるのかわからなかった。われわれのシナリオの結末、とわたしは思った。一、どんなことになっても私はあなたのことには口をつぐみます。連絡できるときが来るまで二度と連絡も取りません。あなたも約束してください。……あれはいったいどういう意味なのだ。計器盤の端の時計が表している緑の数字は9:19。きのうの午後（それとも午前中に？）遠沢めいは何を思ってあの項目を書き加えたのだろうか。「欲しいものを手に入れるためにはそれなりの代償を払わなければならない」からです。遠沢めいが欲しがっているもの、そのために払わなければならない代償とは何だ。彼女は真山の死を望んでいる。そのために拳銃を盗み出しコインロッカーに隠してキイをわたしに送りつけた。そして彼女はアリバイを工作し、実際に拳銃で真山を撃つ役割はわたしに振られている。遠沢めいという女を手に入れるために殺人という代償を払わなければならないのはわたしである。計画通りに真山が死んでたとえわたしに容疑がかかってもかからなくても……つまりどんなことになっても口をつぐむと彼女は書いているのだ。そう彼女はわたしに容疑がかかった場合を想定してあの項目を特にカギ括弧《かっこ》でくくられた部分を書き足した、と考えてわたしは息苦しくなった。意識的に下腹を波打たせて呼吸をしてみたが口元からは微かに湿った吐息が洩れるばかりだ。

そもそもの始まりからこれはわれわれのシナリオではなく彼女のシナリオだったのではないか。緑色の時計は9:21と表示されラジオのアナウンサーはまだ同じことを喋っている。わたしは花火の夜の吊橋でのやりとりを思い出そうとした。あのときもう彼女は真山を殺す決心を固めていたのだ。電話で呼び出されたわたしはその話を聞き、猫を怖がる鼠の仲間に加わることを決めた。だが実のところそれは自ら決めたのではなく、わたしは彼女に選ばれたのではないか。彼女は真山の死を望み、そのための代償を払う身代りとしてわたしを選んだのではないか。真山に拳銃を見せられた瞬間から彼女はそのことを考え始めた……あるいはもっとずっと以前からだったかもしれない。二月のあの雪の晩、タクシーに一緒に乗っていたのは真山に違いないのだが彼女はそのことを隠した。隠したまま真山とわたしとを両天秤《りようてんびん》にかけ、いったんは真山を取った上でまたわたしのもとに戻って来た、助けを求めて。六月のあの日、ターミナルビルの二階の喫茶室に憔悴《しようすい》した顔で現れたとき、彼女はすでにわたしを身代りにしようと決めていたのだろうか。最初からそのつもりで縒《よ》りを戻そうとわたしを寮の部屋に誘ったのだろうか。警察の吹き鳴らす笛の音がこちらへ確かにわたしの車の方へ迫って来る。彼女は杉浦とのいきさつも隠していた。

真山のせいで病院には誰も受け入れてくれる人間はいないような言い方をしながら、看護婦仲間の松井という女性と今夜会って食事をしている。朝から晩まで真山に拘束されて地獄のようだと言ったはずだが昨日も拳銃をコインロッカーに隠し速達を出す時間は作っている。言う必要のないことを省いたというよりもむしろ嘘と呼んだ方がはやい女の話。あの芝居がかった台詞。彼女の言うことをまるまる信じて来たわたしは彼女の書いたシナリオに利用されているだけなのかもしれない。笛の音が間近に迫り、間近で耳が痛いほど鳴り響く。時計の表示は9:25。その数十センチ先の小物入れには拳銃と手袋。もしいま誰かに小物入れの中を見られたらわたしは何と答えればいいのか。どんなことになっても、という彼女の但《ただ》し書きにはそのときの状況まで含まれているのだろうか。運転席の窓のすぐ横をさきほどの警官が交差点の方へ走り抜けた。笛の音が遠のき、動きかけていた前の車のブレーキランプが灯った。わたしは十時十分の位置でハンドルを鷲摑みにしたまま顎を引き顔を俯《うつぶ》せて吐いた。足元のマットを飛沫が叩きつけ、続いてその音がもう一度。三度めを待ちながら夕食に何を食べたかと考えかけて夕食ではなく昼に何かを食べただけだと思い出した。三度めは来ない。ようやく顔を上げて唾を呑み込むと喉と首回りの筋肉が痛んだ。視界の右手の方でオレンジ色の輝きがゆらゆら揺れるのが見える。警官が一台前の車のそばまで戻って来て誘導灯を振り、発進するようにと合図を送っている。わたしは先を行く車の速度に合わせてどうにか交差点を越えた。そのあとで、次の交差点までの暗い数百メートルの道の途中で、このままこれ以上運転を続けるのは無理だと判断して車を左側の歩道に乗り上げた。

そしてそれからおよそ二時間後、送電が再開され街が普段通りの姿を取り戻したとき、車は依然として歩道に乗り上げたままの状態だった。わたしは運転席にすわっていた。街に灯りが戻るまでの間、わたしはエンジンを切った車内にただじっとすわっていたのだ。本物の夜の闇の中で、足元から立ちのぼる生肉の腐ったような悪臭に耐えながら、まるで過ぎて行く時間と根比べをするようにわたしは何かが起こるのを待ち構えていた。国道を行来する車は数珠つなぎになって前照灯の白い光で前の車をなめるようにのろのろと移動し、その延々と長い行列の騒音に二種類のサイレンが混じっていつまでも止まなかった。どこへ車を走らせても状況は変らないのだ。非常招集をかけられた無数の警官のうちの一人がわたしを怪しむとしたら、ここでだろうとどこか他の場所でだろうと同じように怪しむだろう。だが結局は何も起こらなかった。ときおり歩道に人影が現れて、中には警官も含まれていたに違いないのだが、彼らは黙々とわたしの車を迂回して歩き去るばかりで誰ひとり咎めようとはしなかった。送電が再開されるとまもなく車の流れは普段通りになった。わたしは運転席の背もたれを起こし車を国道に戻すと家の方角をめざした。

ラジオはあいかわらず二時間の大停電の原稿を読んでいた――変電所の送電線遮断器に異常が見つかった、すでに復旧にこぎつけたがこの間、二時間にわたり県下全域でおよそ六十万戸が停電にみまわれた、影響を受けてバスやJRのダイヤが大幅に乱れている、エレベーターに閉じ込められた人々の救済要請の一一九番が頻発、また電力会社などへの問い合せ電話が殺到したため交換機がパンク状態になりNTTは加入電話の回線を規制した、一部の地域では依然公衆電話も不通の状態。それが終ると合間にチェッカーズの曲がかかり、また停電事故のニュースが読み上げられる。

帰宅したのは十二時過ぎだった。隣のアメリカ人の家族が住む家はすでに明りを落としていたし、わたしの家の方も玄関の常夜灯まで消えて中に人の気配はなかった。むろん、だからこそわたしがこの日の決行を遠沢めいに提案したのだが、前日から父は仕事で広島へ遠征し、合わせて母も昔の仕事仲間と泊りがけの旅行に出ている。わたしはまず二階に上がって拳銃を入れたバッグと遠沢めいの手紙を机の一番下の引き出しに隠した。それから下へ降りるとあとはすることもなく、遠沢めいからの電話が鳴ることを予感して、居間のテレビが映し出すオリンピックの陸上競技に集中できぬまま眠れぬ夜を過ごした。

外が白みはじめる頃、マットを洗うことを思いついて一度車に戻った。運転席から助手席まで敷き詰められたゴム製のマットは持ち重りがする上にくねくねと折れ曲って扱いづらく、裏庭の隅の洗い場で柄付きのタワシを使っても乾ききった汚物は容易には落ちなかった。だがもともとは母が使っている車のマットなので落とさないわけにいかない。汗だくになりながら擦りに擦ってやっと黄ばんだ繊維状のものが微かに残るまでになった。ただそこに鼻先を近づけるとゴムの匂いとは別の異様な匂いを嗅ぎ分けることができる。それともその匂いはわたしの気のせいだったのだろうか。夜は明けきって青空が覗きはじめていた。ともかくこのままベランダのやがて陽の射すあたりに敷いておけば自然に乾きはするだろう。匂いの問題はそのあとだ。わたしは家の中へ引き返し、二階に上がると拳銃の入ったバッグを取り出してベッドの下に隠し直した。速達の方は封筒ごと台所の流しで燃やし、黒い薔薇《ばら》の花のように残った燃殻を小さく砕いて排水口に捨てた。

それからわたしはオムレツを焼いた。形のゆがんだ出来損ないのオムレツを面倒なのでトーストしないパンにはさんで食べ、インスタントコーヒーで流し込んだ。テレビのニュースがこの県で起きた停電事故の様子を伝えていたが、どれもこれもゆうべ地元局のラジオでさんざん聞かされたことの焼き直しだった。そのあと少しわたしは眠ったようだ。居間の畳の上で気がつくとテレビはまたオリンピックの陸上競技を映していた。メアリ・デッカーがゾーラ・バッドと接触して転倒する場面だった。同じ場面のスローモーションビデオが何度も何度も映し出された。わたしは上半身裸でトランクスだけを身につけていた。

居間から台所に通じる戸も、庭に面した窓も開け放してあった。しつこい耳なりのように熊蟬《くまぜみ》が鳴き続けている。隣に住むアメリカ人の女の子が母親を呼ぶ声がした。母親の答える声は聞こえない。わたしは汗をかいていた。シャワーを浴びたかった。歯を磨いて冷たいシャワーを浴びよう、そう思い食器を台所にさげるために立ち上がりかけたとき電話が鳴った。

呼出し音が二度鳴り続ける間、わたしは鴨居《かもい》を見上げ、神棚の横の時計の文字盤を読み取ろうとした。だが正確な時刻を読む前に台所に降りて廊下を走り玄関の靴箱の上の電話に出ることになった。受話器を耳にあてるとすぐに、

「鵜川か？」

と男の声が訊ねた。それは杉浦の声だった。わたしの返事を待たずに「ニュースを見たか」と重ねて訊ねる。停電事故のニュースでもオリンピックの話でもないと判断するまでに時間はかからなかった。いまさら杉浦がわたしに電話をかけてくる理由はないと続けてわたしは思った。声を殺して杉浦が言った。

「真山が死んだぞ。きのうの夜、殺された」

「……真山が死んだ」

「ああ、間違いない、いま練習から帰ってテレビのニュースを見たら」

「殺された？」

「あの看護婦にピストルで撃たれたんだ、同棲してたアパートの風呂場で、テレビのニュースじゃそう言ってる、元看護婦の、遠沢……、おまえ何も知らないんだな？」

「ゆうべ、何時に」とわたしが言った。

「何時に死んだかなんてそんなことはわからない、とにかくゆうべのあの停電の最中だ。おまえ本当に何も知らないのか。ゆうべはずっと家にいたのか？」

ほんの一秒答を渋っただけで杉浦の声は苛立った。

「どうなんだ、いたのか」

「ゆうべは……」

「いいか、よく聞け」と杉浦が待たずに言った。「仮に、誰かに質問されたら実際にはいなくてもいたと答えろ、事件のことを何も知らなかったのならいたと答えるんだ、そうしないと妙なとばっちりを食うことになるぞ、おまえがあの看護婦に係わってどんなとばっちりを食おうと俺の知ったことじゃないが、もし親父さんの名前に泥を塗るようなことになったら絶対に承知しない、そのことだけは言っとく。聞いてるのか」

「……ああ」

「親父さんは広島だし奥さんも旅行中だろう、おまえは留守番でゆうべは一日家にいたんだ、それで通せ。もともとおまえは何も知らなかった、あの看護婦に何度か会ったことはあるが事件のことは寝耳に水だった、そうだな？」

「ああ」

「本当に知らなかったんだな？」

知らなかった、とわたしは答えた。


確かにあのときわたしは杉浦に何も知らなかったと答えた。そしてそう答えた瞬間から、すでに後々のための心積りが、つまりどんなことになっても誰に何を聞かれても口をつぐむという考えが芽生えはじめたのだ。電話を切った後、わたしは自分に言い聞かせることさえした。何も知らなかったというのはあながち嘘ではない。ベッドの下に隠した拳銃の他にもう一挺《いっちょう》の拳銃が存在したことも、その拳銃で遠沢めいが自ら真山を撃つ計画を秘めていたことも、わたしは実際に知らされていなかったではないか。

そう確かに杉浦への一言が自分じしんの態度をうながすきっかけを果たしたのだし、あの朝の電話を最後に――つまり競輪場の外で殴られたときを最後にではなくて――杉浦とわたしはまったく口をきかない関係になった。それはむろん一方的に杉浦のせいばかりではなく非はむしろわたしにあってこちらから望んで避けた結果なので、それに翌年の春わたしが離島へ赴任して自然に疎遠になったということもある。だが六年振りに会った父の葬儀のときも杉浦はわたしの眼を逸らし続け、それからさらに二年後のいまでも月命日に遠征に出ないときには線香を上げにやって来るが里子（もしくは直美）に声をかけるだけで二階にいるわたしを呼ぶことは決してない。その杉浦がさっき電話口に直美のそばにいたということはやはり今夜が父の月命日なのだろうか。

フロントグラスの前方にオレンジ色の輝きがゆらゆら揺れているのが見える。それが気のせいではなく現実にこの道の先に誘導灯を持った人間が立っているのだと悟るのとほぼ同時に、周囲のざわめきが耳につき始めた。前を行く車のブレーキランプが明るさを増した。笛が鳴り響き、斜め右手の二重三重に人だかりのしている吊橋のたもとの方へわたしは視線を投げた。次に眼を戻したとき前の車は左の脇道へ消えるところで誘導灯のオレンジの先端も左を示していた。短い間を置いて鳴り続ける笛と誰かの怒鳴る声と囃し立てる声とだしぬけに駆け出す靴音。人だかりのしている吊橋を右に川沿いの道と直角に交わる迂回路を左に見比べて咄嗟の判断に迷いわたしは曲りそこねた。

右へ飛びのきざまに警官の吹いた笛の音が右耳の鼓膜に突き刺さった。車は左寄りに直進して一つ先の歩道の角に乗り上げる寸前で止った。即座に右に一度、次に左にハンドルを切って車を後退させた。そのあとまた右に切りながら前へ進みかけたがイメージとそぐわず、この車の鼻面の左半分と停車中の屋根に赤いランプを点けた車の後部バンパーの右半分とが接触した反動で上半身に振り子のような揺れを感じた。わたしはリバースギアに戻して力まかせにハンドルを手繰《たぐ》った。この車の後部バンパーの左半分が何かに接触してそれでは終らず何かが割れる音がした。再び振り子の揺れが生じ、後頭部が座席の背もたれに叩きつけられた。たぶん割れたのはこの車の尾灯だろう、ガードレールに当たって左の尾灯が砕けたのだとわたしは思った。

「おい、こら」白いヘルメットを被った黒い顔が右側の窓から覗いた。「何のつもりだ」顔を中に差し入れようとしたのかヘルメットが窓枠にあたり鈍い音をたてた。「あ痛っ……自分が何をやってるのかわかってるのか。こら、おまえたいがい飲んでるな？　ちょっと降りろ。降りろと言ってるのが聞こえないのか」

わたしがそうする前にドアが開けられて、引きずり出されるように路上に転げ落ちた。警官が腋《わき》の間に手を挟んで立ち上がらせようとする。わたしは身をよじらせてその手を嫌がりながら吊橋のたもとの幾重にもなった人垣の方へ顔を向けた。誰かがわたしの名を呼んでいるのだ。「じっとしてろ」警官が叱りつけ「ポケットの中に何を入れてるんだ」腋の下から手を潜らせて上着を探る。「鵜川さん」こちらを見返った人垣の無数の顔の中から同じ声がもういちど呼んだ。わたしは絡みつく手を振り払った。ガードレールを跨ぎ越して二車線の道の一車線分をこちらへ駆け寄り、白いポロシャツにスラックス姿の吉岡氏がわたしの前に立った。

「何をしてるんです、早くこっちへ」

「里子は……？」

「見つけました、友達も一緒に。まだ橋の手前です、あの人垣のむこう」

「おいあんた」警官が割り込んだ。「あんたは誰なんだ」

「行きましょう。連中、橋を渡るつもりですよ」

「橋を渡る？」とわたしが訊いた。

「ええ、橋を渡って公園の中へ入り込むつもりらしい。駅からただ散歩してるだけだなんて先頭のやつらは言ってるが訳がわからない。警察が渡らせまいとしてるとこです」

「おい、勝手なまねをするな、俺はあんたが誰かと質問してるんだ」

「誰でもいい」吉岡氏が警官に答えた。「この人はあそこにいる女の子の保護者で、われわれは彼女を連れ戻そうとしているだけだ」

「何を揉めてるんですか」やはり半袖のポロシャツを着た若い顔が一つ、きびきびとした足取りで近寄って来た。微かに見覚えのある顔だがそれが誰かは思い出せない。警官が吉岡氏を向いて言い返した。

「この男は酒を飲んでる、明らかに飲酒運転だ」

「飲酒運転？　何のことを言ってるんです」と若い男が誰にともなく発言し、警官がわたしに質問した。「そのポケットの中には何を入れてるんだ？」

　わたしは背広のポケットに両手を添えて答えた。警官が眉を吊りあげた。

「オレンジエード？」

「あなたがたが今やってるのは」と吉岡氏が言った。「飲酒運転の取り締りではなくて暴走族の取り締りでしょう」

「同時にやってるんだ、見てわからんのか？　自分らは交通課の……」

　そう言って警官は背後を振り向いたがこちらへ注目している仲間の姿は見つけられない。

「行きましょう」わたしは吉岡氏に背中を押されて歩きだした。「こら待て」警官が怒鳴り笛が鳴り響いた。「そこの二人」若者が先に立ってきびきびと道を横切り、ガードレールを跨いで人垣を分けると手招きをしてみせる。わたしは前後から二人に助けられて人で埋った歩道の中に入り込んだ。

　だしぬけに黒い影の行列がわたしの眼に映った。ガードレールのそばに立ち並んだ野次馬の壁の向うで黒ずくめの少年達の列が動きはじめていた。男もそして女もすべて黒い服を身に纏《まと》った無言の行進が左から右へのろのろと進んでいる。横に三人あるいは四人と寄り添った黒い塊が途切れることなく、まるで立ち上がった影のように進み続ける。誰かに手首を掴まれて強く引かれたのでわたしは彼らを追って右へ歩きだした。人込みを掻き分けてむせ返るような人いきれに仄かに甘い香水のまじったような汗の匂いを嗅ぎながら速足で歩いて行った。吊橋へ上る階段の途中でさきほどの若者に手首を握られたまま、黒いシャツに黒いだぶだぶのズボンの少年達と黒いタンクトップに黒い細みのジーンズの少女達を追い越してなおも先へ、橋を渡り切ろうとしている行列の先頭の方へ、背広のポケットにオレンジエードの缶の重みを感じながら駆けた。いったいこの行列には彼らの服装にはどんな意味があるのだ。わたしの手首を掴んで放さない若者の顔に見覚えがあるのは何故だろう。「ただ集まって散歩するのが悪いのかよ」と誰かの呟く声が耳に届いた。

「夜十時以降の公園への立入りは禁止されています」と拡声器を通した声が叫んだ。「繰り返します、夜十時以降の……」

「そんな話聞いたことないぞ」と少年の声が叫び返した。

拡声器の声がふいに消えた。橋の中央付近で若者が走るのを止めてわたしの手首を放した。黒ずくめの行列も動いてはいない。わたしは肩で息をしながら再び少年の叫び声を聞いた。

「いつ誰が決めたんだ、どこにもそんなこと書いてねえぞ、そこの入口に立看板でも立ってるのかよ」

「立看板はありません」拡声器を通さない声が答えた。「そんなものはない。しかしながら現に市の条例によって、この公園への夜十時以降の立入りは禁じられている」

「由美子《ゆみこ》」すぐそばで大人の女の声が言った。「こっちへ来なさい」

「いやだ」

「だからそんな話は聞いたことがねえって言ってるんだよ」

行列の先頭の方で少年が言い、行列の先頭を塞いでいるらしい男が答えた。

「この公園ができたのは君たちがまだ生まれる前だ、当時は確かにそういう決りがあった、疑うなら帰ってお父さんお母さんに聞いてみるといい」

「お父さんもお母さんもうちにはいねえよ」別の少年が言った。「夜の十時に閉まる公園がどこにあるんだ、馬鹿」

「馬鹿とは何だ、馬鹿とは」男が声を張りあげた。「口の利き方に気をつけろ」

「言うことを聞きなさい、由美子」

「里子」とわたしが言った。「何をしてるんだ？」

だが橋の欄干に片手をまわして立っている里子は何も答えなかった。由美子と呼ばれた少女にその母親らしい女が手を伸ばしかけて一人の黒ずくめの少年に遮られた。わたしが前へ一歩踏み出すと数人の黒ずくめの少年達が黒いTシャツに黒いミニスカートを穿いた里子の周りを取り囲んだ。

「鵜川さん」吉岡氏がわたしの腕を押さえた。「力ずくはまずい」

「さっきからこれだ」

と若者が嘆き、先頭の方でまた声が上がる。

「俺たちはただ公園で散歩したいだけなんだよ、それが悪いのかよ」

「これが、この状態が悪くないと思ってるのか君達は。散歩ならもう十分じゃないのか？今夜はみんなが君達のせいで迷惑してるんだ」

「いつ誰が迷惑した、言ってみろ」

「みんなだ。市民はみんな気味悪がって君達を見ている。一一〇番の電話が何本かかったと思ってるんだ。警察も君達に駅からずっとつき合わされてえらい迷惑だ」

「迷惑なら帰れ」

「君達こそ帰りなさい。もしこのままおとなしく解散すれば今夜のことは何の罪にも問わない。だがもしこれ以上騒ぎを大きくすれば、聞きなさい、もし騒げば君達全員を一人残らず補導して……」

母親らしい女が娘の腕を抱きかかえそれを引きはがそうと黒ずくめの少年達が集まった。

両親らしい男女が別の少女を捕まえてそこにも別の一団が集まり幾つもの靴音が乱れた。またしても誰かがわたしの手首を摑んだ。

「逃げるな」とその誰かが言った。「免許証を出してみろ」

「何を寝ぼけてるんだあんたは」吉岡氏が言った。「こんなときに交通違反を取り締まってる場合か」

「この男は酔って車をガードレールにぶつけたんだ」

「騒がずに聞け」男の声が怒鳴った。「聞かないと一人残らず補導するぞ」

「この人は保護者だと言ってるのがわからないのか」

「騒ぐな、そこから一歩も動くな」

「うるさい、だいたいさっきからあんたは何なんだ」

「わたしは医者だ」

先頭から黒ずくめの列が膨れながら中央へ押し寄せ橋の上に靴音と叫び声が満ちあふれた。足元が揺れた。酔いのせいではなく足元が揺れるのを感じながらわたしは黒ずくめの少年や少女を掻き分けて反対側の欄干の方へ進んだ。白けた顔つきで騒ぎを眺めていた里子が振り向いてわたしに気づいた。だがそこから先へ近寄られるのは迷惑といわんばかりに唇をへの字に結んでこちらを睨みつける。わたしはひとまず里子の横に並ぼうと欄干に手をかけた。その手を少年が払いのけわたしが眼をつけた場所に身体を割り込ませて里子の肩を抱いた。そして空いた方のてのひらでわたしの胸を突く。いったいこの少年は何を考えているのだ。

後ろに跳びすさったわたしの背中を複数の人の力が押し返した。弾みで靴の裏が踵からほとんど宙に浮き、真正面から少年に体当りする恰好になった。少年が声をあげた。黒いシャツに包まれた細みの身体にすがりつき揉み合ったすえにわたしは両手で橋の欄干を探り当て、前へ凭れかかるようにして少年を押さえ付けた。「酒くせえ」と少年が左の耳元で言った。「先生」と右から咎める声がした。「何なんだこれは」里子を見てわたしが言った。「何をしたいんだ」

少年がわたしの顎の下にてのひらを当てて押し返した。片手を使いじきに両手を使ってぐいぐい押し上げる。わたしは後ろへ弓なりに上体を反らせながら堪え、ついに堪え切れずに欄干から指を放して倒れ込んだ。だが一気にもんどりうって板張りの橋の上に倒れたのではなかった。複数の人間の背中や肩口や腕や腿に受け止められながらだんだんに倒れたのだ。その間に怒りが兆した。最後に後頭部に掠ったのは誰かの靴の踵らしかった。「先生」と呼ぶ里子の声が聞こえた。「先生?　どちらの先生ですか」と聞き覚えのない新しい声が訊ね、「鵜川さん」とどこかセコンドが励ますように例の若者がわたしを助け起こした。

「ねえ、教えて下さい」聞き覚えのない声が言った。「この人は学校の先生なんですか」

「血が出ている」と吉岡氏。

「みなさんは親御さんですか」とまた聞き覚えのない声が言う。いったいこいつは誰なんだ。

「あんたは何者だ」と警官が訊いた。「僕は……」と相手が答えるのを待たずにわたしは少年に飛び掛かり喉首に両手の指を食い込ませた。「もうやめろよ」と間延びした口調で別の少年が言った。わたしはやめなかった。誰かがわたしの肩をつかみ誰かが腰を横抱きにし誰かが片脚に取り付いた。「やめろ」その声は女だった。わたしの脚に取り付いているのは黒いタンクトップの少女だった。「この女か」少年の喉首からわたしの指を引き剝がそうと懸命に顔をゆがめている里子に訊いた。「この女が僕のベッドで寝たのか」里子は答えない。わたしが何を言っているのかわからないのだ。わたしは反対側の足を踏ん張り、その髪の長い少女の胸の辺りを蹴った。悲鳴が上がった後でまた誰かがいっそうの力をこめてそちらの脚を抱え込んだ。わたしはなおも少年の喉首を締め上げながらふいに後悔した。いったいわたしは何をやっているのだ。こんなことのために、こんな訳のわからぬ騒ぎに巻き込まれるために……そう思いかけた瞬間わたしの手は少年から離れ両足は地面から浮いた。わたしの身体は宙に持ち上げられた。

「そこでやめろ」背後から厳しい声が飛んだ。「危ないからやめなさい」だが彼らはやめなかった。だしぬけに顔面に強い風を感じ、左手の指の先端に欄干をつかみそこねた感触が残った刹那《せつな》、こそばゆさに似た軽い震えが全身を突き抜けた。落ちていく。彼らの手が離れ、腿の裏側やひかがみや臑《すね》に触れていた手が離れ、背広の裾が捲れ、逆さになった頭の背中の方から覆うように捲れ、わたしは左右のポケットに二つずつ入れたオレンジエードの缶のことを沈着に思った。これが命取りになるだろう。これが重しになって川底へ沈んでしまうだろう。大勢の悲鳴とどよめきが尻すぼみに消えてわたしは落下した。

だが気を失ったのはほんの短い間でわたしは沈みはしなかった。あるいは一瞬たりとも気を失うことなどなかったのかもしれない。川の水は予想を越えて冷たく、生臭かった。わたしはその水をしこたま胃の中に食らい込んだ。激しく延々とむせた後、両腕で機械的にたてていた水音がおさまると上空から軽やかな連続した音が降ってきた。川底を踏んだ靴の片方だけ脱げているのがわかった。深さは腰の上までしかない。振仰ぐと橋の欄干にびっしり黒い人影が並んでいて音はそこから降りて来る。彼らはわたしのアクロバットに拍手しているのだ。片足で脱げた靴を探ってみたが見つかるわけはなかった。わたしは両手を櫂《かい》にして川岸へ向った。そちらにも数人の人影が立ち、数の分だけ尻上がりの声が飛んで来る。橋のたもとのどこかから河原に降りる階段でもついているのだろうか。途中から見覚えのある若者が水しぶきを蹴立てて迎えるとわたしの手を取った。水深はじきに膝までになった。吉岡氏にもう一方の手を引かれて河原に上がり、小砂利を踏んだとたんに靴の脱げた方の足首が微かに痛んだ。

「酔狂にもほどがある」と警官が言った。「呆《あき》れてものも言えない」

「歩けますか」と吉岡氏が言った。「そこにすわって様子を見よう」

「怪我は？」と続けて違う声が言い、わたしは見当をつけて橋の下の暗がりの方へ歩きだした。

「おいおい」警官の声が追いかけた。「どこへ行くんだ」

「鵜川さん」吉岡氏が前に立ち塞がった。「そっちじゃない。僕の顔がわかりますか？」

わたしは踵を返して歩きだした。吉岡氏が追いすがって前に立ち、「だめだ」と左右に腕を広げた。

「帰りたいんです」

「だめだ、きみは普通の状態じゃない。少しでも歩けるのは、いまはただ興奮してるからで……見なさい、その足首を」

小砂利を踏み鳴らしてわたしの周りを幾つもの人影が取り囲んだ。無言で取り囲む人影の輪の中にわたしは頭から滴《しずく》を垂らしながら立ちつくし、滴の垂れる上着のポケットからオレンジエードの缶をつかみ出した。一つ一つ指先に力をこめてつかみ出しては砂利の上に落とした。こんなことのために、こんな訳のわからぬ騒ぎに巻き込まれるためにわたしは苦労してここまで車を走らせて来たのだろうか。じっと立ちつくすのが苦痛だった。ずぶ濡れの服の内側で全身が火照《ほて》り、いま額を流れる滴は生臭い水なのか汗なのか区別がつけにくい。左の足首の力がすでに萎《な》えているのがわかった。言うことを聞きなさい、と吉岡氏が言った。僕は医者だ。そう彼は産婦人科の医者だ。束の間、確かにそのことを頭の隅で可笑《おか》しがりながらわたしは膝から崩れ落ちた。

第四章　秋

1

警察署の出入口は二重に設けられている。建物の中に入る者も外に出る者も必ず二度、強化硝子の厚い扉を押し開けなければならない。

わたしはいま外へ出るべくその最初の扉に手をかけたところだ。交通課の配置された二階からエレベーターを使って下に降り、右手に受付カウンターを見ながら廊下を歩いて何事もなくそこまでたどり着いた。あとはただ片手で重い扉を押し開け、正面の壁に若い女優と野球選手のそれぞれ交通事故と覚醒剤《かくせいざい》の撲滅を呼びかけるポスターを見て、右に曲って二番目の扉を通り抜けるだけだ。

九月十日、木曜日の午前中である。

あの夜から四十日近く経った。だがわたしの左足首はまだギプスで固定されている。あるいはそのとき廊下の左隅に意味もなく視線を投げたのが失敗だったかもしれない。そこにある二台の自動販売機のせいでたぶんほんの数秒、要らぬ時間を費やしたのに違いない。八年前にこの建物を訪れたとき、とわたしは思った。確かタバコと飲みものの自動販売機は二台とも出入口のそばにではなく廊下の奥、受付カウンターのずっと先の方に置かれていたのではなかったか。二枚扉の手をかけていた側とは反対の一枚が外に開き、入って来ようとした男が松葉杖に気づいて先に通れとわたしに合図した。

圧するような体格の、だがくたびれた地味な背広を着た初老の男は頭髪をほとんど坊主に近いまで短く刈り込み、あいかわらず日焼けとも酒焼けともつかぬ顔に茶色がかったレンズの眼鏡をかけている。昔の印象と寸分変らない、そう思いながらわたしは軽く御辞儀をして相手の横を擦り抜け、じきに背後から、

「おい」

と呼び止める声を聞いた。

この偶然は――警察の建物の中で刑事と出くわすのを偶然と呼べるなら――今朝出掛けにも病院からタクシーでこちらへまわる途中にもしきりに予感していたのだ。左腋《ひだりわき》に挟んだステンレスの松葉杖を踏ん張ってわたしは振り返った。それから真横へ二歩、蟹《かに》歩き

をして中に入ろうとする別の男たちのために道をあけてから、片手で扉を押さえたまま動かない茶色いサングラスの刑事と向い合った。

「見た顔だな」とざらざらした声が訊いた。「どこで会った？」

レンズ越しにほのかにうかがえる睫毛の濃い眼に視つめられてわたしはためらい、ためらった末に直美の母親の店の名を答えた。

「そうか」とあてがはずれたように刑事が声を落とした。「それでお互い見覚えがあるんだな。そんな気がした。足はどうした？」

わたしはまた返事をしぶった。

「事故か」

「交通課に、ちょっと用事があって」

「災難だな」

と言って刑事は小刻みにうなずき、それ以上喋るのは時間の無駄だという感じでいきなり背中を向けた。

扉が閉った。閉った扉のむこうで刑事はいったん立ち止り、身体を揺するようにしてズボンのベルトを引き上げるとすぐに大股で歩き去った。それきり振り返りもしない。わたしは驚きにかなりの失望のまじった気分でその後姿を眺めた。あの男はもうわたしの顔を見分けることすらできないのだろうか。八年前に一度この建物の中で会い、そのあとも何度か酒場のカウンターで隣り合わせて話したことがあるというのに。

　わたしは方向を変え松葉杖をついて歩き出した。正面にポスターだらけの壁を見て右へ曲り、二番目の扉を押し開け、六段あるコンクリートの階段を苦労して降りた。そこから通用門までは、署内の駐車場に左右を挟まれて緩やかなスロープの道が下っている。門を出たところですぐにタクシーを拾えればいいのだが。


　八年前の夏、あの刑事が喉のつぶれたようなざらついた声で電話をかけて来たのは事件から長い間を置いてのことだった。長い間、と言ってもそれはわたしがそう感じただけで、正確には、真山が殺されてから三日経った朝のことだったのだけれども。

最初に電話に出たのは母で、二階にいたわたしは彼女が階段の途中から呼ぶ声を聞いたときも——たぶん三日という長すぎるほど長い時間が経っていたために——自分がこれから刑事と話すことになるとは予感しなかった。電話の声はまずわたしの姓名を確かめたうえで身分を明かすと、いきなり、実は事件についての情報を集めているのだと言った。

　確かに刑事はそのとき殺人を犯した女の名前も殺された男の名前も口にせず、ただ単に事件という言葉を使ったような気がする。まるでその符牒《ふちょう》を唱えればわれわれはそっくり同じイメージを頭に描けるはずだと言わんばかりに。ついてはこちらからおたくへ出向いてもいいのだが、自分らみたいなむさくるしいのが現れて御近所に要らぬ詮索をされるのも迷惑だろうし、おまけに署の中にも夏休みを取っている者がいて人手が足りないこともある、できれば午後からでいいから御足労願えないだろうか、おたくも自分らも同じ公務員なのだし苦労を察して貰えると非常に助かるのだが、というようなことを刑事は喋り、午後からでよければうかがいます、とわたしは答えた。

午後から警察署の三階でおこなわれたわたしに対する事情聴取は小一時間で片がついた。事情聴取というよりもむしろ、わたしが知る範囲での遠沢めいについての噂の確認といった性質のものだったと思う。冷房の効いた捜査課の室内には事件のせいで課員たちが出払っているのか、それともやはり何人かは休暇を取っているのか無人の机が目立ち、わたしは勧められるまま片隅に置かれた粗末な応接セットの長椅子にすわったのだが、向いに陣取った二人の男のいずれの表情にも口調にも、何かを問い詰めるような気配は少しも感じられなかった。

彼らが集めた遠沢めいについての情報ないし噂話の中には小学校の教員との交際ということも含まれていて、わたしはその点で幾つかの質問を受けた。遠沢めいと最初にそして最後に会った日付を思い出せるか、被害者の真山光男を知っていたか、遠沢めいから真山のことで何か相談を受けた覚えがあるか、等々。わたしは聞かれたことには一つを除いてすべて正直に答えた。ともに三十代後半の、半袖《はんそで》のワイシャツにネクタイを締めた恰好の二人は、髪の分け方といい柔らかい物腰といいどこか双子のように区別がつけにくかった。彼らはわたしに「先生」という呼びかけを用い、終始、一問一答という形式を守って、答を聞き直したり疑問を差し挟んだりはしなかった。おそらく彼らは期待にかなった返答をわたしから引き出せたのだろう。帰りがけにそんな手応えを感じながら、わたしはまるで別の職種の公務員二人を相手にしたような印象すら持った。

だからむしろわたしが神経をとがらせたのは向いにすわって直接質問を受けた相手にではなく、応接セットからやや離れた机にもたれて立っていた初老の刑事に対してである。茶色のサングラスで表情を隠したその男は質問にはいっさい加わらず、一本のタバコを時間をかけて燻《くゆ》らせる間わたしを見守り続けた。

彼のした仕事は家に電話をかけてわたしを呼び出し、麦茶の入ったコップをわたしのためにテーブルの上に置き、タバコを一本喫い終るまで同僚たちの質問に立ち会う、それだけのことだった。だがわたしは二人の若い刑事に別れを告げて階段を降りて行きながら、あの男がふいに部屋を出ていったときの決り悪さを思い返していた。幾つもの質問に対してわたしがたった一つの嘘をついた直後に、彼は短くなったタバコをアルミの灰皿に押し付けて耳障りな音をたてさせたのだ。

そのせいで、一階へ降りてすぐに廊下の壁際に立っている体格のいい後姿を見つけたとき、相手が振り向いて眼を合わせる前に、この男はわたしをここで待っていたのだと直感した。きっと改めて拳銃のことを聞いてくるに違いない。自動販売機のそばで刑事が手招きをし、吸い寄せられるようにわたしは歩いて行った。上の二人には真山が拳銃を所持していたことなど知らないと答えたのだが、そんな嘘は誰か一人でも本気になればいっぺんで見抜かれてしまうだろう。たとえばこの刑事がわたしの部屋を調べる気にさえなれば、あの拳銃はまだ、バッグに入ったままベッドの下に置かれているのだから。

刑事が手渡してくれた缶入りのコーヒーはてのひらで包みこめぬほど冷たかった。

「災難だな、先生」と嗄れ声が言い、微かに笑った口元をすぼませて自分のコーヒーを飲んだ。わたしは冷えきった缶を反対の手に持ち替え銘柄を読みながら待った。

「でも物は考えようってこともある」と刑事が続けた。「あの女とのことだってついてると言や言えないこともない。なあ？　ずるずる深みにはまっててめえが撃ち殺されることを考えりゃ、こうして警察に呼ばれるくらい何でもないぜ。それ飲めよ、飲まないのか？」

わたしはプルリングを引き剝がしてそれを一口飲んだ。茶色いレンズに視つめられながら二口めをためらっていると相手が切り出した。

「あんた鵜川源太郎の息子なんだって?」わたしがうなずくまで待ってから刑事は先を喋った。「警察の人間もいろいろでな、俺みたいに柔道やるしか能のないのもいれば記憶の天才みたいなやつもいる。そいつは一度会った相手のことは絶対忘れない。先生は二年前、雀荘で賭麻雀《かけマージャン》をやってて警察に踏み込まれたことがあるだろ、そのときの刑事の顔を憶えてるか?」

わたしは時間をかけて一度首を振った。

「むこうは憶えてたんだ。名前や顔だけじゃなくて二年前の先生の情報はぜんぶ頭に叩き込んでる。だから何ていうか、さっきの二人は品の良さが売り物で、過去の傷には触れませんて調子だったけど、俺たちはだいたい先生がどんな人間かはつかんでるつもりだ」

出入口のそばの受付カウンターの方から複数の足音が近づき、わたしの背中越しに声をかけると階段へ向った。初老の刑事はそちらへ片手を上げて見せ、すぐに行く、と答えてわたしに向き直った。

「打ち明けた話、俺たちは先生をどうこうしようってつもりはない。あんたは自分がついてるって思うことだ。賭麻雀のことにしても結局はうやむやになって、おかげで教員を続けて来れたわけだろう。あんたは二年前に会った刑事の顔も忘れてる、女のことだってじきに忘れるさ。まあ確かにいい女だが、人殺しは人殺しだ。いいかい、あんたにこんなことを言うのは酷かもしれないけど、どんな女も女でいられるのは起訴されて裁判が始まるまでだ、判決が下りる頃には見る影もなくなる、そのうえ刑務所に入ってしまえばあとはもう……」

それから刑事はうなだれたわたしの肩の辺りを叩いて笑い声になった。

「おい、しっかりしろ先生。いまさら気に病んだって仕方ないだろ。警察に呼ばれたからって別に何の罪に問われるわけじゃないんだからな。こんどの事件で会った男の中じゃあんたがいちばん協力的だ、それでこんなことも言うんだが、まあ、小学校の先生も俺たちも同じ公務員だしな、悪い夢だかいい夢だか知らないが、なにしろ夢を見たと思って女のことは忘れるしかない。きょうつけして突っ立ってないで、ほら、それを飲んだらまっすぐ帰ってやらないと、電話に出た彼女がきっと心配してるぞ」

そう言い残して、上機嫌の刑事は再びわたしの肩を叩くと階段を音をたてて駆け上って行った。

肩を叩かれたときの震動で缶の縁から二度溢《あふ》れ出たコーヒーが、左手の指をべとつかせているのを認めながらわたしは思った。刑事たちは、少なくともあの初老の刑事はわたしについて何一つ調べていない。遠沢めいは約束通り口をつぐみ、そのため警察は事件へのわたしの関わりを見逃している。見逃している以上、今後も、わたしが事件の後始末に関わることは金輪際あり得ないだろう。使われなかったもう一挺の拳銃の処分さえできれば、二年前の賭麻雀と同じようにこの事件もうやむやに消え、わたしは小学校の教員を続けて行くことになるのだ。

そしてその思いは後に、直美の母親の店のカウンターで初老の刑事と隣り合わせる形で再会したときにも揺るがなかった。すでに遠沢めいの起訴は決定していたので、事件の後始末のことで、つまり仕事で刑事がわたしに会いに来たとは考えられない。彼が一人で店に現れたのはただの偶然なのか、それとも記憶力のいい同僚に教えられてのことか判断がつきかねたけれど、いずれにしても酒を飲みながら改めて拳銃についての質問を受けるような事態は起こらなかった。カウンターの椅子に腰掛けたときからむこうはかなり酔っていて、隣で飲んでいるわたしに最初のうちは気づきもしなかったのである。

だが刑事はその夜を境にたびたび店に通い詰めた。逆にわたしの足は遠ざかり、初めは刑事と知ってむしろ好感を持っていたはずの直美の母親から、彼の醜態についての愚痴を聞かされることになる。わたしが訊ね、彼女が答える台詞は決っていた。力自慢の脳みその方はからっきしの刑事が店に入り浸るのはママに惚《ほ》れたせいで、看板までねばって誘いをかけるのも、ママとわたしとの関係をしつこく聞いてくるのも、例の看護婦が犯した殺人事件とはこれっぽっちも関係はない、ただの焼餅《やきもち》からである。長年水商売を続けている女の口ぶりは信頼できたし、またわたしも本気で刑事が事件の真相を探っているなどと心配したわけではなかった。その頃には遠沢めいの裁判が間近に迫り、わたしの関心もそちらのほうに移っていたのだ。稲村と名乗る弁護士がわたしに会いたいと学校に電話をかけて来たのは九月の上旬のことだった。

2

「里子は？」

「さあ、さっきまで部屋にいたと思ったけど。靴はそこにあるわね」

「留守に電話がかかりませんでしたか」

「校長先生から二度。それから、別にもう一本のほうは……」

「稲村という女性からでしょう」

「ううん、教育委員会のお年寄り。そこに名前と電話番号をメモしてあるけど、あたしのこと奥様ですかって、母ですって言ってるのに奥様じゃないんですかって、耳が遠いのかしら」

下駄箱の電話のわきに置かれたメモを取り上げて読んだ。校長から連絡を取るように言われている指導主事の名前に違いない。わたしはそれを上着のポケットにしまった。

「お昼がまだなら、焼飯を作るようにしてあるから三人で食べましょう」

「里子は、寝てるのかな」

「さっきまでこの部屋で音楽が聞こえてたのよ」

里子の名を呼びながら母がドアを叩いた。すぐにノブをひねって中を見渡すとわたしに首を振って見せ、こんどは台所の方へ歩いて廊下の左側の、以前夫婦で使っていた空部屋の中を覗く。わたしは松葉杖を立て掛けて上がり口に腰をおろし、普段履きより二回りほど大きいギプス用の靴のベルトをはずして左足を引っぱり出した。母が階段のそばまで戻って来て「里子ちゃん？」と二階へ声をかけたが返事は聞こえない。

「僕が見てきます」

「上で何してるのかしら」

両側の壁を頼りに靴下をはいた右足が滑らぬように気をつけながら、息をはずませて二階に着いてみると、里子はわたしの部屋でテレビと向い合っていた。

部屋の硝子戸は開け放してあったので、階段を上り切ってすぐの狭い廊下に四つん這いの姿勢になったところで彼女の姿を見通すことができた。だがベッドの上に膝小僧《ひざこぞう》を抱えてすわったまま里子はこちらには眼もくれない。わたしは入口の柱にすがって立ち上がると、里子の前を片足をひきずりながら横切って奥の机まで歩き、椅子に腰掛けてまずは一息ついた。

しばらく里子の横顔と彼女の視線の先を見比べているうちに、少しずつ記憶はよみがえった。テレビの画面には五年前の島の小学生の様子が里子と二人の同級生を中心に映し出されている。わたしは椅子をきしませてテレビに向き直った。「お別れ遠足」と文字が入り、のんびり草を食む一頭《は》の牛から細い坂道を下っていく子供達の笑顔へ、海岸の岩の上で釣糸を垂れる少年から飯盒炊爨《はんごうすいさん》の火を起こすために片目をしかめている少女へ、釣り上げた魚を顔の横に持って自慢する少年から飯盒の蓋を開けて中を覗きこむ里子たちへと場面はめまぐるしく変り、続いて「作文発表会」の解説とともに「六年間の思い出」と題する作文を読み上げる三人の子供とそれぞれの親たちの表情、最後に「卒業式」のお決りの涙々でしめくくって古いビデオテープの再生画面は途切れた。

これは当時小学校の卒業記念に里子たち三人に贈られたものである。校長をはじめ教員総出でまる一年かかって作製したのだが、幾つかの場面はわたしがじかにビデオカメラを持って撮影した憶えがある。春に島で大掛かりに行われるひじき取りの様子や、本島の小学校と合同の京都への修学旅行の記録、島民駅伝大会の催しなどもテープの前半に収められているはずだった。テープデッキは自動的に巻き戻しを始めていたが、もう一度最初から見直すほどのものでもない。わたしは立ってテレビのスイッチを切るとまた片足を引きずって椅子に戻った。

里子はキュロットスカートからのぞいた両膝の上に顎をのせてうずくまったまま喋らない。うつろと言えば言えるし、眠そうだと言えば眠そうな眼をして、両方の手で、頰の横に垂れた髪の毛をいじっている。こちらから話すことも思い浮かばず、わたしは腕組をして思った。彼女の髪は気づかぬうちにショートヘアと言えないくらいに伸びてしまっているけれど、それでもやはりあのときベッドに落ちていた一本の長い髪の毛は誰か別の女のものだったに違いない。確かに、この部屋にしかビデオデッキは置いてないのでテープを再生するには二階に上がって来るしかないのだが、この卒業記念のテープを何度も見返すために、そのたびに里子がわたしの留守にベッドにすわっていたとは考え難い。今日、荷物を整理している途中で偶然見つけて、久しぶりに（それとも卒業以来初めて）、十二歳の頃の自分を思い出してみる気になったと考えるのが自然だろう。

里子は来週、母親のいる本島に帰ることが決っている。あの長い髪の毛が誰のものだったか、もうそんなことはかまわない。わたしのベッドの上に見知らぬ女の髪が落ちるなどということは今後二度と起こらないはずである。

「先生」と両手で髪の毛をいじりながら里子が不意に言う。「このテープはいつまで見れるのかな。何十年たっても、擦り切れたりしないでずっと見れるのかな」

わたしは少し考えて首をかしげたのだが、里子はわたしを見ていない。

同窓生の二人について訊いてみることで、わたしは里子の注意を引こうとした。一人はさきほどのビデオの中で魚釣りをしていた坊主頭の少年だが、彼はいまも島で父親の漁を手伝っているのではないか。もう一人の女子の方は、東京だったか大阪だったかで美容師の見習いに入ったような話を聞いたことがあるがそれ以上は知らない。だがその点は里子も同じようで、わたしの問いかけには、ただ顎の先を右の膝から左へ移し替えて見せただけだった。

「下で焼飯を作るそうだから三人で食べよう」

「先生は、あたしがいなくなって一人でも寂しくない？」

「いや」

「またお母さんと一緒に住むの？」

「一緒には住まない。先生も退院したし、里子が島に帰ればたぶん彼女もいなくなる」

「先生が一人になったら、直美さんはもうこの家には来ないと思うよ」

わたしは腕組を解いて、椅子を回して机と向い合った。

「直美さんは好きな人がいるんだよ」

「そうか」

「先生はさ、年を取ってもきっと寂しくないよね」と里子の声が追いかけた。「だって、いまと同じはずだもん。学校行って、帰って来て、ここで勉強して、ほかにはお酒飲むだけだもん。よくそんなので退屈しないってあたし驚いちゃうよ。いまも年取った人が一人で生きてるのと同じだよね。ぜんぜん他人に関心ないし」

瞬間に言い返すべき言葉を幾つも思いついたけれども、口には出しそびれた。机の端に重ねてあった三冊の本を手に取り、右横の本棚に押し込んでから椅子に戻る。そのうち一冊は借り物だったことに気づいてまた抜き取りすわり直した。重ねた一番上に置かれていたのでうっすら埃が積っている。わたしはそれを机に投げ出しててのひらを叩き合わせた。

「直美が好きな人っていうのはあの色の黒い競輪選手か」

「そんなこと、いまごろ聞いても手遅れだよ」

いきなりスプリングの撥《は》ねる音をたてさせて里子がベッドを降りた。

下から母の声がわれわれを呼んでいる。椅子ごと振り向いたわたしと眼を合わせぬまま里子は部屋を出て階段へ向う。足音がしなくなった後で、わたしはビデオデッキの前にしゃがんで巻き戻しの終ったテープを取り出した。テープを取り出したとたんものうい気分に襲われて床に尻を落とし、このテープ以外のテープを、里子がわたしの留守にここに持ち込んで見ていた、わたしが知らないだけで、普段からそんな習慣があったのかもしれない、と考えてみた。

だがそんなことはいまさら時間をかけて考えてみるには値しない。事実がどうであろうと、里子は来週にはこの家を出て島に帰ることが決っているのだから。わたしはものうい気分のまま腰をあげ、部屋を出しなに机の上の本を振り返って吐息を堪えきれなかった。

その赤い表紙の教頭試験用の参考書は、今年の春、わたしを教務主任に抜擢《ばってき》した校長が好意で貸してくれたものである。一度で受かろうなどと欲を出さずに、度胸試しのつもりで、とそのとき校長は夏の受験を勧めたのだけれども、わたしが四週間の入院生活を送る間に試験の季節は過ぎてしまった。そしていま校長はあの夜の騒ぎについての新聞記事と、それを読んだ父母たちからの糾弾《きゅうだん》の電話に弱り果てて、わたしにとりあえずの休職願いを提出させ、教育委員会のほうで詳しい事情を知りたがっているので連絡を取れと毎日のように電話をかけて来る。

ついていないのだ。むろんあの夜のことでの非はこちら側にある。酒を飲んで運転したあげくにガードレールを凹《へこ》ませ、吊橋の上での騒ぎを――もしかしたらあのまま黙って引き返すつもりだったのかもしれない少年達の気まぐれな騒ぎを――掻き回したのはわたしである。だがそれにしても、あそこに集まった人間の中に融通のきかぬ新聞記者がまじっていて取材した事実をありのままに報道してしまった点については、やはりわたしも里子もついていなかったのだと言わざるを得ない。

記事は二つ出た。一つは「真夏の夜、黒い集団〝散歩〟」と派手な見出し付きで、黒い服を着た二百人近い若者がJR駅前から川べりの公園まで歩き続けたこと、若者たちの奇行に市民からの一一〇番通報があいついだこと、黙々と歩く彼らのそばに途中から私服の警察官が数人付き添っていたこと、彼らの行動にはこれといった目的が見当たらないことなどが書かれ、最後に公園の手前で空騒ぎと呼ぶべき押し問答の末、補導された十数名の中にミッション系の女子高生が含まれていることが付け加えてあった。そしてもう一つ、その記事の脇に短く添えられたエピソードがわたしに関するもので、市内の小学校教員（実名入り）が酒酔い運転で事故を起こしたうえに、あやまって橋の上から転落し足首を骨折したという内容である。

あやまって、と記者は書いたが、警察の中には、橋の上にいた少年の誰かに意図的な力を加えられて、わたしの身体が欄干を越えたという見方を取る者がいた。だがそれがどちらであるにしても、頭に包帯をぐるぐる巻きにされ左足首をギプスで固められた状態でベッドに横たわってみると、もうどちらでも構わないような気がしたし、病院まで二度質問に現れた担当官にもよく憶えていないと繰り返すしかなかった。実のところ、転落する間際の記憶にはほとんど自信が持てなかったのである。あのとき周りにいた吉岡氏をはじめとする大人たちの証言もまた曖昧だったらしく、結局その件は棚上げにされたまま、警察はわたしに対する罰として免許証の停止とガードレールの修理代金を科すことになった。

一方、里子の通うミッション系の女子高では、記事を読んだシスターたちとＰＴＡが騒ぎ立てて（とわたしは想像するのだが）、犯人捜しが徹底的におこなわれた。その結果、里子を含む四人の女生徒の処分が決定したのはわたしがまだ退院する前の話である。病院へ着替えのパジャマを持って訪れた母から、わたしは里子の退学の知らせを聞いた。

だが当の里子はまだわたしが入院したてで物を言うのも億劫だった頃、二度ばかりやって来ただけであとはいっこうに顔を見せなかった。退学処分についても今後についても二人で話す機会を持たぬまま数日が過ぎて、ある朝、本人の代りにとつぜん果物籠を提げた里子の母親が見舞いに現れ、わたしは多少うろたえることになる。頭の包帯はそのときにはもう取れていたので、出来損ないの石膏《せっこう》細工のような左足の状態とベッドの横に畳んで置かれた車椅子を見て眉をひそめながら、娘の不始末で先生にはとんでもない迷惑をかけてしまったと母親はくどいほどの詫びを入れた。それから続けて彼女が言うには、ゆうべ一晩娘と話し合って、とにかくいっぺん本島の方へ帰るしかないということで納得し合ったそうである。ただし、夫はまだ詳しい話を何も知らないし、里子の今後のことについても夫に相談してからの話になるのでいますぐに連れて戻るわけにもいかない。ついてはもう一週間か二週間、むこうの段取りがついて自分がまた出て来られるまで里子を預かってもらえないだろうか。

両側の壁を頼りに靴下をはいた右足が滑らぬように気をつけて階段を降りながら、わたしは里子の母親にうなずいて見せたときに思ったのと同じことをいま思っている。そう思う以外にない。われわれはついていないのだ。わたしはあの晩の若者たちの行動にどのような意味があったのか知らない。どのような経緯で里子が彼らの仲間に加わったのかも知らないし、橋の上で里子をかばった少年、わたしが首を絞めあげた少年が誰なのかも知らない。直美に訊ねればいくらかは明らかになるかもしれないけれど、だがわたしはそれも別に心からそうしたいわけではない。だいいち直美は退院以来この家に寄り付きもしないし、それよりも、問題の里子が来週にはいなくなってしまうのだから。

これでもう、隣近所からあの家は不良の溜り場だと陰口をきかれることはない。下宿人の幅広い交友関係のせいでわたしが後ろ指をさされる心配は消える。もちろんその代りに、こんどは新聞に名前まで載ったわたし自身へ好奇の眼は集まるだろう。

隣の吉岡夫婦は二度も病院へ足を運んでくれたし、町内会の代表という三人連れまでが花束を持って見舞いに来たのだが、彼らの表情は揃って、同情的とは言えても決して好意的ではなかった。怪我人になら誰もが同情できる。だが回復したわたしはいずれ教育委員会へ出向き、それ相当の処分を受けることになる。処分の噂は飲酒運転の記事と同様に知れ渡るだろう。その後を想像するのは容易い。このさき鵜川家は変り者の男が独り住む家として、隣人たちの注目を背負うことになるのだ。

十四日の月曜日に母親が里子を引き取りにやって来た。朝の一番で着いて、わたしが出掛けた間に、持てるだけの荷物と一緒に午後からの早い便で連れ帰った。残った机やベッド等についてはわたしが運送屋を手配しなければならない。

前日の日曜の夜、母から、ギプスが取れるまでもうしばらく一緒に住んでもいいとの申し出があった。仕事はこれ以上休むわけにいかないけれども、ここから勤務先まで車で通おうと思えば通えぬ距離ではないという。だがわたしはその申し出を辞退することにした。遅かれ早かれ彼女が出て行くのならむしろ早い方がいいような気がしたのだ。片足にギプスをはめているだけで身動きが取れぬわけではないし、それに自炊なら離島暮しの六年間で慣れている。

火曜日の朝に運送屋が来て残りの荷物をすべて運び去った。もともと応接間にあった家具は二階の奥と、下の両親が使っていた部屋とに分けて押し込んである。それらを元に戻すのは（その必要も感じないのだが仮に戻すとして）むろん両足が自由になってからのことである。午後からは他にすることもなく、居間のテレビをみながらオムレツと豆腐の味《み》噌汁《そしる》で早めの夕食をとった。

3

十月五日、月曜の朝である。

わたしは職員室の窓際に立ち、外を眺めている。窓は閉めきったままだが外は好天で、垂れ下がった校旗を揺るがせるほどの風もない。

昨日の日曜に運動会がおこなわれて今日が休日に振替えられた。そのせいで室内は朝から静まり返っているし、校庭にはサッカーボールを蹴り合っている子供が二人見えるだけだ。

運動会の名残《なごり》の、消えかかった白線で楕円形に囲われたフィールドの中央に、ユニホームに着替える前の二人の子供は向い合い、一人が右足の内側でボールを蹴ると一人が右足の裏で押さえるようにしてそのボールを止める。一人が右足の内側で蹴り返すとまた一人が右足の裏で受け止める。同じことを丁寧に、こちらが見飽きるほど時間をかけて繰り返している。

校庭の子供たちから眼を上げると、例の高木は例のごとく左右対称の楔形のシルエットで聳え、ただし葉の色はすでに濃い緑ではなくて、まるで何度も洗いざらしたように全体に色褪《いろあ》せて見える。落葉が始まるのは毎年いつ頃なのか、しばらく記憶をたどってみたが無駄だった。思い出せたのはただ、いまと同じように職員室の窓際に立っている昔の自分の姿である。わたしは八年前にも、あるいはそれ以前にも何度となく、判断を下しかねる問題を抱えてここに立っていたような気がする。

まだ二十代のわたしはここからあの木を眺め続けた。そしてあの木を眺めることでそれらの問題に明快な判断を下せたことは一度としてなかった。わたしはいつの場合も迷いながら時間をやり過ごしただけだ。

とりあえず家に持ち帰る物は鞄と紙袋一つに詰め終った。十時ちょうど。そろそろ下へ降りて校長室に顔を出さなければならない。机の引き出しを空にして――教務主任用の机は誰か代りの者が使用するかもしれないし、そのままわたしが復帰するまで放置されることになるかもしれない――腕時計を見ると十時にはまだ少し間があった。それでわたしは十時までと決めて窓際に立ち時間をつぶし始めた。厄介事は早く片付けたいと校長は待ち兼ねているに違いないのだが、その前に、職員室を出て行く前にやるべきことがもう一つ残っている。もしあと五分過ぎて笠松教頭が声をかけてくれなければ、やはりこちらから切り出すしかないだろう。

　先週の金曜に、教育委員会から正式な処分が言い渡された。三カ月の停職である。詳しく言えば懲戒処分にあたり、その間の給与は支払われない。今回のわたしの不始末は「全体の奉仕者たるにふさわしくない非行・信用失墜行為」と見なされたわけだ。校長に借りた教育法規の本を熟読していたおかげで、わたしは自分に下された処分についていくらでも解説できる。懲戒処分のうち停職はむろん免職より軽く、戒告・減給より重いところに位置する。停職の期間には一日から六カ月まで幅があるので三カ月というのは中程の重い罰である。ともかく来年の一月、つまり三学期から晴れて職場に復帰できる計算になる。

　だがわたしは参考書に書かれている以外のことも予想しなければならない。三カ月の処分が解けた後の、この学校での自分の迎えられ方を覚悟しておく必要がある。

　もちろんわたしは教務主任からはずされるだろう。校長は来年の夏、教頭試験を受けてみろとは絶対に言わないだろうし、わたしが再びクラスを受け持つ教員に戻ることになれば、父母の中には（特にあの記事を読んで学校に電話をかけて来た親たちの中には）当然、反感を持つ者もいるだろう。教室での子供たちのわたしを見る眼も、職員室での同僚たちのわたしを見る眼もいままでとは一変するに違いない。現に学校の関係者では校長と教頭が一度見舞いに来ただけで、しかもそれは実質的には見舞いではなくて休職願いにわたしの署名と印鑑を求めるための訪問だった。

今朝も、笠松教頭はわたしの挨拶に小さくうなずいただけで視線を逸らし、あとは両袖机に顔を俯《うつむ》かせたまま、どれだけ時間が過ぎても声をかけてはくれない。彼もまた教育法規を勉強した経験はあっても、処分を受けた実物を前にするのは初めてなのだ。

わたしは校庭の端に聳え立つ薄汚れた緑色の木を眺めながら、下へ降りて校長に挨拶する面倒を思った。きょう返すために持参した教育法規の参考書をいったい何と言って差し出せばいいのか。それからもう一度、その前に、ここを出て行く前に笠松教頭に話を切り出す面倒を思いかけたとき、背後で椅子の引かれる音が聞こえた。

まもなくスリッパの足音と咳払いが近づいて笠松教頭がわたしの左横に、わたしと同じように両手を腰の後ろに組んで立った。だが顔を見合わせたのは束の間で、相手は窓のむこうへ視線を投げると、

「あれはメタセコイアです」

「はい？」

「あの杉に似た木、あれはメタセコイアです。まちがいないと思いますよ。植物図鑑に載

っている全体図があれとそっくり同じです、もちろん葉の形も」

「そうですか」

「解説を読むとそれほど珍しい木でもないようです、われわれが知らないだけで。確かに、生きている化石植物という呼び方もあるらしいけれど、中国の奥地で発見されて、昭和の二十年代に日本に入って来てからは全国に分布しているそうです。ただ、あれだけの高さのものは珍しいかもしれない」

わたしはうなずき、相手の横顔を見て口を開きかけた。笠松教頭はわずかに首を回してわたしを見るとまた窓に向き直った。

「図鑑には十月に二センチくらいの球果、つまり球形の松ぼっくりみたいな実をつけると説明してあるんですが、今朝も見てみたら小さいのがすでに出ています。それから別の図鑑には」

「妹さんのお話の件ですが」

「メタセコイアの根の部分に特徴があると書かれていて……」

「あの晩の、妹さんのお話の件ですが」笠松教頭が振り向いたのでわたしは辛抱強く言った。「連絡先のメモをいただいた晩の」

「あの晩の話」

「ええ」

「もちろん憶えています。それで……？」

それで……、わたしは何と言おうとしたのだろう。唐突に、電話が鳴り響いて、われわれはほとんど同時に音の方向へ顔を向けた。笠松教頭が自分の両袖机まで歩き、小声で話を済ませて戻ると、

「校長からです。あと五分で下へ降りると伝えました」

と言い、わたしはうなずいて見せた。ではあと五分で話を片付けなければならない。腕時計の針は十時六分あたりをさしている。

「あの晩の軽率な行動は」と笠松教頭が先に話を戻した。「もちろん僕じしんの取った行動という意味ですが、反省しています。まったく余計な口出しをしてしまったといまでも後悔の種です」

うつむき加減に眼鏡の位置を直している笠松教頭から、窓の外へ視線を逸らしてわたしは両手をポケットに入れた。つまり、と笠松教頭が続ける。

「つまり一つには、僕がのこのこ酒場まで訪ねて行って、あんな話をしたせいで鵜川先生の心を騒がせてしまったのではないかと、そんな気がして、あの晩の事故はもしかしたら僕にも……」

「あのときはかなり酔ってました」

「うん、それは確かにそうだろうけれども」

「教頭のお話と事故とは何の関係もないと思います」

「……そう。本人の口からそう言って貰えると僕としては有り難い。有り難いというのも変だけれども、あれからずっと気掛かりだったものでね、少しは楽になれます。それからもう一つ」

それからもう一つ、とわたしはメタセコイアにむかって心の中で呟いた。

「妹の結婚が決りました」と笠松教頭が言った。「このことは、きみにどう説明していいかわからないんだが」

「そうですか」

「本当に僕にはよくわからないんだ、こんどの縁談に関して、というかつまり、妹の心の中に関しては何も。やはりきみの言ったことが正しかったのかもしれない」

短い沈黙が訪れたので、わたしはポケットから両手を引っぱり出してネクタイの結び目をいじった。

「心からきみに迷惑をかけたと思っています。もし仮に、それでもきみが自分の意志でいちど妹に会ってみたいと言うのなら……」

「いいえ」

笠松教頭が隣でうなずくのがわかった。

「それではあのメモは捨てて下さい」

二カ月前のあの晩、わたしは彼に何を言ったのだったか。渡されたメモは捨てるまでもなく同じ日のうちに（おそらく川に転落したときに）紛失してしまったのだが。

また鳴り出した電話の方へ笠松教頭が歩いて行った。腕時計はおよそ五分が経過したことを示している。わたしは窓のそばを離れ、鞄と紙袋を両手に持った。机の上の立てかけた雑誌や書類挟みに私物がまじっていないか見直し、詰め過ぎて口の閉まらない鞄の中に教育法規の背文字を確かめてから出口へ向った。両袖机の前へ軽く御辞儀をしながら通りかかると、

「鵜川先生」受話器を持った手を伸ばして笠松教頭が言った。「女のかたです」

どちらの手にするかわたしは一瞬迷い、紙袋の方を床におろして左手で受話器をつかんだ。

「稲村です、弁護士の」電話の声は言った。「よかった、学校に出てらしたんですね、足の怪我はもうすっかり治ったんですね」

「はい」

「本当によかった。早速ですが、病院でお話しした件、彼女の落ち着き先が決りました」

「わかりました、それでは後でこちらから折り返し……」

だが稲村弁護士は早口でまくしたてた。もちろんお知りになりたいでしょうし、いま電話でお教えすることもできますけど、でもこないだの話の続き、というのも何ですがとにかくもういっぺんお会いできないでしょうか、そんなにお手間は取らせません、私も決して暇なわけでもないので一時間も二時間もというわけにはいきませんし、ほんの三十分、よろしかったら今日学校が終られてからでもおめにかかれません？

この弁護士との話がほんの三十分で済むわけはない、とわたしは思い、そう思いながら鞄を床に置いて受話器を右手に持ち替えた。笠松教頭が気をきかせて椅子を立ち、わたしは窓の方を向いた。そしてスリッパの音が廊下を遠ざかっていくのを聞きながら、どこへ行けばいいのですか、と電話の相手に訊ねた。

4

「より多くの人に会って一つでも多くのチャンスをつかむ、それが私の主義です」

確かにそういう意味の台詞。八年前の稲村弁護士の記憶はその台詞から受けた印象につきる。もっとも実際の表現はやや違っていて、こんな言い方だったかもしれない。

「人生できるだけ多く試み、多く取った者の勝ち、そう思いません？」

いずれにしても八年前の秋には、相手にとってわたしは遠沢めいと関係のあった男たちの中の一人、裁判を有利に運ぶための一つの可能性に過ぎなかったわけだ。

だが稲村弁護士は少なくともわたしからは何も取ることができなかった。職種も話す言葉も物の考え方も、何から何まで掛け離れたわれわれの会話は最後まで嚙み合わなかったと思う。もともと縁のない人間どうしが、偶然同じバスに乗り合わせてそれぞれの行先のことを考えている、バスを降りてしまえばどこかですれ違うことすらあり得ない、嚙み合わぬ話を続けながら当時のわたしはそう確信できた。


電話で指定された店には約束の時間よりも早めに着いたのだが、稲村弁護士はすでにいちばん奥の席に壁を背にしてすわっていた。アーケード街を横に突き抜けるそれほど広くない道路の片側に、教えられた通り弁護士事務所の看板を掲げたビルを見つけて、十二時五分前にわたしは一階のエレベーターの脇にある店の扉を押した。

時間が時間なので店内は混みはじめていて、両手に鞄と紙袋を提げた自分がいかにも場違いに思えるし、おまけに稲村弁護士はサンドイッチを頰ばりながら、食べかけの一切れを片手につまんだまま横に立った若い男との話に夢中で、わたしが入って来たことにはしばらく気づかなかった。むろん彼女は、約束の五分前に現れる待ち人を期待して店のドアを睨みつけているような、そんなタイプの人間ではないのだ。

わたしはいちばん奥まで通路を歩き、テーブルをはさんで彼女の斜め向いの窓際の椅子に腰をおろした。窓の外には制服を着た若い女性の姿がめだち、通りの向う側にある飲食店の入ったビルの一階の店に数人の列ができはじめている。窓硝子にENCOREと記された店名らしい文字までは確かめられたが、その読み方も何を食べさせる店かも見当がつかないうちに稲村弁護士が言った。

「この店のでよかったら何か取りましょうか？　これと同じものでも、チキンと胡瓜《きゅうり》のサンドイッチですけど」

「いいえ、先にすませて来ました」

稲村弁護士がさきほどからの続きでテーブルの書類に眼を落とし、サンドイッチの最後の一切れを取ると白い皿の上に添物のパセリと焦茶色のソースの跡だけ残った。わたしにコーヒーを運んで来たウエイターがその皿をさげた。ホッチキスで隅を留めた書類を稲村弁護士がおしまいまでめくって元に戻し、そばに立っていた若い男がそれを受け取ってわたしに会釈をすると立ち去った。正面の椅子に重ねて置かれた鞄と紙袋を一度見やって、稲村弁護士が笑顔をつくった。

「お天気が良かったから昨日の運動会はなによりでしたでしょう」

「そうですね」

「娘が通ってる小学校は来週の日曜なんです。それまでこのお天気が持てばいいけど」

わたしはただうなずいて見せた。早速ですが、とうなずき返した相手が続ける。

「八月に病院へうかがってお聞かせしたこと、……どこまで喋ったか憶えていらっしゃいますよね？」

青みがかったグレイのスーツに身をかためた弁護士はやはり病院で会ったときと同様に若く見える。といってもわたしは彼女の年齢を知らないので、正確には、記憶している八年前の印象よりずっと若々しく思えるという意味なのだが。

入院したその週に、稲村弁護士は一人娘を伴って見舞いに現れた。とうぜん新聞で例の記事を読んでのことだったのだが、そのとき聞かされた話はいくらもない。病院の入口から彼女は迷わずわたしのベッドに歩み寄ったけれど、わたしの方は子供連れの女の顔をすぐには思い出せなかった。今春小学校に入ったばかりだという女の子は片時も落ち着かず病室と廊下との間を行ったり来たりして、おかげで母親に何度となく名前をよばれ、他の五人の入院患者の退屈をまぎらわせた。また母親も要点をかいつまんで話しただけであとは見舞いの花を活けたり、娘の相手をするのに忙しかったし、わたしはわたしで現実と記憶との食い違いを正すのに懸命だった。わたしは八年前に、八年後の現在よりももっと年を取った、譬《たと》えれば老練なといっていいくらいの弁護士を相手にしたように思い込んでいたのだ。

だが、テーブルをはさんでいま眼の前にすわっている女の顔は、髪の毛をひっつめに結っているためか小ぢんまりした印象の顔はどう見ても三十代の後半で、つまりわたしより二つ三つ年上としか考えられない。

「あのときお聞かせしたのは」と稲村弁護士が言いかけた。「お話の要点は……」

「彼女がこの街に戻って来ている」

「そうです。今年の三月に、子供さんの入学式に合わせて実家をお出になったんです」

「そして何か住み込みの仕事を、賄《まかな》いのような仕事を……」

「仕出し屋さんですね、保護司の親戚にあたるかたがこの街で仕出し屋さんを経営されて
て」

「ええ」

「ただしそれは先月いっぱいの話で、彼女はもう看護婦の仕事に復帰しました」

「そうですか」

「昔の勤め先です、最後に勤めていた総合病院の、前の前の病院。つまり彼女が看護婦として出発した場所なんですが、この話、憶えてらっしゃいます？」

前の前の病院……わたしは思い出しかけた。稲村弁護士がテーブルの端の手帳を取り上げ、栞《しおり》をはさんだ頁を開くと病院名を声に出して読んだ。コーヒーカップに手を伸ばしてわたしがうなずき、再び相手がうなずき返す。

「でも今日お呼び立てしたのは」と稲村弁護士が言った。「お聞かせしたい話は、実はそれだけではないのです」

むろんそれだけではないだろう。あの遠沢めいがこの弁護士に託して運んできた知らせがそれだけであるはずはない。わたしはコーヒーを一口すすり、カップの把手をつまんだ指先が少しも震えていないのを知って微かに頬を緩めながら、相手が切り出すのを待った。稲村弁護士が窓際に席を移してわたしの正面にすわり直した。

弁護士に会ったからといってすぐに裁判に出て証言を求められるわけではないのです、御安心下さい、鵜川さんのお立場も十分考慮します。そんなふうに、稲村と名乗る弁護士はまず断ったような気がする。

八年前の秋、電話は二学期の始まって間もない小学校にかかって来た。相手が指定した待合せ場所は駅に近い繁華街の、客の大半を背広姿の男たちが占める広い空間の喫茶店で、わたしは夕方約束の時刻ぎりぎりにそこへ出向いた。

店の扉を開けるとすぐに、勘定場のそばに立って公衆電話を使っていた年配の女がわたしに眼を止めて、

「鵜川さんですね？」

と言い、人懐こい笑顔になって奥の方を指さしたので、わたしは鞄を抱えたまま空いたテーブルまで歩いて壁際の椅子に腰をおろした。やがて頼みもしないコーヒーが運ばれてきて、そのあとから電話を終えた女性が現れて正面の席につくと名刺を差し出した。早速ですが、とわたしがまだ名刺を読んでいる間に相手が言った。

遠沢めい自身の口からわたしの名前が洩れたのではないことはじきにわかった。警察がそうであったように国選弁護人もまた、担当する被告人のかつての看護婦仲間からわたしの存在にたどり着いたのである。

「実は、友人から借りたままになっている本を返してほしいと遠沢に頼まれました。そこでその友人の看護婦さんに会ったときに、偶然、鵜川さんの名前が出てきたのです」

そんなふうに、わたしよりもかなり年配と思われる弁護士は言った。

「もちろん他のところからは他の男性の名前もあがっています。ですからここで私がお訊

ねするのは、特別に鵜川さんにというのではなくて他の方たちにもした同じ質問だとお考え下さい。まず率直にうかがいますが、遠沢とはどの程度のおつきあいだったのでしょう」

「その話は警察でしました」

「もういちど思い出していただけません？」

「どの程度の、と言われても」

「できるだけ具体的に」

わたしは首を振った。

「友人の看護婦さんの記憶では、夜勤のときに遠沢は葉書を書いていたことがあるそうです」

「葉書なら貰ったことがあるかもしれない」

「その葉書に被害者の男性について触れられていたことは？」

「ありません」

「でも真山光男という人物は御存じでしょう、実際に会ったことはありますね？」

「その話も警察でしました」

「鵜川さん」前かがみになった弁護士がグラスを脇にどけてテーブルの上で両手を組み合

わせた。ストローの斜めに刺さったグラスの中身はすでに飲みほされて、溶けかかった氷と底に薄いオレンジ色の水たまりが残っているだけだ。

「誤解なさらないように申し上げますが、今日お会いした目的はあなたのプライバシーを暴くことではなくて、この先、裁判を少しでも被告人の有利に運びたいということなのです。ここでの話の内容は警察には一切伝わりません。事実、遠沢はすでに起訴されて警察の手を離れています。御心配は無用です。今日お電話して今日会っていただけるということは、最初から何もかも話すつもりでいらしたのではないのですか？」

「何もかも」

「ええ、御存じのことだけでも。もし鵜川さんがそのおつもりなら、こちらとしても手の内はすべてお見せする用意があります」

「彼女はいまどこに？」

「拘置所です」

「そこへ行けば彼女に会えますか」

「規則上は会えます。でもいまはたぶん無理でしょう、会いたがりませんから、私以外の誰にも」

「あなたと会って話すときに、彼女は」わたしはコーヒーカップを皿ごと半周させ、右手で把手をつまみかけて指先がかすかに震えているのに気づいた。「たとえば、僕のことを何か……？」

「いいえ、一言も」と弁護士が答えた。「彼女はどんなことを喋るんです」

「たとえば友達に借りたままの本を返してほしいと」

そう言って、にこりともせずに弁護士はテーブルの上の両手を組み替えながら、「どうぞ、コーヒーをお飲みになって」

「その本は」わたしは鷲掴みにしたカップに唇を寄せて一口飲んだ。「それはどんな本ですか」

「本のタイトル？」

いったん眉をひそめた相手の表情が、直後に気の利いた質問を喜ぶような笑顔に変った。「サン＝テグジュペリです。確か去年の秋に出たばかりの、サン＝テグジュペリ著作集の第一巻。でも面白いですね」

「はい？」

「これまでに何人か遠沢とつきあいのあった男性に会いました。でも鶫川さんが初めてです。彼女が自分のことをどう言っているかと気にした人は他にもいますが、それ以外のことを訊ねたのはあなたが初めてです。もちろん彼女が友人に借りていた本のタイトルなんて誰も」

いかにも興味深い事例だというようにわたしを見据えて弁護士は続けた。

「当然の質問だと思いますよ。わたしが鵜川さんでもやはり同じ質問をしたと思います。事件の被害者、真山光男という人物について遠沢から相談を受けたことはありますか」

わたしは鷲摑みにしたカップに唇を寄せてもう一口コーヒーを飲んだ。それを待って弁護士がくりかえし訊ねた。

「彼女は真山光男と別れたがっていたというふうに思われますか」

「思い出したくないんです、あの男のことは」

「それは鵜川さんが何か、たとえば金銭的な被害をこうむったというような」

「思い出したくないと言ってる」

「実は同じ目にあわれた方は何人もいます」

「……何人も」

「ええ、何人もです。それだけ長いあいだ彼女は真山光男につきまとわれていたということです」

「同じ目にあった男が何人も？」

「つまりこういう筋書だったのではないでしょうか。女のほうで何度も別れたいと思い、そのたびに親身になって相談に乗ってくれる相手を探す。するとそこに必ず、暴力的に男が立ちはだかって話をこじらせる。相談に乗った男性に金を要求するわけです。そして金を受け取ったあとも女と別れようとはしない。まるでヤクザ物のドラマのシナリオですね。でもおそらくそのシナリオはこれまで何度となく繰り返されて来たと思うのです。おかげで遠沢という女には騙されたと、つまり彼女は最初から真山とぐるだったと非難する人もいます」

そこで息を継ぐために弁護士はしばらく間を置いた。あるいは今度はわたしが口を開く番だと思ったのかもしれない。

「でも中にはそうでない人もいる。いまだに彼女を信じて、というかそもそもヤクザまがいの男に見込まれたのが不運のつきはじめだと、同情的な見方をする人もいます。たとえば遠沢が最初に看護婦として勤めた外科医院の院長、この人物は当時彼女が本心から男と別れたがっていたと断言しました。彼女がどれほど真山という男に怯えていたか、裁判に出ていくらでも証言すると言ってくれています」

「最初に勤めた病院？」とわたしが訊いた。

「そうです」弁護士が手帳を開いて個人病院の名を読みあげた。「最後の勤め先になった総合病院の前の前の病院ということになります。看護婦になりたての遠沢は、足の骨を折って入院してきた真山光男とそこで出会ったのです。つまり当時、彼女が真っ先に相談した相手がそこの院長だったわけで、彼は鵜川さんと同様の被害にあったうえに次の病院への推薦状まで書かされています。いかがでしょう、鵜川さんは事件の直前までの、少なくとも今年に入ってからの遠沢と真山光男との関係について御存じなわけですね、鵜川さんの眼には彼女の様子はどんなふうに映りましたか」

だがわたしは別のことを考えていた。

遠沢めいと真山がそんなに昔に知り合っていたとは思いもかけなかったのだ。彼女が看護婦になりたての頃、それはたぶん十年近い昔の話だったに違いない。ほんの三、四年前、総合病院の外科病棟で看護婦と入院患者として二人が出会ったという記憶は、わたしの思い過ごしだったのだろうか。それともどこかで、そう思い込むように遠沢めいに仕向けられたのだろうか。

「お話しいただけませんか」

「僕にはよくわからない」

「印象だけでもけっこうです」

わたしはまた首を振った。テーブルの上で両手を組んだ弁護士が束の間、手元に視線を落とした。

「院長の高木《たかぎ》さんという方は、事件の前に二度遠沢から電話がかかって来たと言っています。そのときもひどく彼女は怯えていたそうです」

「信じるのですか」

「どちらを？」弁護士が怪訝《けげん》そうにわたしを見返して言った。「高木さんの話をという意味ですか、それとも」

「彼女が怯えていたことを」

「それはつまり、鵜川さんの眼にはそうは映らなかったと？」

「僕はただ、いまの、事件のあとの彼女はどんなふうなのか……」

「私は信じます。もちろん彼女は怯えていたのです。別れたいのにどうやっても別れてもらえない、その問題で悩み続けたと思います。いっそ殺してしまうしかないと思い込むまで男の暴力を怖れていたのです。彼女はこれまで何度も誰かに助けを求めたけれども、誰も助けてはくれなかった」

「その院長への電話で彼女はどんなことを喋ったんです」

「仕事のこと、今後の身の振り方、とにかく相談に乗ってもらいたいと」

「そして断られた？」

「二度目の電話で会う約束をした矢先に事件が起こってしまったのです。高木さんは昔のいきさつも含めて、自分が何の助けにもなれなかったことが悔やまれるそうです。もちろん奥様のことや、世間体もあるでしょう、それでも敢えて裁判で証言台に立ってもいいと言ってくれています。鵜川さん、何か思うことがあればはっきりおっしゃっていただけませんか」

「よくわからない」とわたしは繰り返した。「彼女が何を考えていたのか。真山のことも、事件の晩のことも」

「事件の晩、彼女は看護婦をしている友人と会う約束をしていました」そう言ったあと、弁護士は記憶を確認するように薄く眼をつむった。「ところが真山に外出を咎められて、そのことで口論になった」

「……それで？」

「それで真山が拳銃を持ち出して脅したのです」

真山が拳銃を持ち出して脅した、とわたしは心の中で呟いてみた。もしそれが事実なら、そのとき真山はもう一挺の拳銃が消えていることに気づいていたはずだ。

「そのあと二人の間に何が起こったのか誰にもわかりません。彼女が記憶しているのは二つだけ、停電中の部屋でラジオを聴きながら真山が酒を飲んでいたこと、それと、真山を殺したあとで自分も死ぬつもりだったということ。本人はそう言っています」

「でも……」

「ええ、でも死ねなかった」

弁護士はテーブルの上で組み合わせていた手をほどくと、顔をややうつむかせて指先で眉をなぞるような仕草をした。それから溶けかかった氷の入ったグラスの方へ手を伸ばした。

「自殺のための弾丸が残っていなかったのです。撃ちつくしてしまったので」

「彼女は酔っていたのですか」

「いいえ、警察が現場に駆けつけたときもしっかり受け答えをしたそうです。弾丸は全部で六発、発射されています。そのうち四発が被害者の胸部に命中しました」

わたしが顔をしかめ、弁護士が指の横腹でストローを押さえながらグラスを傾けて口にふくんだ氷を一つゆっくり嚙み砕いた。

「被害者の血液中からはかなり高い数値のアルコール濃度が検出されているので、停電中に酒を飲んでいたという彼女の記憶を裏付けています。それと彼女の記憶からは抜け落ちていますが、死体には性行為の痕跡も。使用された拳銃はスミスアンドウェッソン社の三八口径、これについては、もう一つ別の事件とのつながりが予想されます。先月、フィリピンから同型の拳銃を密輸しようとした暴力団関係者が逮捕されていますが、たぶんその事件との……、真山が所持していた拳銃について何か、遠沢から聞かされたことがおありですか？」

「ありません」

二つめの氷をゆっくり嚙み砕く途中で何度も小さくうなずきながら弁護士が言った。

「それではもうこちらからお訊ねすることは何もないようですね」

わたしは隣の椅子から鞄を膝の上に引き寄せ、そのあとで背広の内ポケットから財布を取り出した。弁護士が同じように革の鞄を膝の上に載せて手帳をしまいかけた。

「ひょっとしてもう一度お電話することになるかもしれませんが、今日のところは」

「コーヒー代をここに」

「けっこうです、お呼び立てしたのはこちらですから。……何か？」

弁護士が顔をあげた。

わたしは鞄を胸に抱いて立ち上がったところだった。ただ立ち上がるにしては時間がかかりすぎたのかもしれない。

「もし遠沢に伝えることがあれば、お聞きしますが」

「彼女の罪は」とわたしは訊いた。「どれくらい重いのでしょうか」

「さあ、それはまだ何とも申し上げられません」弁護士は関心をなくしたように眼をそらして鞄の留金をかけた。「事件に至るまでの経緯や直接の動機、被害者に関しても拳銃の入手先等いろんな要素が絡んで来るでしょうし、それに、言い忘れましたが遠沢の身体のことが裁判にどう影響するか」

わたしが何か訊ねる前に弁護士の手が動いた。テーブルの伝票を取り上げて、その横にわたしが重ねて置いた百円玉を押し戻しながら彼女は言った。

「妊娠の事実を裁判官がどう見るかは別にしても、まったく不運としか言いようがありません。別れるために殺そうとまで思い詰めた、そして実際に殺してしまった相手の子供を宿しているわけですから。よくよく運に見放された女だと思いますね。ただ、本人は産む決心でいるようです。運命だと言っています。産むと言っても刑が確定すれば刑務所の中で生まれる子供ですよ。私は思うのですが、もし事件の夜がもう二カ月先だったら、つまり彼女じしんも被害者もそのとき妊娠に気づいていたら、あるいは今回の事件は……」

わたしは相手の言葉を聞き終らぬうちに背をむけて歩き出した。

「お聞かせしたい話というのは」

と窓際の席にすわり直して稲村弁護士が言う。

「実は彼女のお子さんに関することです」

わたしはコーヒーカップを受皿に戻してうなずいて見せながら、この弁護士の娘もまた今年の春小学校に入学したのだと思った。だとすれば八年前のあのとき、遠沢めいの妊娠を告げた弁護士じしんも同様に子供を身ごもっていて、そのことにわたしがただ気づかなかっただけなのだろうか。

「といっても話は少々こみいっています。果たして鵜川さんにお聞かせするのが適当かどうか、わざわざお呼び立てしてこんなことを言うのも何ですが、本当はずっと迷っていてまだ判断がつきかねているのです。とにかく聞いて下さい。今年の四月に、八年前のあの事件の被害者、真山光男さんの御遺族から私のところに相談が持ち込まれました。

要点をいえばこういうことです、遠沢めいさんが産んだ子供、今春小学校に入った娘さんですが、その子供を真山家の血筋とは認めない、つまり真山光男さんの血のつながった子供とは認めないということですね、その点を法的にきちんと処理してほしいとの要請でした。真山光男さんの御遺族というのは、両親はすでになくなられているので、具体的にいうと姉夫婦、私が直接会ったのは義兄にあたる方です。その方のお話では三月のなかばに一度、遠沢さんが娘を連れて真山光男さんの墓参りに訪れて、そのときに彼女は、遠沢さんはお骨《こつ》を欲しがったというのです」

「骨を」

「ええ、真山光男さんの遺骨を分けてくれと。……コーヒーをもう一杯いかがですか？」

私は右手につまんでいたカップの中を覗いて首を振った。稲村弁護士が自分のカップを皿ごと脇へずらし、ウエイターに二杯目を言いつけてからテーブルの上で両手を組み合わせた。

「つまり自分で別にお墓を持ちたいというのですね、遠沢さんは。自由の身になれたからといって犯した罪の重さが消えるわけではない、そのことを決して忘れまいと刑務所にいる間も誓っていたらしいのです。釈放されたら自分で真山光男さんの墓を建ててお参りをかかさないようにする、それが罪滅ぼしというよりも何か、自分の運命に課せられた務めだというような」

「彼女がそう言ったのですか」

「そうです。わたしが本人に会って聞きました。遠沢さんのお気持はまあわからないでもありません、でも御遺族の側にしてみれば、簡単に、はいそうですかと骨を分けてあげるわけにもいかないでしょう、なにしろ八年前の事情が事情ですし」

ウエイターがやって来てテーブルの端に置かれた空のカップにコーヒーを注いで立ち去った。稲村弁護士が左手で受皿を右手でカップを持ち上げてコーヒーを口にふくんだ。

「……それで？」とわたしが訊いた。

「それで話がこじれて、私の出番がまわって来ました。といっても実際には弁護士として私のしたことは何もなかったのですが。もともと真山さんの実家は郊外の町で古くから続いている農家で、農家といっても花作りを主にされてるんですが、いまは姉夫婦が跡を継いでおられるわけです。八年前、私も一度訪ねたことがあります、当時はまだ舗装されない道も残っていて、のどかな田舎町ですね、田舎町の由緒ある旧家といったたたずまいのお宅でした。いまも様子は変らないと思いますよ。それに八年経ったといっても狭い町の話ですし、そこへいきなり遠沢さんが子供を連れて現れる、しかも遺骨を分けてくれと言い出す。真山さんの方としては、やはり余計な気を回したくなるのも仕方がないと思います。

でも遠沢さんに実際に会って話を聞いてみると、かなり事情は違ったのです。遠沢さんは子供のことについては何も、真山さんの方が気を回しているようなことについては何も要求するつもりはない、ただ、墓を建てたいので一握り遺骨を分けてほしいと、さっきも申し上げましたが単にそういうことなのです。私は彼女の意向を真山家に伝えました。結果から言うと、義兄にあたる方の返事は遺骨を分けるのはかまわない、ただしそれには条件があって、もし遠沢さんが一筆書いてくれるならば、つまり、今後一切、真山家とは関わらないという意味の文書を残してくれるならばということでした。遠沢さんはその条件を呑みました。そういうわけで今年の四月、一枚の誓約書と一握りの骨とが交換されたのです」

「彼女は墓を建てたのですね」

「建てました。でもその話の前に、一つ肝心なことがあります」

稲村弁護士はコーヒーで喉をうるおしてから話を続けた。

「実は、そういう形で問題にけりはついたのですが、聞くところによると真山家の親族の話し合いは相当揉めたらしいのです。まあ親戚の中には町長を務めた人物もいるくらいの旧家ですからある程度想像はつきます。遠沢さんがどう罪をつぐなおうと、むこうにしてみれば自分たちの身内を死なせた人間ですからね、骨など分ける必要はないと反対者が出るのも当然でしょう。でも、私が直接会った義兄の方の話では、いちばん強硬に反対したのはまわりの親戚よりもむしろ奥様だということでした。

つまり真山光男さんの実の姉です。彼女は遺骨分けにも交換条件の提示にも最後の最後まで反対だったそうです。しぶしぶ親戚に押し切られはしたけれども、本人はいまだに納得してはいないので、義兄の方がおっしゃるには、妻は、あの女が産んだ子供を弟の子供とは認めていない、認めたくないのではなくて認められないのだと。意味がおわかりですか？　要するに彼女は、遠沢さんの子供の父親は真山光男ではない、誰か別の男だと言い張っているのです」

そこで稲村弁護士はわたしが口を開くのを期待してか黙り込んだけれど、わたしはどんな相槌《あいづち》も打たなかった。コーヒーを飲むついでに思い出して窓の外に眼をやると、向いのビルの前に並んでいた行列はいつのまにか消えている。

「それは何か根拠があってのことなのか、私は訊ねてみました。相手の返事は、確かな根拠といえるものはないのだと。もちろんそんな物はあるはずがないと思います。ただ、しいてあげれば遠沢さんが連れていた子供の顔ですね。子供の顔に真山光男さんの面影がないというのです。私にはよくわかりません。私が見ているのは、小学生になった遠沢さんの子供のほうだけですから。でも実の姉はそう言っているのです。子供の顔を一目見て、弟には似ていないという強い印象を抱いたわけです」

それから稲村弁護士はまた受皿とカップを別々の手で持ち上げてコーヒーを飲み、

「驚かないのですね」

と言った。

「正直に申し上げて、私はもっと違う反応を期待していました」

「そうですか」とわたしは答えた。

「ええ。少なくとも私は、その話を聞いたとき不意を打たれたような気がしました。まったく思いもかけなかったことです。八年前、私だけではなく他の誰も、そんな可能性については考えてもみなかったと思います。違いますか？」

わたしは腰掛ける位置を窓際へほんの少しずらして質問をやり過ごした。それをこんどは期待した通りの反応だと見なしたのかもしれない。鷹揚《おうよう》さを見せつけるような感じの仕草でカップを受皿に戻すと相手が言った。

「断っておきますが、私はいまさら昔の事件を蒸し返すつもりはありません。棚の中の古いファイルを取り出してきて埃をはたくような、そんな割りの合わない仕事は現実の弁護士はしません。御安心下さい。それに一度おめにかかっているわけですから、どうか、たまたま相席した人間を見るような、そんな眼付きで私を見ないで下さい。今日ここへお呼び立てしたのは、純粋に、私の個人的な関心からです」

「個人的な関心」

「どう取られてもけっこうです。たとえば気になる男の子の頬をつつかないではいられない、私の娘がよく見せる癖ですが、それと同じだと言われても仕方がありません。実は自分でもうまく整理がつけられないのです、昔も今も、なぜ鶇川さんのことをここまで気にかけるのか。御迷惑は承知ですが、とにかく私はもう一度さしで鶇川さんとお話がしてみたかったのです。御説明した経緯はおわかりいただけましたね？　それで遠沢さんとも何度か会っているうちに、私としては、八年前の出来事を考え直す機会が度々あったのです。いろんなことを考え過ぎて、まとまりのつかないうちに闇雲《やみくも》に鵜川さんに電話をかけたりしたこともありました。最後までまとまりがつかないという点ではいまも同様なのですが。たとえば私が考えたのはこういうことです。もし、遠沢さんの産んだ子供の父親が真山光男ではないとしたら、私の記憶している八年前の何がどう変るのか。そして遠沢さんだけが当時そのことを知っていたのだとしたら」

稲村弁護士の右手の人差指が、コーヒーカップの縁をそっと撫でるように一周しつつあることにわたしは気づいた。稲村弁護士がわたしの視線の上下に気づいてうつむき、自分の人差指をしばらく眺めた。

「何がどう変るんです」

その問いには直接答えずに稲村弁護士はこう言った。

「万が一、事件に共犯者がいたとしたら、そんなことまで考えてみました」

そしてスーツのポケットから引っぱり出したハンカチに人差指の先をねじ込ませた。

「でもそれはあり得ない。あの晩、銃声を聞いてすぐにアパートの住民や近所の人達までが集まっています。それから警察が駆けつけて、遠沢さんが自分の手で内側から鍵を開けるまで、犯行のあった部屋のドアは閉じたままだったのです。もちろんその気になれば、推理小説まがいにたとえば窓から外に出ることもできたかもしれない。でもそんなことは警察が真っ先に調べたはずでしょう。もともと誰もいなかったのです。事件当夜、あの部屋に誰か他の人間が出入りした形跡はなかった。それはつまり共犯者などいなかったことの証明になります。なぜなら彼女の犯行は、裁判で明らかにされた通り、計画性のない衝動的なものだったからです。だからもし遠沢さんの子供の父親が真山光男ではないのだとしたら、逆にそれは事件とはまったく関わりのない人物で、遠沢さんはその人物に迷惑のおよぶことを心配して、敢えて口を噤んだのではないか。

これは仮定の話です。私はそんなふうに考えてみたのです。御存じでしょうか、遠沢さんの両親は彼女がまだ幼い頃に離婚しています。彼女は東京の親元から、父方の叔母夫婦の住む町に引き取られてそこで高校時代まで過ごしました。叔母夫婦は子供にめぐまれなかったので一人娘同然に可愛がられたということですが、まあこんな話は珍しくないといえば珍しくもありません。

ただそう言い切ってしまう資格が八年前の私にあったのかどうか。裁判の前にも後にも、遠沢さんの実の両親とは一度も連絡が取れませんでした。私が思ったのは、彼女が不運で、身内に縁のない気の毒な女性だということです。子供の作文みたいな感想ですが、それで事件のあらかたは割り切れたし、裁判でもいい点が貰えたと信じています。当時の私は、いまよりもよほどうまく、世の中の出来事を把握できているような気がしていましたから。刑務所内の病院で生まれた赤ん坊は、彼女が残りの刑期をつとめる間、叔母夫婦が面倒を見ました。おととしの秋、出所した彼女の落ち着き先もとうぜん叔母夫婦の家でした。それから今年この街に戻って来るまで、あちらでの生活がどんなものだったかは知りません。でも、何度か会って話すうちに、少しずつですが遠沢さんの決心のようなものは伝わります。どうやら叔母夫婦との縁も切ってしまわれた様子で、今後、子供のことであちらに頼るつもりはないし、もちろん真山家からの援助など考えてもいないと。それで彼女は足りない分は借金までして墓を作りました。ちょうど市民霊園に空いた区画があったのでそこを買って、墓が出来あがったのは夏の初めですが、それ以来毎月、月命日には墓参をかかしません」

稲村弁護士はそこで言葉を切った。居心地の悪い沈黙が来て、わたしは痺れを切らした。

「仮定の話だと言いましたね。その仮定が間違っているかもしれない」

「もし間違っていなければ、遠沢さんは必ずしも、刑務所の中で被害者の墓を建てることだけ考えていたとは限らないわけです。もちろん産んだ子のことは気掛かりだったでしょう、けれども、仮にその子の父親が誰か他にいたのだとすれば、相手の男性のことをずっと考えていたはずですね、考えなかったはずはない、その人のためを思ってあのとき口を噤んだわけですから。ではいったい相手の男性とは誰なのか、残る問題はそれです。それについても私は八年前のことをいろいろと思い出してみました」

「その先はもうけっこうです。おっしゃりたいことの見当はつきます」

「ええ、私の言いたいことはおわかりだと思います。さっき申し上げたことと矛盾するようですが、私は遠沢さんの娘の顔をこの眼で見ているのです。それにこうやって鵜川さんにもお会いしている。もちろん私の言いたいことはおわかりだと思います」

わたしは小さく二度うなずいてみせた。むろんわざわざ驚いて見せる必要もないし、実際に少しも驚いてはいないのだ。彼女が、あの遠沢めいという女がこの街にいて、わたしに厄介事をもたらさぬわけがないのだ。

「何か、鵜川さんの方でお訊ねになりたいことがありますか？」

訊ねたいことの前に、思いついて一つ確かめてみると、稲村弁護士が脚を組み直して、それまで浮かべていた曖昧な笑みを消した。

「いいえ。私は彼女より四カ月ほど遅れて娘を出産しました。だからあのときにはまだ」

「そうですか」

「八年前のあの年は、私にとっても節目になった年です。一九八四年、ロサンゼルスオリンピックが開催される前月に入籍しました。つまり私が結婚してまもなくあの事件は起こったのです。そのときの夫と離婚が成立したのは去年の話になります。私に個人的な関心をお持ちでしたら、まだいくらでもお喋りはできますが」

「それで」とかぶりを振ってわたしは訊ねた。「彼女は僕に何をしてくれと」

「さあ」と稲村弁護士が答えた。

「彼女があなたに伝言を頼んだのではないのですか」

「いいえ、彼女は何も頼みません」

「だったらどうして今日僕はここにいるんです」

「だからそれは、迷った末の私の個人的な判断です。迷惑がられるのは承知の上で鶇川さんに事実をお知らせしたいと思ったのです。もし遠沢さんの産んだ子供の父親が自分だとしたら、彼女がなぜいまだにそのことを隠し続けているのか、私なら訳を知りたいと思います。鶇川さんもきっとそう思われるのではないでしょうか」

わたしは堪え切れずに深い溜息をついた。

「あなたは子供の父親のことを確かめてはいない、何一つ、彼女の口から聞いたわけではないのですね?」

「これが彼女の連絡先です」

稲村弁護士が手帳にはさんだ紙切れを抜き取ってわたしの前に置いた。

「そんなに知りたいのなら、あなたが自分で聞けばいい」

「八年前に」と稲村弁護士が口調を改めた。「私は彼女と鵜川さんとの関係を私なりに想像していました。その想像がまったく見当はずれだったと言うつもりはありません。最初にお断りしたように、いまさらあの事件を蒸し返すつもりはないのです。でも少なくともいまの私はあのときほど単純な物の見方をしているわけではない、それも事実です。被害者の暴力から逃れるために若い看護婦は他の男にすがった、あてにならない男たちとの一時的な関係を繰り返した、被害者以外の男なら誰でもいいというような一面は確かにあったかもしれない、けれど男たちとの関係はそれだけではなかったかもしれない、それだけではないケースもあったかもしれない。こんなことは当たり前ですね。私には聞けません。むしろ私は彼女の弁護士として、八年前に彼女にそのことを聞くべきだったと思います。……何か、私の言っていることがおかしいですか？」

「どうして八年前に聞いてみなかったんです」

閉じた手帳の上にハンカチを重ねて置き、腕時計に眼を落としてから、稲村弁護士はわたしに注意を向けた。わたしは記憶の中から言葉を一つ拾いあげた。

「人生は多く試み多く取った者の勝ち」

「……はい？」

「そう言ったでしょう。あなたから聞いたんです、確かそんな意味のことを言いましたよ」

稲村弁護士はすぐには答えなかったし、微笑みもしなかった。いちど開きかけた口を閉じると、咄嗟に思い出せない古い知り合いの名前でも探すように、わたしの肩越しに店の入口の方へ視線を泳がせる。わたしはテーブルの上の薄いブルーのメモ用紙に眼を凝らした。手を触れぬまま、そこにボールペンで記された遠沢めいのアパートの住所を読んだ。

「大勢の人に会って話せばそれだけ多くのチャンスをつかめる？」と相手の声が言った。

「ええ」

「憶えています」

「あなたがそう言ったんです」

「鶫川さんの記憶違いですよ。それを言ったのは私ではありません」

住所の下に同じく横書きにされた勤め先の病院の電話番号まで読みかけて、ゆっくり顔を上げると、それを待ち構えていたように眼の前の女は微笑んで見せた。

「それは遠沢さんから聞かれたのではないですか？　私は昔、彼女の口から聞いたおぼえがあります、表現は少し違いましたが。……人に与えられた時間は同じだから、少しでも眠る時間を短くして、目覚めていれば、それだけ大勢の人に会えてチャンスをつかめる。たぶんそんなふうな言い方だったと思います」

そして稲村弁護士はうつむき加減になると、指先で片方の眉を撫でつけるような仕草をして言った。

「違いますか？」

5

朝起きると卵を一個、ミルク鍋で茹でる、そのことが日課になった。

朝刊を取りに下へ降りたついでに台所に行き、冷蔵庫から卵を取り出して水を張ったミルク鍋の底に沈める。

次に冷蔵庫の扉に磁石で貼り付けてあるタイマーの数字を12にセットして、ガスの火を点けたあと椅子に腰掛けて新聞を開く。

赤い林檎《りんご》を形どった（緑色の葉っぱまで付いた）タイマーは里子か直美がスパゲッティを茹でるときのために買っていた物だと思うのだが、それが途切れ途切れの長い発信音で十二分経ったことを知らせる頃には、たいがい新聞の一面からテレビ欄まで眼を通し終えているので、椅子を立って茹であがった卵を水で冷やし、コーヒーをいれるための湯を沸かしながらトーストを二枚焼きにかかる。

最初のうちは卵を二つ茹でたこともあったのだが、三日と続かぬうちに現在のメニューが——茹で卵一個とコーヒーとトースト一枚半ないし一枚半強の朝食が——十分でかつ最も無駄がないとわかったし、そうなると鍋も台所にあるいちばん小型のミルク沸かし用の鍋でちょうどいい。ただ食パンを一枚半だけ焼く工夫をするほどこの朝食に熱意があるわけでもないので、マーガリンを塗ったトースト半枚分の食べ残しは毎朝、パン屑と一緒に内側にごみ袋を装着したポリ容器の中に捨てる。

もちろんもっと初めの頃には昔を思い出して目玉焼やオムレツを焼いたこともあったけれど、いつのまにか朝から油の匂いを嗅ぐこと、フライパンに適量の油を引いたりフライ返しを使ったり、それらを洗ったりすることがひどく億劫になってしまった。

朝食を済ませて着替えると一日置きに一階と二階の部屋に掃除機をかけ、洗濯物の溜っていない日はそれからすぐに散歩に出る。左足首のリハビリのためにできるだけ歩くようにと医者に忠告されたせいもあるけれど、それよりも、だいいち家にいたところで他に何もすることはないのだ。

散歩といっても近所を歩きまわるのは気が進まない。坂道を下ってバス停まで歩き、ちようど来合わせた市内を循環するバスに乗ってなるべく賑やかな辺りで降りることにしている。映画館に気づけばそこで降りて上映の時刻まで近くをうろついて暇をつぶすし、何か催し物のポスターが眼についてその気になれば会場までの道のりを歩いたりもする。

この八週間ほどの間に、わたしは単に時間を潰すだけのために幾つもの場所に出入りした。開店前のパチンコ屋の行列にまじって並んでみたことがあるし、そのまま夕方までパチンコをして持金が増えも減りもしなかったことがある。外国の画家の西洋梨《なし》の絵ばかりが飾られている展覧会場への往復に一日を費やしたこともあった。

一番乗りで入った映画館の、しんと静まり返ったロビイの長椅子に腰掛けて、電話で上映中の映画のタイトルに使われている漢字を（たぶん新聞の広告に載せるためだと思うのだが）一字一字用例をあげて説明している館主らしい男の声を聞いていたこともある。バスを乗り過ごしてたまたま降りた町内で運動会が開かれていて、それで退屈がしのげたこともあるし、朝から二時間ほどバスに乗り続けていたこともある。どことも知れぬ神社の境内で鳩《はと》に囲まれてパンと牛乳の昼飯を食べたことも、桟橋《さんばし》の乗船待合所の二階の古ぼけたレストランで落花生の殻を割りながらウィスキーを舐めていたこともある。求められて献血もした。デパートの屋上にも上った。動物園にも水族館にも入ったし、生花や書道や毛皮の展示会も覗いた。アーケードの商店街も駅付近も人目をかまわずに歩き回った。

それで午後の三時にもなると、たいていどこかの喫茶店の窓際のテーブルで車の流れや人の往来を眺めながら夕食の献立を考えている。考えているうちに面倒に思えて帰りがけに定食屋に寄ることもあったけれど、料理の本まで買ってビーフシチューを二度、コロッケと和風のハンバーグと里芋《さといも》の煮付けを一度ずつ、それと本は読まずにカレーを何度か作ったことくらいならある。

手持ちの金が不足していれば銀行に行き自動支払い機で引き出して、引き出すたびに預金残高を確認して、こんなふうに時間を浪費しながら一日をやり過ごすことは、今年いっぱいの停職期間中どころか計算上はもっとずっと先まで可能なのだと、微かに安堵のまじったものうい気分でそう思ったりもする。

夕方五時には家に帰り着いて、洗濯物を取り込み、台所で夕食と後片付けを終え、風呂を沸かしながら居間のテレビの前にすわってアイロンをかける。

電話が鳴ることはほとんどないし、ダイレクトメイル以外の郵便も一通も届いていない。風呂からあがると冷蔵庫の缶ビールを一本だけ飲んで九時には歯を磨き、灯りを消して二階の自分の部屋に上がる。自分の部屋、といえばいまはもうこの家のすべての部屋がわたしの部屋なのだが。

二階の部屋でわたしはリモコンを枕元に置いてベッドに横たわり、吹替の洋画の続きを見ながら自然にまぶたが重くなるのを待つ。一日歩いた疲れもあるだろうし、それにもともと習慣的に早寝が身についているので、十一時までには必ずテレビを消して、じきに眠ってしまえるのが救いと言えばささやかな救いである。

十一月二十二日、日曜日に、父の三回忌の法事がこの家でおこなわれた。

前の晩から泊っていた母を含めて当日は主に競輪関係者の家族がひっきりなしに詰めかけ、おかげで鵜川家は久方ぶりの賑わいを見せたのだが、法事の内容については一から十まで母と杉浦との間であらかじめ決められていたことなので、二年前の葬儀のときと同様にわたしの出る幕はなかった。

わたしがしたのは何週間ぶりかでネクタイを締めて、朝のうちに市内の寺の墓地にある鵜川家の墓に参り、あとは家に戻って坊主をはじめ次から次へと現れる客に百回もの御辞儀を繰り返したことだけである。翌朝には仕出屋が大皿を引き取りに来たし、まもなく一階の廊下にまで残っていた線香臭さも消えてしまい、再びわたしは停職中の独身者の日常に戻った。

日暮れまで外を出歩き、帰宅して、取り込んだ洗濯物のうちアイロン掛けの要らないものを選り分けて畳み、スーパーで買ってきた野菜を水洗いしてほぼ十日に一度の割合でカレーを作る。玉葱《たまねぎ》を微塵《みじん》切りにし（料理の本で見つけて、涙を流さぬために試しに玉葱を一かけら口にくわえて微塵切りにし)、微塵切りの山になった玉葱と肉を炒め、ぶつ切りの人参とジャガイモの煮くずれをふせぐために面取りしたものを一緒に煮込む。とにかく多めに作っておけばあと二日は献立に頭を悩ませる必要はなくなるのだ。

食事中も食後に洗い物をしているときにも電話は鳴らないし、私的な郵便は一通も配達されない。風呂上がりに缶ビールを一本だけ空け、続けてウィスキーを飲むという考えを頭の中から追い出して九時には歯を磨き、一階の灯りを落として寝室へ上がって行く。寝室のベッドに横になって埃の匂いのする古い本の頁を眺めながら、自然にまぶたが重たくなるのを待つ。こうやって無意味に一日を終えるのも、年が暮れるまでのあと数週間の辛抱だと自分に言い聞かせてみる。わたしにできるのはその時間が過ぎてしまうのを待つことだけだ。

だが、こうやって一日を終えることを無意味というなら、あと一カ月と少し待ったあげくにわたしが手に入れるものは何なのだろうか。年が明けてペナルティが解けても、わたしはただ停職中の身で街を徘徊《はいかい》する代りに札付きの教員として小学校で働き、夕方五時には帰宅してやはりこれとそっくりの夜を迎えるのではないか。この八年間、わたしはいまと変らぬ夜を独りで過ごしつづけて来たのではなかったか。

そこまで考えて、わたしは埃の匂いのする古い本の頁を閉じる。一日歩き疲れたせいと、それにもともと早寝の習慣が身についているせいで、十一時には必ず眠気を催してあとの考えをたどれず、じきに前後不覚の闇の底に落ちてしまえるのが救いと言えばささやかな救いである。

そしてまた朝が来てわたしは卵を一個、ミルク鍋で茹でる。

一日置きに一階と二階の部屋に掃除機をかけ、洗濯物の溜っていない日はそれからすぐに散歩に出る。

「先生」

と車道の方からだしぬけに呼ぶ声がして振り返ったのだが、その声がどこから飛んで来たのかすぐにはわからなかったし、十メートルも先の四つ角に進入しかけていたタクシーがそこから半分ほどの距離をアクセルをふかして後退し、停車して、中から白いシャツに蝦茶《えびちゃ》色のベストを着込んだ運転手が降りてくるまで相手の顔も見ることはできなかった。

十一月三十日、月曜日。

一週間が始まったばかりの日の午後一時に、たとえここから近いとはいっても小学校の関係者が通りかかるわけはない。運転手の富永は腰の両脇に拳をそえた恰好で小走りに近づいて、

「また会ったね」

と笑い、わたしとそばの自動販売機とを見比べると、ズボンのポケットから小銭を取り出して挿入口に滑り込ませた。

「俺がおごるよ。何にする、ビール？」

うなずく前にボタンが押され缶ビールが取出口に落ちた。ついさっきわたしは百円玉を三枚入れたところで、炭酸飲料とオレンジエードとビールの中から一つを選び兼ねていたのだが、富永は自分のオレンジエードと一緒にビールを取り出すとわたしに手渡し、戻ってきた釣銭をぜんぶポケットにしまい込んだ。

「何となく予感がしてたんだよ。朝から無線で呼ばれて、例のほら、先生もよく知ってる校長さんに、競輪の優勝戦だから今日は。それでたったいまも先生のこと考えながら走ってた。何してるんだい、こんなとこで？」

わたしはとりあえずビールの礼を述べて一口飲んだ。

「いいんだよ。それより……」

と言いかけて富永はタクシーの方へ首を振り、こんどは反対の方向へ視線を走らせると、

「学校の用事？」

わたしは顎をそらせて一息に飲めるだけ飲み、口元を拭ったあとでカーディガンのポケ

ットに片手の指先を押し込んだ。

「学校の用事ならこんなとこでビールなんか飲んでないよね、そりゃそうだ」

苦笑してみせながら富永はオレンジエードの缶を開けようともしない。わたしは次の一息でビールを飲み干し、腹の底から喉元へ泡のようなげっぷが上がってくるのを待った。

「もう一本飲むかい？」

「いや」

「ほんとはゆうべ飲んでたら、そこでも先生の噂になっててさ、……あの立ち飲みの店で」

「しばらく行ってないんだ」わたしは二度めのげっぷを洩らした。

「うん、俺も久々だったんだけどね」

富永は次の台詞の間合いを測るように、一方の手に握りしめたオレンジエードの缶の上端を反対側のてのひらに二三度当てた。

「何ていうか……」

「新聞の記事のことなら」とわたしが言った。「心配は要らない、骨折も治ったし」

「……そう」富永がわたしの足元をちらりと見てから顔を上げた。「でも災難だったよね、俺は見舞いに行きたいと思ったんだけど、何べんも、なにしろ一緒に飲んだ晩のことではあるし、でも何となく気が引けて、俺みたいのがのこのこ見舞いに行っても」

「気にしなくていい」わたしは辺りを見回して言った。「とにかくもう済んだことだから」

富永がわたしの手から空缶を取りあげ、自動販売機の陰に放り投げた。

「用事があるならそこまで乗って行きなよ、メーター倒さずに送るからさ」

「いいんだ」

「いいのかい？」

わたしがうなずいて見せると、不承不承といった感じで富永は車の方へ戻りかけた。

そのときわたしが反対方向を振り返ったのは別に予感がしたわけではないのだが、ちょうどマンションの前にはタクシーが一台止ったところだった。扉が開いて時田圭子が降り立ち、まもなく続いて見知らぬ男が降りて来ると二人はマンションの建物の中に消えた。男が降りるのを待つ間に、大きめの旅行カバンを提げた女はこちらへ視線を投げたようにも思えたのだが、遠目なので確かではなかった。わたしはカーディガンのポケットの中で指先につまんでいた合鍵を放した。

「先生」と引き返した富永が言った。自動販売機の前で向い合ったわれわれのそばを空のタクシーが通り過ぎ、停車中の富永のタクシーを追い越して四つ角を右に折れた。

「言いにくいんだけど、やっぱりこのことは話しといたほうがいいと思うんだ、こんど会ったらそうしようと思ってた。俺が見舞いに行かなかったのは、一つには、例の校長さんに止められたからで、何ていうか、そのとき校長さんが言ったのは、新聞にあんな記事が出たからには、先生の立場は非常にまずいことになる、事故だけならまだしも、それがマスコミにばれたら只事《ただごと》じゃ済まないだろう、教育界ってところはそういうところだって、そのくらい俺にも想像はつくけど、だから先生のごたごたの最中に、怪我したうえに身の回りが取り込んでるときに、あんまり親しくない人間がのこのこ現れても」

「もういいんだ、そのことは」

「いや、俺が気が引けたのはそれだけじゃない、……言いたいのはそのことじゃないんだ」富永はここでもリズムを取るように一方の手に握りしめた缶を反対のてのひらに何度か軽く叩きつけた。「先生はたぶん、俺のことを煙たがってるんだろう？　そうだよな、わかるよ、はじめっからわかってる。なんてったって俺は、いまじゃこうして真面目に運転手の仕事をしてて、乗ってかないかなんて気安く言ってるけど、でも、昔の俺は確かにあいつとつるんでたわけだし、やっぱり先生にとって俺は」

「そのこともいいんだ」

「……いいって？」

「何とも思ってない」わたしは自動販売機に向ってズボンのポケットを探った。「八年も昔のことだろ？」

百円玉を一枚と十円玉を数枚見つけて挿入口に落としたが、ビールを買うにはまだ百二十円分のコインが必要だった。わたしは反対側のポケットを探った。

「そう言ってくれるのは嬉《うれ》しいけど」富永が脇から足りない金額を補い、戻って来た釣銭をまた自分のポケットにしまった。「俺の方は一度きっちり謝っておかないと気が済まない。八年前、先生の金を銀行まで受け取りに行ったときのこと、憶えてるだろ。申し訳なかったと思ってるよ。あのときだって気の毒だと思ってた。ただ俺はあのときの先生の金を一円だって貰っちゃいない、正真正銘、嘘じゃない、真山とはあのあとすぐ切れたんだ、あいつの使い走りみたいな仕事は二度としなかった、それでしばらくしてあんな事件が起きて、事件のことも俺はテレビで見て知ったくらいなんだ、信じてくれよ」

わたしは富永に視つめられて立ったまま二本目の缶ビールを飲み干した。飲み干した空缶を自動販売機の陰に投げ捨て、何度目かのげっぷをすると、もう他にすることも思いつかない。

「タクシーに乗せてくれるかい」

「いまから、俺の車に？」

「ああ」

「先生はどうなのか知らないけど」タクシーの運転席にすわると富永が言った。「俺はいまでもちょくちょく思い出すことがあるよ。校長さんを乗せて競輪場まで走ってる最中なんかにさ、ふっと昔の真山の声がよみがえったりする。妙なもんだよね、引退した校長さんの顔を見るたび真山を思い出すってのも。でも、……どこまで行くんだい？」

後部座席でわたしは腕時計を見て迷った。まだ一時半を過ぎてはいないが、これから夕方まで時間を潰すあては考えつかないし、それにだいいち考えつく場所はすでにうんざりするほど歩きつくしている。

「でも、よく考えてみれば最初に真山に競輪を教えたのは俺なんだよね。雀荘で遊んでるときにさ、たまたま一緒の卓になって、競輪ってそんなに儲かるのかって訊くから、そりゃ儲かるときは麻雀よりはよっぽど儲かるって答えた、それからだよ。いっぺんあいつと二人で先生の学校まで押しかけたことがあっただろ？　あのときだって、先生が鵜川源太郎の息子だって教えたのは俺なんだぜ、あいつは鵜川源太郎って聞いても何のことかよくわからなかったくらいで。まあ、最初はそうやって俺が競輪の師匠って立場でつきあいが始まったんだけど、長続きはしなかった。実家からあいつが古いクラウンを持ち出して来てて、気づいたらそれのおかかえ運転手みたいになっててさ、だってあいつは後ろにしか乗りたがらないし、それになにしろあの図体だろ？　口答えなんて怖くてできないよ。まるで俺はヤクザの子分みたいな感じだった。毎日まいにち顔を見るのも気が重くてさ、でも見ないわけにいかない、うちに迎えに来るから」

そこで富永はタバコを口にくわえ、火を点ける前にルームミラーで後ろの様子をうかがってから続けた。

「ただ、俺にとって一つ幸運だったのはあの年に親父が死んだことなんだ。八年前の夏の初め……先生も憶えてるだろ、あの年は空梅雨で、七月になってもぜんぜん雨が降らなくてね、親父がもう長くないとわかってから、葬式の日に断水になったら困るっておふくろが急にうろたえだした。ポリバケツを三つも四つも買って来ては水をためたり、大変だったよ。でもいま思えばいいときに死んでくれたと思う、最近おふくろもそんなふうなことを話すんだ。とにかく親父が死んで、それで俺は長男だし、いつまでも半端《はんぱ》なことはやってられないと踏ん切りをつけた。真山と縁を切るのは簡単じゃなかったけどね。競輪で何百万も損したのはおまえのせいだなんて大げさなことを言い出してさ、金をいくらか都合しろって脅されて、結局、三十万くらい集めたのかな、俺だって先生と同じような目にあってるんだよ。最後に会って金を渡すとき、おまえ人間の歯は何本あるか知ってるかって、そう言われたのを憶えてる、殴られる前に。そんな質問してから人の顔を殴るやつなんていないよね、普通。気持悪い男だよ。そのときは、力を加減してくれたのか歯は一本も折れなかったけど。いまでもふっと、俺の歯はぜんぶで何本あるのかって疑問に思ったりする。思うだけで調べたことはないんだけどね、人間の歯って何本生えてるのか、先生は知ってる?」

「……いや」

「何本だろうって、思ってるうちに殴りかかるんだよ、まったく、いま思い出しても妙な感じだよ。そのときに会ったのが最後で、それからすぐにあの事件が起きたんだ。テレビのニュースであいつが殺されたって知ったときは腰を抜かした。自分はまったく関係ないとわかってるのに一日中おろおろしてた。警察が来たらどうしようって、真山の話を聞かれたら何をどう答えればいいのかって、……翌日だったか、話を聞かせろって刑事がうちに二人来た。先生のとこにも来ただろ?」

わたしはルームミラーに映った相手の眼を見返し、何も答えなかった。富永が運転席の窓を降ろして外へタバコの灰を弾き落とした。

「お互いとばっちりを食ったよね。でも、俺に言わせれば、いちばん気の毒だったのは遠沢とかいうあの女の人だ。殺人者をかばうようであれだけど、もし俺が彼女の立場だったら、そこに拳銃があったらどうしただろうってあのとき思った。そんな話は刑事にはしないけどさ、ただ俺は現実にあの女の人がひどい目にあわされるのを見てるから……」

「どんな」

「どんなって……、俺がこうやって運転してても、いま先生がすわってるとこであの男は平気で何でもやった、どんなことでも。いまさら思い出したくもないよ。もし俺が女だったら、やっぱり捨て鉢になって一発や二発撃ってたかもしれない、それであいつとすっぱり別れられるならね」

「六発撃ったんだ、彼女は」

運転席で富永は大きく身じろぎしたが後ろを振り向きはしなかった。

「きれいな人だったけど、いま見ても思い出せないだろうな。八年前だよ、先生。俺はいまじゃ子供二人の父親だし、まじめに働き続けてなんとか半端な生活からは立ち直れたと思ってる。タクシーの運転手なんて、言ってみりゃ地球の端っこをさ、コマネズミみたいにくるくる走り回ってるだけでたいした仕事じゃないけど、おまけに事故起こさないことで運を使ってるから他はさっぱりだけど、でも昔の自分を思えばね、何ていうか、俺はいちおう満足してるよ。先生だって考えてみれば、結局、金は取られたけどそれであの二人と縁が切れてよかったんじゃないか？　今回のことはまた今回のことでさ、あれだろ、まさか学校を辞めなきゃならないってこともないんだろ？……よかったよ、それがわかって安心した、校長さんも心配してたしね。先生、これからどこに行くんだい」

タバコの煙が車内にこもってその匂いが不快なので、わたしはドアの内側に付いたハンドルを回して窓を下げた。

「でも何だかほっとしたよ」富永が吸いさしのタバコを外に捨てて言った。「胸のつかえがおりたっていうか。いっぺん先生にこの話をしないと気が済まなかった。ほんとはあの晩、一緒に飲みながらいつ話し出そうかってうずうずしてたんだけど。こうやって話してみるとただの昔話だね。あの校長さんの言い草じゃないけど、いっときも休まず時間は過ぎて行く——何だっけ……、逝く者はかくのごときか、昼も夜も川は流れる、ってね」

「市民霊園というのはどの辺にあるんだろう」

「論語なんだよね、あの校長さんもいい人なんだけど論語好きが玉に瑕《きず》だよね。しょっちゅう小難しいこと言って困ったもんだ。そりゃ意味を説明されればなるほどって思わないでもないけど、運転中にいちいち覚えきれない。市民霊園？　わかるけど、でも遠いよ」

ルームミラーの中で眼を上げて富永が訊ねた。

「行ってみるかい？」

「……いや、場所を訊いてみただけなんだ」

わたしは腕時計に眼をそらして答えた。

「どこかコーヒーの飲める店へ行ってくれないか」

翌日。

いつも通りに一日が始まり、卵を茹でながら朝刊を読んでいるところへ電話がかかった。里子の母親からで、里子が今朝一番の船で島を出たという。母親は娘の家出の書置きを見つけてわたしに連絡を取ったのである。

「先生のところに行く、心配いらない」とただそれだけのことを里子は書き残している、母親はそう教えたあと、次のようにわたしに頼んだ。

もちろん自分が引き取りに行くつもりだがすぐには都合がつかないし、先生のほうでうまく帰るように諭してくれれば有り難いのだけれども、もしそれも効果がないようであれば、こちらとしては先生の好意にすがるしかない、返す返すも申し訳ないがまたしばらくの間、お宅で娘を預かってもらえないだろうか。

そういうわけで、この日は朝からの散歩も中止になり、一階の応接間に念入りに掃除機をかけたあと、わたしは家の中でおとなしく里子が現れるのを待った。

6

人気のないホームスタンドの陽のあたる場所を選んで椅子に腰掛け、わたしは小一時間待った。

全体が深めの皿の形に似たバンクの中には、その間、自転車を漕《こ》ぐ選手の姿は一人も見られなかったが、皿の底にあたる枯れた芝のグラウンドの上空を一羽の烏《からす》がゆるやかな円を描いて飛び続けていた。

この近所に学校があるのか二度ほどチャイムの音が聞こえただけで場内は静まり返っているし、他に動きのあるものと言えばゴールライン付近に据えられた風見の、スプーンの形をした三枚のプロペラくらいである。わたしは烏の飛行を見上げて退屈をまぎらわした。たぶん選手たちの練習は昼食を終えた午後から始まるのだろう。

十二時半を過ぎた頃ようやく、バックストレッチ側の建物から人影が二つ現れた。ほぼ同じ背の高さの若い男女は、走路の平坦《へいたん》な部分でいちど立ち止って何事か話し合うために時間を取り、それから第3コーナーのカーブの方へゆっくり足を運んだ。

まもなく斜めにせりあがった走路を二人は手をつないで登り始め、登りつめた後で、一人が手を振り切って駆け降りてみせると、勢いのまま枯れた芝のグラウンドまで達して止った。斜面に取り残されたもう一人が恐る恐るといった感じで足を踏みしめて、二三歩降りかけたところで助けを求めて声をあげる。気まぐれな猫が一声鳴いたように短く、またそれほど大きな声でもなかったはずだが、その声はスタンドの上の方にいるわたしにもはっきり届いた。

わたしはコートのポケットに両手を入れたまま立ち上がった。黒いセーター姿の女は顔までは確認できないが直美のようだ。

スタンドに設けられた階段の途中で足を止めて、名前を呼ぶべきかどうか迷ったのだが、気づいたのはむこうの方が早かった。銀色に見えるウインドブレーカーで上半身をふくらませた若い男がこちらへ指を差し、やや遅れて直美が腰をかがめ斜面に両手をつきながら同じ方向を眺める。男が走路に戻って直美を助け降ろした。二人が枯れた芝の上をホームストレッチへ向って歩きだすまで見届けると、わたしは残りの階段を降りて行った。

ほとんど傾斜角度のないゴールラインの引かれた走路の手前に立ち、二重に張られた金網をはさんでわたしは二人と向い合った。

「何してるの、先生」

と、いの一番に直美が訊ねる。小学校の教員がこんな時間に、こんな場所で何をしているのか。最近わたしを見れば人が言うことは決っているのだ。

直美の横で笑みを浮かべた男が軽い御辞儀をして見せた。この石井という青年が三カ月前の事故の夜、気をうしなったわたしのそばにいて面倒を見てくれたことはわかっているし、杉浦の弟子の競輪選手だということも知っている。

あの晩、彼は師匠の言いつけで（それとも直美に頼まれて）吉岡氏と一緒に里子を探しに出てくれた。おまけに入院中のわたしを里子と直美に付き添って二度も見舞ってくれた。父の法事のときにもそうだったが、いつ会っても屈託のない笑顔でわたしに御辞儀をする。背は少し足りないが身体つきは立派だし、それに視力も良さそうだ。杉浦に代っていまではこの青年が飛ぶ鳥を落とす勢いなのかもしれない。

「話があるんだ」

「あたしに会いに来たの？」

「実は里子のことで」

「また何かあったんですか」

と石井が口をはさんだのでわたしはそちらへ視線を向けた。

「どうしてここに……？」と直美が訊きかけた。

「里子のいるところを知らないか」

「里子ちゃんのいるところ?」

「家出して行方《ゆくえ》がわからないんだ。きのうの朝、母親から電話があって、うちへ行くと書置きを残してるらしいんだけど、いくら待っても現れなかった。それで、僕には他に行先の見当もつかないし、きみに連絡を取るしかないと思って」

「あたしは何も聞いてない」

「そうか……」

「先生?」と直美が訊いた。「ゆうべ大学の寮に電話をかけたの?」

「ああ。秋から自宅に戻ってると言われて、今朝、きみのお母さんとも話した。お母さんの口から石井君の名前が出たので電話をしてみたら」

「ほらね」と石井が直美の腕を小突いた。「面倒臭がらずに出先を録音してればこういうときに役立つんだよ。午後からは競輪場にいるって、うちの留守番電話で聞いたんでしょう?」

確かにその通りだ。ただ、実際には直美の母親は石井の名前を憶えていたわけではなく、娘はにやけた競輪選手にのぼせて同棲までしていると、言外にわたしの責任をほのめかすようにして教えただけなのだが。

「でも家出して、先生のとこに行ってないのなら」と直美が言った。「あたしにも連絡はないし、あとは彼のところじゃないかしら」

「そうだよ」と石井が相槌を打つ。「そこしかない」

「誰のことだ？」

「バンドをやってる子」と直美が答えた。「もちろんそれで生活してるわけじゃなくて、普段は別に仕事を……大工さんか何か？」

「いや、そこまでは憶えてない」と石井。

「働いてるのか」とわたしが言った。あの夏の晩、吊橋の上でわたしが首を絞めあげた少年が大工か何かをして働いているのだ。「その男と連絡をつけられるか？」

「それは無理だけど、でもバンドの練習をやってる場所ならわかる。たぶんそこで」

「里子はそこでその男と知り合ったのか」

「そんなことより」と石井がたしなめた。「いまはそこへ行ってみるのが先でしょう」

「あたしも一緒に行こうか？」

「いや、いいんだ。まず僕が行ってみる」

「まず僕がって、そんな、のんびり構えてていいんですか、女の子の家出ですよ」

わたしは二重の金網越しに直美を見て言った。

「場所を教えてくれないか」

「美術館がどこにあるか知ってる?」

と直美が訊いた。

むろん美術館だろうが図書館だろうがわたしはこの二カ月で知り抜いている。美術館のそばに楽器屋があってそのビルの地下に練習用のスタジオがあると直美が説明した。説明が終るとすぐに石井が言った。

「僕たちも行きますよ。僕たちだって彼女のことは知らないわけじゃないし」

わたしは黙らせるためにそちらへ気のない視線を投げた。

直美が石井の腕をかるく押さえるような仕草をしてわたしに向き直った。

「もう一つ話があるんだ」

「あたしに……?」

「話というほどのものじゃない、ただ」

「何ですか」と石井がまた割り込んだ。

「悪いけどしばらくはずしてくれないか」

金網のむこうで二人は顔を見合わせた。それから直美がうなずいたのを合図に、銀色のウインドブレーカーを着込んだ男は踵を返して走路の幅の分だけわれわれから離れた。

「別にあの男の話をするわけじゃない」わたしは小声で呟き、コートのポケットから右手

「何？」と直美は言いかけて、金網の隙間《すきま》から差し出されたものを視つめると、それでおおむね呑み込めた顔付きになった。わたしは相手の指の先にマンションの合鍵をつまませてから念を入れた。

「お母さんと電話で話したとき、きみに渡しておくように言われた」

「どうしてなの」

「ついでにという意味だろう」

直美の質問に対してわたしの答え方は答になっていない、ポケットに右手を戻しながらそう思ったが何も言い添えなかった。

「バカみたい」と直美が言った。「あたしのことを気にしてるのなら、それは先生の思い過ごしだよ。母と先生がどんな付き合い方をしようと別にかまわないのよ、そのことをあたしがどうこう言ってるわけじゃないんだし、だって、いままでだってあたしが何か文句を言ったことがあった？」

「何を怒ってるんだ」

「何も怒ってない。あたしはただ、……いまさらこんなものを見せられても」

「見せてるわけじゃない、お母さんに渡すように言われたんだ」

「子供扱いしないで」

と決めつけて直美は指先につまんでいた鍵を金網のこちら側に押し込んだ。鍵はわたしの足元に落ちた。わたしがしゃがんでそれを拾い上げるのを直美はむこう側の金網に指をかけて待ち構えていた。黒いとっくりのセーターを着ているせいかまったく化粧気のない直美の顔は際立って白く見えるし、鼻の両脇に薄くソバカスが散っているのにもわたしは気づいた。

「返すなら本人に会って返せばいい、自分たちの問題でしょ」

「子供扱いしてるつもりはない」とわたしは答えた。「いいか……」

「あたしにそんなものを預けるのは子供扱いしてる証拠よ、あたしを軽く見てるのよ」

「きみのお母さんにそうするように言われたんだ」

「どうかしたの？」と石井が走路の半分まで近寄って訊ねた。

「何でもない」直美が振り向かずに言った。「言われたことなら何でもするわけ？　先生は母の言いなりなの？」

石井は引き返しもしない代りにそれ以上近づきもせず、曖昧な笑みを浮かべて走路の途中に立っている。わたしは癇癪《かんしやく》をおこしかけた。

「もういい、この話はこれで終りだ」

バックストレッチ側の建物の方から誰かの呼ぶ声が聞こえ、石井とわたしがそちらを振り向いた。ヘルメットを被った選手が一人、自転車のサドルをつかまえて立っている。わたしは右手に持った鍵をコートのポケットに滑り込ませた。

「どこへ行くの、先生」

「言っただろう、里子を連れ戻しに」

「先生」と直美の声がなおも追いかけた。「ネクタイにパン屑が付いてるよ」

わたしは何歩か歩き出したところで立ち止った。コートの襟元《えりもと》を開けて内を確かめたがむろんパン屑などついているはずはない。だいいちわたしはネクタイを締めてはいないのだ。気を取り直して金網の前に戻り、もういちど直美と向い合った。

「学校はどうしたの？」

「今年いっぱい休みを取ってる、余計な心配をするな。いいか、きみは僕の教え子だし、そうでなくても長いつきあいだ、家のことでもさんざん世話になった、本当に感謝してる。だからできれば、こんなふうに気まずい別れ方はしたくない」

「別れ方だなんて」と呟いて直美は額にかかった前髪を払いのけた。「二度と会わないみたいに」

「現にうちには寄り付かないじゃないか」

「だってそれは、あたしだって考えたのよ、どう考えても先生と二人で暮すわけにはいかないんだし……そうでしょ？　里子ちゃんがいるときだって先生は近所の眼を気にしてたんだよ」

「あのにやけた男は近所の眼を気にしないのか」

「何よ」

「競輪選手が女子大生と同棲してどうするんだ」

「同棲なんかしてない。あたしはちゃんと別にアパートを借りて、女の子のルームメイトと二人で住んでるわ」

「電話でお母さんはそう言ったんだ」

「母はあたしが寮を出たことも、それに彼のことも気に入らないからヘソを曲げてるのよ、紹介したってまともに口もきいてくれない。先生と同じで、いつまでもあたしを子供だと思ってるから」

「僕はそうは思っていない」

「母のことをずっと隠してたじゃないの」

「隠してた？　どうすればよかったんだ、お母さんと交際させて下さいときみに頼めばよかったのか？」

「そうね」直美がうなずいて見せた。「こそこそするよりその方がよっぽどいいと思う」

「わかったようなことを言うな。だいいち、子供扱いされたくないならきみの方こそ、いつまでたっても僕を先生と呼ぶのはやめたらどうだ」

「じゃあ何と呼べばいいの」

「そんなことは自分で考えろ」わたしは苦り切った。「もういい、この話はほんとにこれで終りだ」

「あのね、先生」

「もういいと言ってるだろう」

「あたしは子供の頃から、母と先生が親しくしているのを見るのは嬉しかったし、ふたりがどんな関係になっても嫌な気持はしなかった、先生は気づかなかったかもしれないけど、あたしはずっとそう思ってたし、いまでもそれは同じなの。だから、母のことであたしに遠慮する必要なんかないのよ、あたしは本当にそう思ってるのよ」

「すいません」と石井がわたしに笑いかけながら直美の肩を叩いた。「そろそろ練習が始まりそうなんだけど」

直美がうなずき、石井とわたしが眼を合わせた。いまの話はぜんぜん聞いていなかったというような口振りで石井が言った。

「里子ちゃんのこと、ほんとに先生ひとりでだいじょうぶですか？」

「きみに先生と呼ばれる覚えはないんだ」

「でも……」

「気にしないで、もともとこういう人なの」

と隣の男を慰めてから直美はわたしに向き直った。

「それから先生、あの門のことだけどね、おじいちゃんを怒らないでよ、ほっといた先生が悪いんだから」

「門がどうした」

「どうしたって、先生が直す直すと言っていつまでもそのままだったでしょ？　開けるたびにキイキイ鳴ってみっともないって、先生が入院してる間に神田造園のおじいちゃんが来て直してくれたの。勝手なことをすると先生は怒るから、里子ちゃんとあたしは遠慮したんだけど。気づかなかったの？」

「あのじじいはいつから鍛冶屋《かじや》になったんだ」

「いまの聞いたでしょ？」直美が石井を振り返った。「さっきのもただの冗談のつもりなのよ」

「じゃあ、僕たちはこれで」

「里子ちゃんのことで何かわかったら連絡して」

そう言い捨てると直美はわたしに背中を向け、その背中を石井の手で押されながら小走りに走路を渡った。まもなく自転車に乗った選手達が第4コーナーから直線に入って来て次々に金網のむこうを通り過ぎた。

わたしは割り切れない気分のまま取り残された。いまのいままであの赤い鉄の門扉は錆び付いたままだと思っていたし、退院したあとギプスが取れない間も長年の習慣で往生しながら跨いでいたのだ。

それにもう一つ、コートのポケットに戻した合鍵のこともある。この合鍵はどう処理すればいいのか。本人に会って返すべきだと主張されても、その本人がもう会う必要はないと言っている。母親が娘の恋人に無関心である以上に、娘は母親の私生活について何も知りはしないのだ。わたしは二重の金網越しに枯れた芝の上を遠ざかって行く二人の後姿を見送り、自転車の列がもう一周まわって来て通り雨のような音をたてながら流れ過ぎるのを眺めた。

だがいつまでも割り切れぬ気分でそんなことを考えている場合ではないだろう。いまは取り敢えず、美術館のそばの楽器屋のビルの地下へ里子を探しに出掛けなければならない。わたしは一つ大きな溜息をつくと金網のそばを離れた。いったいバンドの練習というものは何時頃から始まるのだろうか。

7

十二月六日、日曜日。曇り。

外に出ると風が冷たいうえに空模様まで怪しかった。わたしはセーターの上から着込んだレインコートのボタンを首まで止め、いちど家の中へ戻って傘を持ち出して来た。そのあと門扉の前で立ち止り、一瞬、跨ぎ越すのをためらった。

隣の吉岡家の方から夫人の話し声が聞こえる。横付けされたワゴン車の陰になって姿は見えないが、そのワゴン車のボディに記された文字を確かめるまでもなく、ときおり相槌をはさむ男の声には聞き覚えがある。気の重い朝である。

もう一度玄関へ戻って出直そうかと迷いかけたとき、話の終った気配があってワゴン車の陰から神田老人が姿を現した。すぐにわたしに気づくと片手を上げて見せて、

「ちょうどお宅へ寄るところだったんだ」

と言い、ワゴン車の鼻先まで出て来て、とたんに物問いたげな眼付きになる。わたしはかまわずに門扉を跨いだ。

「どうしたんだい、その顔」

「これから出掛けるんです」

「そりゃ、見りゃわかるけど……」

「おはようございます」と吉岡夫人から声がかかったのでわたしはしぶしぶそちらへ挨拶を返した。神田老人が喉をしぼり道端の側溝をめがけて痰《たん》を吐いた。

「よかったら送るよ、帰るついでだ」

「急ぐんです」

「だから送るよ。どこまで行くんだね」

「下のバス停まで歩くだけですから」

「バスに乗ってどこに行くんだね」

答えずに歩き出したわたしの腕を神田老人がつかんだ。吉岡家の玄関の奥からよく聞き取れぬ主人の尻上がりの声が聞こえた。夫人は玄関の半分開いたドアの前からこちらを見下ろして、引っ込みがつかないといった感じで愛想笑いを浮かべている。

「いいから乗りなさい」と神田老人が勧めた。「年寄りの親切を無にするもんじゃないって言うだろう。それにあんたにはちょっと話がある」

「神田さんにクリスマスツリーの件は頼んだのか？」

と玄関先に現れた吉岡氏が訊ね、

「ああ、そうそう」

と夫人が答えた。

わたしは老人の手を振りほどき、吉岡氏に会釈をしてワゴン車の助手席側へまわりドアを開けた。吉岡夫婦と神田老人との間でクリスマスツリー用の樅《もみ》の木の若木についての相談が始まりそれが五分ほど続いた。やがて運転席側のドアから神田老人が乗り込んで来て、一つ長い吐息を洩らすとシートベルトを掛けた。

タバコとガソリンの入り混じった車内の空気に甘ったるい革の匂いが加わった。老人は自分の身体よりも一サイズ大きそうな真新しいスエードの焦茶色のジャンパーを着ている。ワゴン車が後ろ向きに発進し、吉岡夫婦が玄関のそばで揃って笑いながら頭を下げ、わたしは顔の左側をてのひらで覆ってそれに応えた。

「医者の不養生って言葉があるだろ」

と老人が後方へ首を振ってハンドルを扱いながら言った。

「ないかね？」

「ありますね」

「あんたはどう思う、産婦人科の医者にいつまでたっても子供ができないのは、医者の不養生と言えると思うか」

そう言って老人が鼻を鳴らし、わたしが黙り込んだままワゴン車は坂道に出て下りはじめた。よほど自分で自分の冗談が気に入ったのか、下の通りを右折してからも老人は含み笑いの表情を保っている。バス停の手前に差しかかったのでわたしが言った。

「どこに行くんです」

「あんたを送るんだよ」

「どこに」

「学校だろ？」神田老人は冗談とも本気ともつかぬ口調で言った。「日曜だというのに御苦労なことだ」

「日曜に学校へ行くわけないじゃないですか」

「その険のある物の言い方はなんとかならんのか」

「そこで降ろして下さい」

だしぬけにブレーキが踏まれ、わたしは前のめりになって折り畳みの傘を持ったままダッシュボードに右手をついて身体を支えた。ワゴン車はバス停の真ん前に横付けする恰好で停っていた。ベンチにすわっている中年の婦人がこちらを覗き込んでいるのにまず気づき、それからわたしはドアを開けようとして一つだけ老人に礼を述べておくことを思い出した。

「あれは紙やすりで磨いて油をさしただけだ」と神田老人が答えた。「それよりキンモクセイの話だが」

「キンモクセイ？」

と振り返ったわたしの顔を見て相手が舌打ちをした。

「親父さんが大事にしてた金木犀の木だよ。あんたは知らんかもしれないが庭の東側に昔から植わってる。それが、あんたが入院してる間にいちど台風が来ただろ、そのときに根っこが浮き上がってしまった、ヒマラヤ杉のほうは何ともなかったがね。あんた、その眼の痣《あざ》はどうしたんだね、殴り合いの喧嘩でもしたのか」

「その木が何だと言うんです」

「花を付けることは付けたがこのままじゃ来年の秋は危ない、いまのうちに腰を据えて面倒を見てやらないと、それで一つあんたに相談しようと思ったがいつ行っても留守だった。親父さんの法事のときに、あんたはわしを避けてるようだったから奥さんの方に話してみたら、やっぱりあの家を相続してるのはあんただからと言われて……」

「腰を据えて面倒を見る」

「ああ」

「金がかかるという意味でしょう」

「かかるよ、だからまずあんたの了解を得ておかんと、勝手なことをやるとあんたは怒るからな」

「金木犀なんてどうでもいい、余計なお世話だ」

「あんたならそう言うだろう」サイドミラーに眼をやって神田老人が答えた。「そう来ると思ったよ」

座席の背が震えるかと思えるほどの音量で後方からバスのクラクションが鳴り響いた。神田老人が「あいよ」と呟きで応じてワゴン車をほんの数メートルだけ走らせて停めた。しばらくすると再び大音量のクラクションを鳴らしてバスがワゴン車の右側すれすれを追い越して行った。

「あんたはわしのことが嫌いかね」と神田老人がふいに訊いた。「それとも親父さんと親しかった人間はみんな嫌いなのかね」

「何の話ですか」

「あんたのあの家の話だ。奥さんが出て行かれたときから心配してたんだが、あんた一人でだいじょうぶなのかね、このままじゃあの家も庭も全部さびれてしまうぞ、ハウスキーピングとかいう言葉があるだろ、ないかね、あんたにはそれをやる気がぜんぜんないらしい、庭も庭だがベランダの周りだって散らかり放題じゃないか、掃除一つしたあとが見当たらないんだ、親父さんの自転車をあんなとこにほっぽりだして錆び付かせたらどうするんだ」

「あれは壊れてるんです」

「壊れていようが何しようが……」

「ちゃんとしたのは形見分けに父の弟子が引き取ったんです。そんなことをいちいちあなたに心配して貰わなくても」

「心配しているのはわしだけじゃないよ、隣の吉岡さんとこだって、それから弟子の杉浦とかいう男だってそうだ、親父さんを知ってた人間はみんなあの家のことを心配している」

「家のことをね」

「ああそうだ、誰もあんたみたいなひねくれ者のことなど気にかけちゃいない。言わせて貰えばわしはあんたがどんなふうになろうと少しもかまわんよ、親父さんとあんたの仲がどうだったかも知ったことじゃない、ただわしは親父さんの生前に目をかけて貰った人間だからね、あの庭だって親父さんと二人で丹精した庭だ、このまま荒れ放題になるのを指をくわえて見ているわけにいかんのだ、たいがい我慢して来たがもう我慢できん、わしはあんたが何と言おうと、あの庭の面倒は見させてもらう」

「お好きにどうぞ」わたしは助手席側のドアを開けて言った。「その代り」

「そう来ると思った」

振り向くと、神田老人は上段の白い入歯を覗かせて笑った。

「好きにしろと言ったな？　好きにさせて貰おう、その代り、費用はぜんぶわしが自腹を切る、それでどうだ。嘘は言わん、最初からそのつもりだった。……それでいいかね？　今後あの庭のことは一切わしの裁量に任せてもらうということで」

「好きにしてください」

とわたしは繰り返した。

「その代り、このワゴン車が僕の車を出すとき邪魔にならないようにお願いしますよ」

「あんた免許証は止められてるんだろうが」

「今後のことを言ってるんです」

「そんなことを言ってるからひねくれ者だと陰口をたたかれるんだ」神田老人は上機嫌で両手を揉み合わせた。「とにかくこれで話はついた。ドアを閉めなさい、送って行こう」

「バスに乗ります」

「急ぐんだろ、バスはいま出たばかりじゃないか」

「急ぎません」

神田老人がまた舌打ちをした。

「バスに乗ってどこに行くつもりだったんだね」

わたしは腕時計で時刻と日付とを確認しながら答えなかった。

「女かね」

「……女？」

「女のところに行こうかどうか迷ってるんだろう」

「どうしてそう思うんです」

必ずしもわたしの左眼の青痣のせいではなくて、神田老人は何か痛々しいものを見るような眼付きになった。

「ほかに迷うことがあるのか。いいからそのドアを閉めなさい、送って行くと言ってるんだ、同じことを何べんも言わせるもんじゃない、年寄りの親切を無にするなという言葉があるだろう、そのくらい聞いたことがないかね」

わたしはしばらく迷ってからドアを閉めて、窓側に寄り掛かった。それでいい、と神田老人が呟いてハンドルに手を載せた。

「で、どこまで行く？」

「そこに何をしに行くか聞かないでくださいよ」

「そんな野暮なことは聞かん。言っとくがわしはあんたがどこで何をしようとこれっぽっちも関心はないんだ」

「少し遠いんです」

「かまわんよ、他に仕事があるわけじゃないし時間ならたっぷりある。あんたを送り届けたら早速、戻って庭に入らせてもらう」

「市民霊園まで」

8

いまさら遠沢めいに会ったところでわたしは彼女に何を話しかければいいのだろうか。訊いてみることを山ほど抱えてここまで来たような気もするのだが、それらはすべていまとなっては手遅れな質問ばかりで、稲村弁護士が子供の親の件で悔やんでみせたのと同じように、むしろ八年前の事件の直後にこそ訊いてみる値打ちがあったのかもしれない。ところが現にわたしはそうしなかったのだし、八年前にそうしなかったということはすでにそのときから手遅れなのだ。事件の後、わたしは警察の追及を怖れて殺人のあらかじめのシナリオについても、その夜に使われるはずだったもう一挺の拳銃についても口を噤んだ。つまり土壇場になって彼女を見放し、彼女を裏切った、彼女ひとりに罪を着せて。

わたしは緩やかな傾斜道の途中に立ち、レインコートのポケットからウィスキーの小瓶を取り出して口にふくんだ。

キャップを閉めるとまたそれをポケットに戻して歩き出した。

この両側を雑木林に遮られた狭い舗装路を、道なりに右へ右へと下って行けばそのうち共同墓地にたどり着ける。坂の上にある休憩所の売店で確かめてきたので間違いない。

霊園西口と記されたバス停の前で神田老人に降ろしてもらったのだが、その西口は同時に火葬場への入口でもあった。

火葬場に併設された休憩所の建物の中は時間待ちの人々で立て込んでいて、子供も親たちも喪服姿にそぐわない高い声で喋りまくるので、売店の女の説明を聞くのにもなかなか骨が折れた。広大な敷地を持つ市民霊園には出入口が三カ所もあり、どうやらわたしは共同墓地にいちばん遠い出入口の前で降ろされたようだった。道順を訊ねたあとで売店の奥の棚にポケット瓶のウィスキーを見つけたのでわたしはそれを買った。火葬場の隣の休憩所の売店にポケット瓶のウィスキーが売られているのだった。

いまさら遠沢めいに会ったところでわたしは彼女に何を話しかければいいのだろうか。

訊いてみることを山ほど抱えてここまで来たような気がするのだが……。心の中で同じ文句をつぶやきながらわたしはまた坂の途中に立ち止り、ポケット瓶のウィスキーを取り出して口にあてた。そのうち芝居がかった気分の高揚に見舞われて、自分が泣き出すのではないかと心配したがいつまで待ってもそんな気配はなかった。折り畳みの傘を小脇にはさみ、左手首の脈を測ってみたが思ったほど乱れてもいない。

結局、わたしは平気だった。

心の中で何を呟こうとそれはまるで手垢《てあか》のついた古い台本を読み上げるようなもので——つまり土壇場になって彼女を見放し、彼女を裏切った、彼女ひとりに罪を着せて——これまでに何十回も何百回も練習した台詞なので言い間違えることはないし、繰り返すたびに単調な棒読みになって行くような気さえする。わたしはその繰り返しの中で、八年分の時間の流れのどこかでとうに醒《さ》めてしまったのかもしれない。

確かに八年前の事件直後、自分の取った態度に引目を感じていたのは事実だけれども、当時の気持のままで長い年月を通せるわけはない。しかも実のところは、わたしが一方的に彼女に罪を着せたわけでもなく、彼女は文字通りひとりで罪を犯したのだ。土壇場でわたしを見放したのはむしろ彼女の方だった。事件はわたしの与《あずか》り知らぬところで始まりそして終っていた。彼女がひとりで罪を引き受けたのは当然のなりゆきといえば当然のなりゆきだった。だからわたしはいま、たとえれば昔の喧嘩に加われなかったことを友人に詫びに行く男のような、そんな程度のばつの悪さ、ないしは懐かしさしか感じていない。

だがそれは言い訳に過ぎないだろうか。道々ウィスキーを取り出しては飲み下しながらなおも坂を下ると、思ったよりは早く共同墓地が視界に入って来た。舗装路が尽きた行き止りに黄色い土の空地があり、そこに木造の三角屋根の東屋《あずまや》が設けられている。その先の方に墓地らしい広がりが見えた。だがそれは言い訳に過ぎないかもしれない、とわたしは東屋に近づきながら思い直した。

ただの喧嘩ならば、いまわたしの左眼のまわりに残っている青い痣のように(昨日までは紫色で、もっと前の殴られた当夜には赤く腫れ上がっていた痣のように)鏡を見るたびに悔やまれる程度の後遺症で済む。だがあの事件には本物の拳銃が使われたのだし、現実に、遠沢めいは六発撃ちつくして相手を殺してしまったのだ。

東屋の中央に据えられた円形のテーブルにはひび割れが走り、周りの椅子の上には木の葉がたまっていた。むろんこんな風の強い冬の日に、人々が墓参に詰めかけるはずもないだろう。わたしは空っぽの東屋の脇を通り抜け、共同墓地を前にしてもう一度ポケット瓶のウィスキーを取り出した。喧嘩でこしらえた痣はやがて消えるが彼女の犯した罪は二度と取り返しがつかない。取り返しがつかないからこそ、彼女は長いあいだ服役しただけでは足りずに借金までして自分が殺した男の墓を建てなければならなかった。その証拠がいまわたしの眼の前にある。

なるほど広大な墓地だ。わたしの立つ位置から向う端までの距離は目測で二百メートル近いと思われる。しかもどうやらわたしは巨大な長方形の敷地の長い方の辺の片隅に立っているようだ。濃淡のまだらな曇り空の下、高さ五十センチに満たない同形の墓石が整然と、果てしなく縦横に連なっている。ざっと見渡したところそれは共同墓地というよりもむしろ、隅々まで管理され規格通りの作物を実らせた広大な農場とでもいうべき印象だった。わたしは一口ウィスキーを飲み下し、また瓶をレインコートのポケットに戻すと墓地の中に入り込んだ。

よく見ると墓石群は二列が一組になって向い合せに置かれていた。さらにそれらが幾つかまとまって小さな長方形に仕切られた芝生の区画の中で一つのグループになり、その周囲を碁盤の目のように巡る二メートルほどの幅の黄色い土の道をわたしは歩いているのだった。墓石は正面から見るとほぼ正方形だが、側面から見ると下半分に倍の厚みがあり、そのせいで竪型《たてがた》のピアノのミニチュアが何台も並んでいるようにも連想される。中には光沢のある黒い墓石もまじっていたが灰色のものがほとんどで、正面上部には例外なく金文字の家名ないしは個人名が記してあった。

この数え切れぬ墓石の中に真山の名の刻まれたものがある。遠沢めいが拳銃の弾丸を四発命中させて殺した男の墓が。たとえそれが計画的な犯行ではなくて何かの手違いから起こった不幸な出来事だったとしても、ともかく、遠沢めいは願い通りに真山をこの世から葬った。だがその代償として取り返しのつかぬ罪を一生背負わなければならない。もしそうだとしたら、もし彼女が本気でそう考えて真山の墓を建て月命日に墓参をかかさないのだとしたら、あの夏の晩にわたしが彼女の計画に乗り遅れたことも、事件の後でもう一挺の拳銃について口を噤んだことも二度と取り返しはつかない。いまわたしはそのことがわかっているし、そのことを八年前からずっと悔やみ続けてもいる。昔の喧嘩に加われなかったことを友人に詫びに行く男のような、そんな程度のばつの悪さ、懐かしさしか感じないというのはやはり言い訳に過ぎない。

ではいまさら遠沢めいに会ったところでわたしは何を話しかければいいのだろうか。彼女を見つけていったい何を訊くためにこの道を歩いているのか。

わたしは目測でむこう端までのほぼ半分の距離を進み、いったん足を止めた。それから左に方向を変えて、広大な長方形の敷地をちょうど縦に真っ二つに貫いているらしい、他よりもやや幅の広い道を歩き始めた。左右に墓石群を見ながら一区画分ほど先へ歩くと、道の左手に、白い角材に白い三角板を二枚打ち付けた別れ道の案内板が立っていて、右を示す板にはD－1、左を示す板にはD－2と書かれている。それを無視して次のブロックまで進むとアルファベットの文字はEに変った。

そこで後方を振り返って、遠眼に両側の斜面が花壇になった石段とその上の二つの門柱を眺めた。

おそらくあれが共同墓地の正規の入口なのだろう。あの石段を降りたところがAの区画で、無数の墓石はそこから古い順に配置されているのだろうか。それともアルファベットの種類と墓の建てられた年代とは関係がないのだろうか。いずれにしてもそちらの方には人影は見えなかった。わたしは片手に折り畳みの傘を持ち、片手でポケットの中のウイスキー瓶に触れながらアルファベットのFを目指した。

そしてFの区画からGの区画へ、Gの区画からHの区画へと左右に立ち並ぶ墓石の碑銘をいちいち確かめながら、三十分ほども歩いただろうか。その間にわたしは墓石の背面と右側面に注意を向けることを学んだ。背面には死者の命日が、右側面には墓の建立された日付がいずれも西暦ではなく元号を用いて彫り込まれてあった。それらの年月日はアルファベットを下るにつれて確実に新しくなっている。わたしはIとJを飛ばしてKの区画へ向うことにした。

途中で行き会ったのはたった一人、線香の束を握り締めたわたしの倍ほどの年齢の女性だけだった。これだけの数の墓がある共同墓地に、この日この時刻に用のある人間がわたしを含めて二人しかいない。会釈してすれ違ってから腕時計を見ると十一時半を過ぎていた。その女性はJの1の区画に入って行き、わたしはKの1と2の墓石を見てまわった。しかしいずれのグループにも真山の墓は見つからなかった。

最後に残されたのはLの墓石群である。

芝生で仕切られた区画はそこでようやく途切れ、あとは整地途中の剝き出しの黄色い地面と、その先は雑草が茂り放題の野原が延々と続いている。地平線の彼方と言いたいような辺りを木立が壁になって塞いでいるが、それを切り倒せばたぶんアルファベットの最後まで行き着けるに違いない。Lの1の区画のもっと右手奥の方に、もう一つこの墓地への入口が設けられていて、なだらかな長い石段を家族連れらしい四人の男女が——初老の夫婦と若い娘が二人——降りて来るのが見えた。

わたしは彼らに背中を向け、白いペンキ塗りの案内板のそばに立って一息にウィスキーをあおった。

遠沢めいが本当に月命日の墓参を欠かさないのだとすれば、あるいは午後からここにやって来る予定なのかもしれない。ポケット瓶のウィスキーはその一飲みで空になった。遠沢めいにぜひとも会うつもりなら、真山の墓を見つけてそこで彼女を待ち続けるつもりなら、もう一瓶買って来るべきだったかもしれない。右手の甲に微かに冷たい刺激を感じたような気がして天を仰いだが、雨が降り出したわけではないようだ。濃い灰色の雲が薄い灰色の空をじわじわ移動していくのを眼で追ったあと、わたしはいちど身震いをした。それから別れ道を左へ折れて、いちばん日付の新しい区画Lの2へ入って行った。

——さいわい拳銃がありますよ。

心の中でそう呟きながら、わたしは向い合った二列の墓の間を歩いた。左右に眼をくばって端から端まで歩いたが、真山の墓は見つからなかった。だが急ぐことはない。今年になって建てられた墓は必ずこの芝生の区画の中にあるはずだから。わたしは次の二列に移って反対側の端からまた歩き始めた。

さきほどの四人家族がひとかたまりになってLの1の区画の墓石の前に佇んでいる。初老の夫婦と若い娘が二人。彼らが線香を手向けるのは誰の墓なのだろうか。黒い服を着た娘の一人が首をまわしてこちらを見ているのに気づいたが、わたしは気づかぬふりをして左右に眼を配りながら歩き続け、心の中で同じ文句を繰り返した。——さいわい拳銃がありますよ。ゆうべ寝がけに開いていた古い小説の一行がふいに思い出され、思い出されたとたんに耳になじんだ短い旋律のようによみがえっては消え、消えてはよみがえる。サン＝テグジュペリの小説の中の台詞。飛行機乗りの主人公はある夜、広い砂漠の真ん中に不時着する。翌朝になっても救助隊は現れない。幾日が過ぎても現れない。やがて食料も水も尽き果てる。不時着した飛行機に同乗していた仲間とふたり、夜明けに翼に降りた露を集めて渇きをしのぎながら待ち続けるが誰も助けに来てはくれない。幾度も蜃気楼《しんきろう》に裏切られたあげくに仲間が言う、冷静な声で。最後の最後の手段として――さいわい拳銃がありますよ。遠沢めいはあの夏、事件の前に、吊橋の上でわたしに真山殺しの相談を持ちかける前に、友だちから借りた本でその頁を読んでいただろうか。

わたしは左右に眼を配りながら向い合った二列の墓の間を通り抜け、そこでも真山の名を見つけられずに次の二列に移ることになった。折り畳みの傘だけ持って一人で墓地をうろついている男がよほど気になるのか、黒いスーツ姿の若い娘がまたこちらを振り返っている。こんな冷たい風の日にあの髪の短い娘はコートも着ていない。そう思いながら彼女に背中を向け、両側に並んだ墓石の手前から二つずつまでの家名を確かめた。そしてわたしは歩くのをやめた。

探し求めた墓が眼の前にあった。

真山の名がすぐそこに、右側の三つめの墓石に金文字で刻まれている。わたしは身体ごと墓の正面へ向き直り、しばらく黙って見下ろした後でその場にしゃがみ込んだ。

光を帯びた灰色の墓石は竪型のピアノのミニチュアを象《かたど》ったようにも連想され、鍵盤にあたる位置には三カ所、円筒状の穴が刳《く》り貫《ぬ》かれているのだが、中央の穴の底には燃え残った線香のかけらが数本落ちているだけだ。両脇の二つの穴に挿し込まれた生花がすっかり萎《しお》れて茎の部分からうなだれた恰好なのは、先月の命日から遠沢めいがここを訪れていない証拠だろう。

しゃがみ込んだ姿勢のままふとLの1の区画の方を振り返ると、髪の短い女はまだこちらを気にしている。こんな風の冷たい日にあの女はコートも着ていない。墓石に眼を戻して、横向きに真山光男と彫られた金色の文字を読み直す前に、その女が他の三人から離れて歩き出すのにすでに気づいていた。

わたしは二度目の身震いに襲われて肩をすくめた。

黒いスーツの女は案内板の横を通り過ぎて、歩調を速めるでもなくためらうでもなく一定のペースでこちらの区画へ入って来る。片手で一冊の本を抱え持つようにハンドバッグを胸の辺りにささえ、片手で包装紙に巻かれた花束の根元を握って歩いてくる女の姿は、そのときにもまだ、身のこなしのしなやかな若い娘のように見えぬこともなかった。まるで喪服の色の効果で年齢よりもずっと大人びて見える娘のように。表情の見分けられる距離まで近づくと、その女が眼を細めて確かに微笑んで見せ、わたしは咄嗟に立ち上がりかけてバランスを崩し、足首をひねった。

必要以上に大声をあげて尻餅をついたわたしのそばに、彼女が駆け寄って片手を差し伸べてくれたがその手にはメガホンの形に包装された花束が握られている。ハンドバッグを持った反対側の手に相手が注意をそらした隙《すき》にわたしは自力で立ち上がった。

すると肩先をかすめるように、入れ違いに彼女が墓の正面に腰をかがめる。そのときスーツの生地に付着したほのかに甘い香料を嗅いだような気がしたのだが、花束から一瞬風に吹き上がった匂いをそう錯覚したのかもしれない。来てたのね、と萎れた花を引き抜いて遠沢めいが言った。遠沢めいの声に違いなかった。わたしは片手でレインコートの尻をはたきながら続きを聴いた。

「今朝ふっとそんな気がしてたんだけど、さっき見たときにはすぐにはわからなかった。でも最初に折り畳みの傘を見て思い出したの、そういえば歩き方が昔とちっとも変ってない。その髪形だって、……すこし太った？」

広げた包装紙の上に萎れた花が捨てられ、代りに薄紫の小さな花弁をつけた切り花が二カ所の空洞に挿し込まれる。その間も彼女の横顔は微笑んだままだ。

「そうか、今朝きみは僕がここに来るとわかってたのか」それだけ言うのがやっとだった。

「そんな気がしただけ」

「……予感か」

と呟いてわたしはLの1の区画に残っている三人連れを眺めた。

「きみを呼んでるみたいだ」

そちらからの声に気づいて遠沢めいが振り向き、軽く頭を下げてみせた。初老の夫婦と若い娘が一人、同様に会釈をかえすと墓地の入口のほうへ引き返して行く。竪型のピアノの鍵盤にあたる部分に線香を三本寝かせて置き、使い捨てのライターの炎をてのひらで覆いながら遠沢めいが言った。

「駐車場のところで一緒になったんだけど、火を忘れたっていうから貸してあげてたの、ついでにこれも点けて来ればよかった」

風を遮るためにわたしは一歩、墓石のそばへ動いた。

すぼまったてのひらの陰からようやく薄煙が上がり、火のついた三本の線香がしかるべき位置に収められる。一カ月前の古い花を包装紙にくるむと重しにハンドバッグを載せて、遠沢めいは両手のてのひらをあわせ眼をつむった。そして一つ数える間もなくその眼を開けて横に立つわたしを仰ぎ見た。

「一緒にお参りしてくれるんじゃないの？」

「本気なのか」わたしは顔をしかめながら一度ゆっくり左の足首を回してみた。「こんなもの」

耳たぶに真珠を飾った女はハンドバッグと下の包みを同時につかんで立ち上がった。

「足をくじいた？」

「こっちの足首を骨折したんだ、今年の夏に、酔っ払って川に飛び込んだとき。また折れたかと思った」

「まだ痛む？」

「いや、何でもない」

「折れるわけないでしょう、ちょっとよろけただけで、大げさなのよ。その顔の痣はどうしたの？」

「憶えてるかい、あの公園にかかってる吊橋、あの橋の上から飛び込んだんだ、足首の骨折程度ですんだのは幸運だったよ」

「酔っ払って橋から落ちるなんて、そんな無茶をやるなんて信じられないわ。新聞の記事を見せてもらったときも、あたしは何かの間違いだろうと思って聞き返したくらい。その痣は何なの？」

「これはただの喧嘩だ」

「あなたが？」

「ああ。稲村弁護士に新聞の記事を見せてもらったのか」

このわかり切った質問には遠沢めいは答えなかった。彼女がいったん墓地の入口のほうを見返り、すでに三人連れの姿が消えているのを確かめるまで待ってから、わたしは質問を重ねた。

「ほかにも僕のことを聞いて、それで今日あたりここに現れると思ったのか？」

「おとつい病院に電話をかけて来たのはあなたでしょ？」

溜息まじりにそう言うと、遠沢めいは雨を心配するような顔つきになって天を仰いだ。

「何よ、あたしがあんまり明るい声で出たので驚いて切ったの？　ほんとに昔とちっとも変らないのね、遠回しなことばかり、人がどうでもいいと思うようなことばかり気にして。話があるなら電話で話せばよかったのよ、黙って切ったりしないでね、わざわざこんなところまで出かけて来なくても」

「迷惑かと思ったんだ」わたしはまた足首を気にするふりをして視線を落とした。「いまさら僕なんかが電話をかけても、迷惑がられるだけだと思った」

「それはお互いさまよ、あたしだって電話の前で何べんも迷ったのよ」

わたしは顔をあげた。「だったら一度くらいかけてくればいい」

「職員室に？」と遠沢めいは訊ね、かろうじてそれが笑いを誘うためだとわかる程度にうすく眼を細めた。左から右へ流れて眉にかぶさる寸前で切り揃えられた彼女の前髪が、風の強弱で小刻みに震えながら何度も立ち上がりかけた。「気づいてないでしょうけど、あたしは電話をかけるのは好きじゃないの。ほんとはね、自分からかけるばかりは嫌なの。八年前のあなたのときは例外だったのよ」

「つまらない冗談を聞くためにここに来たんじゃないんだ。僕はもっと、……きみが話すことは他にないのか。言いたいことがたまってるんじゃないのか？　もしきみが男だったら、僕は殴られてもかまわないつもりでここに来た、こっち側の腫れてない方の顔をね。きみは最初から殺したくて真山を殺したんだろう、いまさら、こんなものに本気で手を合わせてるのか」

「そんなこと言って、罰があたっても知らないわよ」

「きみがそう言ったんだ、あの夏の晩、橋の上で聞いたことは何から何まで憶えてる。悔い改めた鼠が、死んだ猫の骨を拾って来て埋めるのか？　八年も経ってるんだ、正直に話せよ。この寒いのに、いったい何を気取って墓参りなんかしてるんだ」

「あなたもいつか人を殺してみればわかるわ」

「そういうことか」

わたしは思わず鼻を鳴らした。

「やっぱりきみは昔も今も僕を信用してないんだな。あのとき、僕にはできないと見切りをつけたんだろう、最後の最後に自分でやるしかないと決心したんだろう、喧嘩もできないと今でも思ってるくらいだからな。結局、きみはひとりで始末をつけてひとりで罪を被った。それで悔い改めたのもきみひとりだ、きみは八年の間に信心深い女に変った、そういうことか。いまごろになって、のこのこ現れた僕にとやかく言われる筋合いはない、そう思ってるわけか」

「もうじき雨になるわ」と遠沢めいが独り言を呟いて話の腰を折った。

「遠慮しないで行けよ」とわたしが言った。「上等のスーツが濡れると困るからな」

「どうしてそう突っかかった言い方をするの？　こうやって、久しぶりに会えたのに」

「久しぶりに会えたところで、どうせきみは思い出したくないんだ、昔のことは何もかも忘れたがってる、あの日僕に送りつけたコインロッカーの鍵のことも、拳銃のことも」

「拳銃」不意に、懐かしい眼をして遠沢めいが言った。「あのときの拳銃？」

「濡れるのが嫌ならもう行けよ、僕だって暇を持て余してるわけじゃない、これから、こっち側の眼にも痣をこしらえに行くんだ」

「何のことを喋ってるの」

「喧嘩のことに決ってるだろ」

「ねえ、何があったの？　さっきからそんなことばかり」

「ほっといてくれ」

「ちっとも似合わないわよ」

そう呟きながら、ごく自然にそばへ寄ってわたしの顔に触れようとするので、手を払いのけた。この女のこういうところは八年前と少しも変らない。

「くそっ」とわたしは言った。

「あたしに八つ当たりしても仕方ないでしょう、何があったのか知らないけど、……原因は女のひと？」

「またか」わたしは舌打ちをした。「きみもそう思うのか、僕が女のことで一生殴られ通しだと思ってるのか？」

「わかったわ」遠沢めいが後退りした。「もういい、そんなふうなことばかり言うのならあたしは行くわ。せっかくこうやって会えたのに、あなたは怒ってみせることしかできないんだもの」

「家出した女の子を連れ戻しに行くんだ」

やりきれないといった感じで、遠沢めいが首を横に振った。

「どうぞ、行けばいい、あなたって人は本当に変らないのね。昔も今も、あなたは小学校の先生だものね。バスターミナルへでもどこへでも家出した子供を迎えに行けばいいわ」

「バスターミナル……」わたしは鸚鵡返しに呟いてから声を上げた。「そんなとこじゃない、貸しスタジオに用があるんだ」

すでに歩きだしていた女は案内板より先へは行かずに立ち止った。芝生で仕切られた区画の端にやはり白く塗装された四角いごみ箱が据えてある。彼女がその蓋を開けて一月前の花の包みを捨て、またこちらへ戻って来るのをわたしは待った。

「何のスタジオって言ったの？」

「あのときの女の子は大学に通ってる、もうじき二十歳になる」

「あたりまえよ、八年も経ったんだから」

「楽器屋の地下にバンドの練習をやるスタジオがあるんだ、うちに下宿させてた高校生が家出して、バンドをやってる少年のところに転がり込んでる、住所を聞き出せないからそのスタジオの方にもういっぺん行くしかない」

「その眼はバンドをやってる男の子にやられたのね」

「殴りかかったのはこっちが先だよ、彼女が妊娠してると聞かされて思わずカッとなった。おまけに彼女は、本人は産む気でいるし、もう僕には会いたくないと言ってる、いつまでも先生気取りで余計な世話を焼くなと。彼女の母親も母親で、そういうことならしばらく黙って様子を見たいそうだ。しばらく黙って様子を見たいと実の母親が言ってるんだ」

「本人が産む気でいるんでしょ？」

「ああ、その通りだ」とわたしは言った。「その通りだよ、本人が産む気でいるんなら勝手に産めばいいさ、十七でそんな重大な決断をしたいというのなら、将来の面倒をひとりで背負い込む覚悟ができてるならそうすればいい。他人の出る幕じゃないことくらい僕もわきまえてる。でも僕は昔も今も教員だからな、教員は余計な世話を焼くものと決ってるんだ、このまま指をくわえて見てるわけにはいかない、やれるだけのことはやって恰好をつけておかないと、せめてこっち側の眼にも痣くらい作っておかないと、あとで世間から何を言われるかわからないから……」

遠沢めいがわずかに身じろぎし、わたしの背後へ、墓石の連なりを遠くの方まで追うように視線を投げかけた。そしてあなたの気持は理解できると言いたげに、何度か小さくうなずいて見せる。とたんにわたしの口から溜息が洩れた。

「続けてよ」と遠沢めいが言った。

「もういいんだ、こんな話のために来たんじゃない。行けよ、雨にならないうちに」

「あのときの拳銃はね」と遠沢めいが続けた。「あたし、とっくに海に捨てたと思ってた」

「……海に？　なぜそう思うんだ」

「そんな気がしたのよ、別に理由はないけど、船の上からあなたが捨てるところを想像してたの。ひとりでいろんなことを考える時間はあったから、たぶん拳銃のことも、そうやって」

「そうか。そうやってきみのほうでは一つ一つけりがついてるわけだな」

「言いたいことがたまってるのなら吐き出しなさい、いまここで、スーツなんか濡れてもかまわないから」

　そう言って遠沢めいはハンドバッグを探り、タバコの箱を取り出すと、

「そのために来たんでしょ？」

　それから一本くわえて、身振りで、あなたも吸うかと訊ねた。わたしが断り、彼女がハンドバッグを脇にはさんで火を点けるために背中を向ける。振り向きざまに彼女は、こんなもの、と墓石に向って吐き捨てるように言い、風上へ顎をそらしたので、一気に前髪がなびいて隠れていた額があらわになった。

「こんなものって、あたしも思うことがある。こんなものを建てて、あの事件のけりをつけたつもりでいるだけなのかもしれない。でも、さっき言ったのは冗談ではなくて、現実にあたしひとりの手であの男を死なせたんだし、あたしはあの男が死んでいくのをこの眼で見てたんだし、そのときのことも、それからそのあとのことも、人を殺したことのないあなたにどう説明しても、わかってもらえるはずがないのよ」

「だけど、きみのやってることは誰にでも説明のつくことじゃないのか。罪ほろぼしのために毎月まいつき花を買ってここに通って来てるんだろう。きみが悔い改めたことは稲村弁護士にだってわかる。僕が聞きたいのはそんなことじゃないんだ」

「手違いが起こったのよ」諭すように、遠沢めいが言った。「わかるでしょう？　あの晩、あたしが思ったよりもずっと早く真山がアパートに戻って来て、それで、たったそれだけのことで全部だいなしになってしまったの」

「あの拳銃が失くなっていることに真山は気づいたんだろう。……なぜ最初から二挺あることを黙ってたんだ」

しばらく待ったが、どちらの質問にも返事はなかった。わたしは彼女の喉元を覆っている淡い藤色のスカーフに眼を止めて言った。

「僕はきみが昔読んだ本を何度も読み返した」

「本？」

「サン＝テグジュペリ、憶えてるだろう、きみが友達から借りてた小説。……さいわい拳銃がありますよ」

「……サン＝テグジュペリ」遠沢めいはわたしの肩口の辺りに視線を向け、眉間《みけん》に皺を寄せて、一生懸命思い出す顔つきになった。「サン＝テグジュペリは、背が高くて、はにかみ屋の青年……？」

「サン＝テグジュペリは、控え目で内気な、長身の男である」わたしは訂正した。「それは前書きだ、僕の言ってるのは小説の中身の話なんだ」

「ごめんなさい」と遠沢めいが謝り、かぶりを振った。「他のことは何も憶えていない。たぶん読まなかったんだと思うわ、あの借りた本は、あたしには退屈で、あたしはもともと本を読むのはあまり好きじゃなかったし」

首を傾けながら、ほとんど眼をつむるようにして彼女がタバコを喫うと、スカーフの色よりももっと薄い、透きとおった布のような煙が一瞬宙に浮き上がって風にかき消された。わたしは右手をレインコートのポケットに入れてウィスキー瓶を探り当て、それが空だということを思い出した。

彼女がわたしの手元とわたしの顔とを見比べ、物問いたげな眼付きになる。わたしは自分が歩いてきた道の方へ顔をそむけた。ねえ、と遠沢めいの声が言った。あの晩も、あなたは幸運だったのかもしれないわね。

「もし真山がいつも通りの時刻に部屋に戻って来てたら、それであたしたちの予定通りに事が運んでいれば、いまの立場は逆になってたかもしれない、あたしがあなたに、なぜこんなものを建てたのかって、聞いてたかもしれない」

足元から突風が吹き上げてレインコートの裾をはためかせた。遠方の空からこちらへ向っていちだんと低く濃い雲が立ち込め、まるで墓地の上に蓋をかぶせたように周囲をほの暗くさせている。両脇の斜面を花壇にはさまれた石段の付近は、すでに灰色の靄がかかったように景色の輪郭が曖昧だった。

「僕は行かなかった」

「……え？」

「あの晩、僕は約束の場所には行かなかった」

「そうなの」さして驚きもせずに遠沢めいは言った。

「これは拳銃じゃないよ」わたしはポケットからウィスキー瓶をはんぶん取り出して見せた。「きみの想像通りだ。あの拳銃は海に捨てた、船の上から」

「そう……」遠沢めいはタバコをもう一口喫ってわたしを見上げた。

「真山はね、あたしに拳銃が撃てるなんて思いもしなかったのよ。失くなった拳銃のことは、あなたと関係があると疑ってたかもしれないけど、でも、あなたのことなんか最初から嘗めてかかってるから、まさか自分を殺す計画が立てられてるなんて考えてもみなかったでしょう。陽の高いうちからさんざんウィスキーを飲んで、あげくにシャワーなんか浴びようとしたのが運のつきね、心臓麻痺《まひ》で死んでしまえばいいとあたしは思って、それから、拳銃がテーブルの上に放り出したままなのに気づいた。あとのことは曖昧だけど、真山はあたしに、殺さないでくれと頼んだの、それだけ憶えてる。二発撃ったあとで、真山は、ひとりでは死にたくないと言って、このあたしに命乞いしたの、そして……」

そして、と口には出さずにわたしは思った。そしてきみは三発目を撃った。

「あとのことはよく憶えていない」と遠沢めいが言った。「気がついたらアパートのドアを誰かが叩き続けていて、たぶん警察だったんだと思う。それからいろんな部屋を連れ回されて、大勢の知らない男の人達から、思い出せ、思い出せって責められてるうちにね、あたしは何だか、急に……うまく説明できないけれど、ひとりで死にたくないと言ったあの男の顔ばかり思い出されて、何だか急に、いちばん大切な仲間を死なせてしまったような気がしてきた。世界でいちばん自分のことをわかってくれてた人間を、自分じしんの手で殺してしまったような、恐ろしい間違いを犯したような気がして、生きてるときにはあんなに殺したいと思いつめてたのに、真山と一緒にいるのが恐ろしくて仕方がなかったのにね。真山がいちばん自分のことをわかってくれてたなんて、そんなことは錯覚だと言い聞かせるんだけれどだめなの、どうしても、時間が経てば経つほどあの男のことが懐かしく思えてしょうがないの」

「あの男のことが懐かしい」

「ずっとひとりでいる間も、あの男の機嫌の良かったときの顔なんかがしきりに浮かんで来て、そのうちにね、記憶ごとそっくり身内みたいに思えるようになってしまった、あたしの方だけ年を取って、とっくにあの男の年を追い越しているし、自分が乱暴者の弟を懐かしむ姉みたいに思えるようになった。だからあたしが毎月ここに来るのは、あなたが言うように全部が全部、罪ほろぼしの意識からではないのかもしれないわね、懐かしい人の墓にお花くらいは供えたいって、そういうささやかな気持もあるのかもしれないわね」

「真山が懐かしい……」そう呟いてみて、わたしは首を振った。「馬鹿な。きみは刑務所の中で真山のことしか考えなかったというのか、他には……たとえば僕のことは、僕とのあの晩の約束のことは思い出しもしなかったのか」

「だって、あの晩あなたは行かなかったんでしょう？　眼の前で傘を振り回さないで」

「それを悔やんでるんだ」わたしは折り畳みの傘を右手に持ち替えた。「もし約束通り橋のたもとまで行ってさえいれば、あのあと僕の取った態度は少しは変っていたかもしれない、そんなふうにずっと悔やんできたんだ、もし警察で僕があの計画のことや、拳銃のことまで洗いざらい喋っていたら、それが、その方が少しはきみのためになったかもしれないと」

「同じことよ。だって、実際に罪を犯したのは、真山をこの手で殺したのはあたしなんだから」

話にけりをつけるために、遠沢めいはハンドバッグを持った方の手の腕時計に眼をやった。

「言っておくけれど、あたしはあなたをちっとも恨んでなんかいないし、もしあたしが男だったとしても、あなたをここで殴ろうなんて気にはならないわ。あたしはね、反対にあのとき、ひょっとしてあなたが馬鹿なまねをしでかすんじゃないかと心配したの、警察に余計なことを喋って、あたしのためにもあなたじしんのためにも良くない結果を招いてしまうんじゃないかって。それは心のどこかでは、どんな結果を招こうとあなたには会いに来て欲しい、そんなふうに期待してたのかもしれないけれど。でも、いまさらそんな話をしても、もうどうなるものでもないでしょう、お互いに、八年前に戻って一からやり直せるわけではないんだし。あの夏の出来事は、あなたの言う通り、全部あたしの中ではけりがついてるのよ、だから、もうそんな昔の話はどうでもいい、あなたが正直にそう言ってくれているのはわかるけれど」

そして遠沢めいはまたハンドバッグごと手首を裏返して時刻を読んだ。

「ほんとにもう行かないと、駐車場に車を待たせてあるから……」

彼女の右手の指先、ほとんど透明に近い肌色のマニキュアをほどこした指先には、とっくに火の消えてしまった吸い差しが挟まれたままになっている。駐車場に車を待たせてあるから――その言葉に深い意味が含まれているのかどうかわたしは考えてみた。遠沢めいがわたしの視線に気づいて、人差指と中指の間に挟まっていた白いフィルターを振り払うように風の中に捨てた。

わたしはうなずいて先に歩き出した。芝の区画を越えて黄色い土の道に出ると、案内板のそばで足を止めて遠沢めいが追いつくのを待った。

「僕はこっちへ歩いて行く」

さきほど降りてきた石段の方へ顔を向けて遠沢めいが訊ねた。

「これからその貸しスタジオへ行くのね」

「わからない」とわたしは正直に答えた。

「わからない?」遠沢めいが振り返った。「妊娠した高校生をこのままほうっておけるの? あたしにだってわかるわ。あなたのことだから、昔みたいに何度でも迎えに行くにきまってるわ、子供なんか産まずに学校へ戻れって、説得できるまで通うのよ」

「雨は降らなかったじゃないか」

遠沢めいが微笑んだ。八年前の冬、バスターミナルの待合所で初めて見て以来、一度も忘れたことのない同じ表情で微笑んで、彼女はわたしに片手を差し伸べると、てのひらを左の肩に載せた。

「いま見てもめだたないわね」

「言っただろう」わたしは彼女の手首をつかんで肩から引き離した。「知らない人間が見ても気づかない程度なんだ」

「ねえ、車で送ってあげる、美術館なら通り道だから、友達に頼んで送ってあげる」

「まだ迎えに行くと決めたわけじゃないよ」

「どこへでも、送ってあげるから、駐車場まで一緒に歩きましょう」

「車で待ってる友達に迷惑だろう。男か女か知らないが、そいつに僕のことを訊かれたら何と答えるんだ」

「どうしてあなたはそうなのかしら」手首をつかまれたまま、遠沢めいが溜息をついた。「同じ病院の看護婦さんに乗せてきてもらったのよ。誰ももうあたしたちのことなんか気にしやしないわ」

「僕はこっちへ歩いて行く」

「もっと話したいことがあるんでしょう？　そうやって痩我慢《やせがまん》すると何かいいことがあるの？　あたしがまた無茶を持ちかけると思って心配してるの？」

「八年前の話はもうどうでもいいときみが言ったんだ」

「誰にでも説明のつくことはどうでもいいとあたしは言ったの。あたしが犯した罪のことや、あのお墓のことは、あとから関係のない人たちがやって来てどうにでも言い訳を考えてくれる。あたしは、あなたにそんな言い訳を聞いてもらうために会いたいと思ったんじゃないのよ」

「他に何がある」

「他に何がある」と遠沢めいがわたしの口調を真似た。「その喋り方、他人事《ひとごと》みたいな冷静な喋り方はちっとも変っていない。娘のことを聞きたいんでしょう?」

「僕に会いたいと思ったなんて嘘だ」わたしは冷静に言い返すことができた。「自分で自分の嘘に気づかないのか。現にきみは電話の一本もかけて来なかった。本当のところは、僕に会って昔を思い出すのを迷惑がってるんだ、きみのその場しのぎの嘘にはもううんざりだ」

「うんざりなのはあたしの方よ」手首を放させるためにハンドバッグで遠沢めいがわたしの腕を叩いた。「最初から、そんな意地の悪いことを言うつもりで病院へ電話をかけてきたのね」

「もう電話はかけない」わたしは二の腕をさすりながら言った。「だいたいここに来たのだって稲村弁護士の余計な御節介のせいだ、心配しなくても二度と電話はかけない」

そのときすでに遠沢めいはハンドバッグの留金に手をかけていた。わたしは微かに胸騒ぎに似た予感をおぼえた。まもなく彼女の手が中から一枚の葉書をつかみ出した。

「その場しのぎの嘘だと言ったわね」

葉書はわたしの手の甲に、折り畳みの傘を持ったほうの手の甲に押し付けられた形でしばらくそこにとどまっていた。わたしにそれを受け取る意志はなかった。押さえ付けていた遠沢めいの手が離れると、葉書は一瞬ふわりと宙に浮かび、それから風に吹き飛ばされて案内板のそばの地面に叩きつけられるように落ちた。遠沢めいはそちらへちらりと眼を向けただけで動こうとしない。わたしは二三歩斜めに退がる恰好で案内板に歩み寄った。芝の切れ目のあたりで震えている葉書の端を靴で踏み付けて押さえた。それを見届けると遠沢めいが踵を返して、

「さよなら」

と言った。わたしは苦り切って思った。最後の最後に、顔も見合わせないでのその言葉は、芝居がかっているし少しもさよならの意味に聞こえない。

「きみはちっとも変っていないんだな」声をあげてみたが、足早に歩き去る彼女の背中まで届いたかどうかはわからなかった。「髪形だって最後に会ったときのままだ。いいか、僕はあの頃ほどうぶな教員じゃない。すっかりすれてしまったし、もうこんなまねをして

も僕には通じないんだ」

それからわたしは靴で押さえ付けていた葉書を拾いあげた。

もちろんそれはわたし宛《あて》に書かれた葉書だった。宛名書きの住所と名前を確認し、裏返して、靴の裏の模様で汚れたせいで読み辛《づら》い文字をわたしは読んだ。鵜川先生、とその葉書はいきなり書き出されていた。

『鵜川先生と呼びかけるだけで当時に戻れるような気がします。何度も何度も鵜川先生と呼びかけては手紙を書きかけました。長い手紙を書いて破り捨てたこともありました。連絡ができるときまで二度と連絡は取らないと約束しましたが、そのときがいつなのかわかりません。この葉書はあの電話のあとで書いています。あの電話はあなたからだったと信じています』

わたしは葉書から眼をあげた。遠沢めいの後姿はすでにじゅうぶんに遠ざかり石段のあたりに達している。わたしは首を振り振りもと来た道を引き返しはじめた。広大な墓地の中央を縦二つに割って突き通す黄色い土の道を、急がずに歩いて行きながら残りの文面を読んだ。

『私は私の下した決断を後悔するつもりはありません。約束を守るためにあなたが下した決断を恨んだことも一度もありません。こんなことはいまさら御迷惑でしょうか。私はもういちど電話がかかるのを待っています。遠沢めい』
急がずに歩き続けるわたしの横を、和服の上から毛皮を着込んだわたしの倍ほどの年の女が通りかかり、眼を見合わせたまま軽く会釈をしながら、降ってきましたね、と言う。まるで雨の降りだしたことを喜ぶように、深い皺と区別のつかぬくらいに眼を細め、そう言って通り過ぎる。わたしは葉書をレインコートのポケットに押し込み、傘を巻き止めてあるフックを外してなおも歩きながら、てのひらを差し出して空にむけた。
だがてのひらの上に落ちてきたかすかに冷たい感触は雨滴ではなかった。上空は分厚い靄がたなびいたように見通しがきかず、この墓地に蓋をしたように周囲の景色までをほの暗くさせているのだが、いま眼の前をほんの二つ三つ、風に吹かれた塵《ちり》のように白いものが飛び去って行く。そのうちの一粒をてのひらに受け止めたこと、しかもそれが溶けきれずに砂粒よりももっと細かい点のように見えて、てのひらの皺の間に残りつづけていることが、何か意味のある偶然のように思われて仕方がない。
わたしはてのひらを天に向けたまま立ち止り、来た道を振り返った。だが眼に入ったのは、いましがたすれ違った老婦人の小刻みに揺れながら遠ざかって行く背中だけで、そのずっと先の、すでに輪郭のぼやけているなだらかな石段の頂上あたりにも遠沢めいの姿はなかった。墓地全体を見渡してみたが人影は他に一つも見つけられない。降りだした雪のせいか、足を速めた老婦人が行き止りの案内板から右へ曲れば、もうじきわたしはこの墓地にひとり取り残される。駐車場までの距離はどれくらいなのだろう。あの老婦人もまた車に誰かを待たせているのだろうか。

とつぜんわたしは来た道を駆け戻り、駆けづめに駆けてもういちど遠沢めいの手首をつかんで振り向かせたいという衝動にかられた。そうすれば、彼女は息を切らせたわたしを振り向いた瞬間に、まるであなたが戻って来るのはわかっていたというように微笑んで見せるに違いないし、わたしはその瞬間から彼女と、彼女の娘をふくめての新しい関係に巻き込まれることになるだろう。

降りだした雪は止まない代りにそれ以上激しくもならない。間を置いて、風にあおられた白い塵のように数片が舞い落ちるだけだ。わたしは折り畳みの傘を巻き直してフックを止めながら、押し寄せた衝動がおさまるのを待った。押し寄せた波のようにそれは迅速に退いてゆき、わたしはコートの襟元から入り込む冷気に身をすくめると、また方向を変えてアルファベットの若い区画の方へ歩き始める。

わたしは遠沢めいの葉書のなかの決断という言葉にこだわった。

八年前にわたしのしたこと、しなかったことは確かに一つの決断であったに違いない。

『私は私の下した決断を後悔するつもりはありません。約束を守るためにあなたが下した決断を恨んだことも一度もありません』先でもういちど右の脇道へ入って坂道に戻るよりも、このまま正面に見えている石段へ向った方が出口は近いかもしれない。わたしはまっすぐに歩き続けながら二十代の自分が下した決断のことを思った。赴任先の離島へむかう連絡船の上で、人眼を避けてデッキの手摺りのそばに立ってうつむいている青年。つめたくて黒い銃身の先端の、SMITH&WESSONと刻まれた文字に眼をこらしている青年の横顔を思った。まもなく彼はその拳銃を海に投げ捨てることで、ひとりの女にまつわるすべてを葬り去る決断を下さなければならない。

遠くかすかに花火の音だけが聞き取れる吊橋の上で、ひとりの美しい女に思いがけぬ相談を持ちかけられている青年の困惑をわたしは思った。彼はその女を自分のものにするために、いったんは人殺しを引き受ける決断を下さなければならない。またわたしはターミナルビルの二階の喫茶室でやつれはてた女の訴えに耳を傾けている青年を思った。彼は女を許した代償として、別の女を裏切る決断を下さなければならなかった。わたしは川沿いの道を風に吹かれて歩いている青年のためらいを思った。彼はためらいながら歩き続けて女の待つ場所にたどり着き、やがてもう一人の女を捨てる決断を下すことになるだろう。雪の激しく降りしきる晩に看護婦寮の前で来ない女を待ちながら青年は迷い、何度も何度も迷った末に、その決断は一気に下されることになる。激しく降りしきる雪のなかで、女に贈られたハート型の瓶のブランデーの口を切り、青年はそれを一息に飲みほして決断を下す。そして翌朝……。

そして翌朝、と記憶をたどりながらわたしは胸の内でこみあげて来るものを感じる。それほど遠くにではない、手をのばせば届くあたりにある未来への希望と暗い予感とがないまぜになり、一気にこみあげて身体を熱くさせるのを感じる。まるで、いま再び自分がうぶな青年に戻って、あの雪の降り積った朝に戻って次の決断を迫られているかのように。その感覚はさきほど押し寄せた衝動と同じくあっさりと後退し、だが繰り返し押し寄せてはわたしを悩ませる。まだ人生を地味な色で塗りかためる決心がつかないでいた頃。遠沢めいを見るたびに、この女を独り占めにしたいという決して実現しない願いに苦しめられていた頃。降りだした雪は止まない代りにそれ以上激しくもならない。間を置いて、風にあおられた白い塵のように数片が舞い落ちるだけだ。

使い道のない折り畳みの傘を左手に、右手をレインコートのポケットに収め、ウィスキーをもう一本買って来なかったことを悔やみながらわたしは歩いて行く。

三十なかばの、停職中の教員の現実に立ち返って。親元から娘を預かっていた者としての責任を果たしに、これから楽器屋の地下の貸しスタジオへ若者たちを説得に行かなければならない。大人と見れば食ってかかる、敬語の使い方も知らない、喧嘩の心得だけはある少年と、その少年の子をたった数カ月のつきあいで身ごもってしまった里子に、まだ十代の彼らに決断を迫ることが可能なら。二つに一つ、産むにしても産まないにしても。いずれにしても彼らには辛い決断に違いないのだが、だがもしそれを辛い決断というのなら、きみたちの将来は先生の二十代がそうであったように、その決断の積み重ねで過ぎてゆく。そんなふうに言い聞かせる資格がもしわたしにあるのなら。手前の脇道を右に折れて坂道に出るよりも、正面に見えている両側を花壇にはさまれた石段を上ったほうが近道かもしれない。

そして翌朝、青年は看護婦寮の一室でカーテンを細目に開けてアルミサッシの窓に鼻先を近づけながら、前の晩に自分の下した決断に満足をおぼえている。そう確かにわたしはあの雪の降り積った朝に戻って青年の満足を感じ取ることができる。カーテンに片手を添えたままわたしが後ろを見返ったのは、ベッドの上で毛布にくるまっている女が声を洩らしたからで、だが彼女はまだ目覚めたわけではなくそれは意味のない寝言に過ぎなかった。細目に開けたカーテンの隙間から覗くと、アルミサッシの窓は早朝の空気の色に染まっていて、静まり返った外の雪景色は青みがかったセロファンを透かしたように見える。わたしはカーテンレールに吊るされたハンガーに手を伸ばし、ゆうべ濡れたのがストーブの熱のせいで生乾きになっているコートをはずして背広の上に着込んだ。片方のポケットに重みを感じるのは中にハート型のブランデーの空瓶が入っているせいなのだが、反対側のポケットと背広のポケットまであらためて忘れ物に気づいたとき、

「先生……？」

と女の声が、ほとんど寝言と区別のつかないほどの眠たげな声が、

「……そこでなにをしてるの？」

と訊ね、

「ネクタイが見つからない」

とわたしも同じくらいぼそぼそと答えた。

シングルベッドの上で女が壁際にからだを寄せ、毛布を持ちあげて呼んだのでそばへ行って腰をおろし、すると薄眼をひらいた女がわたしの左の肩に手を触れ、そしてはじめてわたしが身仕度を済ませていることを知って拗《す》ねた子供のような声を洩らし、いまの時刻を訊ねる。

もうじき六時だと答えながら足元を見ると、そこにベッドの下に押し込まれるようにしてネクタイが落ちていた。とろけるくらい眠い、このまま百年だって眠れそう、と眼を閉じた女がつぶやき、よれよれになったネクタイを拾いながら帰る前に目覚ましをかけておこうかと聞くと、だってショットガンが開くのは十時だし、勤務は夕方からだからそれま

では何もすることがない、眠りたいだけ眠るのと女はいぎたないことを言い、確かにそう言って、わたしは頭の隅で、きみがこんなふうでは……。

きみがこんなふうでは一緒に暮すようになったとき困る、という文句を思いついたのだが口にするのはためらわれた。そんな話をするのはもっと先のことになるだろう。それがどのくらい先になるのかは考えぬまま、一本の長い髪の毛の付着したネクタイを、そのときはまだ気づかずにコートの軽いほうのポケットに押し込んでわたしは部屋を出る。狭いベッドで女と一晩を明かしたことでの疲労感と、しかも女がその一晩のおかげですっかり恋人らしいうちとけた様子を見せていることでの満足とを、同時におぼえながら青年は立ち上がり、雪は止んでるの？　という女の問いかけに、おやすみとだけ答えて部屋をあとにする。真夜中にふたりで、ストーブから離して片隅に寄せた小さなテーブルの上の鞄を取り上げ、入口の床にスリッパと並べて置かれた湿った革靴を忘れずに。

看護婦寮の三階の廊下は冷えきっていたし、非常口のドアを開けた外はもっと気温が低かったに違いないのだが、青みがかった冬の朝のなかへ踏み出しながらわたしが感じたのはむしろ身体がしびれるような幸福感だった。

雪は階段のステップを一段残らず覆いつくしたうえに、手摺りにまでうずたかく積っていて、それをこそげ落として下へ降りるまでの間に左手は固く腫れあがり、何度も滑りかけてひやりとさせられた足元は靴下の辺りまで雪まみれになってしまう。下へ着いてみると積雪は足首まであった。真新しい雪の上に深い足跡を残しながら、足首の周りの、靴下を通して滲んでくる冷たい痛みを堪えながら看護婦寮の表側へ出ると、そこにも痕跡の見あたらないまっさらな積雪が一面に盛りあがるように広がり、人ひとり通った気配すら感じられなかった。

ただ自分の吐く息と、一歩一歩雪を踏み締めるこもった足音とを聞きながらわたしは歩いて行った。

腕時計はもうじき六時をさそうとしている。雪に埋もれた路地を出て運が良ければ大通りでタクシーを拾い(拾えるに違いない)、帰宅したあと朝食をとる余裕はないにしても、髭をあたるくらいはできるし学校にも遅刻せずにすむだろう。あるいはこの雪では休校ということも十分に考えられる。今朝はさすがに練習を取りやめたはずの父は、たぶんまだわたしの外泊を知らないだろうが、父ほど早寝早起の習慣を持たない母は、普段通りならいまごろ神棚の水を替えながら父にその心配を伝えているかもしれない。なにしろこれは予定外の出来事で、予定外の外泊などわたしはいままで一度もしたためしはないのだし、父に知れたからといってそのことで母を責めるわけにもいかない。だが今後は、あの看護婦と一緒に夜を過ごすときには、しばらくは父の遠征のスケジュールに合わせて、それからわたしの休日と彼女の勤務のローテーションにも合わせてということになるだろう。つまり一人で朝帰りするのはこれが最後で、次からはふたりでのんびり朝食ができるように時間を組み、そのためにはあらかじめ前の晩にスーパーで買物しておけばいい。笠松三千代のときにもそうしたように、ただし、そのことは決して気づかれぬように自分ひとりの胸に秘めて。

そう思ってわたしは歩くのを止め、後ろを振り返った。足首の周りの、とくに甲の部分に靴下を通して滲んでくる冷たい痛みを堪えながら振り返って、真新しい雪の上に自分の残してきた足跡を眺めた。

どこかで勢いよく窓の開く音が聞こえたような気がしたのだが、眼を上げると看護婦寮の三階の窓はぜんぶ閉じたままだ。あの女が思い直して窓辺に立ち、帰って行く恋人を見送ってくれるのではないかと思ったのだが、むろんそんなことはあり得ない。彼女はベッドのなかで毛布にくるまって眠っているのだから。疲れ果てて眠っているのだから。心にそう言い聞かせて青年はまた歩き出し、歩き出したとたんに、だしぬけに訪れた不安に顔をしかめる。自分は何か大きな思い違いをしているのではないだろうか。ゆうべあの女は酔っていたのだし、あれはたった一晩の軽はずみで、わたしはブランデーの一飲みに煽られてまたしても不始末をしでかしただけなのではないか。真夜中に男を部屋に迎え入れ、しかも避妊の心配すらせずに男に抱かれるような女と、果たしてのんびり朝食をともにする次の朝が巡って来るのだろうか。

だがその不安を青年は簡単に打ち消すことができた。

たとえば、コートの重いほうのポケットに片手を差し入れてみる、それだけで、実にあっさりと打ち消すことができた。

八年前の二月十五日、冬の朝が青みがかって明けはじめる時刻、青年はポケットの中のハート型の空瓶を握りしめて思っている。のんびり朝食をともにする次の朝のことなどではなく、いま、このままもう一度部屋に戻って生乾きのコートを脱ぎ捨て、あの女の横で眠りにつく自分を。もし予定外の小さな決断さえつけられれば、と青年は思う。それはゆうべの自分にできたように容易いことのはずなのだが。彼女はいまも眠っているのだから。深い眠りを眠りつづけているのだから。そしてわたしは、まだ二十代の若い教員であるわたしは、看護婦寮の三階の窓が見えなくなるまで振り返り振り返り雪に埋もれた路地を歩いて行った。

執筆にあたり左記の二冊を参考にいたしました。（著者）

『サン＝テグジュペリ著作集・1　南方郵便機・人間の大地』山崎庸一郎訳（みすず書房）

『標準原色図鑑全集・8　樹木』岡本省吾著（保育社）

解説

池上《いけがみ》　冬樹《ふゆき》
（文芸評論家）

本書『彼女について知ることのすべて』を読みながら、まるでミステリのような……という形容を、また思い出してしまった。佐藤正午の作品を読むたびに、いつも〝まるでミステリのような秀作〟とか、〝ミステリ作品よりもはるかにスリリングではないか〟などと思うし、実際書評に書いてしまうのだが、今回十二年ぶりに『彼女について知ることのすべて』を読んで、またそう思った。

ただ、正直に書くならば、十二年前、佐藤正午の〝新作〟として読んだときは、逆にミステリを求めすぎて、昂奮を覚えつつも若干物足りなさもあった。記憶を丹念に拾い集めて、ひとつの事件の全体像を作り上げる巧緻な構成に驚きつつも、ミステリとしての収《しゅう》斂《れん》に不満があったからだが、しかしもちろんそれは間違いである。

本書は、広義のミステリとしても十二分に愉しめるけれど、佐藤正午がミステリ作家ではないように、本書もまた、謎がすべてきれいに解かれる純粋なミステリではない。むしろ解かれずに終わっているところがある。しかし謎は解かれずに終わるほうが逆に光る場合があるし、リアリズムに照らした場合、解かれないほうがより現実的で、より親しく感じられる。そのことを久々の再読であらためて実感したし、本書以降の佐藤作品を考えたとき、本書が大きな位置を占めることにも気がついた。

しかし、それについて語る前に、すこし寄り道をする。

作家はみな「小説の語り」について考えをめぐらすものである。人称の選択（一人称にするのか三人称にするのか）、視点の問題（一人称一視点なのか、三人称一視点なのか、あるいは一人称と三人称を交互に使うのか）、物語る順序（時間の経過を追うのか、現在と過去を交錯させるのか）などを、作品のテーマにそって決定していくのだが、しかし読んでいると、かならずしもその決定が正しいとも思えないことがある。一人称で書かれている小説なら三人称のほうが良かったのではないかとか、視点も一視点よりも多視点のほうがドラマティックだったろうにとか、物語る順序も下手に前後させないで継起《けいき》的のほうが良かったのではないかとか思うことがある。

そういう不満は、物語になにかしらぎくしゃくとしたものを感じるからである。テクニックがないにもかかわらず技巧的だったり、抑制をきかせて人物たちの動きを冷静に追うべきなのにいたずらに感情を縷々《るる》述べたり、物語の時間とテーマの関係を把握しないために語るべき対象が曖昧になったりするからである。だからもっと違った方法があったのではないかと読者は逆に考えてしまうのだが、その一方で、そんな想像をひとつも抱かずに、ただただ小説の語りに魅せられてしまう場合もある。いうまでもなく、佐藤正午は、そのような小説を書いてきた作家であり、おそらく彼ほど小説の語りを熟知している作家は珍しいのではないか。人称、視点、物語る順序といったものを毎回つきつめていく。

それは、〝失業したとたんにツキがまわってきた〟という見事な書き出しではじまるデビュー作の『永遠の½』でもいいし、佐藤正午が再発見されるきっかけとなった『ジャンプ』でもいいし、多くの人が代表作としてあげる『Y』でもいいし、作者の最新傑作『5』でもいい。時間の経過とともに物語を進めていくのではなく、時間の順序を入れ換えて、事件を再構成していくことが多いからだ。

たとえば三人称の視点で始まる『5』。相手の手にふれれば愛が甦るという奇妙な能力をめぐる不思議な恋愛小説は、第一章はおおむね三人称一視点で語られるものの、やがて「僕」という一人称に回収されて（この呼吸が何とも素晴らしい）、複雑に入り組んだ人間関係の一端を示す。さらに自在に人物を出し入れして、些細な挿話を積み上げていき、それぞれの危うい人生の基盤を見せるようになる。危うさとは、佐藤作品の人物たちが抱く、ありうるかもしれない、またはありえたかもしれない別の人生への思いである。

たとえば、過去の人生の分岐点にたって別の人生を歩むタイムスリップものの『Y』や、失踪した恋人の行方を探しながら自分の人生の選択肢を考える『ジャンプ』が顕著だが、偶然がおりなす人生でありながら、人はいくつもある選択肢のなかからひとつを選び取り、「未来」を決めていく。だが、その選択は正しいのか、過去において選びとった「未来」、すなわち「現在」に自分は満足しているのかどうかと考えるのである。

こうして人物たちは迷いだす。現在から過去、過去から現在へと行きつ戻りつして、人物と事件の全体像をゆっくりと読者の目の前に見せていく。このあたりのゆったりとしたテンポと、それを描く稠密《ちゅうみつ》の文体がたまらない。まるでどこか物語の森の中に迷いこんだような感触で、僕らはロマネスクの愉悦をたっぷりと味わうことになる。

それは本書『彼女について知ることのすべて』でも変わらない。いやむしろ、佐藤文学の著作を振り返るなら、この中期の傑作があるがゆえに、『Y』『ジャンプ』『5』といった傑作が生まれたといってもいいかもしれない。行きつ戻りつの物語、すなわち、道がいくつもあり、自分がどこに連れられていくのかを探る物語が、ひとつの成熟を迎えたのが、本書『彼女について知ることのすべて』であるからだ。

まず冒頭から、僕らは物語にひきつけられる。佐藤正午は書き出しが抜群だが、この小説でも、一行目の〝その夜わたしは人を殺しに車を走らせていた〟で、読者を摑む。一九八四年、ロサンゼルスでオリンピックが開催された夏の夜、「わたし」は人を殺すことを決意し、車を走らせていたが、突然の停電で、齟齬《そご》が起きる。女との約束を守ることが出来ず、事件は「わたし」抜きで起こってしまい、以来、私生活でもいくつか影響が起きてしまう。

こうして「わたし」は、事件が起こる前の年の冬にさかのぼり、事件の種がどのようにまかれ、どのように芽をだして、どのように育っていったかを振り返ることにする。

小説は四章構成である。「冬」↓「春」↓「夏」↓「秋」と見出しだけを抜き出すなら、まるで一年間の経過を物語っているように見えるが、佐藤正午なのでけっして一筋縄ではいかない。〝事件の後、わたしは物語を一から組み立て直そうと努めてきた。彼女との出会いから、あるいは出会う以前から始めて、集めた記憶を時間通りに並べては、飽きずに並べ替えることを続けてきた〟とあるように、ここでも〝時間通りに並べては、飽きずに並べ替えることを続けて〟いるからである。つまり時間通りに進むところもあれば、思い切り時間がとんで数年後の世界になったり、また数年前に戻ったりする。現在の体験が過去の体験をよびおこし、記憶が〝無数の泡のよう〟に甦る場面もある（第二章「春」での酔っぱらって介抱されるところや、女の部屋にあがったところ、さらには第三章「夏」での泥酔の場面など、記憶と現在の行為が呼応し合い、時間の層が重なり合う場面がなんともスリリングで面白い）。

この滑らかでたくみに制御された語りには、すくなからず昂奮し、しばしば陶然となってしまう。実に悠然とこまやかに過去が語られていくのだけれど、そのディテールがまたなんとも鮮やかなのである。とくに対女性関係が読ませる。結婚を決意した女性との冷《ひや》やかで緊張感のある関係にしろ、あらたな女性との喜びつつもやましい関係にしろ、愛人とのさばけた馴れ合いの関係にしろ、あるいは女子生徒たちとの賑やかな同居生活にしろ、それぞれ波瀾があり、それぞれのキャラクターが時間の経過によって変化し、別の表情を見せていく。人物が役割として決められ、最初から最後までキャラクターが動かないようなものはひとりもいない。みなすべて表情に陰影があり、隠れた性格がのぞき、登場時の印象を変えていくのである（まさにこれぞ「小説」の王道だろう。それをさりげなく巧みに書き上げてみせる）。

そう、すべてが計られている。たとえば九頁の七行目で、〝電話が鳴ったのはそのときだった〟と語られるが、この電話が誰からの、どのような内容かは、それから約三百頁あとの第三章「夏」の終盤で判明する。事件には大小さまざまな歯車（人間）が嚙み合っているのだが、その嚙み合う歯車の一つ一つの配置が注意深いし、また、それをいかなる場面で使うかを実に考えぬいている。キャラクターと挿話の細部が緊密に響きあい（ときに遠くこだまして）、事件の断面を鮮烈に見せてくれる。この語りの粘り強い周到さ（僕は〝濃密な語りの螺旋《らせん》階段〟といいたくなるほどなのだが）には、あらためて驚嘆してしまう。そう、（最初にもふれたように）〝まるでミステリのような〟秀作なのである。

しかし、繰り返しになるが、広義のミステリではあっても純然たるミステリではない。おそらくミステリ作家なら、事件の進展を中心に物語るだろう。本書では、恋人となる女性との関わりで、ある殺人事件が起きるけれど、決してそれがメインではない。むしろ脇におかれている。被害者と加害者との真の関係とは何なのか、加害者の動機は「わたし」が思っているほど単純なのかといったものも、最後になって追及され、いちおう説明されるものの、最終的には読者にあずけられる形で終わる。

というより、大切なのは、合理的に解明される謎ではなく、おもに第四章「秋」で語られる、約束、間違い（手違い）、偶然、決断といった言葉の重さだろう。それらがときに人生を狂わせ、生き方そのものを変えてしまう重大な事実になることを切実に伝えている。ミステリ作家ならドラマティックに盛り上げるところを、佐藤正午は、むしろアンチ・クライマックス風に、読者に冷水を浴びせて、〝どれもこれも些細な事柄ばかり〟の重大さをつきつける。〝事件の核心からはほど遠く、記憶する値打ちさえもないと思う。にもかかわらず、わたしはそれらの一つ一つを決して忘れたことがない〟と「わたし」が冒頭で語る瑣末な事柄が、ときに主人公たちの人生を決めてしまうからである。

そのことはほかの佐藤正午の作品にもいえることであり、とくに（最初でふれたように）、人生の分岐点を探る『Y』や、自分の人生の選択肢を考える『ジャンプ』、いくつもの道を探る『5』といった傑作で顕著である。逆にいうなら、それらの傑作が生まれたのは、本書『彼女について知ることのすべて』の成果があってのことだろう。

その意味で、本書は、佐藤正午ファンのみならず小説ファンなら、必読の作品といえるだろう。

佐世保《させぼ》の夜、その先へ

今野《こんの》　加寿子《かずこ》
（集英社ノンフィクション編集部）

待ち合わせはいつも、駅前のホテル二階のロビーだった。

交差点を横切り、やや上を向いてこちらに手を振る佐藤正午さんを窓越しに見つけると、緊張と嬉しさが入り混じる高揚感に包まれたものだ。

白、もしくはブルーのシャツにベージュのチノパン姿。

さまざまな季節に打ち合わせを重ねたはずなのに、佐藤さんの服装はなぜかこの組み合わせのみを思い出す。夕闇のなか、白とグレーの交差点に浮かぶ長身のシルエットを。

私が佐藤さんにはじめてお会いしたのは、確か一九九六年。のちに『カップルズ』としてまとめられた小説の打ち合わせだった。

当時、集英社には文芸雑誌、書籍、文庫と複数のベテラン担当編集者（どう考えても全員が相当の変わり者だった）がついているなか、畑違いの部署から異動した当時二十代の私が、「高校時代から読み続けている小説家」、しかも「大好きな作家」を担当できることになった。

「すばる文学賞」受賞時から担当の今は亡き先輩が、「小説すばる」の担当になった私に、片頰に笑みを浮かべて言った。「君が佐藤君の担当とはねえ……ふふふ」

「ふふふ？　この不敵な笑みの意味は？　佐藤さんは気難しい人なのだろうか……それより年下とはいえ作家を『君』付けで呼ぶもの？　失礼じゃない？」

文芸編集者以前に編集者としても社会人としても半人前以下の目線しか持っておらず、私は先輩の言葉に反発と恐れを抱いた。これは、後輩への牽制《けんせい》なのだろうか。そして何より、佐藤さんの担当が私に務まるのだろうか、と。

自身のことを書いた（ように見える、もしくは見せる）エッセイより、小説は時に雄弁に書き手をあぶり出すものだが、若いころから佐藤さんの作品を読んでいたので、朝食に何を好むか、煙草をどのように吸うか、どういう言葉を選択するかなど、佐藤さんの世界観、美意識のようなものを、ほんの少しはわかっているような気がしていた。たとえば、小柄で細身の女性が好きなのだろうなとか、そういう類のことも含めて（余談だが、韓国ドラマ『冬のソナタ』の話題になったとき、「（主演の）チェ・ジウが長身で驚いた。小柄であってほしい容貌だった」……このままの言葉ではない……という佐藤さんの発言を、身長百六十五センチ、大柄の私は微妙な気持ちで聞いたものだった)。

「こういうふうに私が言ったら佐藤さんはこう思うだろうな、と私が思っていることを佐藤さんは察知するだろうな、ということを私が察していることをわかってしまうだろうな」と幾重もの自意識過剰を持て余しながら、初対面でおそるおそる佐藤さんに話していたのをはっきりと覚えている。小説家と編集者の打ち合わせであり、単なる感想を伝えるのみでは済まない。テーマや構成、文体などについて話しあうことになるわけで、敬愛する作家を前にした新米にとっては、緊張と不安以外のなにものでもなく、好きな作家に直接会える、話せる喜びや期待を押しのけるほどのプレッシャーだった。


当時から、社内の関係者が佐藤正午さんをとても大切に思っていることは、じゅうぶんに伝わってきた。とりわけ、「君ごときが太刀打ちできないよ」と私にほのめかした先述の初代担当者。デビュー作『永遠の½』や『王様の結婚』をめぐるやり取りが、佐藤さんのエッセイ「小説家の四季」で触れられているが、彼には才能の核を見抜く力があった。お眼鏡にかなわない仕事相手には(同僚や後輩の編集者にも)、冷たさを通り越し見向きもしない人でもあった。

彼が担当した本書の単行本版や『スペインの雨』は、装丁や無難とは対極の本文レイアウトなども「攻め」の造本で、その気合に感じ入ったものだ。ほかの先輩に担当作品の装丁を褒《ほ》められると、「この人がいいっていうのって、大丈夫なのか」と、むしろ不安になることもあったが、彼に褒められることが一番の自信と確信につながった（めったになかった）。ただ、変化球だらけの意地悪に見えた私に対する言動も、実は彼なりの指導や配慮であったことを亡くなってから理解したほどで（なんせ「変わり者」だから）、佐藤さんへの思いが、ご本人に伝わるのは難しかったかもしれない。

佐藤さん行き付けの居酒屋やバーでの打ち合わせは、気づけば深夜、時には明け方にまで及んだ。

佐藤さんは饒舌《じょうぜつ》な方ではない。少なくとも私の印象はそうだった。こちらからばかり話しかけていたように思う。けれど、長い沈黙が気まずいとか、話題探しで途方に暮れることもなかった。お会いするまでは、文体や作中の人物像から想像して、スマートに、時に如才なく馴染みのお店の人たちと言葉を交わしているのだろうと思っていたが、とりたてて何を話すわけでもないのに、なんとなく楽しい雰囲気のなか時間が流れていった。そして、絶妙なタイミングで「次に行きましょう」と移動を促してくださり、しかも、今さらながら思い出して赤面するのだが、ほとんど、というかすべてだろうか、佐藤さんが飲食代をお支払いくださっていたのだ。よって、佐世保に行くということは佐藤さんにおごっていただくということとイコールだった。さらに、佐藤さんが聞き上手なのをいいことに、自分の話や、会社の先輩のことを笑い話にして、私は一方的に話し続けていた……この原稿を書くにあたり、はっきりと思い出した……穴があったら入りたい気持ちが三十年後に押し寄せるなんて。

「血液をさらさらにするから玉ねぎのサラダを頼もうかな」など、たまにおっしゃることもあったが、たくさんは召し上がらずお酒もほどほどの量になさっている佐藤さんを横目に、私は大いに飲み食いしていた。さまざまな方向へ話題が流れるなか、当時の女性外務大臣の名前が思い浮かばず（川口順子《よりこ》氏）、バーのマスターと三人でげらげら笑いながら「僕たちはともかく、現役の編集者がこれを思い出せないのは、さすがにまずくないか？」「そうですよね、でも思い出せません」げらげらげら……そんなことばかり（酔っていたわけではない）。

ただ、取るに足らない私の話に耳を傾けてくださりながら、煙草を指に挟んで黙する佐藤さんの心はいまここにないのではないか、という遠い目になることがしばしばあった。作品のフレーズに思いが飛ぶ、あるいは、描写を反芻《はんすう》することもあったのだろうか。そして、印象に残っている言葉がある。

「交換殺人や失踪。書き尽くされたテーマを、僕にしか書けないように書く」

ご体調不良時は別として、原稿の締め切りを過ぎたことはなかった。当時はファックス（もしくは郵送）での受け取りで、上紙のみ手書き文字で（愛用の万年筆だろうか）、「小説すばる編集部　今野加寿子様」と書かれていた。綻《ほころ》びを見逃さないように文章を読むのが編集者の仕事だが、一文字、一文どこをとっても高密度の内容、推敲《すいこう》を重ねたと思われる誤字脱字がない大好きな作家の原稿を第一読者として読める喜び、文芸編集者としての醍醐味を最初に味わわせてくださったのは佐藤正午さんだ。

思い返しても、なさけなくなるほどにこちらからなんらかの建設的な提案をしたこともなければ、気の利いたセリフを思いついたこともなく……なかったはず。毎回完全原稿だった。ところが、校正時、句読点の位置、文節の入れ替えなどが、校正者や編集の指摘以外で細やかに施されてくるのも常だった。

十六歳で読んでいたときにはわからなかったこと、それは、このような文章や言葉に対する執着心とこだわりである。手を抜かない。どこかでおっしゃっていたが、泥くさいほどに。その手入れがなされたゲラを見ながら、深夜の編集部で胸が熱くなったことも一度や二度ではない。このままでもじゅうぶんいいのに、さらによくなっている、こういうふうに修正を施すのか……。小説家、佐藤正午の頭のなかを覗き見られる担当編集の特権だった。

高校生の私が、何の気なしに手にした佐藤さんの作品に惹かれ、高校生の子どもを持つ身となったいまも、変わらず惹かれ続けているのはなぜか。「僕にしか書けない」佐藤正午作品の魅力は数え切れないが、「ここではないどこか」「じぶんのなかの知られざる一面」を見させてくれること、練りに練られた構成で、「いま」「ここ」にいる「私」がスライドしていく感覚を、十代にも中高年にも強烈に持てること……次はどこへ連れていかれるのかという予測を飛び越えた展開が約束されていることに、何十年も引っ張られ続けてきたからのように思う。

『彼女について知ることのすべて』の女性たちのごとく、人生には、ふとしたことでとんでもない方向転換や転調がある。ごく普通の登場人物たちが、想定外のことに巻き込まれたり、突拍子もない経験をしたりする。罰のようにギフトのように。読み進めるうち、心に別次元の空間を持つことができる。そしてその夢想の世界は、一度きりの人生しか生きられない私たちの日常に、大いなる広がりと奥行きをもたらすのだ。

佐世保への出張を重ねると、やがて私は空港でレンタカーを借りるようになった。空港との連絡バスの時間にとらわれず行動できるから、というのは後付けの理由だ。長崎空港から佐世保へ向かうとき、左手に光る大村湾を見ながら、「今日はどんな話をしよう、どんな時間になるだろう」と打ち合わせ内容を予習し、帰りは帰りで、交わした言葉の余韻とともに復習するための貴重な時間と空間だった。この高速道路が、ここではないどこか、私ではないなにかへ誘《いざな》ってくれる。佐藤さんの小説世界へ。その先へ。

担当を離れて長くなった。佐藤正午さんの作品を読むたび、読み返すたび、あの高速道路を、先へ先へと向かうイメージが甦《よみがえ》る。

一九九五年七月　集英社刊
一九九九年一月　集英社文庫
二〇〇七年十一月　光文社文庫

光文社文庫

彼女《かのじょ》について知《し》ることのすべて　新装版

著　者　佐《さ》藤《とう》正《しょう》午《ご》

2024年５月20日　初版１刷発行

発行者　三宅貴久
印　刷　萩原印刷
製　本　ナショナル製本

発行所　株式会社 光文社
〒112-8011　東京都文京区音羽1-16-6
電話（03）5395-8147　編集部
8116　書籍販売部
8125　制作部

ISBN978-4-334-10316-3　Printed in Japan

組版　萩原印刷